国家血脉

白云 ◎ 著

GuoJia
XueMai

内蒙古出版集团
内蒙古文化出版社

图书在版编目（CIP）数据

国家血脉／白云著. — 呼伦贝尔：内蒙古文化出
版社，2011.12

ISBN 978-7- 80675-980-6

Ⅰ.①国… Ⅱ.①白… Ⅲ.①长篇小说—中国—当代
Ⅳ.① I247.5

中国版本图书馆 CIP 数据核字（2011）第 271862 号

国家血脉
GUO JIA XUE MAI

白云 著

责任编辑　丁永才　包文明
封面设计　大象设计

出版发行　内蒙古文化出版社
地　　址　呼伦贝尔市海拉尔区河东新春街4－3号
直销热线　0470－8241422　　**邮编**　021008

排版制作　鸿儒文轩
印刷装订　三河市华东印刷有限公司
开　　本　710×1000毫米　1/16
字　　数　284千
印　　张　18.75
版　　次　2012年3月第1版
印　　次　2024年1月第2次印刷
书　　号　ISBN 978-7-80675-980-6
定　　价　58.00元

深切哀悼汶川大地震、玉树大地震中遇难的同胞们，希望你们一路走好，灵魂得到安息。

　　此书为"5·12"汶川大地震三周年纪念日而作，献给那些经历过地震灾难的同胞、关心帮助过地震灾区人民的社会各界友人、想了解地震灾难过去几年以后灾区人民生活的所有爱心人士。

前　言

2008 年 5 月 12 日 14 点 28 分，对于每一个中国人来说都是一个不能忘记的日子，那一天在没有任何预兆的情况下，灾难降临到了中国一个叫汶川的地方。震惊全世界的"5·12"汶川大地震发生了，因为地震让全世界的人民都知道了中国有一个叫汶川的地方。

无情的大地震不期而至，来势汹汹，摧残无辜生命，摧毁了美好家园，摧残人们的意志和情感。但是，在震灾面前，全国人民、全世界的友好国家、团体、人士扶危济困、八方支援，表现出浓浓的人情味，展现出人性的伟大。

党中央、国务院秉持以人为本的理念，中央政治局接连召开专题会议，研究抗震救灾工作，做出了一系列务实决策，强调把抢救群众生命放在第一位，安置好受灾群众的生活，在考虑可能性的基础上提出晚间十二点之前必须进入灾区中心地带的决断。

中央有关部门及时下拨救灾款物，各级地方政府快节奏、高效率地组织救援活动，一批批捐款、一支支援助医疗队、一辆辆满载救援急需物资的车辆，都迅速汇聚到灾区一线。

电台、电视台、网络以及平面媒体的记者在前方后方也紧张工作，及时报道真实状况和最新进展，为各级的决策提供依据，使广大范围的社会公众知晓事态，相继采取支援行动……

一笔笔有组织的或自发的社会捐款，一支支自发组织的志愿救护队，一位自发的志愿献血者，网络上网友们自发的大范围的各种捐款、评论、祝福、鼓励言论……都展现出和谐社会建设中不平凡的人性伟大。

港澳台同胞、海外侨胞、众多国际上的友好国家、团体、人士也都以不同方式，表达着对灾区的牵挂、关注、支持、援助……

在无情的大地震灾难面前，人的生命是那样脆弱；但在蒸蒸日上、众志成城的当代中国发生这场大地震，全国人民乃至世界人民与地震灾区人民心手相连共同赈灾救灾的壮丽，展现出人性的巨大力量。

汶川大地震已经过去两年多了，但因为地震留下的很多感人真情的故事却永远的留在了人们的心里；一幕幕感人的场面，一个个可歌可泣的故事仿佛就发生在昨天一样，地震情、地震缘感染了很多人，经过了灾难洗礼，人们的灵魂在这里得到了升华。

作为小说作者，我也几次去灾区体验生活，看到了也听到了很多感人故事。写下此文，献给那些经历过汶川大地震的人们，和那些想了解灾区震后发生的感人故事的人们。如果读者能从中得到一点启发，那就是我最大的心愿了。

白　云

大爱是民族之魂（代序）

◎傅全章

这些年来，由于文学作品的"水货"太多，我很少把一部长篇看完。但是最近，我却一连几天，一气读完了女作家白云的长篇小说《国家血脉》。

2008年发生在四川汶川的"5·12"大地震，曾经牵动了每一个炎黄子孙的心，多少华夏儿女为之悲伤、奔走呼吁、慷慨效力！当年那些各类媒体报道的惊心动魄、可歌可泣的文字、画面至今仍在头脑中挥之不去。

《国家血脉》就是以"5·12"地震为背景、作平台，淋漓尽致地演绎了人间多少爱恨情仇、悲欢离合、恩恩怨怨！作品昭示了正直、真诚、善良始终是人间的"主旋律"，那些唯利是图、损人利己的人和事，终归是会被人鄙视、唾弃的。

读完《国家血脉》，闭目回忆，一个个鲜活的人物就会在大脑的"屏幕"上活灵活现：

尽忠职守且宁可被人误会也要执著地完成自己使命的、威武帅气、令不少女人动心的人民警察李楠；

在地震发生、人皆求生的紧要关头，为保护学生而让儿子牺牲、自己也失去一条腿、又被歹徒毒害却一心要重返灾区课堂、品格高尚的王梅；

抗震救灾中英勇献身的郑栋；

忍辱负重且聪明贤惠的董惠；

特别是那个美丽可爱的藏族姑娘达娃央珠，她对爱情的坚贞执著以至闹出让人啼笑皆非的故事，不仅让人印象深刻，更是给人以启示：只有真心的爱才会让爱情变得神圣！达娃央珠的纯净得如同藏区的蓝天白云般的爱还映照出：那些以纵欲或玩伴的男女之情，不仅根本不能叫爱情，而且简直就是对爱情的亵渎！

一心贪图享受的薛丹的可悲结局、于菲菲的醒悟、梁飞的弃旧图新以及林教授、梅雅等众多人物，都是性格鲜明，能够让人留下深刻印象。

这是一部彰显真、善、美人性光辉、鞭挞假、恶、丑的力作！

这是一部描绘人间大爱的瑰丽画卷！

在作者的心目中，只有那些闪耀着人性光辉的大爱，才会是我们的民族之魂。作者本人也就是有着这种闪放着人性光辉的人。她曾不远千里，走访老山前线烈属，发起募捐；她深入地震灾区，与灾区人民共悲喜。因此，她的作品中那些褒扬的人品，全是一种自然流露的倾慕，没有半点矫揉造作，而且也是她本人人性光辉的映照。

《国家血脉》这部长篇小说，由于作者的匠心独运、巧妙安排，读来有如丰盛的美岁，章章有味，节节有趣；又如内容丰富的多幕大剧，幕幕异彩纷呈，读来毫无单调乏味之感。

本书人物和事件的安排，无不体现作者的匠心，这得益于作者的创作经验。建国六十周年时，作者的长篇小说《守望幸福的女人》就成为全国"百位农民作家、百部农民作品"的入选作品得以出版发行；作者每年与全国数十家电台写了数以百计、字数以百万计的电视剧剧本；她的电影作品《大禹》、《开往天堂的列车》都已被国家广电部审批待拍。这些，都给作者创作本书打下了坚实的基础。

本书情节变幻多姿，妙趣横生，故事结局出人意料又在情理之中，读后让人回味无穷。

作者在书中以叙说为主的文笔，流畅自然，也在相同的文字中会增加故事的容量。当然，如果作者能再有一些适当的环境氛围描写，读来也许会更有感染力些。

本书作者白云是四川成都龙泉驿区人。她的家乡在有"成都东大门"之称的、美丽的龙泉山上。这里是刘伯承指挥过打仗的地方，是红二师师长董朗诞生的地方，也是四川辛亥革命重量级人物夏之时率兵起义的首义之址，更是龙泉人已按邓小平指示把龙泉山建成了花果山的地方！如今，这里是国家级成都经济技术开发区所在地，是全国唯一一家被命名为"中国水蜜桃之乡"的地方！

写小说、写电影、写话剧、写电视剧的实力派女作家白云，在短短几年时间里，已经出版（播出）了几百万字的文学影视作品，她把一个作家的责任感、良知、大爱都融入进了自己的作品里；读她的作品，感觉亲切、真实，充满了人间大爱。白云，一个勤奋的女作家，愿她像天空中的白云一样，在文学艺术的蓝天上飞得更高更远！

小说简介

梁飞年少不懂事，惹下大祸逃跑，隐姓埋名娶妻生子，没想到警察李楠从天而降抓了梁飞去坐牢。梁飞妻离子散，发誓以后要让李楠家破人亡。

藏族姑娘达娃央珠爱上了解放军测绘队员郑栋。工程结束，郑栋所在部队撤离，郑栋走后渺无音讯，达娃央珠去省城找郑栋，医生邹枫被达娃央珠"纠缠"。

董惠的丈夫陈剑在地震中遇难，留下了未出生的遗腹子。董惠为寻找挽救自己和儿子生命的解放军救援队员，却被婆婆当成出轨的证据。

地震发生时，李楠的妻子王梅为救梁飞的儿子梁超，而放弃了自己儿子李峰的生命。梁飞悔恨交加为报恩，没想到却把恩人王梅引入虎穴。

海归女于菲菲在国外过得不如意，回国寻找初恋男友郑栋却被人欺负，李楠舍身相救却为自己埋下了祸根。

邹枫被达娃央珠纠缠得苦不堪言，他向好朋友李楠求救，意外地发现自己心仪的女人董惠已经成了他的猎物。

儿子不争气，一直把丈夫喜爱的学生郑栋当自己儿子看待的梅雅，在医院当志愿者时，却意外得知，自己当知青时生下子的儿子已经夭折，梅雅生病住院，却发现主治医生就是郑栋。

林教授意外得知自己的学生郑栋在灾区重建中遇难，他赶快告诉了妻子梅雅，没想到梅雅却说出了一个天大的秘密，郑栋就是自己的亲生儿子。

邹枫意外得知自己不是父母亲生子，他去找证据却得知李楠和董惠是兄妹，而自己苦苦寻找的母亲却一直在身边……

华夏子孙血脉相连，天涯海角一家亲，人间大爱创奇迹，灾难之后心相印。

序

邹枫因为和妻子薛丹的事跟父亲邹利成谈得很不开心，父亲一直要邹枫和薛丹马上把婚离了。可邹枫想到女儿邹雪还小，妻子现在也比以前好了一些，邹枫一直在犹豫。但没有想到妻子又是出去两天没有回家了，父亲就在家里骂开了，说儿子不是一个男人，再和那个水性杨花的女人生活，将来吃了大亏都还不知道是怎么一回事。父亲一直折腾到深夜，弄得邹枫一晚上都没有睡着。早晨刚刚想睡，邹雪却又在外面要父亲弄早餐，因为她吃了早餐要去上学。

邹枫赶忙起来为女儿忙碌，等女儿背着书包走了以后，他觉得自己也该去上班了。邹枫刚刚走进医院的大门，达娃央珠就向他跑来，邹枫想躲避已经来不及了，达娃央珠马上跑过去抓住了邹枫，然后大声地吼了起来："你躲什么躲啊？一个男人做了事就应该承担责任，我告诉你，躲是躲不掉的，不管你走到天涯海角我都要找到你！"因为是早晨，医院刚来上班的医生护士很多，还有一些病人也马上跑过来看热闹，医院门口马上就聚集了很多的人，大家七嘴八舌的议论纷纷。邹枫羞得无地自容，他几乎是在哀求达娃央珠了："小姐，你别再来纠缠我好不好？我已经说过了不认识你，你还要怎么样？"

一听邹枫说不认识自己，达娃央珠是又气又恨，她伸手打了邹枫一巴掌，然后大骂起来："你这个伪君子，当初你跟我好的时候什么愿都给我许了，可你得到了我，现在就什么也不承认了，别人不了解你的一切，我还不了解你吗？今天你要不给我一个说法我是不会放过你的。邹枫很是着急，他不停地争辩："小姐，你到底要我给你什么样的说法啊？"达娃央珠脱口而出："我要你兑现当初的承诺和我结婚。"一听到达娃央珠说出这样的要求，邹枫的脸都吓白了，他不停地摇头："小姐，我真的与你无冤无仇？你为什么要这样害我啊？我有妻子还有女儿，怎么能再和你结婚呢？"达娃央珠又抓住邹枫打了起来："什么？你已经有老婆孩子了？那你当初为什么要骗我啊？我可告诉你我达娃央珠不是好惹的，这辈子我只跟一个男人，那就是你。我现在不管你有没有老婆孩子，但我就是要你对我负责，你要是不答应，我和你同归于尽。"邹枫差点晕倒在地上。

咖啡厅里的人不是很多，刘宗辉坐在那里不停地打着电话，看得出他既着急又有些激动的样子。这时，薛丹急匆匆地走进了咖啡厅，刘宗辉看到薛丹走了进来，他的脸上马上露出了惊喜，赶忙站起身来走到了薛丹面前，拉住了她的手，说："宝贝，你怎么才来啊？打你的电话为什么关机？我真的以为你出了什么事？"薛丹满脸不高兴地对刘宗辉说："你老打什么啊？他一直在家我敢接电话吗？约好了在这里见面，我就一定会来的！"

刘宗辉不停地点头，赶忙把薛丹拉倒沙发上坐下，然后把茶端到了她的面前，说：我不是想吗？一直担心你会有什么事。宝贝，你怎么一点不高兴啊？是不是他又找你麻烦了？我刘宗辉喜欢的女人，谁要是拿气给你受，老子马上找几个人去废了他！"薛丹赶快捂住了刘宗辉的嘴说："你干什么啊？没有你的事，现在是我不想跟他提离婚的事，等一等再说吧！最好不要让他抓住了把柄。"刘宗辉莫名其妙地问："难道你想跟他和好？先前你不是想马上离婚吗？为什么现在改变了主意？"薛丹的脸上马上露出了一丝阴险的微笑，说："我现在暂时不提离婚的事并不代表我不离婚啊？这是为了拖延时间你懂不懂？我薛丹受够了窝囊气，以后我要让他们一家人付出惨重的代价。"刘宗辉马上拍手称快，说："好，这才是我刘宗辉要爱的女人，敢作敢为，有什么需要我帮忙的事说一声就行了，为了心爱的女人上刀山下火海我连眼睛都不眨一下。"薛丹不停地点头，然后说："有你这句话，我就什么都有了。"

刘宗辉正和薛丹谈得亲热的时候，李楠和助手小汪走了进去，他们在咖啡厅里到处看了一下正准备走，却听到有人在喊"李警官"，李楠才发现是刘宗辉在跟他打招呼。其实就在李楠和小汪穿着便装走进咖啡厅的那一瞬间，刘宗辉就已经认出他们来了，只是那时他没有打招呼罢了。

出于礼貌，李楠还是走过去和刘宗辉打了一下招呼，刘宗辉很热情地拉住了李楠说："李警官，好久不见你啦！坐下来，我们一起喝咖啡。说实在的，我还真的有点想你们了。"李楠笑了笑说："还有想我们警察的啊？要知道跟我们警察打交道不是什么好事啊！刘老板，你慢慢地喝吧，我们还忙着呢？失陪了。"李楠要走，刘宗辉赶忙递了一支烟给他，李楠马上拒绝了。刘宗辉又说："我怕什么？说实在的我真的很喜欢你们这些为民除害的警察，有了你们保一方平安，我们这些企业家才有安全感。对了，今天来这里也是执行公务吗？"李楠笑了笑说："这是我们的工作，真的无可奉告。"刘宗辉还想再和李楠说话，可李楠已经和小汪匆匆离开了咖啡厅。

刚刚走出咖啡厅，李楠的手机突然响了起来，电话那头，邹枫不停地向他求救："李楠，你快点来医院一趟，我又被姑娘缠得没有办法了，你赶快来帮帮我啊？"李楠一时还没有摸着头绪，他以为是邹枫在开玩笑，马上大声地问道："你说什么？有藏族姑娘在纠缠你？是不是董惠啊？"邹枫又急又气地在电话里吼道："什么董惠啊？李楠，我没有心思跟你开玩笑，真的不是董惠，是一个藏族姑娘要逼着我跟她结婚。李楠，你快点过来啊！她现在的情绪很激动，我真的怕她出现什么意外。"一听到是一个藏族姑娘在纠缠邹枫，李楠赶快安慰了邹枫几句，然后挂了电话，拉着小汪向医院跑去。

目　录

第十章

第十一章

第 一 章

第1集 ● 毒 誓

　　如果不是父亲遭遇了那件特殊的事情，李楠就从来没有想到过自己以后会去当警察。那时他和邹枫一样都希望长大当一名救死扶伤的医生，没想到在临近高考时，父亲在下班途中被人抢劫了身上所有的钱财还被刺伤，歹徒没有抓到，父亲却在床上躺了半个月，到了现在父亲身上的伤痕都还清晰可见。血气方刚的李楠看到父亲那样子，心里很是气愤，他发誓要去找那些人报仇雪恨。父亲告诉李楠，城市里经常发生这样的事情，你根本找不到人的。有本事你以后去当警察，都把这些坏人给抓起来，没有了这些社会垃圾，老百姓就可以过平平安安的日子了。就是父亲这句不经意的话，突然改变了李楠的志向，在填报高考志愿时，他毫不犹豫地填了一所警察学校，也改变了他一生。

　　李楠从警察学校毕业以后，本来觉得自己可以天天抓坏人，更能干一番大事业，当然更重要的是亲自把当年刺伤父亲的小偷抓到，为父亲报仇雪恨，可没有想到，现实却跟他开了一个天大的玩笑，他被分到了一个远离省城的边远山区的派出所工作，派出所只有几名警察，都是一些上了年纪，当年从部队转业的军人。李楠是第一个真正从警察学校毕业的高材生，他到派出所工作接手的第一个案子就是小混混梁飞故意伤人案。李楠他们接到报案以后马上驱车前去，可梁飞已经跑得无影无踪了。李楠和同事们一起马上在各大路口拦截，但都没有抓到梁飞。梁飞就像人间蒸发一样，在李楠的视线中消失了。

对于梁飞，李楠并不陌生，他到派出所来报到的第一天，所长华新民正在跟他谈这里的治安情况，说这个偏僻乡村的派出所不像城里的派出所，经常有惊天大案发生，警察办起案来也很有刺激性和成就感，这里成天都是一些鸡毛蒜皮的事情，年轻人要沉得住气。

就在这时，一个高大的男人把一个瘦小看起来只有20岁左右的小伙子五花大绑地押到了派出所门口。李楠正要上前去询问，华新民马上拉住了李楠，他自己赶忙站到了那两个人的面前说："是怎么回事？"高大男人打了瘦小的小伙子一巴掌，然后拉住了华新民的手说："华所长，你们把这龟儿子得弄进去关起来啊！他一天不进去，我们村就一天没有安宁的日子过。"华新民看了看被绑的小伙子，很有些恨铁不成钢地骂道："梁飞啊梁飞，你是不是一个月不来派出所心里就憋得慌啊？年纪轻轻的为什么不学好？我跟你说，你要是我的儿子，老子真恨不得打死你才解气。"梁飞看了看华新民，然后说了一句让华新民更生气的话："我要是你的儿子就不做这些小打小闹的事情了，一定要干出惊天动地的大事情来，反正出了事有你这个当爹的保护我，我还怕什么啊？"华新民气得狠狠地踢了梁飞一脚，然后大声地朝里面的办公室喊了两声，很快出来两个警察把梁飞带走了，高大的男人也赶快跟了过去。

梁飞被带走了很久，华新民还坐在那里生闷气。李楠不停地安慰着华新民，然后有意无意地向他问一些梁飞的情况，从华新民的嘴里，李楠知道了梁飞的全部情况。原来，梁飞的身世很可怜，三岁时，母亲因为受不了家里的贫穷，跟一个外地来这里收购药材的男人走了。父亲为了寻找母亲，变卖了家里所有值钱的东西，但找了两年还是没有找到母亲。在梁飞八岁那年，父亲又得病死了，梁飞只得由奶奶带着。父亲死了以后，梁飞没人管得住，书读不进去，成天在学校里惹是生非，很快学也不上了，就在社会上到处混。十几岁就开始干些小偷小摸的事情。今天偷东家的鹅，明天偷西家的鸡。这样的人最不好办了，进监狱不够条件，留在社会上又老是扰乱社会治安。听到华新民这样一说，李楠在心里对梁飞有了更深的印象，从此以后也牢牢记住了这个名字，他更是没有想到梁飞会和他的一切联系在了一起。

被梁飞砸伤的受害人在医生的全力抢救下，性命总算保住了，但他却落下了终身的残疾。受害者的妻子牵着一个几岁的小女孩又一次来到了派出所打听梁飞的情况。那天，正是李楠在那里值班，受害人妻子突然得知梁飞还没有被抓到时，她马上跪在了李楠面前，不停地哭诉："李警官，我求你一定要抓到那个凶手为我男人报仇，他为什么要害我男人？我们和他无冤无仇啊！现在我男人成了残疾以后我们母女俩怎么过啊？我女儿一直想吃肉，孩子他爸就上街卖了菜准备再给孩子买肉，可没有想到遭遇了这样的祸事！"

面对孤独无助的受害者妻女，李楠心里很是难受，他也查清楚了，其实梁飞和受害者真的不认识，更和他没有什么冤仇，一切都是误伤。梁飞在茶铺里和另外几个小混混打麻将，因为别人笑他抽的烟差，梁飞不服气就和别人吵了起来，随后几个人又打了起来。被茶铺老板骂了以后，几个人就跑到街上去打，梁飞被另外几个追打，他跑着突然发现地上有一根大木棍，本来是拿来还击对手的，没有想到对手躲得快，梁飞打着了一个挑着菜篮子回家的男人，那个男人就是现在的受害人。

受害者的妻子还在不停地哭，李楠赶忙拉起了她，并从自己衣服兜里摸出了100块钱递给了受害者妻子，然后对她说："大嫂，你拿去给孩子买点肉吃，凶手虽然逃跑了，但我们已经布下了天罗地网，相信我们会尽快抓到凶手，让他得到应有的惩罚。"受害者的妻子对李楠千恩万谢之后牵着女儿走了。

半年时间过去了，李楠和同事们不停地寻找，可还是没有发现梁飞的踪影，想着自己对受伤者家属许下的诺言，李楠的心里说不出是什么滋味。

王梅知道了男朋友李楠分到了偏僻山区的派出所当警察，正准备结婚的她并没有怪罪男朋友，她所在的学校正在动员中青年骨干教师到边远地区的学校支教，王梅没有跟李楠商量，而是偷偷地选择了李楠所在地方的学校去支教，她是想给心爱的人一个惊喜。没想到去了李楠所住的地方，李楠见到她没有表现出过多的喜悦，而是成天心事重重。王梅很是不理解，她不停地问李楠为什么？可李楠总是那句话，工作上的事让她不要多心。但王梅并不相信，她知道男朋友是德才兼备的好男人，也是很多姑娘心目中的偶像，她觉得男朋友是另有所爱了，所以自己来了他才不高兴。一想到这些，王梅心里就一肚子的委屈，她赌气地告诉了李楠："既然我来这里让你很为难，我觉得我还是回城里的好。反正现在我们也没有结婚，你有选择的权利，我会成全你的!"一听到自己心爱的人要走，李楠急了，他赶忙告诉王梅："看你想到哪里去了? 我真的是为工作上的事情啊! 你知道吗? 那个犯罪嫌疑人梁飞还没有抓到，这是我办的第一桩案子啊! 你不知道那个受害人的妻女有多可怜? 我真的恨自己无能，在大学里学了那么多的专业知识，怎么到社会就用不上呢? 对于以后的工作我都没有任何信心了。"

听到李楠说案件的事情，温柔善良的王梅终于理解了男朋友的苦衷，她不停地安慰他："你气也是没有用的啊! 还是得振作精神好好地工作下去，一次失败并不代表永远不成功啊! 李楠，我们结婚吧，有什么事情以后我们相互理解和鼓励，这世上没有办不到的事情。我爱你，永远也不会离开你。"听了女朋友发自内心的爱情宣言，李楠感动得热泪盈眶，他紧紧地抱住了女朋友，不停地向她发誓："王梅，请你理解我，我会对你一生负责的! 不过现在我还不想结婚，也没有心情，你给我一点时间好不好? 等我抓到了梁飞再说，梁飞的案子不能这样不了了之，不管他逃到哪里? 只要他还活在这个地球上，我一定要亲手把他抓住; 抓不到梁飞，我就辞职不当警察了。"王梅说："我们结婚跟抓梁飞是两回事啊! 抓梁飞是你的工作，结婚是我们两人的生活，看到你这样我也不放心啊! 只希望早一天成为你的妻子，为你分担一切喜怒哀乐。"但不管王梅怎么劝，李楠就是不答应现在结婚。王梅心里说不出是什么滋味，正在为这事和李楠生闷气时，王梅却接到了邹枫的电话，问她和李楠选好结婚的日子没有，因为家里人已经为他定好了国庆节结婚，到时一定请王梅和李楠都一起回去参加他的婚礼。

一听到邹枫都选定了结婚日子，王梅的心里更是伤感。从省城来的时候，李楠的同学邹枫来车站送王梅，邹枫就问过王梅说什么时候喝她和李楠的喜酒，王梅就告诉邹枫，自己来了就是打算和李楠结婚的，选好了日子一定请邹枫一家人来乡下玩玩。可现在自己一提结婚就被李楠拒绝，而一声不吭的邹枫却已经选定了结婚的日期。王梅拿着电话忍不住哭了起来，电话那头的邹枫一听到王梅在哭，赶忙问她发生了什么事情？是不是李楠欺负了她？王梅一句话也说不出来，她马上把电话挂断了。

第2集 ● 美梦破灭

如果不是因为爱上了达娃央珠要去求婚，索朗多杰还一直不知道她离奇的身世。村里有几个像他这样大的小伙子都爱着达娃央珠，这一点索朗多杰很早就知道了。索朗多杰兄弟三个，他是老二，他们家是村里的首富，他早就爱上了达娃央珠，看到其他人也在给爱达娃央珠献殷勤，索朗多杰有些着急了，他希望父亲去达娃央珠家提亲。其实索朗多杰人长得不错，嘴也特别能说，但他怕达娃央珠的父亲，倒不是因为他是村长，而是他觉得扎西很威严。

索朗多杰的爸爸听了儿子的话，叹息了很久才告诉儿子，达娃央珠要嫁给谁，扎西也不能完全做主，还得全村人同意了才算数。索朗多杰更加莫名其妙，他不停地追问父亲，在向父亲一再保证了不把秘密对外人说的情况下，父亲终于说出了一个天大的秘密。原来，达娃央珠的母亲在她两岁时就病死了，父亲一个人带着她艰难地过日子，就在达娃央珠四岁那年的一个深夜，父亲晚上起来方便，却无意中看到了几个黑影窜进了村子，他们偷了村里人的牛羊就要走。达娃央珠的父亲边喊边去制止他们，穷凶极恶的盗贼对达娃央珠的父亲下了毒手，村民赶来抓住了盗贼，达娃央珠的父亲因伤势过重离开了人世，他在死之前拉住了村长扎西的手说，自己死了没有什么，就是放心不下女儿达娃央珠。全村人都哭了，扎西当场答应了以后要好好地照顾达娃央珠，她不但是自己的女儿，也是全村人的女儿。

索朗多杰听完父亲的话惊呆了，他完全没有想自己心目中的美丽女神达娃央珠有着那样身世，更没有想到她的父亲是一位英雄，为了保护大家的财产不受到损失，他献出了自己的生命。

达娃央珠是直坡村最美的姑娘，确切地说应该是那个藏族乡镇中最美

005

第一章

丽的姑娘，这话应该是很公正的说法。村里一位九十多岁的老爷爷，年轻时是个手艺人，成天走乡串户地干活挣钱，他就说了还从来没有发现有达娃央珠这样漂亮的姑娘。这不得不说是上天对达娃央珠的一种恩赐，也只有这样对达娃央珠才算公平。村里的大人小孩都喜欢达娃央珠，达娃央珠美丽善良，被父亲扎西送到几十里外的学校去上完了小学，扎西本来是希望女儿去县城上了中学然后再去省城上大学的，她希望这朵美丽的花朵不但在藏区开放，还要让她漂扬过海。可达娃央珠上完小学以后，她却怎么也不去上中学了。扎西和妻子苦口婆心地给她做工作，但女儿什么也听不进去。扎西气得要命，他真的很想打女儿，但他还是克制住了自己。当初他是向达娃央珠的父亲承诺过的，一定要好好把达娃央珠养大成人，自己没有孩子，以后达娃央珠就是自己的亲生女儿了。其实这些事扎西早就做到了，他不但把达娃央珠当成自己亲生的孩子对待，可以说是比亲生的女儿还要好。如果达娃央珠是自己亲生的女儿，扎西可以随便打她骂她，就因为达娃央珠不是自己亲生的，扎西对她只有爱和付出，从来不敢打骂她。达娃央珠的父亲走了，他要是打骂了达娃央珠，所有直坡村的人也不会答应的。达娃央珠不是扎西一个人的女儿，她是所有直坡村人的女儿，是大家心目中应该爱护的公主。现在女儿不去上学，扎西夫妇虽然心里气得要命但也没有办法，一切只好顺着女儿的意愿，只要女儿高兴，让他们当父母的做什么他们都愿意。

事过半年之后，扎西在给女儿过生日时，趁着她高兴，无意中问起女儿为什么拒绝离开家去县城上学。达娃央珠的眼睛突然湿润起来，她告诉父亲："离家住在学校里，我天天晚上都做噩梦，梦见爸爸被强盗打死了。爸爸妈妈，你们对我太好了，别家都有兄妹几个，可你们为了爱我就只生了我一个，我不能离开你们，要一生守在你们身边，以后为你们养老送终。"一听女儿说出这样的话，扎西心里不由得一下子震住了，心里想着这难道真的是天意吗？女儿怎么会做起这样的梦啊？此时，扎西才觉得当初自己就不该欺骗女儿，可不欺骗她，扎西又觉得很多事情自己都无法跟女儿说清楚。达娃央珠七岁时，看到同村的小朋友都有弟弟妹妹和哥哥姐姐，就曾经问过扎西夫妇，自己为什么没有兄妹，扎西马上就告诉女儿，为了爱她，他们就决定不生了，把所有的爱都给她。达娃央珠看了看父母，然后似懂非懂地点了点头，扎西也没想到自己的一句戏言却害了女儿。其实，不是扎西夫妇不想生孩子，而是扎西本人没有生育能力。扎西十多岁时，和伙伴们一起去爬树摘野果子吃，他不小心从树上摔了下来，伙伴们把他抬回了家，他在家睡了一个星期。父母还找来了医生给他治伤，他一直觉得自己的命根子疼痛难忍，儿时的他还不懂得后果的严重性，结婚以后他才知道就是那一次从树上摔下来造成了他终生的遗憾。

对于索朗多杰的父亲来提亲，扎西并没有过多地发表自己的意见，他先是征求了女儿的意见，觉得女儿同意了他也不会反对的，对于他来说，女儿就是要天上的星星他都会去给他摘的，爱女儿胜过爱自己的生命，再说了他也很喜欢索朗多杰，毕竟是从小看着长大的，人不错家境也好，一个村子里还知根知底。

达娃央珠那时只有 18 岁，她对索朗多杰也有好感，但她没有马上表态，只是说自己年龄还小，想过两年再说。索朗多杰急了，他以为达娃央珠是爱上了村里别的小伙子，不停地问她为什么。达娃央珠终于说出了自己内心的秘密，经常在电视上看到省城那些汉族姑娘打扮得好漂亮，她也希望以后自己能走出这个地方去省城，过上和那些人一样的生活。

其实索朗多杰也不想一辈子生活在人烟稀少的山村，他也想去省城见世面，听达娃央珠这样一说，他马上就明白了，要博得达娃央珠的欢心在这里是不行的，他决定先去省城打工，然后自己找到工作安定下来，再把达娃央珠也接出去。在直坡村，索朗多杰家也是大家公认的好人家，一听说索朗多杰要和达娃央珠谈对象，大家都认同，觉得是郎才女貌。

索朗多杰和达娃央珠的婚事还没有最后定下来，但大家也是公认了的，只是想着等年龄大点就结婚罢了。

索朗多杰去了省城以后，很快找到了工作，虽然工资不高，但他还是干得很认真，最重要的是到了大城市以后，他的视野开阔了，也学到了很多的东西。他想再过一年半载，自己学到了技术，老板给自己涨了工资以后，就把达娃央珠也接到省城来，帮她找一个工作，自己就经常和她在一起了，达娃央珠是他最爱的姑娘，一生一世他都要永远地守着她。

但人世间的很多事情是无法预料到的，索朗多杰哪里会想到，就在他精心编织着未来美好生活的同时，灾难已经悄悄潜伏在他的身边，让他还没有等到心爱的姑娘来到自己身边时，一切都成了噩梦。

第3集 ● 后院闹饥荒

又因为一点小事，薛丹就大骂了邹枫一番之后便回了娘家。这事本来就是薛丹在无事生非让邹枫心里很生气，可父母不但不安慰邹枫，反而还让他去岳父家给薛丹认错。邹枫心里很是难过，他没有理会父母的唠叨，而是把自己关进了卧室，刚刚倒在床上入睡，他就开始做梦，在梦中他又梦见了董惠，那个温柔可爱的漂亮姑娘，她是邹枫年少时代朦朦胧胧的初恋吧，确切地说应该是邹枫的单相思。

邹枫喜欢董惠是从上中学开始的，他和董惠是小学同学，董惠的成绩很好，长得美丽可爱，但同学们都有意无意地避着她，还说着她们家里的一些事情，那些话听起来很不好听，每当一听到别人谈论自己的家庭，董惠就气得不停地哭。邹枫看到董惠那样心里很难受，他觉得同学们那样对待董惠真的很不公平，但他没有能力去阻止别人的议论。在班上，邹枫的成绩总是第一名，而董惠的成绩就是第二名。当看到同学们欺负董惠，邹枫就赶忙去告诉老师。

对于邹枫帮助自己，董惠是看在眼里记在心上。一次，邹枫不小心在路上摔伤了脚在家休息，董惠天天放学以后就去邹枫家里，给他讲当天老师讲的课程。邹枫的父母在城里做生意，经常不在家，只有爷爷一个人在家。邹枫在家养病，家里没人收拾，董惠去了以后，总是默默地帮助邹枫洗衣服、收拾家务。小小年纪的邹枫看到那一切心是很是感动，他知道董惠是一个懂事听话的好姑娘，但她心里有着太多的痛苦别人不知道，可邹枫知道。当时，邹枫就突然有一种冲动，希望自己快快地长大，然后带着这个让人怜爱的小女生离开这里，这里是个是非之地，只有离开了这里，董惠才会永远生活得快乐幸福。

中学毕业以后，邹枫的父母终于经过几年的打拼，在城里买上了房子，他们马上把邹枫也接到了城里去上学，但董惠的影子一直留在邹枫的脑海里。学校放了假，邹枫一直想回乡下的老家去看看，但父母总是不答应，不停地让邹枫上各式各样的补习班。邹枫尽管心里有很多的不愿意，可他还是听从了父母的意见，他知道父母对自己的要求很高，希望自己将来考上好的大学。

李楠就是在那时和邹枫认识的。看到班上来了一个新同学，作为班长的李楠主动去关心邹枫的一切，没想到后来两人真的成了好朋友。父母成天忙于做生意赚钱，邹枫在城里又没有别的亲戚朋友，他本来就是一个不爱说话的男生，到了一个新的环境，他就变得更加的沉默寡言了，什么事情他也只有和李楠讲。

就在高中快毕业那年，邹枫突然做了一个梦，梦见董惠和别人成婚了，他马上吓醒了，过了好久他都还没有回过来神。高考结束以后，父母给了邹枫很多自由的时间，但当邹枫提出想回老家去看看时，父母还是一口就回绝了。邹枫一直弄不清楚，既然父母也是从农村出来的，为什么一直反对自己回乡下去呢？难道他们对生养自己的地方一点都不怀念吗？邹枫想到以后自己去了外地上大学，就会离家越来越远，那种对故乡的思念，特别是那种对儿时感情的怀念一直折磨着邹枫。

李楠经常来找邹枫玩，但邹枫一直郁郁寡欢，经不住李楠的一再追问，邹枫终于向好朋友说出了自己的内心秘密。本来以为好朋友会取笑自己天真幼稚，没想到好朋友马上理解了自己，还给自己出了好主意。

邹利成夫妇一直对儿子的同学李楠的印象很不错，一听说李楠邀请自己的儿子跟他一起去旅游，邹利成夫妇马上就答应了。他们拿出了很多钱，还为儿子收拾了行李，让他跟李楠一起去旅游去了。

骗过了父母，邹枫带着李楠一起来到了老家，他们很快又找到了董惠的家。董惠体弱多病的父亲告诉邹枫，董惠中学毕业以后就去外地打工了，弟弟要上学，只有她去打工挣钱供养弟弟。邹枫和李楠去的时候，董惠又换了新的工作，她父亲也不知道她现在的地址，只有等董惠跟家里联系了才知道。邹枫马上把自己家里的地址告诉了董惠的父亲，希望以后有董惠的消息马上和他联系。

李楠和邹枫很失望地回到了城里，尽管这事两人对谁也没有说起过。但邹利成夫妇还是知道了儿子欺骗他们的事实，还知道了儿子去找董惠但没有找到。邹利成夫妇没有过多地责怪儿子，只是向儿子问起这件事时就

第一章

不停地抹眼泪。以前父母从来没有在自己面前流过泪，现在一看到父母那样，邹枫心里很不是滋味。这个时候邹枫已经懂得了很多事情，那就是董惠的母亲名声不好，父母不希望自己和董惠有任何关系，这一点邹枫很清楚。

大学毕业以后，邹枫分到了一个偏僻的县城医院当医生，但工作不到两年，父母还是找了很多关系把邹枫调到了省城的医院当医生。那时，邹利成夫妇的生意已经越做越大了，家里有了小车和洋房。来给邹枫提亲的人很多，但邹枫都没有自己表决的权利，一切都是父母在操办，最后一个叫薛丹的姑娘成了最佳人选。邹利成夫妇之所以选择薛丹，那是因为薛丹的爸爸是市里经济开发区主任，手里有很多实权，邹枫父母做生意在各方面都需要他手下留情。

薛丹是父母的心肝宝贝，中学毕业就被父亲托关系安排到了一个机关当了办公室主任。

对于邹枫，薛丹是无意中发现那块宝的，她跟着父母一起去参加邹利成举办的晚宴，邹枫的出现一下子就把薛丹吸引住了。邹枫长得一表人才，说话文质彬彬，又是名牌大学的高材生，他就是薛丹心中苦苦寻找的白马王子。参加完邹利成举办的宴会回家，薛丹就向父母说出了自己的意思。薛丹父亲一个电话就把邹利成夫妇叫到了自己的府下，说出了自己女儿的事。

邹利成夫妇一听说经济开发区主任的女儿喜欢上了自己的儿子，他们简直是欣喜若狂，跟主任攀亲是他们以前从来都不敢想的事，他们马上答应了那桩婚事。邹枫开始还比较反感父母给自己找了女朋友，但经不起父母的轮番做工作，他终于答应了跟薛丹谈朋友。一切都还没有怎么了解时，又在双方父母的一再催促下走进了人人向往的婚姻殿堂。这段当时被很多人羡慕的最佳婚姻组合，在人们的赞美声都还没有消失时，一切就发生了天翻地覆的变化。

结了婚以后，薛丹才发现在她眼里是完美男人的邹枫其实是一个很古板而没有生活情趣的人，更别说懂得浪漫。薛丹从小就是被父母捧着长大的，虽然她长得并不漂亮，但这没有关系，他们家有的是钱，爸爸又是当官的，她要去哪里化妆美容，老板很少有收过她的钱的。她在单位虽然什么也不懂，但她还是管着事。很多各方面能力不错的人也在她手下工作，对她很不满意，但也无可奈何。

在和邹枫结婚之前，薛丹有过很多男朋友，很多是她看不上别人，也有几个是她喜欢的男人，但人家已经是有妇之夫了，其中一个叫苏弘的男人，薛丹还和他同居了半年，怀过一个孩子。苏弘口口声声地说是真心爱薛丹，一定要和家里的黄脸婆离婚，再娶薛丹当妻子。正当薛丹做着当苏弘新娘的美梦时，突然有一天，一个胖女人找到了薛丹的办公室。还没有进门就大声地吼着要找薛丹，薛丹马上告诉她自己就是薛丹。胖女人突然抓住薛丹就打，还不停地骂薛丹是破鞋，专门勾引人家的老公。薛丹才知道那个胖女人就是苏弘的老婆，她马上打苏弘的电话，可苏弘的电话已经关机。胖女人这一闹，办公室外面就围了很多看热闹的人，那些人虽然都在劝胖女人。但薛丹看来那些人不是真心想劝走胖女人，而是想从胖女人口中知道一些她男人和自己的事情。他们是在幸灾乐祸，薛丹心里很清楚，自己平时对他们太狠，这些人今天是在出她的洋相。

薛丹从来就是一个不服输的人，在单位被别人这样侮辱了，她回家又哭又闹，一定要父母给她做主，她咽不下那口气，要找到那个泼妇般的女人算账。父亲马上不停地打电话，薛丹以为自己可以马上报复那个泼妇了，没想到父亲打完电话以后，脸上却充满了无奈和心酸，他告诉女儿："你还是认命吧，赶快和那个叫苏弘的男人一刀两断，要不然会闹出大事的。"薛丹一直不同意，从小到大就没人这样欺负过她，什么事情父亲都能帮她摆平，难道这一点小事就难住了父亲，她马上生气地对父亲吼了起来："凭什么啊？爸爸，我是你的女儿啊！看到我受别人欺负了你一点不难过吗？你不去我自己找几个人去教训那个泼妇。"一听女儿要去找那个女人报仇，父亲只得马上告诉了女儿实情："你千万做不得啊！要不然我的一切都要被你毁了的。你知道那个胖女人是谁吗？她是我们上一级领导的女儿啊？苏弘以前什么也不是，就是跟胖女人结了婚，他才有现在的春风得意。你去找那个胖女人不是拿鸡蛋去碰石头吗？"看着父亲为难惊慌的样子，薛丹终于明白，这真是天外有天，山外有山啊！以前一直以为父亲的官很大，总是别人来求他，没有想到父亲也有如此的悲哀，他也被别人管着。从那以后，薛丹在单位的威风减了很多，她不再像过去那样经常和男人混在一起，只希望找一个正经男人过日子，没想到在这时候，邹枫在她的生活中出现了。

薛丹和邹枫结婚以后，邹利成夫妇把薛丹当成神一样供着，薛丹的霸气又慢慢表现出来了。邹枫成天下了班回家就是抱着书本看，薛丹喜欢浪漫刺激的生活，她希望丈夫天天宠着她，给她说甜言蜜语，带她到处去玩。但这一切邹枫都做不到。情人节那天，薛丹等着丈夫能送给她礼物，带给她惊喜。可薛丹失望了，同事朋友有的给她发短信，有的送礼物。但丈夫什么都没有送给她不说，就连电话也不打一个。薛丹和朋友在酒吧玩到深夜才回家，没想到丈夫比她还晚才回来。到了家，脚不洗，衣服不脱就倒在床上睡着了。薛丹又气又恨，她知道丈夫又在医院加班了。在丈夫的眼里，成天就是工作、看书，对自己就像是一个陌生人，从来没有把自己放在眼里。薛丹受不了这种窝囊气，她决定报复丈夫，自己好歹也是高干子女，你邹枫不爱我，这个世界上有爱我的男人。我就是公主，成天是要被人捧着宠着的。这个时候刘宗辉出现在了薛丹的视线之中。

第4集 ● 一见钟情是毒药

郑栋很是相信命运的，在大学里，没事他就爱买一些关于人的性格与命运关系的书来看。这可能跟从小受父母的熏陶有关，父母都是农村老实巴交的农民，他们很善良，对人很好。他们也常常教育郑栋多帮助别人，千万不要做坏事，更不能做损人利己的事情，好人和坏人之间的区别就是，好人做好事，坏人做坏事。如果做坏事做多了老天爷是要报复的。小的时候，郑栋还不太明白父母的话，但长大以后，他也渐渐懂得了一些。父母从来不做损人利己的事情，相反在村里还经常做好事，活了大半辈子，父母就真的没有生过病，就连伤风感冒的小病也没有得过，这不得不说是一个奇迹。父母却说这是人做善事的好处，因为人在天下做事，老天爷在上面把一切都看得一清二楚的。

郑栋知道父母就是心善，哪怕是在路上不小心踩死一只小虫子他们也会伤心好久。受父母的影响，郑栋从小就是一个听话懂事的好孩子，也喜欢帮助别人。郑栋从小的梦想就是长大以后当一名光荣的人民解放军,他曾经向父母提过自己的想法,父母虽然没有反对他,但从父母的话语中郑栋还是知道了他们的内心想法。是啊!父母一生为善,一说到军人,所有的人都会把他们和无情的战争联系在一起,军人一旦上了战场就会有流血牺牲,那血淋淋的场面是父母不能接受的。可郑栋就是想当军人,具体当了军人干什么,他自己也没有底,只是觉得每当看到电视里天安门的国旗升起,雄壮的国歌奏起,军人在挥动国旗那一瞬间好神圣好让人羡慕。

眼见儿子当军人的决心已定,父母虽然心里一百个不愿意。但他们没有为难儿子,儿子一直是他们的骄傲也是全村人教育孩子的典范。郑栋看出了父母的心思,在填报高考志愿专业时,他才知道自己以前很无知,在部队院校也有很多专业可以选择的,并不是自己想象的那样,当了军人就是上前线打仗,现在是和平年代,哪有什么仗可打啊?想了很久,郑栋终于填了一所军事院校的勘测设计。郑栋把这一好消息回家告诉了父母,大字不识几个的父母并不懂得勘测设计是什么意思。郑栋就告诉他们,国家要修公路桥梁等都要先进行勘测设计,然后才能修啊!我们毕业以后就是做这些工作,也算是为国家建设出力。

父母终于明白了儿子说的话。因为很多年前,家乡是没有公路的,所以也不通车,山里的村民买卖东西,都是挑着东西走几十里山路去的。后来国家派人来勘测了,给山里人修上了公路,买卖东西都是坐车去,既方便又省事。以前是连做梦都没有想到过的,但现在都实现了。国家给人民造了福,儿子以后也能报效祖国,当父母的当然高兴啊!

林教授教了几十年书,也教了那么多的学生,他才发觉郑栋就是个奇才,也是他所教学生中最满意的一个。郑栋不但功课学得好,在专业上也很有研究,总是给老师提一些新的问题。开始林教授对郑栋还没有什么印象,但自从郑栋给他提了很多问题以后,又在他布置的作业上提出了自己新的见解,林教授便喜欢上了郑栋,觉得他是个不可多得的人才。林教授已经在心里暗暗打定了主意,要保住这个好苗子,有意无意地提醒郑栋毕业以后直接考研究生,然后留校任教。郑栋只是认真地钻研学问,对于恩师提出的问题,他没有明确地表态。但这并不影响林教授对郑栋的关爱,每当家里弄了什么好吃的,林教授都会把郑栋叫到家里来吃。可林教授没有想到，自从郑栋第一次来了自己的家，妻子梅雅也马上喜欢上了品学兼优的郑栋。

林教授夫妇有一个儿子叫林博，但一直不争气，让林教授夫妇伤透了脑筋。郑栋出现以后，林教授夫妇不但把他当成自己的得意门生，更把他当成自己的儿子一样爱戴。林教授知道郑栋来自农村，家里并不富裕，所以总是怕他吃不好穿不好。梅雅也是个知书达理的人，并没有因为丈夫带了穷学生来家里吃饭而心里不舒服，相反，她对郑栋更好，经常还给郑栋买些内衣让他带走。林教授曾经不止一次地对妻子说："我这一生娶了你就是福，你不但支持我的工作，就连我带回来的学生你也这样关心，真的让我好感动，做师娘的能做到你这个份上算是最优秀的了，郑栋以后可以把我忘记但他不能忘记你！"

梅雅和她的名字一样，是一个很文静的女人，结婚那么多年了，她从来没有和丈夫发过火。现在突然听到丈夫这样说，她也只是平静地笑了笑，算是回答了丈夫的问题。梅雅喜欢郑栋不仅仅因为他是丈夫最喜欢的学生，更重要的是一见到郑栋她就有一种亲切感，这个小伙子让她不得不喜欢。

郑栋爱上于菲菲是在一个晚上，确切地说是一见钟情。同学过生日，一定要请郑栋去，没想到在那里遇到了同学的表妹于菲菲。于菲菲活泼可爱，人也长得漂亮。表哥的生日晚会上，她不停地给表哥献歌。郑栋被于菲菲的一切深深吸引了，那晚于菲菲的表哥喝醉了，是郑栋把他背回了家，同学吐得一塌糊涂，郑栋不厌其烦地为他打扫。于菲菲一直跟在郑栋身边照顾着表哥，看到郑栋细心地帮助自己的表哥，于菲菲被深深地感动了。其实于菲菲对郑栋这个名字并不陌生，经常听表哥说起同学郑栋才貌双全，于菲菲都没有在意，今天一见到郑栋，于菲菲才真正被郑栋的帅气吸引了，看到他对表哥那么好，于菲菲突然觉得这个男人值得爱。如果能找上这个优秀的男人当丈夫，那自己一生都会快乐幸福的。两人的爱也就是从那天晚上开始的，随后感情发展得很快。于菲菲中专毕业以后已经开始工作了，她和郑栋约定，等郑栋大学一毕业参加了工作就结婚。

知道自己的得意门生恋爱了，林教授立即要郑栋把女朋友带给他看看。郑栋高高兴兴地把于菲菲带到了林教授家，尽管于菲菲表现得很好，事后，林教授夫妇还是不停地劝郑栋不要让爱情冲昏了头，最好放弃和于菲菲的感情。因为他们觉得于菲菲和郑栋不是一路人，也不会有结果的。郑栋不停地给老师解释，自己和于菲菲的感情很好，她也从来没有嫌弃自己是农村出来的，自己一定会和她白头偕老的。

看着自己的得意门生已经陷入了情网，林教授不停地叹息，他告诉郑栋："现在你不明白，等你明白以后也许事情都晚了，说不定这段感情会毁了你一生！"郑栋听不进去老师的话，没想到几年以后，老师的话却成了咒语。

第 二 章

第 1 集 ● 狭路相逢

　　从警察眼皮子底下逃出，梁飞本来以为万事大吉了，可他却没有想到自己会到了走投无路的地步。他没有文化没有技术，从小又没有正经地干过活，出去他找不到活干，身份证也丢在了家里。当然，即使身份证带在身上他也不敢拿出来让人看的。梁飞知道自己犯下了那么大的事，警察是一定不会放过他的。现在梁飞身上已经没有钱了，在乡下他偷鸡摸狗，顺手牵羊，什么事他都干，可在陌生的城里他却什么也不敢做。已经两天没有吃东西的梁飞一个人走在大街上，时不时的还要注意到周围有没有警察出现。这天，梁飞来到一个卖包子馒头的小吃店，看到那热气腾腾散发着香味的包子馒头，梁飞不停地吞着口水，他实在太饿了，趁老板娘去收顾客钱的时候，梁飞把手伸进了放包子的盆子里，还没有拿着包子，胖老板娘就狠狠地打了他一巴掌，还不停地骂他乞丐滚远一些。梁飞本想给老板娘解释自己不是乞丐，就是钱包丢了，想讨点吃的。没想到不远处突然传来了一阵警笛声，梁飞吓得拔腿就跑。没有注意，碰倒了一个骑自行车的中年男人。骑自行车的中年男人从地上爬起来就狠狠推了梁飞一把，嘴里还骂了一句："你找死啊！"

　　梁飞跑了很远才慢慢地镇静下来，又累又饿又怕的他差点瘫软在地上。看着城里漂亮的高楼大厦，打扮入时的男男女女，梁飞才觉得自己真的就是一个多余的人，他开始后悔自己不该和别人打架，伤了无辜的人也害得自己有家不能回。他想奶奶，以前在家里，虽然他什么事也不干，也经常惹奶奶生气。但奶奶从来没有嫌弃过他，一把大年纪了还天天去地里干活，有什么好吃的总是想着他，可现在自己逃了出来，虽然警察没有抓到自己，自己就是饿死在这个陌生的城市里也没有人去管自己的。没有找到吃的东西，梁飞就在城里没有目的地走着，他的肚子已经再次向他敲响了警钟，再找不到可以吃的食物，也许自己就真的会饿死的。

不知不觉中，梁飞走到了一个天桥上，无意中看到一个乞丐跪在地上不停地向路人磕头作揖，很快他们的面前就有了一些小钞票。梁飞看了看那些乞丐面前的小钞票，马上灵机一动，去另外一个地方找了一些灰土往自己脸上一抹，然后跪在闹市区向路人磕头作揖。梁飞满以为马上就会有好心人给他施舍钱财，没想到一分钱都没有讨到，却被一个满脸络腮胡子的男人抓起来打了两巴掌："你他妈的好脚好手也跑到这里来争饭吃，年纪轻轻的就好吃懒做，老子送你去监狱里呆着。"络腮胡子的男人这样一闹，路人纷纷走过来看热闹，说着一些很难听的话语。梁飞吓得马上跑了，走到一个垃圾桶旁边，突然看到一个年轻女子从包里拿出了一袋面包，咬了一口，马上又吐了出来，随手就把手里的面包扔进了垃圾桶里。等年轻女子刚走开，梁飞赶忙从垃圾桶里拿出了面包狼吞虎咽地吃了起来。

梁飞虽然没有饿死，但成天风餐露宿还要提心吊胆的过日子，他觉得这种日子过得生不如死，也想过回去投案自首，早点结束这种天天做噩梦的日子，但一想到要在监狱里呆那么多年，梁飞还是觉得受不了，决定继续在外面逃亡。

这天傍晚，梁飞在一个高档小区外的垃圾桶里找到了很多好吃的东西，里面没吃过的鸡都有两只，还一些水果饮料之类的东西，城里有钱的人都很讲究，他们这也不想吃那也不想吃，但对于梁飞来说就是上等佳肴了。吃饱了，喝足了，梁飞到了城外的一个立交桥下准备过夜，刚刚躺下，马上就过来几个乞丐把他赶走了。梁飞很不服气，本来想和他们争个输赢，但一看到他们人多势重，梁飞就知道自己不是他们的对手，和他们斗，吃亏的还是自己，他只得压抑住内心的怒火离开。梁飞在黑夜中不停地走着，他在考虑去哪里寻找睡觉的地方，就在这时，不远处传来了一个女人呼救的声音，梁飞赶忙跑了过去，才发现一个男人正在对一个女人施暴。梁飞平时打架的干劲又上来了，他冲上去打跑了那个男人，救下了那个哭泣的女人。

梁飞自己也没有想到，从那天起，他就交了好运。被救的女人是个老板娘，她是开车从那里经过的，没想到前面有一块大石头，她停车下来看路线就被歹徒抓住了。为了答谢梁飞的救命之恩，老板娘把梁飞请到了自己家里，梁飞的一番谎言让老板娘彻底相信了。改名叫周涛的梁飞从此有了一个很不错的工作，他过上了正常人的生活。

又过了一年，王梅也几次向李楠提起过结婚的事情，可李楠一直在推辞，王梅心里虽然很不高兴但她还是没有说出来。这一次，李楠亲口答应了和王梅一起去拍婚纱照，王梅满心欢喜，可到了婚纱店，化妆师正在给王梅化妆，李楠看了一下，马上走出了婚纱店。王梅实在忍不住了，她马上跑出去拉住了李楠问："是你叫我来拍婚纱照的啊！现在你又要走了，你是不是真的把我们的感情当儿戏啊？如果不愿意和我结婚，你就给我明说，不要这样折磨我好不好？"一看到王梅生气，李楠心里也不好受，他赶忙向女朋友道歉："请你原谅我，我真的心情不好！就是拍出来的婚纱照也很难看的，所以我不想拍了，就这样去办结婚手续好不好？"王梅赶忙问李楠："你给我说说，到底谁又招惹你了啊？动不动你就这样？"李楠深深地叹了一口气，然后说："时间已经过去快两年了，梁飞那小子的信息我们一点也没有，你知道那个受害人家里现在有多惨吗？作为警察这是我最大的失职。"一听到李楠又把自己结婚的事扯到了工作中去，王梅伤心地哭了起来："如果一辈子抓不到梁飞，你就要一辈子生活在这个阴影里吗？"李楠马上拍了一下自己的脑袋，很是坚决地说："不会的，我相信要不了多久我就会抓住梁飞的，再狡猾的狐狸也逃不过猎人的眼睛。"

其实，现在困扰李楠的还不止一件事，前些日子，父亲在临终前悄悄告诉了他一个天大的秘密：几十年前，他在当下派干部时，因为远离家人，他倍感孤独和寂寞，当地一个叫红梅的姑娘很快走进了他的生活，没过多久，红梅便怀上了孩子。他怕影响自己的前途，悄悄拿了一点钱让红梅去打掉孩子，他也立即申请调回了城里。后来，他还是从各方面打听到了，红梅并没有打掉孩子，而是把孩子生了下来。生命走到了尽头，想到自己还有一个没有见过面的亲骨肉，他就万分的痛苦，所以希望儿子有机会去找一找那个孩子。

现在父亲已经走了，母亲又体弱多病，李楠根本不敢去找那个没有见过面的弟弟或妹妹，他怕母亲受不了那个打击，更怕王梅接受不了自己的家庭丑闻。但一想起父亲临终前那悔恨痛苦的表情，李楠的心就像刀割般的难受，他不知道自己该何去何从。

对于梁飞来说，自从无意中救下了老板娘，好事就在他的身上不断发生。老板娘给了他一个工作干，他很是珍惜，以前在家什么也不干的他，现在却在公司干得很好。老板娘一家人对他很是满意，还给他加了工资。但梁飞知道自己的一切，他在公司里从来不多言多语，只是老老实实地干活。没过多久，公司里的打工妹苏霞就爱上了他，从来不敢奢望有爱情降临在自己身上的梁飞，简直被突如其来的幸福陶醉了，他也发疯似的爱着苏霞，两人很快同居。苏霞怀上了孩子，她曾经几次催梁飞回老家办结婚手续，但梁飞一直说老家管得不严，等以后生下孩子一起回去把结婚证和孩子上户口一起办了，那样可以省去很多事情。苏霞想想也是，所以就没有再去催梁飞，可她却做梦都没有想到，那是一个美丽的谎言，到了后来她才明白自己是上了当，可一切都晚了。

李楠终于陪着王梅去办理了结婚证，正准备打电话和双方父母商量办酒席的事，李楠却突然接到了领导的电话，要他马上出差去 A 市办一桩案子。

李楠和同事一起赶到了 A 市，寻找了几天也没有找到与案子有关的线索，两人有些灰心丧气，一天都顾不上吃饭的他们又累又饿，正准备去一个小饭馆吃饭时，李楠却突然看到了一个让他一直记在心中的男人，那个男人就是梁飞，他的手里抱着一个婴儿和妻子走了过来。

李楠突然喊了一声"梁飞"，梁飞到处看了一下，突然发现了对面的李楠。他马上拉住妻子就跑。李楠眼疾手快，很快冲过去抓住了梁飞说："梁飞，你跑是没有用的，今天被我发现了你也跑不掉，马上跟我们回四川去投案自首。"梁飞没有理会李楠，他在不停地挣扎。苏霞气不打一处来，她狠狠地推了李楠一下，说："你们是什么人？为什么要抓我老公？"

李楠很镇静地说:"我们是四川来这里办案的警察,梁飞涉嫌故意伤害罪已经逃跑了两年多,他一直是我们网上通缉的罪犯。"苏霞很是生气地骂道:"我看你们是大白天的说梦话,我老公叫周涛,而你们要抓的人是梁飞,这跟我老公有什么关系?我老公是一个很好的男人,要不信你们去我们公司问问,谁不知道我老公是老实人啊?他怎么会去做犯法的事情?我告诉你们乱抓人也是犯法的,别以为我们老百姓什么都不懂。"李楠冷笑了一下对苏霞说:"你自己问问他是周涛还是叫梁飞?没有证据我们不会抓人的。"苏霞赶忙拉住了丈夫的手,很着急地问:"你给我说实话,他们说的这些是不是真的?为什么他们要抓你?"面对从老家赶来的警察,面对自己深爱的妻子,梁飞此时什么话也说不出来,他马上绝望地低下了头。一见他那个样子,聪明的苏霞已经明白了事情的全部,她发疯似的打着丈夫,然后大哭起来:"你为什么要骗我?为什么?为什么啊?现在儿子才刚刚出世,你让我怎么办?"李楠赶快过去制止了苏霞。

梁飞很快被押解回到了家乡,在公安局里,他一五一十地交代了自己的犯罪事实。法院依法判处梁飞有期徒刑 8 年。坐在旁听席上的苏霞,听到判决结果,她怨恨地看了看被告席上的梁飞,然后抱着孩子走了。梁飞情绪失控地大声喊着苏霞的名字,两个警察赶快把他拉住了。

梁飞去服刑的时候,苏霞还是抱着儿子去见了他一面。看着白白胖胖的儿子,梁飞心如刀绞,他不停地请求妻子原谅他,在家好好带着儿子,等待他刑满释放回来一起好好过日子。但苏霞已经伤透了心,她执意要梁飞把儿子带到监狱去,她决定回老家去。

梁飞跪在妻子面前求情:"我知道自己做的事让你无法原谅,但我现在怎么可能带儿子啊?既然你要走就把孩子也一起带走吧,以后找个好男人嫁了,孩子长大了别跟他说起我。"苏霞悲愤交加,然后大哭起来:"我怎么带啊?你害了我一生,我一个连婚都没有结的姑娘生下了孩子,我敢带回去吗?反正这孩子我也没有办法养,是你们许家的后代,我就丢给你奶奶,是死是活听天由命了。"苏霞说完,不管梁飞怎么求情,她还是绝情地走了。

梁飞在心底里马上大吼起来:"李楠,这一生中我最不能放过的就是你这个臭警察,是你害得我家破人亡,妻离子散。等着我梁飞出来那一天，就是你李楠倒霉的那一天，我与你不共戴天，这个仇不报我梁飞就不是男人！"

苏霞把幼小的儿子扔给了梁奶奶，孩子的哭泣声，梁奶奶的苦苦哀求声都没有能打动苏霞，她在给儿子喂了最后一次奶之后，狠了狠心然后头也不回地离开了梁奶奶家。对于她来说，现在的一切就是一场噩梦，只有离开这里噩梦才会结束。

城口乡的干部正在办公室开会，具体落实全乡十个村的春耕生产任务，梁奶奶抱着哭泣不止的孩子走了进去，一见到那么多的干部都在，梁奶奶马上跪在了镇长面前，她边哭边说："镇长，我求求你们救救这个孩子啊！他是我唯一的亲人了，可我没有能力养活他。"镇长大吃一惊，他赶忙扶起了梁奶奶，问明了情况以后，镇长马上带头捐款，在场的干部看到镇长都捐了款，赶忙从身上摸出了钱递给梁奶奶，希望她拿去为孩子买奶粉。镇长还不停地安慰梁奶奶："梁飞虽然犯了法，但孩子是无辜的，乡上会尽快解决你们的低保。责任地由村上负责安排人帮助你收种，保证你和孩子好好地生活下去。"听到镇长给的承诺，看到大家都在捐款，梁奶奶感动得热泪盈眶，她不停地对镇长说："还是国家好、政府好，我自己没有管好孙子让他犯了法。没想到大家还这样关心我，帮助我，我一定要好好把这个孩子带大，让他以后做个有用的人来报答大家对他的关心和爱护！"

第2集 ● 奇异母子

郑栋军校毕业以后，尽管林教授做了很多努力，想让得意门生留校。但郑栋还是让林教授失望了，他不愿意留校，想去参加工作，很快他被分到了西南一个部队的勘测设计院当了一名技术人员。

郑栋走后，林教授心里失落了很久，好在郑栋还经常给林教授通电话，买些当地的土特产给林教授寄来，虽然花不了很多钱，但一个学生能经常把老师放在心上，也让林教授感到安慰。

这天晚上，林教授正在书房在整理自己即将要出版的学术著作，从卧室里突然传来了妻子的哭泣声。林教授赶忙走到了卧室，才发现妻子又做噩梦了。林教授赶忙把妻子叫醒，不停地问她发生了什么事情。妻子才伤心地告诉他，梦见儿子被人杀了。

近几年来，妻子的神情越来越忧郁，林教授知道都是被那不争气的儿子给害的。在这一点上，林教授说来就感到心痛，儿子林博出生以后，林教授和妻子都忙于自己的工作和事业，一直把孩子交给父母抚养；也许儿子是林家第一个男孩子的原因，林教授夫妇又是中年得子。爷爷奶奶把林博是抱在手里怕掉下，含在嘴里怕化了，他们过分的溺爱孩子，孩子的要求不管对不对他们都有求必应，所以林博从小就养成了以我为中心的性格。上了学，林教授夫妇终于把儿子弄到了身边一起生活，可他们这才发现儿子有很多的坏毛病和不好的习惯，本来想给孩子纠正，但孩子马上拿出了自己在爷爷奶奶家的霸道作风又哭又闹。

林教授夫妇一直觉得自己亏欠孩子很多，所以也就没有去过分责怪孩子，只是想到他大一点就能明白事理。没想到林博是越大坏毛病越多，成天上学不用心，就知道在外面惹是生非，中学毕业以后，林博就再也不去上学了。林教授夫妇几乎是给儿子跪下劝说，林博才同意去一所职业学校上学，林教授夫妇心里总算松了一口气。可还没有上到一个月的学林博又不去了，成天在外面上网聊天，玩耍，没有钱了就回家向父母要。怕儿子在外面惹事，林教授夫妇总是不断地满足他的要求。到了后来林博竟然跟一些不三不四的女人鬼混，林教授夫妇是又气又恨，苦口婆心地劝儿子，但儿子什么也听不进去，除了回家向父母要钱，别的时候都找不到人。前些日子，在酒吧喝酒，为了争一个女孩子，林博竟和另外一个男人打了起来，结果把人家打伤了。林教授夫妇赔了很多医药费，林博也被逮去劳动改造一年。

在林教授的再三询问下，梅雅终于说出了自己一直担心儿子出事，林教授心疼不已，他赶忙安慰妻子："你不要去想他的事了，现在你的身体不好一定不要生气，儿子在监狱里什么事也没有，下午又打了电话来让给他寄钱去，他现在没有烟抽了。"一听到丈夫说儿子林博，梅雅不停地摇头，她马上告诉丈夫："我不是担心林博而是梦见了郑栋被人杀了！"一听妻子说到了郑栋，林教授终于明白了，自己的儿子不听话，他曾经就对妻子说过，要是自己能有个像郑栋这样听话的儿子就什么都满足了，没想到妻子把这话当了真，做梦都在想着郑栋。

林教授赶忙安慰妻子："你真的是想得太多了，郑栋是个军人也是个听话懂事的孩子，他难道会去惹是生非吗？怎么可能被人杀了呢？"但不管林教授怎么解释，梅雅就是听不进去，她一直说郑栋一定是出事了，要不然怎么一直都没有消息啊？梅雅不说成天忙于工作的林教授还没有怎么觉得，听妻子这一说，林教授才突然想起郑栋是有很长时间没有给自己来信了，他赶忙给郑栋打电话过去，但郑栋的电话一直是关机的状态，林教授的心里突然有一种不祥的预感，他不停到处打听郑栋的消息，但一切都没有结果。

其实正如梅雅梦中梦见的那样，郑栋真的是被人给杀了，但他不是惹是生非，而是见义勇为惹出来的事。

李楠这位科班出生的高材生因为工作成绩突出，已经被上级领导看中，调到了市刑警大队工作。这天他和同事接到了群众报案，有个穷凶极恶的歹徒，在抢劫了一位从银行取钱出来的公司出纳以后，被人发现马上跟着追他。眼看追截他的人越来越多，他自己也觉得跑不掉了，马上抓住了旁边的一个十岁的小姑娘作为人质，要别人给他准备一辆车让他逃跑，要不然他就杀了小姑娘。

小姑娘是一位小学生，正高高兴兴地背着书包去上学，没想到被这突如其来的灾难给吓住了。歹徒用明晃晃的刀对准了小姑娘，小姑娘吓得不停地哭，拼命地喊旁边的叔叔阿姨救救她，面对小姑娘的哭闹，歹徒的情绪也越来越急躁，他不停地威胁小姑娘："你再哭，我马上杀了你。"围观的人很多，看着小姑娘那样，大家都为她揪着心，但想不出更好的挽救办法。

郑栋是和战友一起上街买东西的，看到街边围了很多人，他们也赶快跑了过去，很快他们就发现了被劫持的小姑娘。此时，歹徒的情绪已经无法控制，他拿着刀在小姑娘的脸上晃来晃去，小姑娘哭得撕心裂肺。郑栋来不及多想，他让战友从正面和歹徒套近乎来分散他的注意力，自己悄悄从后面冲上去抓住了歹徒的刀，歹徒拼命地顽抗，就在两人的搏斗中，穷凶极恶的歹徒把刀刺向了郑栋。

李楠他们赶到了现场时，小姑娘得救了，歹徒也被抓住了，而郑栋却倒在了血泊之中。经过医生的全力抢救，郑栋总算捡回了一条性命，全市媒体的各路新闻记者都涌到了病房，纷纷要采访郑栋这位见义勇为的英雄，但郑栋却拒绝一切采访。

于菲菲是在郑栋出事后赶到医院的，本来他们已经商量好了，这几天去拍摄婚纱照的，没想到郑栋却出了这样的事。看到男朋友身上的伤，于菲菲是又生气又难过，她不停地责怪郑栋不应该这样鲁莽行事，歹徒的刀子是不长眼睛的，如果他再往下刺一点，郑栋就真的没有命了。看到心爱的女朋友为自己气成那样，郑栋只得不停地向她保证以后再不会这样做鲁莽事了，于菲菲的脸上才稍稍有了一点笑容。

李楠代表刑警大队去医院看望郑栋，那时于菲菲刚刚给郑栋送过吃的，然后去上班了。郑栋喝完了鸡汤坐在病床上看一本专业书籍，李楠和同事走了进去，郑栋赶快抬起了头要和他打招呼，可郑栋还没有说话，李楠却一下子拉住了郑栋的手喊了起来："邹枫，怎么会是你啊？"一听到警察叫自己邹枫，郑栋很有些莫名其妙地问："邹枫？谁是邹枫啊？我不认识。"看到郑栋一副茫然的表情，李楠这才意识到了自己的失态，他尴尬地笑了笑说："对不起，是我看花了眼。先自我介绍一下吧，我是刑警大队的李楠，感谢你在紧急关头的出色表现，不但避免了一场惨案发生，还让我们抓住了歹徒。现在这个歹徒我们已经查明了他的身份，以前就杀过人，是我们网上通缉的要犯，这次你是立了大功，我们刑警队准备给你奖励呢？"听李楠这样一说，郑栋反而显得有些不好意思了，他不停地给李楠解释："奖励就没有必要了，不说别的，我也是一名军人啊！遇上这样的事应该挺身而出，自己只是做了自己该做的事。"看着眼前真诚的军人，李楠发自内心说出了一句话："你是中国军人的骄傲，也是我们大家学习的榜样！"

郑栋其实很早就想给恩师林教授打电话了，但他又不愿意打，他不知道怎么跟老师说自己受伤了，怕老师知道了自己受伤的事而难过。郑栋知道林博不听话，老师把自己当亲儿子一样对待，可他不愿意让老师知道自己出了事，尤其是师娘，郑栋觉得她的心太细了，细得有时让郑栋都觉得不知道怎么和她相处。记得有一次，郑栋在林教授家和师娘一起包饺子，郑栋在剁肉馅时不小心把手指弄破了一点皮，师娘心疼得不得了，不停地责怪自己不该让郑栋剁肉馅，仿佛伤的不是别人而是她自己一样。郑栋在医院一住就是一个月，出院以后，郑栋决定去林教授的家看看，但于菲菲拦住了他。因为于菲菲的一个远房姑姑要回国探亲了，以前于菲菲的父亲对姑姑帮助很多，姑姑这次一定要来于菲菲她们家看看。于是于菲菲就决定这个时候和郑栋结婚。姑姑是个有钱人，说了要给于菲菲送一份结婚礼物的。于菲菲早就想过，姑姑要是给自己送一万美金就是七八万人民币，现在才按揭了房子，还没有来得及装修，她希望先忙这一头，到时直接打电话让林教授来参加婚礼就是了。

郑栋虽然觉得女朋友这样做很不妥当，但一看到女朋友那高兴劲他也不好说什么了。郑栋很爱于菲菲，他也希望自己能早点结婚，和自己所爱的女人生活在一起，那是一个男人一生的幸福。然而这个世界上就是有很多东西是出乎人意料的，于菲菲的姑姑说好的下个月回来，没想到她却提前回来了。原来姑姑的生意做得很大，儿子娶了媳妇以后跟她的关系一直不好，以前儿子还很听她的话，可现在就跟着媳妇一条心了。媳妇是个很厉害的女人，姑姑根本不是她的对手，经常欺负姑姑，在异国他乡的姑姑倍感孤独和失落。这次姑姑提前回来的目的，一是看看家乡的亲人，还有就是找一个可靠的亲人去美国，她决定和儿子媳妇分开，各做各的生意。

于菲菲家还有一个哥哥结婚后也跟父母住在一起，关系一直很好。姑姑最先到的就是于菲菲她们家，一见到于菲菲，姑姑马上就喜欢上了她，姑姑决定就带于菲菲出国。说心里话，在姑姑还没有回来之前，于菲菲从来没有想到过出国，只想着和郑栋结婚以后挣了钱早点把房贷还清。姑姑回来以后，听说了姑姑在美国不但有别墅还有高档轿车，那些东西对于于菲菲来说是想都不敢想的，但现在只要自己一句话，这一切就可以马上得到，于菲菲的心动摇了，她马上决定了跟姑姑一起去美国。

郑栋虽然不愿意让自己心爱的女朋友去美国，但看到于菲菲那高兴劲儿，还有岳父全家期盼的目光，郑栋就觉得自己说什么都是多余的，自己不同意也没有什么意义了，只是他的心里一直说不出是什么滋味。于菲菲也看出了男朋友的心思，她不停地安慰郑栋："你也别难过，我先去，只要我在那边站住了脚，就会把你也一起弄过去。那边别墅轿车都有，如果在国内，就凭我们两个人挣工资，一辈子也买不上那些东西的。人就应该往高处走，现在有这个机会我们决不能放弃！"面对女朋友的一大堆很实在的道理，郑栋只得点头同意了于菲菲的决定。其实于菲菲心里也不好受，那时她是真的爱着郑栋，本来相亲相爱的两个人就要走进婚姻的殿堂，但为了实现自己的远大理想，她只能先放弃爱，跟姑姑去了美国。

于菲菲去了美国，经常给女朋友打越洋电话就成了郑栋最高兴的事情。应该说于菲菲也是一个有情有义的姑娘，她到了美国以后很快适应了那里的一切，并不断地为郑栋出国的事做着各种努力，每当事情有一点进展，她就赶快打越洋电话，把这一好消息告诉郑栋，让他时刻准备着出国。一提到让自己出国，郑栋马上就开始犯愁了，他并没有想过要出国，他是军人，他所学的专业在中国，他很喜欢自己的工作，要让他放弃自己热爱的工作去一个陌生的国度淘金，郑栋心中真的不是滋味，本来他是想着女朋友能在国外呆几年就回来，没想到女友已经下定了决心要在美国呆下来，还要让自己去。郑栋想了很久，觉得自己还是不能出国，老实巴交的父母把自己供到大学毕业吃尽了苦头，自己不可能丢下他们不管。可于菲菲的理由很简单，只要郑栋出了国，国外的钱比中国更好挣，到时把父母送到养老院去，自己负责出钱就行了，甚至还可以给父母买套洋房，请个保姆照顾父母。郑栋当场拒绝了于菲菲的这一想法，他觉得那样对父母太残忍了，金钱代替不了一切亲情。

郑栋和于菲菲的婚变应该说是在意料之中的事情，当于菲菲再一次去帮郑栋联系出国的事情遇到了麻烦，她的心情很不好，赶快打了越洋电话告诉郑栋，本来是想得到郑栋的安慰，没想到得到的是郑栋让她不要为自己的事操心了，自己真的不想出国。生气之中的于菲菲马上就发火了，她给郑栋丢下了一句话："既然这样我们的事就此了结，以后谁也不找谁了？"没想到郑栋也马上告诉于菲菲："我成全你，过去的一切就当一个梦！"

其实于菲菲内心也很矛盾，她到了美国不久，就有一位高鼻子蓝眼睛的美国人一直在追她，他的家庭相当有背景。但于菲菲的心还是没有动摇，她爱着郑栋。可帮助郑栋办出国的事自己吃尽了苦头，但郑栋还一点都不领情，她说那样的话也是想气气郑栋，没想到郑栋却当了真，从此不再理她。很是失意的于菲菲投入了美国男人的怀抱。

和于菲菲分了手，郑栋对一切绝望了，从此以后他像变了一个人，单位有同事给他介绍女朋友，他连看都没有看一眼就马上回绝了。郑栋开始拒绝爱情，爱情让他伤透了心，他不相信爱情了。

林教授夫妇再一次看到郑栋的时候，简直让他们大吃一惊，以前白白胖胖的郑栋变得又黑又瘦，从郑栋的眼神里林教授夫妇已经预感到了什么。他们还没问话，郑栋却先开口了："老师，当初我真的该听您的话。"林教授夫妇什么都明白了，郑栋失恋了。他们不担心郑栋的现在，却很担心他的未来，这段感情会不会害了他的一生？可没有想到，他们的担心又成事实。

第3集 ● 婚姻交易

王梅生了儿子李峰做满月酒，别的朋友他们都没有请，但他们就把邹枫请了去。倒不仅仅因为邹枫是李楠的同学和好朋友，而是因为王梅生孩子时，一切都是邹枫在帮助照顾她。王梅给李楠打电话，说自己肚子痛得不行可能要生了。那时李楠还在离家几千里的一个城市抓一个逃犯，王梅打去电话，李楠就是长上翅膀也无法飞到妻子身边。这个时候李楠突然想到了邹枫，一个电话打给了他，邹枫马上找了车子去把王梅接到了医院。第二天，李楠在提心吊胆中等到了妻子的一个平安电话，她生下了一个可爱的儿子。邹枫放弃了自己的休息时间，一直在医院照顾着王梅母子俩，李楠心里感慨万千。在他那么多的同学中，他就觉得邹枫做事最稳重，对人最真诚，只要交给他的事情，不管付出多大的代价他也要帮你做好。儿子做满月酒，李楠夫妇请邹枫来还有另外一个目的，那就是把自己的儿子过继给邹枫当干儿子。儿子有那样好的干爹，李楠夫妇也觉得脸上有光。邹枫的女儿邹雪已经一岁多了，长得美丽可爱。本来李楠夫妇是邀请了邹枫夫妇一起来，也把他们的小公主带来见见小弟弟，结果还是只有邹枫一个人来了。

虽说和邹枫是好同学好朋友，但邹枫的妻子薛丹，李楠还从来没有见过。邹枫结婚时，李楠在外地学习没有参加他的婚礼。薛丹生孩子时，李楠又在外地办案，只有王梅一个人去了邹枫家。王梅回来以后曾经跟丈夫说过，薛丹很厉害。李楠只是笑了笑，他觉得邹枫能看得上的女人应该不会差的，今天见老同学又没有把妻子带来，李楠便一直问邹枫这是为什么？开始邹枫还保持沉默，但经不住李楠的追问，邹枫说出了自己和妻子的事情。

邹枫和薛丹的婚姻在没有生孩子之前就已经亮起了红灯，邹枫是个性格内向的男人，就是受了委屈他也不愿意对别人说。从一开始和薛丹谈恋爱到结婚，邹枫都觉得自己跟做梦一样，他曾经跟父母说过，自己跟薛丹不是一路人。但父母马上就回绝了他，说感情都是培养出来的。其实邹枫自己也清楚，父母也不是真心喜欢薛丹，但他们要想把生意做大，很多地方还要靠薛丹的父亲帮忙，邹枫就只能当牺牲品了。

结婚以后，薛丹在外面又有了别的男人，不但邹枫清楚，就连邹利成夫妇也是很清楚的。那时，邹枫已经对薛丹完全失望了，他希望离婚。但父母还是拒绝了他，他们对儿子说："现在你别理这个贱女人，等以后我们的生意做大了，她的父亲总有下台的时候，到那时你再找她离婚也不晚啊！"听了父母的话，性格软弱的邹枫再一次向父母屈服了。

薛丹生下了女儿，虽然邹利成夫妇心里很恨她，但还是装出很爱她的样子，对她关怀体贴。看到公公婆婆对自己这样好，薛丹不但没有对自己在外面跟男人鬼混的事感到愧疚，反而更加的变本加厉；她觉得自己的父亲有权有势，别人谁也不敢把她怎么样？

有了女儿，孤独绝望的邹枫得到了一丝安慰，他把自己的一切希望都寄托在了女儿身上。女儿越长越可爱，以前一直想着离婚的邹枫已经打消了念头，为了女儿，他希望和妻子好好谈谈。

有了外面花天酒地的生活，薛丹已经越来越看不起丈夫了。在她交往的男人中，薛丹最满意的就是刘宗辉，刘宗辉能说会道，手下有公司，住高档别墅，开名车，对她花钱大方，最重要的是刘宗辉懂得浪漫，只要薛丹喜欢的东西，刘宗辉都要想方设法弄到。薛丹觉得刘宗辉比自己的丈夫强多了，丈夫空有一个英俊的外表，成天除了工作就是看书，没有一点生活情趣。为了名正言顺地和刘宗辉混在一起，还不让外面的人说闲话，薛丹干脆自作主张地让刘宗辉给女儿当了干爹。

李楠夫妇请邹枫去，邹枫也希望妻子女儿跟自己一起去。但薛丹的一句话就把邹枫顶了过去："我最讨厌警察了，李楠是你的同学你去啊！今天是女儿干爹的生日，我当然是要带着女儿去给他干爹庆祝。"邹枫明知道那是一个幌子，但他没有去揭穿。妻子的泼辣邹枫是领教过很多次的，她想做的事情，如果别人阻拦了，她会在家里闹得鸡犬不宁的。邹枫现在想要的是平静的生活，他连吵架的心思都没有了。

知道了邹枫的一切情况，李楠夫妇很是同情邹枫的不幸婚姻，都劝他事情已经到了这个地步再和妻子生活已经没有什么实际意义了，不如趁早离婚。至于他父母那边，李楠夫妇决定找个时间去劝劝他们，不能为了自己的生意，害了自己儿子一生的幸福。

对于刘宗辉这个人，李楠并不陌生，但一听邹枫说起他是个有亿万家产的老板，李楠怎么也不相信。刘宗辉的公司李楠去过，因为一桩故意伤害案，其中一个犯罪嫌疑人就是刘宗辉公司的员工。李楠和同事一起去抓人的时候刘宗辉还在给犯罪嫌疑人打埋伏，所以李楠对刘宗辉的印象很深。他的公司也不大，挂的是一个什么电器设备公司的牌子，有十多名工人在那里忙碌，怎么看也不像是年产值有几千万的公司，李楠觉得刘宗辉一定是在骗薛丹。

听丈夫这么一说，王梅更是生气，她骂薛丹是贱女人，放着邹枫这么好的男人不珍惜，却要去和外面的男人混，她这样的女人被人家骗是应该的。看着邹枫一直心情不好，王梅还不停地给邹枫打气，要他马上回去就和薛丹离婚，她们学校才分来一个女老师，年轻漂亮，而且对人很好，她决定做这个媒，让邹枫早日从痛苦的婚姻中解脱出来。

开始心情还一直很沮丧的邹枫，通过李楠夫妇的一阵开导之后心里好受了许多，他也决定回去和妻子好好谈谈，要么就离婚，自己再也不能像以前那样麻木地过日子；要么就让妻子不要在外面乱来，做一个爱家爱丈夫爱孩子的女人。看到好朋友的心情高兴了，李楠夫妇的心情也很高兴，平时从来不喝酒的李楠和邹枫也开始喝起酒来，而且越喝越兴奋，到了最后两人都有些醉了。这时，李楠突然拉住了邹枫的手说："你说这人在紧张的时候是不是容易产生幻觉啊？有时觉得这种幻觉就是真实的东西。"

029

第二章

邹枫看了看李楠，很有些不解地问："你怎么啦？看到了什么东西？"李楠突然有些不好意思起来，然后对邹枫说："上次我和同事去看一个见义勇为的军人，他穿着医院里的病号服坐在病床上看书，我马上就喊出了'邹枫，怎么是你啊'？弄得人家莫名其妙。"邹枫笑了笑，然后说道："这有什么好奇怪的？我也经常叫错人的。"李楠见邹枫不相信，又赶忙解释："我真的没有叫错人，那人就是你啊！难道我连你还认不出来吗？所以我觉得只有一种解释，那就是我产生了幻觉，但我觉得那跟真实的一模一样啊！"邹枫又看了看李楠，说："真有这样的事？"李楠不停地点头："难道我还会骗你？这么久来我一直被这事困扰着。"邹枫苦笑了一下说："这事我也解释不清楚了，对了，以后你要是再遇到这样的事，最好用照相机照下来，我倒想要研究一下到底是什么原因呢？这人世间稀奇古怪的事太多了。"

王梅一看到邹枫那认真的样子，马上就大笑起来，然后拉了邹枫一下，说："邹医生，你已经被李楠耍了，你想会有这样的事吗？看你不开心，他是逗你玩的。以前我不开心的时候，他就爱给我编些天方夜谭的故事来骗我。"听王梅这么一说，邹枫恍然大悟，他马上在李楠的肩膀拍了一下，说："李楠，你行啊！现在连我也捉弄了，当警察的脑子是比我们的脑子好用啊！"看着妻子和好朋友都不理解自己，李楠很是着急地说："你们为什么都不相信我说的话呢？真的是伤了我的中国心！以后我什么也不跟你们说了。"见丈夫生气了，王梅赶紧说："开玩笑也不要开得太过分了啊！就你那点小聪明，别人不知道我还不知道啊？欺负人家邹枫老实是不是？"李楠马上大声地吼了起来："是的，你们都不相信我，但终有一天我会让你们相信我的。"看着李楠发如此大的火，邹枫和王梅都睁大了眼睛，然后不停地说着"相信"的话语。李楠的情绪慢慢平静下来。

邹枫在离开李楠的家时，他已经做了最坏的打算。当然他首先想的还是女儿，如果妻子能改掉一切坏习惯，他可以不追究以前的事，好好地跟她过日子，他也不希望女儿从小就没有爸爸和妈妈；如果妻子还是不改以前的坏毛病，他就决定彻底和她分手。他也知道父母肯定是不会同意的，但这一次他已经下定了决心，决不能再听父母的了，到时哪怕是和父母闹翻，他也要争取自己的幸福。然而这个世界上的很多东西都是无法预料的，正当邹枫做好了准备回家面对一切时，才发现屋里的气氛比平日里要压抑得多。妻子已经早早地回了家，一直在房间里不停地哭泣，父母在一边悄悄私语。从父母的谈话中，邹枫才知道，自己岳父家的天塌下来了，岳父因为贪污受贿已经被双规了。

第1集 ● 天崩地裂

王梅当初签的支教合同已经满了，本来马上就可以回到城里的学校上课，没想到学校王老师的丈夫出了车祸，成了终身残疾。王老师既要照顾丈夫又要工作，她曾经把丈夫也带到了乡下的学校来，可丈夫又要经常去医院换药，一切很不方便。看到王老师的实际困难，王梅就主动把回城的名额让给了她，想等着以后有机会再回城里。

梁飞的儿子梁超刚刚满了六岁，梁奶奶就把他送到了学校去上学，王梅成了梁超的班主任老师。李峰刚刚五岁半，王梅也让他成了一年级的学生，他和梁超成了同学。

那一次，几个学生在操场上玩皮球，看着大家玩得那么高兴，站在一边看热闹的梁超也跑过去和同学们一起玩皮球。很快梁超就把皮球抢着了，一个大个子男同学马上就冲到了梁超的面前，狠狠地抢过他手上的皮球，然后用力把他推倒在地上。梁超不停地哭，他边哭边说："你们把皮球给我，是我抢着的。"大个子男生见梁超要他还皮球，他气不打一处来，马上打了梁超一巴掌，然后骂他："你是一个没人要的野种，你爸爸是坏人，我们凭什么把皮球给你？坏人的儿子不能跟我们一起玩，要是以后你再来跟我们抢皮球，我们还要打你。"李峰也赶忙跑过去骂梁超："就是没人和你玩，你爸爸是坏人，我爸爸是警察，是专门抓你爸爸那样的坏人。"

梁超又羞又气，他马上哭着跑了。

王梅发现梁超受了同学的欺负那是在上课以后，那节课应该是王梅的课，她走进了教室，突然发现教室里空着一个位置，她这才发现梁超没有来上课。王梅有些奇怪，做课间操的时候，她是看到梁超了的。于是，她赶忙问有没有同学看到梁超，大家都没有说话。王梅觉得很不正常，她赶忙把坐在前面的一个女生喊出了教室，女生才跟她说了实话，班上的男同学欺负了梁超，其中李峰也参与了，梁超已经背着书包离开了学校。王梅又气又急，从来没有打过儿子的她，突然走到了儿子面前，伸手就给了他一巴掌。看着李峰挨打，大家都明白了是怎么一回事，纷纷告诉了老师真相，然后走出教室去找梁超。

王梅带着同学去找到梁超的时候，他已经离开学校很远了。梁超边走边哭。王梅跑过去抱住了梁超，说："梁超，让你受委屈了，跟老师回去上课。"梁超的情绪很激动，他不停地推王梅："我再也不上学了，学校里的同学都骂我！"王梅赶忙向梁超保证："以后学校里没有人骂你了，有什么事你直接跟老师说，老师会给你做主的。梁超，你不要难过，其实同学们就是不了解你爸爸，他只是一时做错了事，以后他改正了就是一个好人。"看到老师那样，几个欺负过梁超的男同学都拉住了梁超的手，向他认错，保证以后再也不欺负他了，一定和他好好玩。李峰也马上给梁超认错，梁超终于回到了学校上课。

王梅知道梁超的生日是在中午放学以后，她回到了家里才突然发现开门的钥匙放在教室里了。王梅返回教室拿钥匙却发现梁超坐在教室里剥一个煮熟的鸡蛋，旁边放了一碗已经冰凉的饭。王梅一问才知道那天是梁超的生日，曾祖母就给他煮了两个鸡蛋带到学校来吃。为了省钱，梁超从来没有在外面吃过饭，都是曾祖母早晨给他做了饭带到学校里来中午吃。知道了梁超这样的情况，王梅差点掉下眼泪。她赶紧把梁超带回了自己家里，给他做了好吃的，还告诉他以后不要带饭来学校了，中午放学去她家里吃，有自己吃的，就不会饿着他的。梁超在老师家里边吃饭边哭。懂事的李峰不停地把好吃的东西都让给了梁超。梁超告诉老师，那是他长那么大吃到的最好一顿饭。那顿饭在梁超的心里留下了深刻的记忆，李峰给他夹菜的情景梁超以后也时常在梦里梦见，那顿饭也成了梁超和李峰在一起吃的最后一顿饭，也是王梅陪着儿子吃的最后一顿饭。

大地在没有任何预兆的情况下突然发狂了，路上的行人突然有些站立不住了，河里的水开始不停地波动起来，而且越动越厉害。房屋开始摇晃得厉害，有些破旧的房子经不起剧烈的震动开始垮塌了。山坡上悬崖上的石头不停地往下滚，发出了一阵阵叫人胆战心惊的响声，顿时尘土飞扬。屋子里的东西开始不停地往下掉。大街上到处是惊慌失措的人们。公路上开车的师傅慢慢减速下来，从车窗里探出头，莫名其妙地注视着四周的一切震动。这时，突然有人大喊起来："地震了！"

大街上到处是慌乱的人群，惊叫声汽车喇叭声响成了一团。惊慌之中的人们一边寻找着可以安全躲避的地方，一边摸出了手机不停地拨打电话，但手机都是无法接通，所有的手机信号已经全部中断。又气又急的人们开始骂了起来，一边还是在做着最后的努力，希望打通电话。但一切都无济于事，手机呼叫还是失败。胆小的女人手里紧紧地握着手机不放，开始不停地念着亲人的名字，然后哭了起来，男人开始摔手机。人们的言行举止都在这个时间里开始混乱起来了。

梁飞在劳改队一直想着逃跑，眼看一切都不能实行，他很是绝望，于是他走了极端的方式，那就是自杀。为了挽救梁飞的生命，管教干警请示了上级领导，迅速把梁飞送到了市里的医院进行抢救。

邹枫正在给梁飞检查手术后的恢复情况时，地震已经发生了。医院里已经开始混乱起来。一个护士急忙走过去拉了邹枫一下，说："邹大夫，你还静得下来啊？外面发生了什么事你知道吗？"一看到护士那慌慌张张的样子，邹枫很是生气："谁叫你进来？上班时间你不守住你的病人跑这里来干什么？"护士大喊："邹大夫，你知不知道地震了？所有的通讯已经中断，我联系不到我男朋友，不知道他是死是活。邹大夫，你快想想办法联系你的家人吧！生死关头，亲人的命比什么都重要啊？""你没有看见我正在给病人检查吗？你瞎闹什么啊？"护士马上冷笑起来，说："邹大夫，现在不是唱高调的时候，为了一个犯人你值得去冒那么大的风险吗？要是你家里的亲人有什么闪失，你会后悔一辈子的。"邹枫马上推开了护士，说："你给我住嘴！救死扶伤是我们做医生的责任和义务，不管他是什么人，在我们眼里他们的生命都是平等的。我们放弃他们不管，就等于是剥夺了他们的生命，到那时我们才是真正的罪人。"看着邹枫那倔强的样子，护士又气又恨，她马上跑出了病房，嘴里还在不停地念叨："真是狗咬吕洞宾，不识好人心！"邹枫没有理会那一切，还是很镇静地为梁飞继续检查。

吃过午饭以后，王梅马上带着梁超和李峰去了教室午睡。开始还有几个同学在教室里相互嬉闹，但看到王梅去了以后，都马上安静下来，然后趴在桌子上睡着了。王梅也坐在讲台前面打起盹儿来，这时，她突然觉得桌子不停地摇晃起来。很多同学都被摇醒了，他们惊恐万状地看着老师。有两个胆小的同学吓得哭了起来。

王梅马上明白过来是怎么一回事，她赶紧把教室门打开，但由于房子摇得太厉害，教室门马上又被关上了。王梅只好站在教室门口用身体紧紧的顶着，然后大声地喊了起来："地震了，同学们，你们快点跑出教室，全部集中到操场上去原地坐下。"

外面已经响起了楼房垮塌的声音，同学拼命地往外跑。教室越摇越厉害，王梅觉得快要支撑不住了。就在这时，坐在教室最后面的李峰突然摔在了地上，他吓得大哭起来。梁超也边哭边喊："王老师，我脚抽筋跑不动了。"王梅马上冲过去抱起梁超就往教室外跑。看到母亲抱着梁超跑了，李峰撕心裂肺地大喊起来："妈妈，你救救我，救救我啊！"王梅不停地给儿子打气："你要坚持住，妈妈马上把梁超抱出去就来救你。"就在王梅刚刚抱着梁超冲出教室门口时，只听得一声巨响，教学楼突然垮塌下来，浓浓的尘雾弥漫在天空，王梅和梁超还有李峰顿时没有了踪影。

逃出去的同学，看着教学楼顷刻之间就没有了，出现在眼前的是一片废墟，他们这才突然明白了是怎么一回事，边哭边喊着老师和同学的名字，然后拼命地往废墟里冲。

第 2 集 ● 仇人相见

医院里仍然很混乱，有些病人急急忙忙要想出院。房子时不时的还在摇晃着。医生护士一边在忙着处理病情一边在不停地安慰着惊慌失措的人们。邹枫给梁飞检查完以后，便让他回病房去休息休息。两个监狱警察赶快走过问邹枫梁飞的病情。邹枫长长地松了一口气，然后对两个监狱警察说："病人已经没有什么危险了，休息几天就可以出院了。现在情况复杂，病员越来越多，我们医生护士顾不过来，如果方便的话请你们帮助维持一下秩序，害怕发生意外。"两个狱警不停地点头，说："军民一家人嘛，别说什么帮忙不帮忙的，这是我们应尽的职责和义务。"

梁飞正坐在病房里喝水，两个监狱警察赶快进去叮嘱他："你就老老实实地呆在这里休息，我们出去一会儿就回来，别给我们要什么花招。手铐我们也不给你戴上，万一有什么情况你自己也好处理。现在情况紧急，我们得去外面维持秩序。"梁飞脸上露出了一丝苦笑，说："我都到了这个样子还能给你们要什么花招啊？你们放心地去吧。"两个监狱警察又看了看梁飞，然后马上离去。

这时，医院里的哭叫声越来越大。病房里，梁飞心烦意乱地拿起了电视遥控板，然后在调电视频道。电视荧屏上马上出现了中央电视台播音员的声音："来自国家地震局的最新消息，今天下午14点28分在四川汶川发生了7.6级的强烈地震，具体位置在成都附近，距离温江北部55公里处，北纬31度，东经103.4度……

一提到汶川，梁飞突然呆住了，因为他的老家就在汶川附近不远。过了两分钟他才突然醒悟过来，撕心裂肺地大喊起来："儿子、奶奶，你们在哪里啊？"

李楠正开着警车办完事准备回刑警大队，可因为地震，整个城市的交通已经处于半瘫痪状态，尽管李楠已经鸣起了警笛但还是不起作用。这时，旁边突然传来了一阵惊叫声，大家纷纷回过头望去，旁边一栋高楼大厦上面的广告牌经过震动之后马上掉了下来。一个老奶奶带着孙子路过那里，广告牌砸在了孩子的身上，鲜血马上从孩子的脸上流了下来。见此情景，李楠赶快把车子停在了一边，冲过去抱起孩子就跑。

医院里的伤病员是越来越多，人们不停地哭着叫着，医生们正有条不紊地给每一个伤病员进行抢救，有些等不及的伤病员家属情绪很激动，纷纷要求医生能先救治自己的亲人，随着伤病员的不断增加，秩序开始混乱起来。两个监狱警察和保安站在那里不停地做着解释疏通工作，看到医生护士忙不过来，他们又去帮助医生护士抬伤病员。

梁飞在病房里再也坐不住了，听到外面的吵闹声，他赶快走出了病房去观察情况。

这时，李楠满头大汗地抱着头上流着血的孩子冲进了医院，看到李楠的那一刻，梁飞马上惊呆了，但为了不被人发现，他只能躲进了旁边的一个角落里。

李楠抱着孩子不停地往里挤。一个年轻的医生不停地给大家做着解释工作："大家不要慌张，只要到了我们医院就一定想方设法为大家服务，请大家依次排好队不要乱挤。如果大家都乱挤我们就无法正常地工作。"这时，邹枫也从病房里走了出来，大声地说："大家分成两排，为了不耽误治疗，危重病人先救治。"李楠一看到邹枫，马上大喊起来："邹枫，你快先给这孩子看看，他已经流血过多昏迷了。"邹枫突然对大家说："请你们先让一条路，把这个孩子马上送急救室。"人群中突然有人喊了起来："警察就该搞特权啊！不行，生死关头，我们大家都在排队他也得排队。"邹枫走过去看了一下李楠抱着的孩子，马上又喊了起来："请大家理解一下，先救救这个孩子，他已经快不行了！"听到说孩子不行了，大家没有再说什么，纷纷让路，孩子马上送进了急救室抢救。

梁飞把刚才的那一幕都看得一清二楚，他在心里不停地咒骂起来："李楠，你他妈的就是一个道貌岸然的臭警察。生死关头，你先想到的就是你儿子命重要，别人的生命都不值钱了。你等着，要是我的亲人有个什么三长两短，我要毁了你的一家人！"

第3集 ● 挺进汶川

梁奶奶正在地里摘菜，突然觉得天昏地暗起来，她弯着腰一下子被摔在了地上，她努力想站起来，可用了很大的力气也站不起来。她嘴里不停地唠叨着："难道大白天也遇上鬼了？"

这时，四周不停地传来像炸雷一样的响声，梁奶奶抬头看去，她突然呆住了，四周的山和树在不停地摇晃，巨大的石头在拼命地往下滚，一座座的大山在摇晃之后，很快往下滑了。转眼间一些靠着山脚下的房子被埋了进去，顿时尘土飞扬，梁奶奶看不见眼前的一切，她不停地揉着眼睛，嘴里大声地喊了起来："有怪物，有怪物。老天爷快把这怪物收拾起走，我什么也看不见啊！"

梁奶奶喊过之后，才突然发现村庄已经不是原来的村庄了，一切都变了样。四周的惊叫声哭喊声响成一片，一些人在惊慌失措地跑着，原来偌大的一个村庄已经变得很小了，只剩下几处孤零零的房子。梁奶奶看到了自己那个破旧的房子已经变了形，马上就要倒塌的样子。她赶忙用尽了力气从地上爬了起来，然后往自己家走去。一个路过的村民拉住了梁奶奶的手，说：婆婆，你不能再回家了，地震了，我们去找一个平坦的地方躲一躲。"梁奶奶气得不得了，然后大喊起来："不，我要回家把我的粮食拿出来，娃娃回来没有吃的怎么办？"村民赶忙劝梁奶奶："婆婆，你不能去啊，很危险的。你没有看到吗？李四他们的房子都被大山垮下来全部埋在了里面，村里就剩我们几家了，你不要再去冒险了。"梁奶奶仍然听不进村民的劝说，她还是坚持往自己家的方向走："我这把老骨头不值钱的，把娃娃饿着了怎么办？我要去，就是死也要把粮食弄出来。"就在这时，不远处的一个倒塌的房子里传来了救命的声音。村民又急又气，他不停地拉梁奶奶，试图想把她从危险的地方带走："婆婆，你一定不能进房子啊！我去那边看看，有人在喊救命。"村民说完马上朝喊救命的地方跑去，梁奶奶直接向自己快要倒塌的破房子走去。这时，四周的山和树又开始摇晃起来，梁奶奶刚刚走进自己的屋子，屋子在摇晃了几下之后，轰然倒塌。

在去抗震救灾的部队官兵名单中，本来是没有郑栋的名字，他刚从外地出差回来，部队的官兵已经把一切准备好，首长正在激情高昂地讲话："汶川发生特大地震，里面的一切信息都中断了，具体情况不知道。遵照胡锦涛主席的重要指示，要求我们部队迅速组织官兵全力投入抗震救灾，尽快抢救伤员，保证灾区人民生命安全，最大限度减少损失。作为人民的子弟兵，祖国和人民需要我们的时刻到了，马上向汶川出发。"官兵们齐声回答："积极响应胡锦涛主席的指示，一切行动听从上级首长的安排，保证完成这次坚决的任务！"很快官兵们爬上了军用大卡车，准备向汶川方向前进。

郑栋也爬上军用卡车准备走，领导拉住了他，告诉他先休息，这一批没有打算让他去，等下一批再说。郑栋不停地给领导解释："我是国家和人民培养出来的军人，现在汶川发生了那么大的灾难，我一定要去出一份力。那里地处少数民族山区，山高坡陡，地势险要。我从小在农村长大，能吃苦耐劳，现在从事的工作又是勘测设计，很多高山峡谷我都去过，所以对各种恶劣环境适应能力强，请求领导一定批准我去。"郑栋已经把话说到这个份上了，部队领导也觉得再不同意让郑栋去灾区抗震救灾，从哪方面都说不过去了，很快，部队领导同意了让郑栋去灾区参加抢险救灾工作。其实郑栋心里还有另外一个意思，失恋让他痛苦不堪，一静下来他就会想于菲菲，所以他希望用繁忙的工作来打法自己的一切，他不希望自己静下来，一静下来他就会痛苦难受。

邹枫是汶川发生特大地震灾害的第三天接到通知让他去灾区的，地震灾区的伤员越来越多，而且他们的伤势都相当严重，有的只能在当地马上手术。邹枫是医院的技术权威，派他到重灾区那是理所当然的事情。要去灾区，邹枫没有一点怨言，父母在家都能自己照顾好自己，可他担心的就是女儿。妻子对女儿从小到大就没有认真管过，父母一直不喜欢那个孙女邹枫看得出来，在那个家唯一对女儿好的就是邹枫。

邹雪好像看出了父亲的心思，她把一个自己做的小红布袋子挂在了父亲的脖子上，很懂事地对父亲说："爸爸，你放心地去灾区救治伤病员吧！我会自己照顾自己的，你把这个平安符戴上，就会平平安安的。"看着女儿的举动，听着女儿对自己真诚的祈祷，邹枫泪如泉涌，他紧紧地抱住女儿亲了又亲，声音哽咽着对她说："爸爸一定会平安回来的，以后就哪里也不去了，天天陪在你身边，你是爸爸的全部。"邹雪不停地点头。

薛丹知道了丈夫要去灾区，她狠狠地丢下了一句话："你去了最好不要回来！"

第4集 ● 英魂藏区

如果不是那场震惊全世界的汶川大地震，如果不是一个鲜活的生命在藏族同胞眼前突然消失，如果不是直坡村的同胞们面临绝望的时候，金珠玛米（解放军）们从天而降来到了直坡村，把直坡村所有的藏族同胞们从死亡线上拯救过来，直坡村的藏族同胞不会对金珠玛米有着如此深厚的感情。

直坡村有100多口人，全部是藏族同胞，那是一个半农半牧的地方。解放以后，国家政府给了藏族同胞们很多的帮助，为他们修起了房子，解决了他们居无定所的日子。每年还在经济上给予他们一定的帮助，在藏区修起了公立学校，让藏族孩子免费学知识。对于离学校较远的学生，全部让他们寄宿学校，一切费用全部由政府承担，为的是让藏族孩子从小学到文化知识，将来为建设家乡出力。

直坡村的藏族同胞们永远也不会忘记5·12那一天，勤劳善良的人民正在外面放牧的放牧，种地的种地。一切都在没有任何征兆下的情况下，天空突然昏暗起来，山在吼，地在叫，可怕的地震发生了，顷刻间房屋在剧烈地摇晃之后倒塌，地上突然裂了缝，很多山脉往下沉，几座山和成了一座山，一些大山又从中为分了两半，中间突然冒出了一个个的堰塞湖。

昔日平静祥和的直坡村突然被地震袭击，所有的房屋倒塌，人员伤势严重。大家惊慌失措，他们所居住的村庄已经成了一个孤岛，以前唯一能走出村寨的路已经在地震中被炸断，出现在他们眼前的是一个个的堰塞湖，他们与外界失去了联系。藏族同胞们是叫天天不应，叫地地不灵，伤员的情况越来越危险，他们缺水缺食缺药。老人呻吟孩子哭叫，死亡时时在向他们逼近。村长扎西急得在那里走来走去，所有村民都把他围住了，希望他能想办法，地震已经过去了一天一夜，如果再走不出去，生存的希望也就越来越小。余震还在不断发生，一些人已经绝望了，他们想带着家人一起同归于尽。

看着这一切，扎西心如刀绞，他不停地安慰着村民，但他的心里却一点底都没有。路已经断了，地震让很多地势都变了样，外面人谁还知道这孤岛上有人呢？达娃央珠抱住了父亲，不停地哭喊说："爸，我不想死，快想办法让我们逃生啊！我说过的要去省城看一看。可现在我连省城都还没有去过呢？爸爸，你快想办法把大家带出去啊！我不甘心就这样死掉！"

看着可爱的女儿，看着全村人期待的目光，扎西很想自己能插上双翅，把所有的村民都带离这个灾难地区，但现实却不行，他什么都不是。扎西想了很多办法，那就是自己逃出去，让外面的人来救他们。然而扎西和所有直坡村的人一样，他也不会凫水，面对突然在眼前的堰塞湖他走不过去。扎西心急如焚却没有一点办法，他不停地抓打着自己的脑袋，骂自己是混账。

突然，天空中响起了飞机的叫声，大家赶忙抬头望去，却见一架直升机在天空中盘旋了一阵以后，慢慢降落在了他们的不远处，大家蜂拥而上。一个干部模样的金珠玛米（解放军）从直升机里走了出来，他向大家挥了挥手说："请大家不要慌张，党和国家不会放弃你们，在这紧急关头，国家派了很多直升机在灾区巡查，看到你们这里有人，我们马上就降了下来。伤病员先上，然后大家跟着上，一定要把你们转移到安全地带，保证你们的生命安全。"一听到这个消息，直坡村的藏族同胞们泪流满面地高喊："感谢胡总书记，感谢共产党，国家和政府才是我们的救命恩人，金珠玛米（解放军）是真正的活菩萨。"

身受重伤的尼玛次仁老爷爷，紧紧拉着一个正要背他上飞机的金珠玛米激动地说道："我这把老骨头反正也活不了多久，现在伤得这么重也没有什么治头了，请求你们帮我把孙子治好，他是我们家的根啊！"金珠玛米不由分说地把尼玛次仁老爷爷背上了飞机，然后安慰他："老爷爷，您放心好了，国家不但要治你孙子的伤还要把你的伤治好，现在全世界人民都在关注灾区支援灾区，没有什么渡不过的难关。灾区人民只要有百分之一的希望，国家也要付出百分百之分的代价去抢救你们。"尼玛次仁老爷爷激动得热泪盈眶，他不停地说着感谢的话语，然后让金珠玛米把他背上了飞机。尼玛次仁老爷爷在飞机上坐好以后，金珠玛米又准备去背另一位躺在地上的伤员。就在这时，余震又开始了，山坡上突然滚下来很多石头，金珠玛米忙着去抱地上的伤员，却没有注意到山上滚下来的石头，那个大石头突然砸在了金珠玛米的头上，金珠玛米当场倒在了血泊之中。刚刚要逃离死亡之地的藏族同胞被突如其来的灾难震住了，他们一起扑在了金珠玛米的身上，撕心裂肺地哭喊道："金珠玛米，你醒醒，金珠玛米，你醒醒啊！"但不管人们怎么呼叫，年轻的金珠玛米再也没有醒来。

山河在咆哮，大地在怒吼。他们用这特殊的形式表达着自己的哀思，年轻的金珠玛米走完了他短暂而壮烈的一生，他把一切献给了灾区，把他的音容笑貌永远地留在了藏族同胞的心目中。

第 5 集 ● 阴阳两隔

如果发现办公桌上的东西开始不停地往下掉的时候，董惠就马上往外跑的话一切都还来得及，因为她们的办公室就在二楼的楼梯口。可要命的是办公室的杨姐正在办公室里面的洗手间，她把门死死地关住了。董惠不停地喊："杨姐，快开门，地震了。"一听到说地震了，已经怀孕六个月的杨姐马上被吓倒了，她赶快打开了门，却一下子摔倒在地上，董惠赶快去扶她，可杨姐已经吓瘫在地上，董惠用了很大的力气才把她扶起来。但杨姐已经不能走路了，董惠只得把杨姐扶着走，就在走到楼梯口的那一瞬间，大楼倒塌了，董惠和杨姐被卡在了楼梯间。

郑栋带领的救援队员是在地震发生的第二天，在一个倒塌的办公楼前搜救，突然听到了办公楼下面有微弱的呼救声音，他们赶快行动，用了几个小时的时间救出了被卡在楼梯之间的董惠和杨姐。因为董惠一直护着杨姐，当救援队员把两人救起时，杨姐只受了点皮外伤，而董惠却满身伤痕累累。郑栋轻轻把董惠抱上了担架，在她耳边小声地说道："你是好样的，我佩服你。你命大福大，一切都会没事的。"

董惠拉住了郑栋的手，嘴里想说什么但一句话也说不出来。可董惠也没有想到就是这么短短的一句话，却成了郑栋留给董惠的最后遗言。

董惠被送到设在帐篷里的临时医院抢救，在医务人员的全力抢救下，董惠终于脱离了生命危险，也就在这个时候，医生告诉了董惠一个让她都不敢相信的事实：她已经有一个多月的身孕了。董惠又惊又喜，她不停地给丈夫婆婆打电话，但一直打不通，董惠马上有了一种不祥的预感。

陈婆婆找到董惠已经是一个星期以后，一见到媳妇，陈婆婆就不停地问董惠："陈剑在哪里？你快告诉我啊！"从地震发生到现在，董惠都觉得自己仿佛做了一场噩梦，从被压在废墟下到被救援队员救起，董惠什么都不知道。丈夫的电话一直打不通，董惠也心急如焚，可现在婆婆却向自己打听丈夫的下落，董惠觉得丈夫已经出事了。如果没有出事的话，丈夫一定会来找到她们的，可地震已经过去了几天他却什么音讯也没有。董惠很清楚地记得，那天丈夫是下车间去了的，作为公司的工程师，产品出了质量事故，陈剑是要到车间去查原因的。董惠已经听说了，车间厂房在这次地震中全部垮塌，里面的员工都没有了消息。

　　陈婆婆见媳妇不说话，她也感到了事情的严重性，她不停地摇着媳妇的肩膀说："你快告诉我陈剑在哪里啊？当时你们是一起从家里去上班的，现在你还活着，我的儿子在哪里？我得马上找到他。"看着痛苦而气愤的婆婆，董惠心如刀绞，她赶忙拉住了婆婆的手说："妈，你不要气了，既然陈剑到现在都还没有出现，他可能再也不能出现了，妈，你不要气坏了身体，以后我就是你的亲生女儿了，还是会像以前一样对你好的。"一听媳妇说自己的儿子不会出现了，陈婆婆突然像被毒蛇咬了一样，她狠狠地推开了媳妇，然后大骂起来："谁要你当我的女儿？我没有你这种不要脸的女儿，你还我儿子！你还我儿子！就是你这个狐狸精害死了我的儿子。"陈婆婆的情绪越来越激动，董惠突然跪在了婆婆的面前哭了起来："妈，我没有害死陈剑，他是我最爱的人，我怎么会去害他呢？妈，这是天灾人祸啊！我知道你心里不好受，可我心里也难过啊！"此时的陈婆婆已经失去了理智，儿媳妇的话她一句也听不进去，她伸手打了儿媳妇一巴掌，然后又骂了起来："就是你这个害人精害的，陈剑本来是要去旅游的，就是你要把他留在家里。如果他去旅游就躲过了这场地震，找不到我的儿子我决不饶过你！"面对婆婆的愤怒，董惠欲哭无泪。她无法跟婆婆解释，有时也解释不清楚，因为丈夫没有出去旅游确实跟自己有关系。

　　婆婆说的没有错，单位是安排了员工出去旅游的。董惠和陈剑都被安排在第一批去，但因为当时董惠身体不好，决定第一批不去，等到下一批再去。深爱妻子的陈剑也就决定放弃了去旅游，他要留在家里照顾妻子。没有想到五天之后，董惠高高兴兴地跟丈夫一起去上班，可怕的地震突然发生了。

　　陈婆婆的恨不是没有道理的，如果陈剑当时不管董惠，跟着单位的同事去旅游了，这场地震他就真的躲过了。一想到这些，董惠也无法原谅自己，当时自己为什么要生病？一直对自己深爱有加的丈夫为了照顾自己，现在却和自己阴阳两隔了。婆婆痛苦，董惠心里更是难过。她在想着如果生命真的能代替的话，她宁愿用自己的命去换取丈夫的命。但现在却什么也不能了，她只得面对现实，用自己伤痛的心去安慰婆婆那颗破碎的心。

在这次地震中，董惠的家也没有了，很快政府修建了临时板房，董惠从医院回来以后，也和婆婆住进了板房区。老年丧子的婆婆无法从痛苦中解脱出来，成天呆在家里不说一句话，董惠小心翼翼地伺候婆婆，但婆婆并不领情，董惠给她送饭，婆婆马上把碗摔在地上，不停地骂董惠滚。

伤心绝望的董惠曾经一次又一次地拿着丈夫的照片不停地哭喊："陈剑，你要走，为什么不把我带走啊？你把我一个人留在这个世界上真的生不如死！"每当被婆婆骂得受不了的时候，董惠也曾经想过结束自己的生命。但一想到肚子里的小生命，董惠又不忍心了。丈夫走了，这个小生命就是丈夫生命的延续，也是他们的爱情结晶，以后看到了这个孩子也就想到了丈夫。有很多次，肚子里的小生命折磨得董惠实在受不了了，她多么想把这既让人高兴又让人惊奇的事告诉婆婆，让她分散痛苦。但董惠不敢，她怕那样更会引起婆婆的误会。董惠和丈夫已经结婚几年了，当初婆婆就背着董惠给儿子敲警钟，让他们生个孩子，自己好给他们带。但陈剑并没有听母亲的，他和董惠都忙着工作，想过几年各方面条件都好些了再要孩子。可没有想到现在陈剑走了，董惠却怀上了孩子，这不得不说是天意。

婆婆对自己有很深的仇视，董惠心里很清楚，这不仅仅是因为这次地震中她失去了儿子，其实在地震之前，婆婆就一直在各方面折磨董惠，好在那时有丈夫处处护着自己，董惠的日子还是过得很幸福快乐的。其实陈婆婆并不是一个蛮横不讲理的人，董惠和陈剑刚开始谈恋爱时，陈婆婆简直把董惠当成了自己的亲生女儿一样爱戴，使从小就缺失母爱的董惠真的成了一个快乐的公主，然而好景不长，那一切很快就被一个不争的事实所击碎。那是因为陈婆婆发现了一个天大的秘密，董惠的悲剧也就从那天开始了。

说句心里话，尽管现在陈婆婆对董惠那样不近人情，但董惠一点都不恨婆婆，至今都还非常感激她，要不是她的努力，董惠就找不到陈剑这样的优秀男人。董惠中学毕业以后就去了一个公司打工挣钱供养弟弟上学，因为自己有着很多的不幸，董惠有着比同龄女孩子更多的成熟和努力。在公司里她勤勤恳恳地干活，工作做得比别人都好，很快她被公司提为质检员，为了工作需要，董惠又参加自学考试拿到了大专文凭。那时，董惠和公司另一个姑娘租了陈剑他们楼下的房子住。

陈婆婆是个坚强的女人，丈夫在儿子上高中时就跟外面的女人鬼混上了，然后抛弃了家庭。陈婆婆硬是一声不吭地把儿子供到了大学毕业。陈剑既是一个优秀的男人也是母亲的好儿子，大学毕业以后，为了照顾母亲，他放弃了在省城工作的机会，回到了母亲身边工作。在公司里，他一心钻在工作上，看着儿子的年龄一天一天地大起来，当母亲的开始操心他的婚事。

陈婆婆早就注意到了楼下住着的董惠，在陈婆婆的眼里，董惠是一个美丽文静的姑娘，虽然没有和她正式交往过，但每次下楼只要是碰见了，董惠都会面带笑容地和陈婆婆打招呼，可陈婆婆一直不知道她叫什么名字。

那一次陈婆婆从外面买了很多东西回来，走到小区门口，陈婆婆走得很累提不动了。下班回来的董惠看到了，马上帮助陈婆婆把东西提回了家，陈婆婆一直要留董惠在家吃饭，董惠婉言谢绝了。也就是从那天起，陈婆婆知道了董惠的名字，她也喜欢上了这个姑娘，有意要把她介绍给自己的儿子，她找了小区里的老太太去说了几次，董惠终于答应去见陈剑一面。没想到一见面大家都呆住了，原来陈剑和董惠都是一个公司的，只不过没有交往而已。陈剑也就是在那个时候突然爱上了董惠，董惠更是对沉着稳重的陈剑既敬重又爱慕，从来都没有谈过恋爱的两人很快坠入了热恋之中。那时，董惠真的觉得自己是这个世界上最幸福的姑娘。陈剑把她当成了宝贝，陈婆婆对她更是比对亲生女儿还要好，去哪里都要把董惠带上，逢人便说这是我的小女儿。董惠也以为自己会从此告别过去的一切，真正走进幸福的乐园。但董惠做梦都没有想到那一切却很短暂，甚至她都还没有明白过来是怎么一回事时，一切都结束了。

董惠现在想起来一切都是怪自己，也是她的一个决定改变了自己的命运，甚至可以说是她自己给自己带来了灾难。董惠和陈剑经过一段时间的恋爱以后，陈婆婆看到两人关系那么好，就催促两人赶快把婚事办了，董惠和陈剑也马上同意。婚事定了以后，陈剑和董惠赶快去饭店定了几十桌酒席，准备把婚礼办得风风光光。

就在办婚事的前几天，董惠还是把自己心里想说的话跟婆婆说了出来，她觉得自己都要结婚了，虽然母亲在自己上学时就抛弃了自己和弟弟，给家庭带来了无尽的耻辱。但母亲毕竟生育了自己，给了自己生命。所以董惠这个时候又想到了母亲，因为前些日子，董惠也从别人那里知道了母亲现在的情况，跟她一起混的男人病死了，母亲也老了，现在过得很可怜。自己结婚，董惠想让母亲也过来热闹一下。看着满脸真诚的董惠，陈婆婆马上就同意了。没想到就在婚礼即将举行的前一刻，母亲赶到了饭店。正在饭店门口招呼客人的陈婆婆看到了董惠的母亲，也就是陈婆婆的亲家，刚才还笑容满面的陈婆婆，突然脸上的表情凝固了：因为陈婆婆见到了一个让她永远也不能忘记的女人，就是这个女人的出现，再一次揭开了陈婆婆还没有愈合的伤口。很多年前，就是这个女人拆散了陈婆婆一个本来还算幸福的家庭，也给陈婆婆带来了一生的耻辱和伤痛。这个女人就是董惠的亲生母亲。

董惠还没有明白过来是怎么一回事时，陈婆婆已经把亲家打得落荒而逃。众人惊讶，董惠赶快走过去拉住了陈婆婆的手，着急地问："妈，你怎么啦？刚才那个人是我妈妈啊！你怎么把她赶走了？"董惠本来是想着婆婆能跟她解释自己认错了人，要她赶快去把母亲请回来。可她没有想到婆婆的一句话，让董惠的心掉进了万丈深渊："我知道是你妈，如果不是你妈我还不会打她呢？真是冤家路窄啊！没有想到你就是那个贱货的女儿，你知道吗？陈剑的爸爸因为在外出差就让你妈搅上了，是她拆散了我们的家，让我没有了丈夫，陈剑没有了爸爸。现在她却跑到这来了，你给我滚，跟那个贱货有关系的人我都不想看到，要不然我会崩溃的！"董惠终于明白，原来母亲这么多年在外面跟着的男人就是陈剑的父亲，所以婆婆一见到自己的母亲就怒火高万丈。董惠本来还想给愤怒之中的婆婆解释什么，但一看到婆婆因为生气而扭曲的脸，董惠什么也不敢说了。她也知道现在说什么婆婆也听不进去的，母亲欠下的风流债她得偿还。

开始还热热闹闹的婚礼突然就变成了一场闹剧，那种尴尬的场景让董惠无地自容。更难过的还有另外一个人，那就是陈剑。事情突然出现这样的局面是他从来都没有想到过的，妻子惊慌失措，母亲情绪激动。左右为难的陈剑为了不让事态发展下去，她只得让妻子去安慰客人，自己一刻不离地守在母亲身边。陈剑用尽了一个儿子对母亲所有的亲情去劝解母亲安慰母亲，但一切还是得不到母亲的理解。

新婚之夜，本来是新郎新娘最幸福的时刻，陈剑却只好把心爱的妻子先安排到酒店住下，自己回家守在母亲身边。

想到自己的新婚之夜夫妻不能团聚，婆婆还在家里寻死觅活中，董惠心里痛苦万分，她抱着枕头哭了一夜。

董惠被丈夫接回家住已经是一个星期以后的事情了。陈剑请了很多亲朋好友去劝说母亲，他又在家里苦苦哀求母亲，陈婆婆才勉强答应董惠回家住。听说婆婆同意自己回家住了，董惠激动得热泪盈眶，她以为随着母亲的消失，一切不愉快都会马上结束，自己又可以和以前一样过着幸福快乐的日子，但她没有想到苦难的日子才刚刚开始。

虽然回到了家里，董惠再也享受不到婆婆以前对她的爱怜，她像一个犯了大错的人一样，从各方面去孝敬婆婆，但还是经常遭来婆婆的冷言冷语。董惠没有怨言，也不敢有怨言，她知道婆婆受了太多的委屈和不幸，换了是谁也接受不了的，自己尽心尽力地孝敬婆婆，用真诚来感化她也算是为母亲赎罪！好在陈剑始终如一地爱着董惠，还不停地给母亲解释，那一切都不是董惠的错，母亲的风流事儿女是管不了的。但陈婆婆什么也听不进去，一见到董惠她心里就有一股无名之火，她不得不发泄。

董惠郁郁寡欢，看到妻子那样，陈剑的心里很是难受，但他还是得强打精神来安慰妻子，从各方面逗她开心。看到丈夫仍然对自己关怀备至，董惠心里愧疚不安，她不止一次地告诉丈夫："这一辈子能给你陈剑当妻子是我一生的幸福！只要你爱我，我什么苦都能吃，也愿意为你付出一切。"董惠不但说到，她还做到了。对老公好，对婆婆更是尽心尽力地照顾，不管婆婆对她如何刁难，她从不改变对婆婆的好，这不但让丈夫感动，就连一直对她充满敌意的婆婆的态度也好了一些。

其实陈婆婆也不是恨董惠这个人，她恨的是董惠母亲的所作所为，因为自己就是一个受害者，她更担心的是将来董惠也跟她母亲一样。一朝被蛇咬，十年都怕井绳。陈剑是她唯一的儿子，陈婆婆把他看得比自己的生命还要重要，她怕儿子以后跟自己一样受到伤害。陈婆婆曾经不止一次地对儿子说过，赶快让董惠生个孩子，表面说是自己身体好还可以帮助他们带孩子，其实陈婆婆是担心董惠以后会跟她母亲一样风流，让自己的儿子吃亏，如果生了孩子也许就能拴住她的心。可陈剑每次听了母亲的话，总是对母亲说自己和董惠都还年轻，生孩子的事以后再说。陈婆婆虽然心里不舒服但也没有办法，因为那样的事她是帮不了忙的。

伤势完全好了以后，想到自己以后生孩子还要花很多钱，董惠赶紧去外面找了一个工作。白天上班晚上回板房区住，尽管婆婆还是不理董惠，但董惠还是每天回家给婆婆洗衣煮饭，她觉得丈夫离开了这个世界上，自己只能和婆婆相依为命了，不管自己有多想丈夫，丈夫已经不可能回到自己身边了，这是铁的事实，自己必须接受这个现实，现在自己就是这个家的顶梁柱，为了老人和肚里的孩子，她得坚强地活下去。

这天是星期天，董惠在家做完家务事以后打开了电视，电视里又在放着全国各地的救援队员在灾区救灾的情况，很多救援队员为了救灾献出了自己的生命，得救了的群众哭着为牺牲的救援队员送行。他们哭得肝肠寸断，那场面很是感人。还有一些获救的群众，从医院出院以后，在到处寻找自己的救命恩人。

董惠看着电视里感人的场面，她也泪流满面，不由自主地想起了自己的救命恩人。他不但救了自己的性命，还救了自己肚子里的孩子，孩子是董惠的希望，也是她活下去的勇气，董惠也想找到自己的救命恩人，当面向他说一声"谢谢"。可董惠却不知道自己的救命恩人现在在何处？他有没有遇到什么危险？叫什么名字？因为当时救援队员把董惠她们救出来的时候，太阳很大，很快她们就被蒙上了眼睛。但救援队员对董惠说的那句话"你命大福大"，董惠永远记住了，虽然没有看到那个救援队员的脸，可董惠觉得这个男人一定是个很优秀很了不起的男人，他觉得这个男人的声音很特别，董惠在心里永远地记住了这个声音，如果这个男人一说话，她一定会听出来的。董惠已经想好了，如果找到了这个救命恩人，他要是同意的话，自己以后生的孩子就认他做干爹，要让孩子以后永远地记住他。但是茫茫人海，董惠又去哪里找他呢？

这天，董惠又做了一个噩梦，梦见救自己的救命恩人在救别人的时候受了重伤，生命危在旦夕。董惠被吓醒了，她坐在床边呆了好久都没有回过来神。后来董惠再也无法入睡，她随手拿起了笔和一张纸，开始在上面勾画自己救命恩人的模样，很快一个年轻英俊的男人画像出现在纸上，董惠在心里已经打定了主意，他相信画中的这个男人就是救自己的恩人。画完像以后，董惠长长地松了一口气，她又在纸上随手写下了几个字：不论你今生在哪里？我一定要找到你！

然而，董惠做梦也没有想到，就是她随手画的这张自己救命恩人的画像，却让她以后的生活更是雪上加霜。

第6集 ● 惊天动地

索朗多杰是在地震发生的第二天离开省城往直坡村赶的。他已经从电视里看到了汶川发生特大地震，伤亡人员很多，他一直给父母、给心爱的达娃央珠打电话可一直就没有打通。索朗多杰的家乡离地震中心很近，他知道这一次是凶多吉少。本来双方家里已经同意了他和达娃央珠下个月结婚，他也想过了结婚以后就把达娃央珠接到省城来，城里的一切都比他们那里好，自己和达娃央珠在省城会有更好的发展，没想到却发生了地震。以前他给家里打电话也有打不通的时候，他知道那里山高，地势险要，电话信号不好，过一会儿就能打通了。可现在他一直在打电话就没有打通过，索朗多杰心急如焚，不顾大家的劝阻，匆匆地往家乡的方向跑了。到了他们的县城，索朗多杰才发现通往家乡的所有公路都不通了，他又气又急，于是，他还是按照自己记忆中的方向往家乡赶，也不知走了多久时间，索朗多杰迷失了方向，因为地震以后，一切地势都发生了变化，他又累又饿，天上又下起了大雨，山体又开始滑坡，索朗多杰被埋在了泥土下面，之后他昏迷了过去。救援队员们发现奄奄一息的索朗多杰已经是两天以后的事情了。

邹枫在灾区临时搭建的帐篷医院刚刚做了两个手术，刚坐下来喝了一口水，救援队员们马上又抬过来一个重伤员。这个重伤员就是被救援队员们从泥土中营救出来的索朗多杰，他已经生命垂危，别的医生看到伤员病

049

情严重不敢给伤员做手术，救援队的队长赶快找到了已经一晚上没有休息的邹枫，希望他给受重伤的藏族兄弟做手术，用他精湛的医术挽回藏族同胞的生命。邹枫二话没话，马上开始给索朗多杰做手术，但因伤员流血过多，需要马上输血，医院里没有伤员需要的那种血型。邹枫马上让医生抽出了自己身上的血挽救了索朗多杰的生命。索朗多杰苏醒过来以后，知道是邹枫救了他，千言万语他不知从何说起，只是拉着邹枫的手不停地流泪，在心底里，他永远地记住了这个给予自己第二次生命的汉族医生。

电视里不停地播放着汶川地震的最新情况，呆在病房里的梁飞再也坐不住了，他趁着混乱从医院逃了出来。梁飞想自己的儿子和年迈的奶奶，在这个世界上这两个人就是他最亲的人了，他想找到他们，不管是死是活他一定要去实现自己的愿望。省城通往都江堰的公路上各种社会车辆在那里排起了一条长龙。信息中断，亲人和朋友的生死安危谁也不知道，大家心急如焚，都希望在第一时间赶到重灾区，找到自己的亲人和朋友。由于车辆太多，一些车辆之间相互擦刮不断发生，这在平时都纠缠不休的人们开始变得宽容，谁也不想去惊动交警，只是关心前面的路是否畅通。一时间车子越来越多，车辆已经无法正常前行。通往汶川必须经过都江堰，通往都江堰有两条公路，高速公路上，满载着部队官兵的军用卡车，120急救车，警车还有救援的车辆急速向前行使。由于车辆的突然增多，高速公路的收费站已经打开了通道，让各种车辆能畅通无阻的到达重灾区。

在通往都江堰的大件路口，两个交警开始在那里指挥交通，限制一些无关紧要的社会车辆进入大件路，以免再增加压力。

梁飞从医院跑出来以后，直接坐出租车去了大件路，因为没有钱付车费，梁飞只得跟司机撒了一个大谎。要是在平时，出租车司机肯定不会放过梁飞，但那一天，出租车司机也变得异常的宽容，还不停地安慰梁飞不要着急，好好回去找亲人。梁飞在大件路口看到那些排成长龙的车辆，他的心凉了半截。站了很久也没有看到一辆通往老家的长途汽车，他不由得蹲在地上大哭起来，嘴里不停地喊着奶奶和儿子。

一个正在执勤的交警赶忙走了过去，不停地询问梁飞出了什么事。梁飞已经忘记了自己的身份，他告诉交警自己在外面打工钱包被人家偷了，现在回不了家。家里有一个年迈的奶奶和幼小的儿子，他联系不上他们，自己急得快疯了。

交警想了一下，然后带着梁飞走到了正在缓缓移动的一辆轿车前给司机行了一个礼。司机很快明白了是怎么一回事，马上打开了车门让梁飞上了车。

交警赶忙向司机致谢："多谢你理解支持，先把这位兄弟带到都江堰再说，至于还能不能进到汶川，要看那边的情况。"司机赶忙对交警说："不用谢！我知道你也是为了帮助这位兄弟，他的孝心可贵啊！在这种时候大家能帮的就帮，我也是开车回汶川看父母，现在联系不上我也不知道他们的情况。如果那边交通能通行的话，我负责把这位兄弟带到汶川。"一听司机说出这样的话，梁飞感动得热泪盈眶，他说："警察同志、师傅大哥，你们的大恩大德我一辈子也不会忘记的。"警察安慰梁飞："我们是人民的警察就是为人民服务的，现在你什么也不要说了，路上小心点，争取早日找到你的亲人。"

梁飞搭着便车终于在天黑时来到了都江堰，眼前的一切让他们惊呆了。因为都江堰离地震中心汶川最近，那儿也成了重灾区。那里到处是倒塌的房屋，人们慌慌张张地在大街上没有目的地走着看着，一些群众被陆续从垮塌的房子里救了出来，有些已经停止了呼吸，他们的样子惨不忍睹。压在房屋下面的人还在不停地呼救哭泣。余震连绵不断。人们的情绪无法稳定，收音机里不断传来地震灾区的最新情况："国务院总理温家宝受胡锦涛总书记的委托这时也赶到了都江堰，看到了灾区的情况，得知通往重灾区汶川的道路已经中断，一切车辆再也无法前进，温家宝总理决定马上在都江堰就地搭建帐篷，成立了抗震救灾指挥部，明确强调，想尽一切办法，早日打通都江堰到汶川的生命通道，早进重灾区一分钟就可能多救活一条生命。全体救援人员要尽最大的努力，不惜采取任何代价，用一百倍的努力来抢救灾区人民的生命……

天上下起了大雨，温总理在工作人员的陪同下走上了大街，街上站满了避难的群众，他们在风雨中惊慌向四处张望。妇女手中的婴儿、站在地上的孩子饿得拼命地大哭大叫，任凭父母们怎么哄孩子还是在不停地哭闹。

看到那一切，温总理心情沉重，他马上做出了批示："要求各部门，马上解决实际问题，先把奶粉送到这些孩子的父母手中，不能让孩子挨饿、让孩子受苦。现在正下着大雨，天气又冷，大家坚持一下，过一段时间情况就会好的。我们正从各方面调运帐篷和生活必需品。房子裂了、塌了，我们还可以再修，只要人在，我们就一定能够渡过难关，战胜这场自然灾害。"听到温总理温馨的话语，人们的心里踏实了很多。

雨仍下个不停，垮塌的学校已经是面目全非了。救援人员不停地在紧张地忙碌。这时，一个个孩子被救了出来，他们满身是血，心脏已经停止了跳动。他们死得很痛苦，看到自己孩子的遗体，父母扑了上去抱住了孩子的遗体哭得死去活来。废墟下一个个求生的孩子们拼命地哭喊着，一声声的呼喊撕碎了在场每个人的心。没有找到孩子的父母们情绪更加激动起来，恨不得自己冲进去营救孩子。余震还在不断地持续，旁边的瓦砾不停地往下掉，情况一下子又变得紧张起来。一个家长要往废墟里钻，救援队员为了阻止她行动，自己的脸上划破了好大一个口子。随行的医务人员马上给他简单包扎了一下之后又继续作战。

一直在四处视察灾情的温总理看到那样的情景，马上要冲到营救现场，陪同的工作人员赶忙拉住了他。温总理什么话也说不出来，默默地向工作人员摆了摆手，不由分说地爬上了救援现场。救援人员惊讶万分，不停地告诉温总理："总理，这里太危险了，您不能来啊！"温总理禁不住流下了眼泪，他紧紧地握住了救援队员的手说："要说危险，应该是这些被压在下面的孩子才危险，你们所有人都辛苦了，我代表党中央国务院来看看大家。"听了温总理的话，救援队员激动得热泪盈眶，他们不停地向温总理保证："请总理放心，我们争取以最快的时间救出这些孩子们，保证孩子的生命安全。请所有孩子的家人们配合我们的工作，你们先冷静下来。"孩子家长慢慢地安静下来，可废墟下孩子们还在不停地哭喊。

温总理弯下了腰，看了看废墟中的孩子，激动地安慰他们："孩子们，我是温家宝爷爷，你们不要哭闹，一定要挺住，救援队的叔叔在想方设法营救你们，你们要做勇敢的孩子，救援队的叔叔一定会把你们救出来的。"看到那样动人的场面，几个孩子家长突然拉着温总理的手跪下，说："温总理，您辛苦了！我们代表孩子们谢谢您！谢谢您！"温总理赶快拉起了孩子家长，说："灾害无情人有情，只要大家万众一心就一定会战胜自然灾害，党中央国务院，全国人民都在关心着灾区人民。"

　　由于通往汶川的公路不能通行了，梁飞坐在车里情绪很激动。司机开着车在都江堰城里来回游荡，他的心里也不好受。只希望能马上得到消息，通往汶川的公路通了，那样他就可以马上开车回家寻找自己的亲人，但等来的却是一个又一个让他失望的消息，汽车里的收音机里不停地播送着汶川灾区的人员伤亡情况。这时，雨越下越大，听着伤亡的人越来越多，梁飞不停地用手捶打着车窗，然后大哭起来。司机赶快安慰梁飞："兄弟，你冷静点好不好？到了这个时候急有什么用啊？谁家没有父母亲人？手机打不通，他们是生是死我们也不知道啊！你这样一闹，弄得我的心里更难受。"梁飞急得用脑袋去碰车门："我不是人，我真的不是人，要是我没有离开我的孩子和奶奶，天天守在他们的身边就是天塌下来我也会保护他们的。现在他们一个是老人一个孩子，谁去帮助他们啊？如果他们真的有个什么不幸，我就是罪人。大哥，现在我恨不得长上翅膀飞到他们的身边，用我的命去换回他们的命。"

　　这时，收音机又传来了新的消息，通往汶川的公路由于地震导致山体大量滑坡，很多路全部被大山掩埋了，所有往重灾区的车辆和救援人员都无法再前进了，各方面正在想方设法调集各种大型机械设备，抢修公路。

　　司机叹了口气说："今天我们是回不去了，先在都江堰避一避，等公路修通马上冲回去。"梁飞大吼起来："等把公路修好了，我儿子和奶奶的尸体早已经臭了。"司机把车上的收音机声音调得越来越大，说："兄弟，不要那么悲观好不好？说不定你们家没事的。你听听，温家宝总理受胡锦涛总书记的委托，已经来到了都江堰，正在现场亲自指挥抗震救灾呢。党中央和国务院时时都在关心着灾区人民！"梁飞生气地说："那些你也信？"司机赶快指了指车上的收音机说："兄弟，你听听，温总理的声音，他说了，要想方设法抢救灾区的群众。公路中断，国家已经派出了很多架直升机进入汶川查看灾情，抢救那里的伤员。"梁飞的情绪更激动："我们那里山高路陡，谁能看到那里啊？我不信，我不信，没有人会去救我的儿子和奶奶，他们一定出事了！"

　　看着梁飞的情绪越来越激动，司机一边劝着他一边开着车在街上走着，他在寻一个安全的地方想把车停下来休息一下。这时，司机把车开到

053

第三章

了一个垮塌的医院旁边，那里出现的情景让梁飞和司机都惊呆了。地上放了一些地震中遇难者的遗体，遇难者的亲人们哭成了一团。幸存下来的医生护士们虽然身上都不同程度地受了伤，但他们没有离开自己的工作岗位，在外面临时搭建的帐篷里为病人疗伤。由于情况特殊，不断送来的伤员越来越多，一些医生护士还在不停摇晃的房间里去寻找急需用的药物和医疗器械，以便及时给伤员做治疗。这时，一个医生刚刚从房间里抢出了一大堆药品，突然一下子晕倒在地上，一边的医务人员赶快对他进行抢救。正在到处察看灾情的温总理赶快走了过去。

在场所有人员都呆住了，大家不约而同地喊了起来："温总理，这里太危险，您老到安全的地方去歇歇吧！"温总理向大家挥了挥手，说："紧急关头，大家都奋战在第一线，我能休息吗？你们辛苦了，我来看看大家。"

这时余震又开始了，温总理一下子被摔了一下，手背上冒出了一些血迹。医生赶快给他包扎。眼尖的司机突然看到了温总理那熟悉的身影，他激动地大喊起来："温总理、温总理在那儿！"梁飞随着司机手指的方向看去，他顿时也惊讶得说不出话来，然后自言自语起来："我会不会是在做梦啊？温总理真的来到了灾区？他还就在我们眼前！"

温总理还站在那里不停地安慰着那些灾区的人民，梁飞赶快叫司机停了车，然后打开车门跑了出去。

温总理又对大家说："请大家不要着急也不要惊慌，人命关天的事，我的心情和大家一样难过。只要有一线希望我们就要尽全部力量去救人，废墟下哪怕还有一个人，我们都要抢救到底。请相信我们的国家和政府一定会把人民群众的生死安慰放在第一位。汶川那边的情况还不太清楚，我们一方面组织各方面力量抢修生命通道，一方面调动直升机进入汶川，一方面还要组织先遣部队徒步开赴地震中心汶川……"听完温总理的话，梁飞突然哭了起来。

司机走过去拉住了梁飞，说："兄弟，这下你相信了吧？国家领导人那么大的官都亲自来到了我们灾区指挥救灾，我们的亲人都会没事的。"梁飞不停地点头，然后大声地吼了起来："我知道，但我不能再等下去了，既然有先遣部队都徒步进入汶川，我也要去。"司机还没有明白过来是怎么一回事时，梁飞已经跑得无影无踪了。

第7集 ● 目击现场

李楠已经两天两夜没有合眼了，汶川发生了特大地震，李楠他们成天也忙得不可开交，他也担心妻儿的下落，不停地给妻子打电话，但一直没有打通。这天，李楠他们接到了上级的命令，马上要抽一部分人去彭城灾区，那边也传来最新消息，人员伤亡非常严重，百分之八十的房子已经倒塌，很多人还压在废墟下面等待营救。单位除留少部分人在家正常工作以外，其余人员去灾区参加抗震救灾工作。领导开始念救援人员的名单，全体干警都全神贯注地盯着领导，念到名字的干警都站了起来，他们准备马上出发。这时，李楠也站了起来，他态度坚决地请求领导同意他也去彭城救灾。

领导看了看李楠布满血丝的眼睛很是心疼，他不停地安慰李楠："我知道你是一个优秀的人民警察，可你已经两天没有合眼了，妻子孩子也联系不上，这次你就别去了。你就在家值勤，一旦有家人的情况你好马上去看他们。"李楠不停地摇头，说："现在我顾不了那么多了，彭城灾区伤亡那么严重，多去一个人就多一份力量，我以一个共产党员的身份要求去灾区救灾。局长，你答应我吧！呆在单位我会更难受的，至于我的妻儿，那边也去了很多救援部队，我相信他们会没事的。"看到李楠已经说到这个地步了，局长再也无法拒绝李楠的要求，他再次看了看李楠，然后拍了拍他的肩膀，郑重地对他说：我破例同意你的请求！李楠，你是好样的，我没有看错人。"李楠赶紧向局长行了一个军行，然后跟着其他警察一起往彭城灾区驶去。

再说王梅抱着梁超拼命地往教室外面跑，可他们还没有跑出教学楼，教学楼轰然倒塌。王梅和梁超被埋在了下面，厚厚的预制板把王梅的下半身压得已经完全失去了知觉。她一次又一次地痛得昏死了过去，一次又一次地被怀里的梁超喊醒。她努力想挪动一下自己的身子，可发觉用了很大的力气也动不了，全身只感到钻心的疼痛。梁超已经被突如其来的灾难吓

055

第三章

住了，他不停地哭喊："老师，我怕，我怕，我要出去，我饿得受不了。"王梅不停地安慰着受了惊吓的梁超："你要勇敢，有老师在你什么也别怕！坚持住就有人会来救我们出去的，到那时我一定会给你做好多好吃的东西！"梁超哭得很厉害了，他边哭边问："老师，李峰弟弟呢？他在哪里？他在哪里啊？他不是叫你去救他吗？老师，他现在怎么样了？"王梅心如刀绞："我是想救李峰啊，让你们都全部跑出去，可来不及了，现在你什么也别想，一定要坚持住，只要一听到外边有说话的声音，你就赶紧喊，外面的人发现了我们就会来救我们的。"梁超边哭边点头，说："老师，我一定要活着出去，还要去找李峰弟弟。"

梁飞离开了都江堰，他拼命地往汶川方向跑，地处在半山腰的都汶公路已经被山体塌方覆盖了，四周是高山峻岭，下面是涛涛的河水。桥梁被毁，一辆辆被地震时炸翻的车辆还残缺不全地停在那里，前面还有一些被堵住的车辆，受伤的司乘人员痛苦地在那里挣扎。抢险队员们开着重型挖掘机、装载机、推土机等装备到达了目的地。一些救援队员开始操作机械设备，一些人赶快去营救受伤的人员。从乱石中把他们一个个的伤者抬着背着来到了公路通畅的地方，120救护车把他们马上载走了。余震连绵不断，山上摇摇欲坠的石头时不时地往下掉。为了争分夺秒地赶时间，在施工路面狭窄的情况下，两台挖掘机在对着工作。顿时，尘土飞扬，机声隆隆，突然，一辆挖掘机的前轮向悬崖边滑去，下面是滚滚湍急的岷江水，在场的人不约而同地发出尖利的叫声。幸好，一堆乱石阻挡住挖掘机，大家惊出了一身的冷汗。

梁飞满身是汗地跑到了那里，看到那一切他呆住了，马上明白过来是怎么一回事时，他急得还要往前冲。一个抢险队员一把抓住了他，说："前面已经没有了路，你怎么走啊？我们正在加班加点地抢修，请你离开这里，不要妨碍我们的工作。"梁飞大吼起来："呆在这里回不了家我比死还难受，我要回去，我要回去！能走到那里算哪里。"说完，梁飞推开抢险救援队员还要往前冲，这时山体又开始滑坡了，一些石头纷纷地往下滚。就在那千钧一发的时刻，一个抢险救援队员大喊了一声"危险"，就把梁飞推到了一边，山上掉下来的石头砸在了抢险救援队员的身上，鲜血染红了他的全身。现场指挥马上命令："快、快、快，马上送去抢救。"

梁飞吓得不知所措。现场指挥狠狠地拉了梁飞一下，说："你还站着干什么？赶快帮着把伤员抬到能通车的公路上去，再来捣乱我饶不了你。"

梁飞帮着把伤员抬到了公路上，大家都在忙碌，梁飞也赶快去帮忙，忙完了以后，梁飞又渴又饿。一个志愿者拿出了身上仅有的一瓶水和一包饼干分着吃，当分给梁飞的时候，梁飞怎么也吃不下，只是眼泪不停地往下掉。志愿者看了看梁飞，然后又把饼干塞给了他，说："大哥，今天你也够累的，我们身上只有这点东西了，先吃下好好地躺在地上休息一会儿，明天还有很多事情等着我们去做呢？"梁飞激动地问："我看你们也像大学里的学生，谁要你们来这里受苦的啊？"志愿者摇了摇头，说："没有谁叫我们来，是我们自己愿意来。国务院总理都时时关心着灾区人民的生命安全，我们不该来尽一点力量吗？大哥，你为什么哭啊？"梁飞想说什么，但他一句话也说不出来。志愿者又对梁飞说："大哥，快把东西吃了！走到了一起我们就是朋友就是兄弟，有什么事你说出来我们也一样的帮助你。"梁飞拿着志愿者给他的饼干边吃边点头。

第一支由黄志枫带领的先遣队，在经过了几十个小时的跋山涉水、穿越了重重生死线，终于到达了汶川的一个小镇，那里已经被地震摧毁成与世隔绝的孤岛。眼前的景象，让黄志枫和他的先遣队员们触目惊心。镇上到处是断壁残垣。遍体鳞伤的乡亲，废墟中隐隐传来的撕心裂肺的呼救声，道路裂口、桥梁坍塌，远处不断塌方的山体发出阵阵巨响，岷江水面漂浮着坍塌房屋的大梁，一座曾经秀美的西南小镇，顷刻间化为乌有。

梁奶奶的全身被倒塌的泥墙压得只露出一个头来，尽管她已经奄奄一息了，可她嘴里还在不停地喊着。

救援队官兵们很快发现了生命垂危的梁奶奶，他们迅速用手刨出了压在梁奶奶身上的泥土，然后把她背走了。

李楠他们到了彭城灾区，白天他们坚持在第一线抢险救灾，到了晚上，又累又困的李楠和同事们只能在临时搭建的帐篷里稍稍休息一下，同事们很快进入了梦乡。李楠刚刚闭上眼睛就被噩梦惊醒，他梦见了儿子李峰，李峰站在一个摇晃不停的房子里，绝望地喊了起来："爸爸，你快来救救我，救救我啊！现在地震了，我好害怕！"李楠不停地安慰儿子："你不要怕，爸爸离你很远很远，现在来不了，你叫妈妈来救你啊！"李峰突然大哭起来："爸爸，妈妈已经不要我了，全班同学都跑了，妈妈也走了，就留下我一个人在教室里！"突然一声巨响，李楠赶忙大吼起来："儿子，你快跑，你快跑啊！"李峰不停地往前跑，可他又突然摔倒在地上，然后很是绝望地吼了起来："爸爸，我跑不动、跑不动，你快来救救我，救救我啊！要不然房子倒下来会把我砸死的。"李楠吓出了一身冷汗，他猛地坐了起来，才突然发现自己做了一个噩梦。李楠又不停地打妻子的电话，可还是打不通，他的心里突然有了一种不祥的预兆，难道儿子和妻子真的遇难了？一想到这些，李楠再也睡不着了，他打着电筒走出了帐篷，对着漫漫长夜大声地喊了起来："王梅、李峰，你们在哪里啊？"

　　通往汶川的公路刚刚能勉强通行，一直等待着运送各种救灾物品的车辆就排起了长龙。为了重灾区人民的生死安危，救援队员们不分白天黑夜地工作，他们恨不得马上飞到汶川去。但由于余震的不断，山上的石头和一些地方不断地滑坡，时不时的还是阻碍救援车辆的前行。几辆机械车来来回回在崎岖不平的公路上清除障碍物，但还是难以满足需要。归心似箭的梁飞趁着夜色偷偷爬上一辆运送帐篷的救援车，半路上车子走走停停。一场大雨之后，救援车的一个车轮被深深地陷进了泥土里，司机踩足了油门也爬不起来。梁飞和救援队员全部下去也推不动。又气又急的梁飞拼着死命地大吼了一声，大家用尽了所有的力气车子被推动了，但梁飞因用力过猛，头被重重地撞在了路边的一块大石头上，顿时痛得他昏死了过去。几个救援队员赶紧给他做人工呼吸，过了很久梁飞才慢慢苏醒过来，大家重重地松了一口气，他们拿出了身上唯一的一盒牛奶在喂梁飞。梁飞不停地推脱："谢谢大家的好意，我不能吃，大家累了一天也没有吃东西，嘴皮都起了泡，还是留给你们吧！"救援队员们满含深情地对梁飞说："你苏醒过来了就是我们最大的安慰，现在你的身体那么差，我们还能坚持住，挽救你的生命最要紧。"听到那些深情的话语，梁飞紧紧地拉住了救援队员的手，眼泪不停地往下掉。两个救援队员们轻轻地扶着梁飞的身体，另一个救援队员把牛奶放到了他的嘴边，梁飞泪流满面地吸了进去。

　　王梅所在的小学在这次地震中伤亡最为严重，救援队员争分夺秒地在那里忙碌。幸存下来的学生一直守在那里，等着自己的老师和同学被救起，一些学生家长也守在那里，他们心急如焚，希望马上见到自己被压在下面的孩子。救援工作正在紧张地进行，一些同学开始哭了起来，他们不停地喊道："叔叔，你们一定要救出我们的老师和同学，他们已经在下面压了两天两夜了！"

听到了上面的声音，王梅开始还很兴奋，但渐渐的她支持不住了，可她还是紧紧地搂住了梁超。梁超赶快往上面喊话："叔叔，你们快点啊！老师快不行了。"王梅轻轻地告诉梁超："你要坚持住，老师相信你是一个好孩子，如果老师真的不行了，你出去以后一定要记住老师的话，好好地学习，长大以后成为社会有用的人才。"梁超大哭起来："老师，你会没事的，我要和你一起出去，以后还是你当我的老师。"王梅想说什么，但张了张嘴还是没有说出来。

听见废墟下梁超的声音，大家的心又一次揪紧了，脸上的表情都异常的复杂。现场指挥马上让救援队员把工作停了下来，他焦急地告诉大家："下面的情况万分危急，要弄开这大型建筑物还得一些时间，伤员能不能支撑到那个时候还很难说，现在唯一的办法就是想方设法给下面的伤员放点水下去，让他们恢复一下体力，但现在关键的是不知道他们的具体位置。"一个小学生看了看建筑物下面一个小小的缝隙，马上站了出来，说："叔叔，我个子小，让我从这里爬走进去，找一个地方给老师放一瓶水进去。"现场指挥不停摇头："不行，那样太危险。"站在一边的学生家长马上拉住了现场指挥的手，很激动地对他说："在这种时候还讲什么危险啊？自从他们的老师被压在下面以后，孩子天天都在不停地哭。这个缝隙这么小，只有孩子能爬进去，让他爬进去找个地方把水放进去，这是唯一的希望，要不然他们的老师和同学真的没有救了。"现场指挥看了看学生，然后赶忙把一根绳子套在了他的身上，不停地嘱咐他："爬进去以后，一定要注意安全，有什么新情况马上发出信息。"学生马上行了一个军礼："叔叔，你放心，我一定完成任务！"

几个小时以后，经过救援队员和大家的不懈努力，被压在废墟下的王梅和梁超被成功救出。王梅已经奄奄一息，而梁超却只受了一点皮外伤。

学生们马上围了上去，不停地呼喊着："老师，你醒醒，醒醒啊？"

现场指挥马上命令在场人员："把担架拿过来，医生给重伤员稍做处理一下，救护车马上开到直升机那里，送省城医院去抢救。"

　　王梅很快被抬上了直升机，一切准备完毕，直升机很快冲破了层层迷雾升上了天空。学生们对着越来越小的直升机大声地喊了起来："老……师，您…一定要…回来！一定要……回来，我们还等着您……给我们上课呢！"

　　在省城的各大医院，病房里、走廊上到处都住满了灾区的伤员。医生护士忙得不可开交，伤员不停地呻吟，时不时的还不断有伤员往医院里送。志愿者们尽心尽力地帮助伤员端茶送水倒屎倒尿的。

　　被救援队员救起，身受重伤的梁奶奶也被送到了省城的医院，在医生护士的精心抢救下，梁奶奶慢慢地苏醒了过来，她到处看了看，然后大哭起来。一个志愿者拉住了梁奶奶的手问："奶奶，看到你醒了过来，我们好高兴啊！可你为什么还要哭啊？"梁奶奶不停地打着自己的脑袋，说："是谁把我弄到这里来的啊？我的小超超在哪里？他在哪里啊？"志愿者马上告诉梁奶奶，说："地震时你被压在了房子下面，是救援队员冒着生命危险把你从废墟里找到的，又把你背了那么远上了直升机。你伤得好厉害，还是一个志愿者给你输了血才把你救活的啊？"梁奶奶又哭："那我的小超超呢？他正在学校上学啊！"志愿者不停地安慰梁奶奶："你的小超超没事的，他和大家玩得正高兴呢。你安心地养伤，等你的伤好了，就把你的小超超接来看你！"其实，对于梁奶奶口中提到的小超超在哪里，志愿者们并不认识也不知道，他们能做的就是让老人不要生气，能安心养伤就是正事。听了志愿者们的话，梁奶奶边哭边说："好人啊！我这把老骨头还让大家费这么大的心，下辈子做牛做马我也要报答这些救我的好心人。"

第8集 ● 逃出死亡魔掌

　　梁飞终于跟着运送救援物资的车辆到达了汶川。一下了车梁飞就去找自己的家，可他找了很久也没有找到。梁飞不停地在山中奔跑着，但他还是找不到自己的家。过了很久，梁飞又慢慢地找了回去，才在山体滑坡后的乡村里找回了一点记性。当梁飞慢慢走近自己生活了很多年的家，看到那个已经完全倒塌了的破屋，他的心里什么都明白了。梁飞对着倒塌的屋子大喊起来: "奶奶，是我害死了你啊! 你告诉我，我的儿子现在在哪里?" 梁飞在那里长跪不起，过了很久，他才突然想起了以前奶奶找人给他写过信，说儿子已经去镇上的小学上学了。梁飞马上又往镇上跑去，以前热闹的小镇，现在已经面目全非，街上的房子基本上没有完好的，很多救援队员在那里不停地营救，一批又一批遇难者的遗体被抬了出来，悲痛万分的人们在那里各自认领亲人的遗体。一些失去控制的女人扑在了亲人哭得死去活来。李峰的遗体已经被倒塌的房子压得变了形，他满脸是血，别人谁也认不出他了。李峰的遗体孤零零地放在那里，一个路人看了李峰的遗体不停地摇头叹息: "这个孩子死得太惨了，到底是谁家的孩子啊? 怎么他们的家长还不来找啊?" 正在到处寻找儿子的梁飞听到路人这么一说，他马上想到了那个没人认领的遗体就该是自己儿子梁超的。看到那样的惨景，梁飞欲哭无泪，他轻轻地走到李峰的遗体面前，轻轻地抚摸着他的身体，小声地说道: "儿子，爸爸是罪人，是罪人啊! 你从生下来就没有过上几天好日子。妈妈抛弃了你，爸爸想管你但没有资格管你，地震让你成了冤魂，要是爸爸在你身边你就会没事的，做我的儿子真的是委屈了你，你看那个李楠的儿子多好，刚地震他父亲首先想到的就是保他。儿子，如果有来生的话我真的愿意好好的做人，再也不犯错误，让你跟着我过上幸福快乐的日子!"

梁飞说完以后，又脱下自己身上那件救援队员送给他的衣服把李峰裹好，然后抱着他一步一个脚印地向一个小山坡走去。走了几百米，梁飞把李峰的遗体轻轻地放在旁边，然后跪在地上用双手不停地刨着地上的泥土，很快他的双手都磨出了血泡，但他顾不得疼痛，越刨越用力，地上的土坑也越刨越大，最后他像是发了疯似的刨了起来。

地面上已经露出了很大一个坑，梁飞轻轻抱起李峰亲了又亲，然后把他放进了坑里，用手不停地刨着泥土把他的遗尸体掩埋了，嘴里不停地说道: "儿子，到了天堂你就不会有痛苦了，爸爸没有好好地爱过你，让你吃尽了苦头。现在你走了，你曾祖母也找不到了，我没有什么好想的，马上就来天堂陪着你，以后我和你再也不分开了，一定要好好的保护你。"突然一阵大风吹过，梁飞站了起来，他在旁边找到了一块石头，然后坐在李峰的坟前，举起石头对准了自己的脑袋狠狠地砸去，顿时，鲜血从梁飞的额头上冒了出来，他大声地喊了一句："儿子，爸爸来陪你了。"然后重重地倒在了地上。

王梅被送到省城医院以后，马上推进了急救室。王梅已经失去了知觉，她什么都不知道了，主治医生检查完了王梅的伤情以后，马上做出了决定，对她进行截肢手术。在一边站着的护士赶忙拉住了主治医生的手，不停地劝他："伤者的家人没有找到，谁给她签字啊？还是等找到她的家人再说吧，我们没有必要去冒这个风险啊。"主治医生看了看生命垂危的王梅，生气地说："伤者已经不能再等了，迟一分钟做手术她就多一份危险，难道找不到伤者家属签字就让她等死吗？特殊问题特殊处理，一切责任由我来承担。"很快，王梅在没有家属签字的情况下，主治医生冒着一切风险为她做了截肢手术，王梅终于从死神的边缘被挽救回来。

王梅苏醒过来已经是做了手术的第二天了，看到她终于醒了过来，医生护士都大大地松了一口气，他们不停地给王梅说着安慰的话语，王梅想挪动一下自己的身体，医生护士赶快拉住了她，让她先不要乱动，要再过一些日子才能动，因为刚刚给她做了手术，她一动会影响伤口的恢复。王梅下意识地看了看自己的下半身，才发现自己的腿少了一条，她什么都明白了，此时的她一句话也说不出来，眼泪不由自主地往下流。

看到王梅那样，主治医生的心里也非常难过，他不停地安慰王梅："请你不要难过，当时在那种紧急的情况下，找不到你的家属签字，为了挽救你的生命我只能那样做了，真的是对不起你了！"听了主治医生的话，王梅紧紧地握住了他的手，千言万语她不知从何说起："大夫，我从来没有怪过你，一切我知道了，你也是为了我好，我从心里真的感激你挽救了我的生命。"主治医生安慰了王梅几句，正要去忙别的事情，王梅赶紧问主治医生："那个叫李峰的孩子找到了吗？"主治医生赶忙说："我们这里是省城医院，并不知道灾区那边的救援情况，现在也无法联系到他们，不过你也别担心，只要是他被救了出来，一定会得救治的。当地无法处理的伤员都要送到条件好的医院去抢救，我们四川这边的医院忙不过来，很多伤员都用飞机运送去了省外的医院抢救，现在你最要紧的就是安心养伤，伤好以后你会见到他们的。"王梅不停地摇头，说："我知道。可我的儿子一定是凶多吉少了，在那种紧急情况下，他是逃不出来的。"就在这时，王梅终于接到了丈夫的电话，她还没有问到儿子的下落，丈夫却先向她问起了儿子。

郑栋和部队官兵们完成了又一个抢险救援点的工作，正准备离开到别的地方去。离开之前，他们还是不放心，最后一次对重灾区进行了拉网式地搜索，他们累得满头大汗，找了很久，也没有发现一个人。于是，他们决定开始撤离了，已经走了好远，郑栋又想不通，大家都莫名其妙，郑栋才告诉大家，他还是不放心，想到另一个山头去看看，害怕有人到那里去躲地震。一个同事拉了他一下，很肯定地告诉他："已经到了这个时候，谁还不跑啊？我们不要再浪费时间了，赶快撤离吧！"郑栋听不进同事的劝说，还是义无反顾地向附近的一个小山坡跑去，他知道这是地震中心，所有的人都全部搬走了，他们走后，这个灾区就要封闭了，到时谁也不准进来，万一有人也会饿死在这里面的。

梁飞想自杀，但他却没有死成，他头上碰了很大的口子，正倒在地上痛苦地呻吟，想坐起来，但他身上已经没有一点力气了。郑栋在不远处就看到了那里有一个黑点，他赶快冲了过去，看到还在呼吸的梁飞，郑栋马上大喊起来："快，这里还有一个重伤员，马上拿担架来抬。"已经倒在地上痛苦挣扎了一天一夜的梁飞终于被救走了。

李楠和同事开车回市里办事，警车路过市中心的时候，又开始堵起车来，李楠赶忙停下了车，才发现前面的一个商场外，一辆采血车停在了那里，义务来献血的市民排起了长龙。医生抽查了一个又一个血样以后，都很失望地摇了摇头。一个热心市民马上喊了起来："医生，你怎么老是化验就是不抽啊？"医生不停地叹息："现在血库里其他血型的血都已经采集够了，就是 AB 型的血告急，可我化验了这么多，都不是 AB 型的血。"听医生这一说，很多的热心市民又喊了起来："我们平时也没有来献过血，所以也不知道自己是什么血型。医生，你接着抽，这么多人总会有 AB 型血的啊！"医生很是着急："来不及了啊！医院里又打来电话，重灾区又有一个受重伤的病人急需 AB 型的血啊！他因失血过多，已经处于昏迷状态了。"

这时，李楠赶忙走到了医生的面前，迅速地挽起了自己的衣袖，说："医生，你抽我的吧？"医生很是惊喜："你是 AB 型血？"李楠不停地点头：“没错，以前我献过血，所以知道自己是 AB 型血。”

当还带着体温的 AB 型血输进了梁飞的身体里，刚才还脸色苍白，处于昏迷中的梁飞脸上变得红润起来，他慢慢地睁开了眼睛惊奇地看了看周围的医生和护士，吃力地问道："我怎么会在这里啊？是谁把我弄到这里的啊？"医生看了看梁飞，说："你真的算运气好，听说是解放军救援队最后一次搜救才把你找到的，你失血过多，生命垂危，是一位警察献的血挽救了你的生命。"梁飞更加莫名其妙："警察？什么警察？我和他互不相识啊！他为什么要那样做？"医生说："因为你还有一口气，这个社会就要付出几倍的努力来挽救你。至于那个警察，我们也不认识，你就安心地养伤吧！"一说到警察给自己献血，梁飞不由自主的又想起了李楠，他也是个警察，可在地震来临时，他想到的是救自己的孩子而不顾他人的生命。同样是警察，人家献出自己的鲜血挽救别人的生命，而李楠又是怎么样的呢，从心底里，梁飞更加看不起李楠。

李楠和同事小汪办完事，正准备去看望一下在医院里的妻子，没想到又接到指挥部打来的电话，要他们马上返回彭城灾区去。小汪赶忙劝李楠："既然我们已经回到了城里，还是去看一下嫂子吧，反正也耽误不了多少时间。"李楠不停地摇头，说："我去看她也起不了什么作用，有医生和护士在给她治伤，她会没事的。"一听李楠这样说，小汪很是不理解："我们好不容易才回来一次，你也不去看看，是不是太自私了啊？嫂子究竟伤得怎么样你知道吗？现在你的儿子又没有一点消息，难道你一点都不想他们吗？"李楠马上发了火："你别说了好不好？我家里的事情我会处理的。"小汪看到李楠发了火，他还想说什么，但却什么也不敢说了，只得和李楠一起掉过车头往灾区方向驶去。

梁超被救以后，他和在汶川大地震中幸存下来而又无家可归的人们一起，远离了自己那个已经被摧毁的家乡，全部安置在比较安全的城里。突如其来的灾难让人们失去了自己的亲人和家园，面对一个陌生的环境，灾民们成天是忧心忡忡，心神不安。

温总理在工作人员的陪同下从灾区来到了安置点。消息传开，所有的灾民都围了过来，大家纷纷向温总理问好！温总理一一和他们握手，倾听他们的心声，不断地安慰鼓励他们要勇敢地面对灾难，好好地生活。梁超躲在一群无家可归的儿童中间不停地哭泣。温总理走过去拉住了梁超的手，慈祥地安慰他："孩子，别哭，我是温家宝爷爷，有什么委屈跟我说说。"梁超反而大哭起来："我要找老师，她为了救我而放弃了救她的儿子。她伤得很重，我不知道她现在在哪个医院？我还要找我的曾祖母……"温总理不停地点头，说："孩子，你放心，只要他们还有一口气，我们的国家和政府都会想尽一切办法救治他们的，现在大家都在忙，等忙完了这些日子，媒体会通过各种渠道帮助你们找到亲人的。"听了温总理的话，梁超边哭边点头。

医生刚刚给王梅换了药，于校长就提着很多东西走进了王梅住的病房。一见到于校长，王梅就像孩子见到家长一样，她拉着于校长的手什么话也说不出来，只是不停地哭。于校长赶快安慰王梅："王老师，让你受苦了，我是找了好久才打听到你在这家医院，知道你伤得很重，所以今天代表学校的师生来看看你！"王梅不停地抹眼泪，说："于校长，我们班的学生怎么样？"于校长说："你的事我都听你们班的学生说了，要不是你当初的果断，这次地震不知道要死伤多少学生，现在李峰还没有找到，大家都在尽力地去找。"听了于校长的话，王梅绝望地说："你们也不要找了，他不会活着出来，当初我是想去救他的，可是已经来不及了，他是被我活活害死的！"于校长说："王老师，你别难过，就算是李峰遇难了，可大家没有见到他的遗体啊！其他班遇难学生的遗体都找到了，当时情况比较复杂，我们怀疑李峰没有遇难，而是被救援队员救走了。"王梅一下子激动起来："我要去找我的儿子，这么久以来我天天都在做噩梦，都梦到了我的儿子，他不停地哭叫，一直让我不要再抛弃他。"看到情绪激动的王梅，于校长耐心地安慰她："王老师，我理解你的心情，你就安心地养病吧，同学们还盼着你回去给他们上课呢。我们会不惜一切代价把李峰找到然后送到你的身边来。"

于校长说完以后赶快离开了病房，说心里话，他也知道要找到李峰已经不可能了，一个几岁的孩子他能有多大的承受能力呢？同学们已经说了，李峰当时没有跑出教室，整个教室现在已经成了一片废墟，他怎么可能活着呢？为了让王梅好好地养病，于校长只得编了一个美丽的谎言来安慰王梅。

这天吃过午饭以后，灾民安置点的人们都围坐在电视机前，收看有关电视新闻，时时关注着地震灾区的最新情况。电视画面上不断出现解放军官兵和来自各方面的救援人员奋不顾身抢救受伤灾民的情况，看得一个个的人泪流满面。这时，电视画面一转，坐着轮椅上的王梅出现了，一个受了重伤的学生在病房里向她请教问题，王梅耐心地给受伤的学生讲解。梁超一看到王梅马上情绪激动起来，他大喊了一声"王老师"，然后跑出了灾民安置点。

经过几天的治疗，梁飞的病已经好了很多，当医生再次去给他做检查的时候，梁飞已经决定出院了。医生很不理解，梁飞平静地告诉医生，自己还想去灾区看看，电视里每天都报道很多灾民需要帮助，自己的生命都是国家和人民给予的，为了报答国家和社会，自己愿意去帮助那些需要帮助的人们。医生也被梁飞的精神感动了，他给梁飞换了最后一次药，叮嘱梁飞不能让受伤的地方沾冷水，以防感染，然后同意他出院了。梁飞激动得热泪盈眶，他告诉医生，等一切平静下来了，他会买上一束鲜花献给救死扶伤的白衣天使。梁飞说完以后，给医生深深鞠了一躬，然后头也不回地走出了医院。

"5·12"汶川大地震一个星期以后的下午，全国上下同时都举行了为地震遇难同胞默哀三分钟的活动。

到了北京时间14点28分，天空一片宁静，学校的老师和学生全部整齐地站到了操场上，办公楼里的职员放下了手中的工作，静静地站在办公桌前，店铺里的人站到了街沿上，路上的行人停止了行走，路上所有的汽车在这个时候全部停了下来，同时鸣起了喇叭。所有的人都低下了头，收音机电视机里传出了播音员低沉的声音："为汶川大地震遇难同胞默哀三分钟……"

默哀的人群中很快传来了抽泣声，抽泣声越来越大，悲伤的人们无法控制自己的感情，最后不由得放声痛哭起来。

正在大街上奔跑的梁超听见汽车鸣叫声，他马上停住了脚步停下了来，很快他便哭得死去活来。不远处的梁飞看着伤心欲绝的孩子，他赶忙冲了过去一把抱住了梁超，不停地大喊起来："儿子，我的儿子！"梁超不断地挣扎，嘴里不停地大喊："你放开我，我要去找我的老师！"

自从汶川发生特大地震以后，林教授夫妇就没有睡过一天好觉，他们一方面积极为灾区捐款捐物。梅雅还在医院当上了志愿者，在梅雅护理的伤员中，有一个伤员自从被救援队救起送到医院治疗以后，因为家人都遇难了，他的情绪很不好，一直不配合医生治病，成天就是想着轻生。梅雅怎么劝也劝不了他，没有办法，梅雅只好回家告诉了丈夫。热心的林教授预感到事情的严重性，他便跟着妻子去了医院，做了半天的思想工作，伤员的情绪总算好了很多。林教授夫妇也累得不行，看到伤员的情绪稳定了，梅雅还留在医院当志愿者，林教授便准备回家去。走在大街上，林教授便看到了梁超和梁飞拉扯的那一幕，他赶快走到了他们的面前。梁超一见到和蔼可亲的林教授，马上就像见到了救星，他拉着林教授的手边说边哭："爷爷，你快救救我，这个人老是来拉我，我又不认识他，看他像人贩子似的，你让他走啊！"林教授不停地询问梁飞是怎么一回事？为什么要在大街上欺负一个小孩子？

　　看到别人误会了自己，梁飞心里很是难过，他低声地告诉林教授，知道自己的儿子在地震中遇难了是不能活过来的，但一看到这个小孩子刚才哭泣的样子自己就想起了儿子，如果儿子不死的话也跟眼前的这个孩子这么大了。

　　听梁飞这么一说，林教授的心里也不是滋味。汶川大地震让无数个家庭毁灭，失去儿子的父亲看到别人的孩子就想到自己的儿子，这种心情是可以理解的。林教授安慰了梁飞几句，梁飞再次看了看梁超然后走了。林教授本来是准备把梁超带回家里的，但一听梁超说自己是从安置点跑出来，就是为了找受伤的老师，林教授赶快带着梁超去了医院。

　　王梅正在病房里给一个孩子讲作业的时候，没想到李楠突然找来了。王梅又惊又喜，但面对着自己日思夜想的丈夫她却一句话也说不出来，只是不停地哭。李楠赶快拉住了妻子的手，轻轻地安慰她："我知道你受委屈了，心里不好受你就放声地哭吧！哭出来了就会好受一些，我们已经全部从灾区撤了回来，你伤了这么久，我一直没顾得上来看你，你不会怪我吧？让我看看你的伤怎么样？"李楠说着就要去拉妻子身上的被子。王梅一下子抓住了李楠的手，说："李楠，你不要看了，那样会吓着你的。"李楠激动地问："究竟发生了什么事？你快告诉我啊！"王梅看了看丈夫，然后慢慢地用手把自己身上的被子拉开。李楠突然看到了妻子的下半身，他也被那一切惊呆了，很久他都还没有回过来神。王梅痛苦地闭上了眼睛，然后伤心地哭了起来。

李楠终于明白了眼前的事实，看着伤心的妻子，他也泪流满面，然后对妻子说："发生了这么大的事情，你为什么不早告诉我啊？"王梅说："你在抗震救灾第一线，我怕你分心。现在一切都过去了，如果有空的话，你还是去灾区看能不能找到咱们儿子的遗体。尽管那天于校长说了很多安慰我的话，但我还是不相信，在那种情况下儿子不可生还。李楠，在那紧急关头，我是打算把别的同学都救出去以后再去救我们的儿子，可没有想到我们刚跑出教室，教室就全部垮塌了，儿子的声声呼救一直在我的耳边回响，我对不起你，没有把儿子救出来！"李楠痛苦地闭上了眼睛，说："你什么也别说了，作为老师，我理解了你的所作所为！"

对于找奶奶梁飞已经放弃了，他也知道了奶奶不可能还活在这个世界上。可当他从电视里听说自己家乡那些幸存者都由政府集中在一个安置点时，他还是怀着复杂的心情去了那里，只是想能不能碰到一些家乡的熟人，打听一下这么多年来奶奶和儿子是怎么过的？现在他们走了，梁飞还是想找个安静的地方给奶奶和儿子烧几炷香，自己对他们的亏欠是一辈子也无法偿还的。但梁飞做梦也没有想到，在那里他竟找到了已经伤好的奶奶，一见到奶奶，梁飞就马上给奶奶跪下，不停地问他们是怎么熬过来的。梁奶奶很是激动，不停地给孙子讲着家里发生的一切，是党和政府从各方面帮助他们，才让他们平平静静地活到现在，当说到梁超，梁奶奶说不下去了，她说自己也在找他，但到现在都还没有找到。就在这时，梁飞他们过去的一个邻居看着电视突然喊了起来。梁奶奶和梁飞赶快看电视，才发现电视里正在放一个镜头，一个记者拿起话筒拉起一个小孩子向大家介绍："我身边的这个孩子叫梁超，在汶川大地震中是他的老师用身体挡住垮塌的房子，他得救了，可老师的腿却被砸断了。勇敢的梁超终于在一位老教授的帮助下找到了老师，现在他还希望找到他的曾祖母……"梁奶奶看着电视里的梁超马上喊了起来："梁飞，你快看，那就是你的儿子，他还活着，他还活着。"

梁飞看着电视里的梁超大吃一惊，他没有想到其实他已经和自己的儿子打过交道了，只可惜在孩子的心目中早已经没有他这个父亲的影子了，在他嗷嗷哭叫的时候父母丢下了他，当他的生命受到威胁的时候又是老师挽救了他。梁飞无地自容，他再没有勇气去找自己的儿子，也不敢面对他，匆匆安慰了奶奶几句，义无反顾地往自己服刑的地方走了。

第 四 章

第1集 ● 危机四伏

　　自从丈夫去了灾区参加救援工作，薛丹更是像一匹脱缰的野马，没有人再管得了她。以前父亲没有出事的时候，她觉得自己就是这个家的女皇，虽然丈夫不喜欢她，但她感觉得出，公公婆婆时时都在讨好她。可现在父亲出了事，公公婆婆的态度来了一个180度的大转弯，对她没有好脸色不说，还经常骂女儿邹雪。其实薛丹很清楚，公公婆婆不是真心骂孩子，那是在骂她。薛丹并不示弱，她也和公公婆婆对骂。有几次，她还听着婆婆在给邹枫打电话，说自己的不是，希望邹枫能和自己离婚。对于离婚，薛丹并不怕，相反她也希望离婚，她知道在这个家里以后是没有什么好日子过，只有离婚她才能得到幸福。尽管她时时都想着和刘宗辉在一起，但她现在却不想主动提出离婚了，倒不是因为女儿太小的原因，而是因为自己提出离婚就会什么也得不到，她希望丈夫能主动提出来，那样她就可以趁机多要些财产。说心里话，父亲没有出事时，薛丹还真的没有对钱财那么在意过，因为她从小就是在蜜罐里长大的，从来没有为钱财发过愁。父亲有权有势，想巴结他的人很多，家里有车还有几套房子，至于存款她觉得应该不会很少。父亲曾经开玩笑的对她说过，你就是要天上的星星我都可以给你摘，现在你要是不想上班的话，就是在家里要一辈子这些钱你也用不完的。

但薛丹没有那样做，倒不是因为她有什么追求，而是因为父亲给她安排的那个工作真的是让她觉得好玩，还过足了官瘾。一个月几千块钱的工资，她就是呆在办公室里打打游戏，安排一下别人做事，心里不高兴的话，她还可以对着自己的下属发火，别人对她是敢怒不敢言。父亲已经给她许过愿，再过两年，还可以通过关系使她官职上升。可谁也没有想到，父亲就这样突然被双规了。父亲出了事，薛丹的一切美梦都成为了泡影，更让薛丹没有想到的是，父亲出的还是大事，他自己也交代了贪污公款、受贿索贿数目巨大。为了减轻自己的罪行，父亲还马上交代了自己的另一个事实，也是让薛丹无法接受的现实，父亲得来的那些不义之财，大部分用于赌博、养情人。其中一个情人还没有薛丹大，她还给父亲生了一个儿子，在父亲出事以前她就把巨款带去了国外，父亲出了事，她拒不承认和父亲的关系，更不承认用了父亲的钱。母亲为了帮助父亲退赔赃款，家里的房子车子都卖了，但还是不够，母亲气得病倒了，薛丹除了有时间给母亲打一下电话以外，她也不回娘家了，更没有去看一下父亲。对于父亲薛丹现在没有半点的同情。相反，薛丹的心里对他充满了仇恨，以前她觉得父亲是世界上最好的父亲，现在她才觉得父亲就是一个道貌岸然的伪君子，他的生与死都跟自己没有关系。他出了事自己也跟着倒霉，上级领导已经找她谈话了，以前就有人举报了她，说她做了假文凭混进了干部队伍，这样一来，自己的官职保不住不说，还有可能在机关也呆不下去了。原来一直想着父母的钱财都是自己的，现在才知道即使父亲不出事一切也不是她的，应该是父亲小情人生的那个男孩子的，他才是父亲的命根子。薛丹现在对母亲也越来越反感，父亲被双规以后，母亲就天天以泪洗面，到处去求人借钱来给父亲退赔赃款。薛丹对母亲是又气又恨，觉得母亲没有志气，父亲都在外面有了小情人还生了儿子，母亲不但不恨父亲，还到处为他想办法，真是愚昧到了家。

　　薛丹最恨的是自己没有早发现父亲的婚外情，要是知道了她一定会把一些财产弄到自己的头上。现在父亲出了事，自己弄得是竹篮打水一场空。父亲出了事，自己又没有能力，以后的日子怎么过？薛丹心里没有了底，所以她现在就是想拼命的在邹家弄到一些钱财。只要邹枫提出离婚，薛丹就觉得一切都好办。

以前邹枫还向薛丹提出过离婚，可现在邹枫却从来不提离婚的事，每次从灾区打电话回来就是让薛丹好好带着女儿，别的什么话也不和她多说。薛丹气得咬牙切齿但也没有办法，有时气不过她就拿女儿发火。说心里话，女儿其实很乖很懂事，但薛丹却并不喜欢她，因为她发现女儿的性格越来越像丈夫，她在屋里如果指责丈夫的不对时，女儿总是要站在丈夫一边，让母亲不要那样对待父亲。

薛丹在家过得一点都不开心，她最大的快乐就是和刘宗辉混在一起，刘宗辉对她关怀体贴，薛丹觉得这样的男人才是自己所爱的。不管什么候，只要薛丹一个电话，刘宗辉都会开车来到她的面前，薛丹要做什么刘宗辉都会全部满足她。有一次，薛丹和刘宗辉正在一起逛商场，突然被刘宗辉的妻子发现了，她拉住薛丹就要打，刘宗辉冲上去二话没说就打了妻子两巴掌，然后带着薛丹扬长而去。从那以后，刘宗辉天天都陪在薛丹身边，他已经向薛丹保证了，只要薛丹和邹枫离了婚，他也马上把老婆甩了，然后和薛丹结婚。薛丹当场就感动得哭了，一个男人能把自己看得这么重，薛丹觉得嫁给这样的男人值了。

邹枫结束了在灾区的救援工作，正准备和同事一起回省城，却接到了女儿打来的电话。邹枫还没有来得及问家里的情况，女儿却在电话里喊了一声"爸爸"然后就哭了起来。邹枫吓坏了，他问了很久，女儿才小声地告诉了他一件可怕的事情，自从他走了以后，爷爷奶奶和妈妈经常吵架，他们谁也不关心她，爷爷奶奶骂不过妈妈就拿她当出气筒，妈妈也经常骂她。

那一天，薛丹又和婆婆大吵了一架之后破门而出。邹雪躲在房间里做作业，没想到奶奶突然推开了房门，抱起屋里的东西乱扔，以发泄对媳妇的不满，她在慌乱中不小心把邹雪放在一边的作业本也带了出去。邹雪赶紧拉住了奶奶的手，说她太过分了把自己的东西也扔了。

听到孙女这样说，本来心里就有气，还一直不喜欢孙女的奶奶马上又大骂起来，她骂孙女是野种，跟她妈一样的货色。邹雪哭了，她赶快打电话告诉了母亲。薛丹一听就来气，她马上回家接走了女儿。在酒店里，薛丹带着邹雪跟刘宗辉一起吃了饭。刘宗辉对邹雪很好，还给女儿买了很多东西。薛丹一直让女儿叫刘宗辉干爹。邹雪虽然心里很不愿意，但母亲一直逼着她，她只得喊了刘宗辉一声干爹。那一晚他们住在了酒店，邹雪本来是和母亲住在一起的，可邹雪半夜醒来就突然不见了母亲，她早晨去干爹的房间找才发现母亲在那里。

听了女儿的话，邹枫的心像针扎一样的难受，对于妻子出轨的事他是知道的，可他没有想到妻子会那样放肆，竟然把女儿也伤害了。他不想离婚也是为了女儿，想她有一个健全的家，但现在事情已经到了这地步，觉得和妻子已经没有什么好说的了，决定回去先安慰女儿，再征求她的意见。自己和妻子是离是合，女儿起着十分重要的作用，为了女儿，邹枫什么都愿意做。

邹枫刚进家门还没有来得及休息，父亲就给他打来电话，说是母亲病倒了正在医院抢救。邹枫顾不上一切，他赶快去了医院，才发现一个月不见，母亲已经完全变了样，她比以前苍老了很多，脸色憔悴不堪。身为医生的邹枫凭着经验觉得母亲的病非同一般，他悄悄去问了主治医生，医生才告诉邹枫母亲得的是肺癌。一听说母亲得了肺癌，邹枫的脑子里突然一片空白，他不敢告诉母亲真相，一边默默忍受着痛苦，一边还要强作欢笑哄母亲开心。

薛丹是在婆婆住院一个星期以后知道她得了绝症的，她本来还想着丈夫回来再找他闹事，让他主动提出离婚，达到自己的要求。但一听说婆婆得了绝症，薛丹马上打消了这个念头，心里也在暗暗高兴。在这个家里，她最恨的就是婆婆，吵架最多的也是婆婆，婆婆把什么难听的话都骂了出来。想起当初自己没嫁过门时，婆婆经常去她们家送礼，还时常把自己夸成了一朵花，现在自己的父亲出了事，婆婆就对自己恶言相骂，薛丹觉得婆婆这种女人就是世界最虚伪最势利的女人。现在婆婆的生命快走到终点了，薛丹觉得那简直就是老天爷在报应可恶的婆婆，更重要的是以后自己和邹枫离婚少了一个阻力。有婆婆在自己的日子不好过，在财产分割上自己也占不到便宜，只要婆婆一死一切就好办了。

邹枫的母亲并不知道自己的病，一见到儿子她就马上向儿子说了很多媳妇的不是，还叫儿子马上和媳妇离婚，这样的媳妇呆在家里让她受不了。邹枫不停地安慰着母亲好好养病，自己离婚的事以后再说。没想到母亲听不进去，她说自己的病就是被媳妇气的，自从儿子去了灾区，媳妇就在家里经常找她闹。邹枫左右为难，他不停地打电话要妻子回家料理家务事，母亲病了家里就没有人管。可妻子一句话就把邹枫给顶了回去："你母亲得了绝症活该，她什么恶毒的语言都给我骂出来了，我凭什么要回来做事啊？"

听到妻子这样辱骂自己的母亲，原来还对妻子抱有一丝幻想的邹枫，终于知道自己的婚姻已经走到了尽头，他不想也不愿意再对自己的婚姻作努力。可一想到自己离了婚，孩子要么失去父亲要么失去母亲，邹枫的心里很不好受，他决定先找女儿谈谈，让她有个思想准备。可邹枫没有想到，自己刚把想法一说出来，女儿就像一个小大人一样马上也同意父母离婚，还表示了自己不愿意跟妈妈过，一定要跟着爸爸过。邹枫被女儿的理解感动了，他不停地亲着女儿，然后把女儿带到了父母面前，把这一决定告诉了他们。

邹利成夫妇一听说孙女要跟儿子过，他们马上就激动起来，坚决反对，一定要孙女跟着媳妇过。邹雪一听说爷爷奶奶不要自己，她马上抱住父亲哭了起来，边哭边说自己要跟着爸爸和爷爷奶奶过，打死也不跟母亲过。看着女儿伤心痛苦的样子，邹枫心里刀割般的难受，一边是重病的母亲，一边是可爱的女儿，他不知道怎么办？只得先把女儿哄着去了学校，然后再做父母的思想工作，两边都是他的亲人，邹枫是谁也不想失去。

邹枫给父母说了很多的好话，父母终于叹了一口气告诉了儿子真实的原因，他们之所以一直不喜欢孙女，那是心里一直有一个结。薛丹作风不检点他们是早就知道的，所以他们一直担心孙女不是儿子亲生的，以前让薛丹这样的女人跟儿子结婚，他们一直很后悔，可他们不能再让儿子背一辈子黑锅。邹枫长长地叹了口气，他告诉父母孩子是不是自己亲生的已经不重要了，大人的过错不应该让无辜的孩子来承担，再说了女儿乖巧懂事，她跟自己也亲，愿意跟自己过，自己就是讨饭也要把她养大成人。但不管邹枫怎么说，父母还是觉得不踏实，一定要儿子带着孙女去做亲子鉴定，那样他们知道了真相心里会好受些。

邹枫本来是不想去做什么亲子鉴定，但父母还是逼着他带着女儿去做了鉴定，怕儿子不去，父母还一直跟着他。邹枫找了最要好的同学，把自己难以启齿的事说了出来，同学很理解他，很快为他做了鉴定。拿到鉴定结果的那一刻，邹枫紧紧地抱着女儿放声痛哭起来。因为女儿是他的血脉，不为别的，他为女儿这些年来受到自己父母的不公正待遇而痛心。

薛丹听到丈夫找她谈离婚的事时，她满心欢喜，正准备向丈夫狮子大开口时，才发现公公和婆婆已经做了手脚。在结婚时，薛丹就知道丈夫名下有两套房子还有车子，可现在什么东西都变更在了公公和婆婆名下。邹枫名下只有一套房子，薛丹不依不饶，她跑到了病房里找婆婆大吵大闹，骂她临到死了还要害人，想把儿子的财产带到棺材里去，自己要请律师打官司，告丈夫秘密转移家庭财产。

邹枫母亲被薛丹这一骂，终于知道了自己得了绝症，她又气又恨，病情不断恶化，二十天之后，她离开了人世。邹枫一直守在母亲身边，在母亲生命的最后那一刻，邹雪也一刻不离守在奶奶身边。邹枫母亲终于拉住了儿子的手，哭成了泪人："儿子，妈这一生有了你也满足了，是我和你爸以前自私害了你，让你的婚姻不幸，现在妈也遭到报应了。但不管这个女人怎么打官司，你都不要怕，她是打不赢的，以后你要好好的活着，孝敬你爸爸，带好我们范家的孙女。"邹枫紧紧拉住母亲的手什么话也说不出来。邹雪扑在了奶奶身上大哭起来："奶奶，你不要走，等你好了我带你去爬山。"邹枫母亲吃力地拉住了孙女的手，说："邹雪，你是个好孩子，奶奶以前有对不住你的地方，你不要放在心上。以后要对你爸爸好对你爷爷好，他们都爱你，我也想弥补以前的一切，可我已经没有机会了……"邹枫母亲还没有说完就闭上了眼睛。

婆婆一死，薛丹觉得少了一个死对头，她马上请了一位代理律师去调查邹枫秘密转移财产的事实，没想到代理律师的调查结果令薛丹大失所望，因为邹利成出示了当年送给儿子房子和车子的手续，还有第三方的证明人，上面写得很清楚，送给儿子的财产，父母随时可以收回，儿子不得有任何理由不归还。

薛丹又气又恨，她只得把最后的一线希望寄托在现在居住的房子上，这套房子按现在的市场价也值70~80万。既然丈夫提出了离婚，薛丹马上同意，她觉得现在这套房子作为夫妻共同财产，谁也不分，就写在女儿名下，谁要供养女儿以后谁就要这套房子，另一方还得每个月付女儿生活费1500元。一听妻子提出这样的建议，邹枫觉得合情合理，他马上就同意了妻子的要求。

正当薛丹欢天喜地的等着女儿跟自己住，以后自己就有了房子，丈夫每个月还要付自己1500元时，女儿的决定却让薛丹大失所望，因为女儿拒绝跟母亲一起住，说是要跟着爸爸和爷爷一起住。薛丹所有的梦想顿时化为了泡影，她气急败坏地丢下一句话："邹枫，你们一家人太阴险了，现在让我一无所有，这个婚我不离了。"

第2集 ● 祸起遗腹子

在板房区住了一段时间以后，陈婆婆的心情渐渐好了一些，虽然她对董惠百般的折磨，但董惠还是尽心尽力地照顾她，陈婆婆的心终于开始慢慢融化了；更重要的是在板房区这个大家庭里，陈婆婆认识了很多的朋友，那些人都和陈婆婆一样，因为地震让他们失去了家园，还有一些人成了残疾，他们都一起住到了这个板房区。有一个比陈婆婆大两岁的婆婆最可怜，在地震中她失去了儿子，她的一只手又成了残疾，媳妇虽然和她住在一起，却经常骂她，让她吃剩菜剩饭。看到这些，陈婆婆觉得媳妇董惠对自己还算不错的，看到媳妇每天一早去城里上班，每天晚上很晚才回来，陈婆婆便每天把晚饭给媳妇做好等她回来吃。看到婆婆的变化，董惠很是激动，工作起来更卖力了，婆婆对她好，董惠觉得自己更应该多挣些钱让婆婆过上好日子。可没想到这种平静的日子还没有过上几天，一个陌生男人的出现打破了平静的日子，这个男人是保险公司的一名业务员，陈婆婆不认识，董惠也不认识，陈剑也只见过一次面。那是在一次朋友聚会上，保险公司业务员也在其中，因为陈剑的朋友在保险公司业务员那里买了保险，朋友请客他也参加了。人家都说这个社会要说敬业的话，保险公司的业务员是最敬业的，他们走到哪里就把自己的业务带到哪里。陈剑以前对保险并不了解，也没有想过要买保险，那天吃过饭以后，保险公司业务员就走过去和陈剑套近乎，在给陈剑讲了一大堆保险的好处之后，又意外的得知陈剑没有买任何保险时，保险公司业务员赶忙凭着他的三寸不烂之舌，劝陈剑给自己买一份保险也就是为家人买一份放心，陈剑真的被他纠缠得没办法，想发火又觉得丢不开面子，再说了他也是朋友的客人，为了尽快打发他走，陈剑也就花 200 块钱给自己买了两份人生意外保险，在受益人一栏上随手写上了母亲和妻子的名字。这事办了以后就连陈剑也忘了，他根本没有当回事，也没有回家告诉任何人，因为他从来就没有想到自己会有什么意外发生。可没有想到买了保险还不到半年意外就真的发生了，按照保险公司业务员的说法，是给家人留一份保障。但陈剑的意外，保险虽然给母亲和妻子留下了一份生活保障，也让妻子背上了黑锅。

保险公司业务员是费了很大的劲才找到板房区陈婆婆的家，当时董惠没有在家，一听说儿子生前买了保险，现在保险公司要赔二十万块钱，陈婆婆当时还没有回过来神，她又想起了儿子，那是一个多么好的儿子啊，在生前就为自己想到以后的事情。本来陈婆婆还是想打电话给媳妇说保险的事，但陈婆婆想了一下还是没有给媳妇打电话，因为在心底里她还没有完全接纳媳妇，她觉得儿子买保险的事媳妇应该是知道的。可儿子走了，就从来没有听媳妇说起这份保险的事，难道她想独吞这笔钱？然后带着钱远走高飞，丢下她这个孤老婆子不管？为了慎重起见，陈婆婆一个人拿着家里的户口本去保险公司办理了理赔手续，然后把二十万块钱以自己的名义存了下来。

董惠是在下班之前接到保险公司业务员的电话的，说是白天一直打她的电话没有打通。保险公司业务员告诉了董惠，陈剑生前买保险的事，因为当天打不通她的电话，也找不到她本人，保险赔付的事已经由陈剑母亲签字办理了赔付。董惠这才想起白天自己的手机一直放在一边充电，所以没有去管它。一提到陈剑，董惠的心里又涌起了很多的伤痛，结婚很多年了，丈夫还是像结婚前那样宠爱自己。可现丈夫走了，却把爱永远的延续下来了，此时的董惠多么希望保险公司的业务员给她们送来的不是二十万块钱的赔偿金。而是把一个活生生的陈剑送到她身边，哪怕陈剑的身体就是残废了，董惠也不会嫌弃他，只要丈夫活着，天天在她的眼前，董惠就觉得是自己最大的幸福，但现实却永远都无法改变了。

回到板房区天色已经黑了下来，董惠的心情一直很难受。婆婆已经把饭菜弄好了，她一边看电视一边等着董惠。董惠一进家门，婆婆赶快把饭菜端上了桌，看得出来婆婆今天的心情好像比往天好了很多。说心里话，

第四章

婆婆今天做的菜很多也很丰富，每次吃饭，婆婆还是照样多拿一双筷子和一个碗，那是给陈剑留着的。其实董惠早已经饿了，但她就是吃不下饭，眼睛一直盯着给陈剑留的碗和筷子发呆。看到儿媳妇坐在那里发呆，陈婆婆赶快给儿媳妇夹了一些菜，然后不停地对她说："你也累了一天，快吃饭吧，要不然一会儿就凉了。"听到婆婆这些关切的话语，董惠心里涌起一股暖流，她看了看婆婆，然后拉住了她的手问："妈，你把陈剑的那份保险单拿给我看看好吗？"一听到儿媳妇突然提到保险的事，陈婆婆的脸色突然大变，她有些生气地质问董惠："陈剑买了保险你为什么不告诉我啊？"董惠不停地摇头，说："妈，我也不知道陈剑在生前买了两份保险，今天要不是保险公司业务员给我打了电话我真的还蒙在鼓里呢。妈，陈剑走了什么也没有留下，我只想看看那份保险单，保险公司业务员说他们在给你办理赔付的时候，给了你一张上面有陈剑以前签字的单子。"陈婆婆马上站了起来，很是生气地说："你是想看陈剑的签字还是关心陈剑留下的钱啊？如果要钱你就跟我明说啊！你放心我不会私吞这笔钱的，现在我就要你一句老实话，陈剑买保险的事你是真的不知道还是想隐瞒起来啊？我儿子死了这么久，可从来没有听你说起过。如果这笔钱今天不是我拿到，而是你拿到，你会说出来吗？"一听婆婆这样说，董惠气得哭了起来，她不停地辩解："妈，陈剑买保险我真的不知道啊！他也从来没有告诉过我。妈，我现在不想要钱，只想要陈剑活着就是最好的，可他就这样走了，什么也没有给我留下，我就是想看看那份保险单，上面有以前陈剑的签字。"陈婆婆马上冷笑起来："我儿子老实本分，他生前处处都听你的，买保险的事你不可能不知道？董惠，你一直呆在这里不走，是不是就等着拿这笔钱啊？"陈婆婆的情绪越说越激动，很是咄咄逼人。董惠再次喊了一声"妈"，然后昏倒在地上。陈婆婆突然被吓住了，她赶快找来邻居帮忙，把儿媳妇送到了板房区的医院。

陈婆婆是从医生那里知道儿媳妇怀孕的。董惠苏醒过来以后，陈婆婆坐在一边发呆，她静静地看着脸色苍白的媳妇，想说什么但没有说出来。一个中年女医生赶快把陈婆婆拉到了一边，不停地指责她没有照顾好怀孕的儿媳妇，因为孕妇营养不良，精神又处于极度的悲伤之中；还说如果继续下去的话不但对胎儿的发育不好，弄不好还会造成流产。开始听了医生的话，陈婆婆还以为医生弄错了，她赶快去病房问儿媳妇是怎么一回事？董惠的回答才让陈婆婆觉得当头挨了一棒，医生说的是真的。儿子走了，儿媳妇却意外地怀孕了，陈婆婆无法接受这个现实，她也绝对相信儿媳妇肚子里的孩子不是自己儿子的。儿子结婚已经七八年了，一直没有孩子，她也催过无数次让他们生孩子，但他们一直没有生。现在自己的儿子才死多久？儿媳妇就怀上了孩子。此时的陈婆婆无法控制自己的情绪，本来就对儿媳妇有些不信任她更相信了自己的猜想，那就是儿媳妇跟她妈一样，也是个水性杨花的女人。自己的儿子已经被她欺骗了，买保险就是儿媳妇让儿子买的，现在儿子走了，儿媳妇对自己的好也是冲着这二十万块钱来的，当她一拿到钱就会带着肚子里的野种跟人跑的，可没有想到自己先把这笔钱领到了。

本来想到现在婆婆和自己的关系已经好了起来，知道自己怀了孕婆婆会高兴万分的。但董惠做梦也没有想到她却再次掉进了痛苦的深渊，无论她给婆婆怎么解释，怎么求情，婆婆都不理解她，把她辱骂了一顿之后让她马上离开自己，婆婆还说自己就是死也不愿意跟她这样的女人一起生活。董惠欲哭无泪，她在心里一遍又一遍地喊着丈夫的名字，说他为什么那么狠心要把自己丢在这个世界上受罪？自己真的活得生不如死。丈夫是董惠的依靠，也是她躲避风雨的港湾。以前婆婆也这样对待董惠，但有丈夫在，董惠什么也不怕。丈夫把所有的困难都承担了，可现在没有人去关心董惠、理解董惠、心疼董惠。董惠完全绝望了，她无数次想到过死，但一想到肚子里的小生命，那是丈夫生命的延续，董惠还得坚强地活下去，打掉牙齿也得往肚里吞。

董惠一直不愿意离开婆婆，陈婆婆再次逼着董惠离开，扬言如果董惠不离开，她就要死给董惠看。为了防止婆婆做出什么过激的事情，董惠只得先暂时离开。但一想到自己走后就留下婆婆孤孤单单的一个人，她年纪大了，身体也不好，万一有什么意外身边连一个照顾的人都没有。董惠出去住了两天她还是又回到了板房区。不为别的，董惠又想起了丈夫，婆婆是丈夫的母亲，自己爱丈夫就更应该爱婆婆。丈夫走了，自己就应该留下来照顾婆婆。看到儿媳妇又回到了家里，陈婆婆虽然没有天天闹到要去寻短见，但她还是不停地辱骂儿媳妇。董惠成天默默无闻地做事，尽心尽力地照顾婆婆，任凭婆婆怎么骂她，她从来不还嘴。陈婆婆的心有些软了，其实陈婆婆在骂儿媳妇的时候，她的心里也不好受。因为她经常看到儿媳妇一个人在悄悄流泪，陈婆婆也想过无数次，如果董惠不是当年那个夺走自己丈夫的女人生的女儿，那么董惠的命运应该要好得多，当年的伤痛让陈婆婆无法忘记，她没有地方发泄，只得对着董惠发泄。

这一天，董惠又是被婆婆骂了之后很晚都没有睡着，快到天亮的时候她才睡着。刚刚睡着就被一个噩梦吓醒，原来董惠又梦见了自己的救命恩人，他被倒塌的房子压住了身体，全身都在流血，不停地喊救命，可没有人理他。董惠大喊起来："你不要慌张，我来救你！"

陈婆婆本来就没有什么睡意，一听到儿媳妇的惊叫声，她赶忙跑去看过究竟，才发现了儿媳妇的床边放着一个男人的画像，上面写了几个字：无论你在哪里？我一定要找到你！

董惠醒来，看到婆婆在看自己救命恩人的照片，她马上很激动地抢了过去，说："妈，我要出去几天，你在家里自己照顾好自己。"陈婆婆指了指画像，说："是不是为了这个男人？"董惠不停地点头，说："妈，我一直在做噩梦，都是梦见他，现在他是死是活我也不知道，我一定要找到他。"董惠刚刚说完，陈婆婆终于再也无法忍受，她把儿媳妇狠狠地推出了门外，还把她所有的东西也丢到了门外，破口大骂起来："你给我滚，如果再走进我家门半步我要打断你的腿，你这个心如毒蛇的女人，马上把你的私生子带着滚，再看你一眼我不死也要被你逼疯的。"董惠还没有明白过来是怎么一回事，就这样被婆婆赶出了家门。

第3集 ● 诀 别

索朗多杰伤好以后找到自己的家时，已经是汶川大地震发生半年以后的事了。好在家人和自己心爱的姑娘都没有事，索朗多杰的心才好受了很多。原来他们住的地方已经不能住了，政府把他们村的人都安置到了另一个比较安全的地方，为他们统一修建临时性住房，还在规划着帮助他们修建永久性安置房。索朗多杰的父母得知儿子遭遇困境，是金珠玛米救援队把他救起，又免费为他治好了伤，索朗多杰的父母不停说道："金珠玛米是好人啊！国家政府是真正的活菩萨，地震时如果他们不帮助我们，我们真的只有饿死。"索朗多杰不停地点头，他决定马上去找达娃央珠，既然大灾大难都过去了，他想和达娃央珠马上成婚，然后相亲相爱地过日子。没想到父母却在不停地阻拦他，索朗多杰莫名其妙，以前父母一直很喜欢达娃央珠的，还曾经催过自己早结婚，为什么现在自己想结婚了父母又要阻拦自己呢？索朗多杰很是着急，在他的一再追问下，父母才道出了一个实情，达娃央珠已经另有所爱了。

一听到自己心爱的姑娘爱上了别的男人，血气方刚的索朗多杰脸都气青了。夺妻之恨、丧父之痛是人生最伤心的事情。索朗多杰无法控制自己的情绪，他马上拿起了家里的藏刀，然后往达娃央珠她们家跑。他是一个真正的男人，不能让别的男人抢走自己心爱的姑娘，为了爱，他愿意付出自己的生命。父母知道情况不好，马上去阻拦儿子还给他讲大道理，但一切都无济于事，索朗多杰推开父母跑了。

达娃央珠早就预料到索朗多杰会来找她的，一见到索朗多杰，达娃央珠没有惊慌，相反她相当镇静。索朗多杰赶快问达娃央珠："你是不是以为我在地震中死了？然后才去找了别的男人。"达娃央珠摇了摇头，说："没有，我一直相信你还活着。"索朗多杰焦急地问："你明明知道我还活着，为什么又要找别的男人？是不是别人趁我不在家欺负了你？"达娃央珠还是不停地摇头，然后很平静地说："不是。是因为我喜欢别人，我觉得他很好，长这么大我从来没有遇到过这么好的男人。所以我想嫁给他，现在我已经是他的人了。"一听到自己心爱的姑娘说自己已经是另外一个男人的人了，索朗多杰无法接受这个现实，因为他和达娃央珠好了几年，他也曾无数次地想和达娃央珠进一步亲近。可达娃央珠每次都把拒绝了，没想到地震才过去几个月，自己心爱的姑娘竟和别的男人有了这种关系，那是索朗多杰无法容忍的事情。索朗多杰气急败坏地拉住了达娃央珠的手大吼起来："什么？你已经是他的人了？我喜欢了你那么多年，你都没有让我碰一下，为什么你就跟了他？你告诉我，他是谁？把他找出来我要和他拼命。"达娃央珠仍然很平静地对索朗多杰说："我已经跟你说了，这一切都不怪他，是我主动去找的他，你要杀就杀我吧！死在你的刀下我没有半点怨言，但你不能去伤害他。"说完这些话，达娃央珠慢慢地闭上了眼睛，她在等待男朋友对自己的处理。可达娃央珠没有想到索朗多杰拿起藏刀在她的面前试了几次，但他还是下不了决心，最后他气得用藏刀在自己手上砍了一刀，然后丢下藏刀跑了。达娃央珠听到了脚步，她慢慢地睁开了眼睛，索朗多杰已经跑远了，看着地上带血的藏刀，达娃央珠流出了心酸的眼泪。

以前金珠玛米对于达娃央珠来说并没有多大的印象，她从小到大最远的地方就是去过县城，也没有真正接触过金珠玛米。达娃央珠能听到和看到的都是在电视上，经常说金珠玛米在全国各地抢险救灾，不怕艰难困苦，有的为了人民群众生命安全还献出了自己的生命。达娃央珠从没有放在心上过，她觉得那些事离自己很遥远，自己的身边也不可能出现什么灾难让金珠玛米来帮助自己。然而就在汶川大地震发生时，她和全村的人都陷入了困境，到了绝望的地步，是金珠玛米神兵天降，拯救了他们全村人的生命。特别是一个年轻的金珠玛米为了救村里的伤员献出了自己的生命时，达娃央珠的心被深深地震动了，也就是从那一刻起，达娃央珠的脑子里满是英姿勃勃的金珠玛米的英雄形象，她由崇拜他们很快又爱上了他们。然后金珠玛米把他们送到了安全的地点以后就离开了，一切事情就由政府统一派的工作人员负责他们的一切。达娃央珠都以为自己这一生再不可能遇到金珠玛米了，没想到没过多久，上天却把一个英俊潇洒的金珠玛米送到了达娃央珠的面前，这个人不是别人，他就是郑栋。

汶川大地震，造成了四川很多公路损坏，有的已经变成了堰塞湖根本无法修复。县与县之间、省道与县道之间无法通行，为了尽快恢复通行，全国各地的单位都相继出钱出力援建四川灾后重建。作为勘测设计员的郑栋，刚刚从救援现场回到了部队，他就接到了去灾区勘测设计修建公路的任务。原来那条通往邻县的公路，在地震之后有十多公里已经成了一个大湖泊，为了尽快修通公路，现在只能改道。改道后通往邻县的公路距离很近，但要经过一片原始森林。

郑栋和从其他单位抽调的工程师一起去了灾区，他们的帐篷就搭在离达娃央珠她们家不远。由于到了那些地方什么都没有，他们也免不了要去请附近的老乡帮忙，达娃央珠也就是在那时认识郑栋的。原始森林地势险要，郑栋他们的人手少，经常是分头行动，每天都要忙到很晚才回到住地。

直坡村的藏族同胞们自从大地震被金珠玛米营救以后，他们都把金珠玛米当成了自己最亲近的人，知道金珠玛米们是来勘测为他们修公路，藏族同胞们很是感动，他们纷纷主动去帮助金珠玛米。

呆在家里没事干的达娃央珠经常跑去为郑栋他们洗衣服，帮助他们做饭，还把家里好吃的东西给郑栋他们送去。郑栋他们要给钱，达娃央珠马上就急了，一来二去，郑栋和达娃央珠熟了起来。休息时，达娃央珠经常向郑栋问一些不懂的问题，郑栋耐心地给她讲解，达娃央珠跟着郑栋学到了很多的东西。

说心里话，在没有认识达娃央珠之前，郑栋从来没有想过自己会和一个藏族姑娘产生感情，确切的说是他觉得自己应该没有爱情了，自从和于菲菲分手以后，郑栋就不相信爱情了，他早已经把爱情的大门关闭了。可人世间很多东西是无法预料的，遇到了达娃央珠，郑栋立即就被她的美所吸引了。在藏族姑娘中，郑栋还从来没有见过像达娃央珠那么美丽的姑娘，更重要的是达娃央珠的心纯洁得像一张白纸，郑栋说什么她都相信。达娃央珠对郑栋是既崇拜又爱慕，她觉得郑栋就是自己心目中的白马王子，有了他在自己身边，达娃央珠觉得自己就是最快乐的姑娘，她开始有意无意地向郑栋表达自己的感情。即使是这样，郑栋也没有想过自己会和达娃央珠谈恋爱，因为从年龄上讲他比达娃央珠大了近十岁，觉得自己和达娃央珠不是同一类人。达娃央珠是一只快乐的小鸟，对什么事情都容易满足，而自己却已经饱经沧桑。郑栋只想把达娃央珠当成一个小妹妹来对待，父母就生了他一个人，没有兄弟姐妹，郑栋觉得很孤单寂寞。

看到女儿成天围着郑栋打转，扎西是看在眼里急在心上，毕竟他是过来人，他也看得出那是女儿在一厢情愿的喜欢郑栋。女儿单纯，又没有文化，而郑栋一表人才，见多识广，学识渊博，要让郑栋娶女儿那是很不现实的。况且郑栋是搞勘测设计的，一年四季天南海北的到处跑，他们到这里来工作也是很短暂的时间，人一走一切就结束了。以前村里也有过这样的例子，一些外来的汉族人员进藏区来办事，跟村里的姑娘有了感情，两人亲亲热热的，可后来人家一走就再没有音讯了。扎西知道女儿是个认死理的人，从小到大自己就没有打骂过她，总是从各方面去宠着她，所以女儿从来没有受过挫折，他怕女儿真的和郑栋有了感情，到时郑栋走了会把女儿伤得更深。扎西好心的劝过女儿，希望她不要三心二意，等着索朗多杰回来以后就和他成婚，本乡本土的，他们对索朗多杰也很了解，女儿嫁了他当父母的也放心。然后达娃央珠就跟着了魔一样听不进父亲的劝阻，她还大胆的告诉父亲："我就是喜欢郑栋，不会嫁给索朗多杰的。"看到女儿态度这样坚决，扎西觉得自己再劝女儿也起不到任何作用了。

郑栋改变自己的主意也就是在那一瞬间。那天他又带上了干粮和另一个同事从居住地出发了，他们这次是真正进入了原始森林勘测路线。达娃央珠知道他们要进入原始森林，一定要跟他们去。开始郑栋和同事一直不同意，但达娃央珠一直要跟着去，她说自己也没有进去过，那里一定很好玩，她就想去看看。郑栋和同事没法再阻拦她，按照她的性格，郑栋他们也阻拦不了她。郑栋和同事带上工具在前面走，达娃央珠就跟在了后面。三人进入了原始森林，然后分头行动，达娃央珠一直跟在郑栋后面帮助他拿东西。原始森林杂草丛生，同事和郑栋分开工作了一会儿以后，他便再也找不到郑栋了，打手机又没有信号，他只得按原路返回。郑栋也在找同事，可怎么也找不到，他和达娃央珠又急又气，他们知道在这里走错了方向是很危险的，正在为同事生命安全担心时，郑栋突然觉得腿上一阵痛疼，他才发现自己穿的长靴子不知什么时候已经划破了一个大口子，一条眼镜蛇钻进长靴咬了他一口。达娃央珠吓得马上喊了起来："毒蛇。"很快，郑栋打死了眼镜蛇，但他的伤口周围马上红肿起来，疼痛得受不了，他在身上找了很久，然后有些绝望地说道："完了，我的解蛇毒药忘带了。"达娃央珠二话没说，马上把郑栋扶到一块大石头上坐了下然，然后挽起来了郑栋的裤子。郑栋又惊又急，他一把抓住了达娃央珠的手，说："你要干什么？快点走啊！这里好危险。"达娃央珠说："我马上用嘴把你大腿里的毒液吸出来，然后我背你回去，要不然会出大事的！"郑栋大吼起来："你以为这是闹着玩的吗？这是毒液啊！弄不好你也会中毒的，你快走吧，不要管我。"达娃央珠哭了起来："我给你吸出来就没事了，郑哥，你要不急，以前我们遇到毒蛇咬了都是这样弄的。"达娃央珠说完，她不管郑栋怎么拒绝，马上把郑栋推倒在地上，然后趴在了他的大腿上用嘴使劲地吸着郑栋红肿的伤口，过了很久，达娃央珠终于把郑栋大腿上的毒液全部吸了出来，她自己也累倒在一边。郑栋看着眼前的达娃央珠，几滴眼泪从他脸上流了下来。一看到郑栋流泪，达娃央珠马上吓住了，她赶快问郑栋："你怎么啦？是不是伤口很痛啊？回去我帮你清洗然后再给你敷上药就好了。"郑栋突然拉住了达娃央珠的手，说：你为什么要冒着生命危险来救我？"达娃央珠说："因为我爱你，你是我心目中最好的金珠玛米，为了自己所爱的男人就是去死我都愿意！"听到达娃央珠的真情表白，郑栋冷冻的心开始慢慢被融化，他紧紧地搂住了达娃央珠，答应一生一世都要好好地爱她。

直坡村的人也很快发现了郑栋和达娃央珠的恋情，要是在以前他们一定会反对的，因为外来的汉族人和藏族姑娘的婚事都没有成功，对于他们来说就是一种伤害。但郑栋却不同了，他是直坡村人最喜欢的金珠玛米，而达娃央珠又是村里最漂亮的姑娘，他们可以说是天生的一对，地造的一双。直坡村的人为了表达自己对这桩婚事的赞美之情，全村人一定要一起给郑栋和达娃央珠办一个热闹的婚礼。达娃央珠不单是扎西村长的女儿，她更是全村人的女儿。

一听说全村人要给自己办婚事，达娃央珠满心欢喜。可郑栋却很为难，对于结婚的事他都还没有做好准备，父母也不知道自己的事，他是想先回去和父母商量了，然后再去和达娃央珠办理结婚手续。然而直坡村的人却不这样认为，对于办不办结婚手续，他们并不太看重，他们看重的是郑栋和达娃央珠办理了仪式，达娃央珠也就是郑栋的女人了。就在这时，郑栋接到了上级的指示，要他去另一个地方执行勘测设计任务。为了工作，郑栋只得先把自己和达娃央珠的婚事放一放。知道了郑栋要走，达娃央珠抱着他哭成了泪人，就在郑栋走的头一天晚上，达娃央珠不顾郑栋的反对，她把自己的一切献给了郑栋，她说过这一辈子只有郑栋是她的男人，自己把一切给了他，男人才会走到哪里都想起她。

郑栋心疼地搂住了可爱的达娃央珠，发誓这一生一定要好好地爱她，等回去把任务完成以后，就来带她回去见父母，然后跟她结婚，再送她去省城多读点书，学一门技术。达娃央珠哭着不停地点头，可她也没有想到郑栋这一走就不再和她联系了。

第4集 ● 不堪回首的往事

梅雅晚上又被一个噩梦惊醒，她梦到郑栋死了。林教授不停地安慰她："你不要胡思乱想的好不好？前两天郑栋才给我打过电话呢，他现在活得好好的，正在灾区搞公路勘测设计，只是那里信号不好，手机经常打不通，他还让我们不要为他担心，你怎么老是梦到他死了呢？是不是白天想得太多了啊？所以晚上就做噩梦。"但不管林教授怎么劝，梅雅还是听不进去，她一再说到郑栋死了。林教授想了很久，觉得妻子要么就是神经过敏，要么就是在医院里当志愿者看得太多了地震中受伤人的病人，所以才会有这样的幻觉。梅雅温柔贤惠，心地善良，但性格内向，经常看到电视里演一些很惨的故事她都会哭成泪人。林教授劝过妻子多少次，但仍然改变不了她的这种性格。林教授不担心别的，就担心妻子会患上忧郁症，再过一个月，儿子就要出狱了，如果他回来再惹出什么事，该怎么办呢？林教授也劝过妻子几次了，既然精神不好就不要去医院当志愿者了，在家好好休息一段时间。但妻子不同意，她说自己护理的两个伤员还要一些日子才能出院，她一定要等他们出了院再说。

林教授对妻子没有别的办法了，一切只好任她去了。梅雅刚刚离开家，李楠带着妻子和梁超来向他告别，因为妻子的伤已经好了，他们准备回家了。梁超一直闹着要来见沈爷爷一面，因为是沈爷爷帮他找到了老师。李楠夫妇只得答应了梁超的要求。林教授感慨万千，他不停地安慰着勇敢的王梅，说有机会一定去她所在的学校看她和她的学生，也鼓励梁超好好地生活和学习，老师舍弃了自己的亲生骨肉换来了他的生命，他应该珍惜。梁超不停地点头，并向沈爷爷承诺李峰弟弟走了，自己以后就是老师的儿子，长大了要好好地孝敬老师，让老师以后过得幸福快乐。

在医院里，梅雅觉得这几天很有些特别，一个农村老爷爷总是时不时地注视着她，她走到哪里老大爷就跟到哪里？梅雅想了很久，也对这个老大爷没有什么印象，可老大爷一直跟着自己干什么呢？梅雅百思不得其解。

这一天，梅雅去帮助伤员打饭回来，老大爷又在病房门口堵住了她，看得出来老大爷想说什么但没有说出来。梅雅很快明白了，她马上从身上摸出了两百块钱递给了老大爷："大爷，这点钱你拿去买点东西吧？有什么需要帮忙的你跟我说。"老爷爷摆了摆手，然后说："我不要钱，就是想看看你。我在医院已经几天了，一直觉得像是你。"听老爷爷这样一说，梅雅赶忙笑了笑，说："大爷，你是不是认错人了啊？我真的不认识你啊!"老大爷突然高兴起来，他不停地说："没错，我没有认错人，你虽然现在长胖了，可你说话做事还是跟以前一样，梅雅，我是疙瘩村的钟志祥啊，人家都叫我黄古董。梅雅，我们村现在好了，你走了几十年为什么不回来看看啊？你大妈经常想起你，说你从城里给她带的东西好吃。梅雅，这真是缘分啊，我已经问过别人了，他们说你是到这里来当志愿者做好事的，我要不是来这里看我的外孙怎么会遇到你啊……"黄大爷还在喋喋不休地说着高兴的事情，梅雅却什么也听不进去了，一听到疙瘩村这个名字，犹如晴天打了一个霹雷，一下子把梅雅击倒在地上。

在梅雅的记忆里，她曾无数次的在梦中想起疙瘩村这个地方，但在现实生活中她却不愿意谈起那里，那里有她太多的痛苦和耻辱，那是她一生的痛，她想忘记那一切，但她却怎么也忘不了，她的伤口时时在流血。

时光倒回到 N 多年以前，刚满十六岁的梅雅和所有城里知识青年一样面临着人生的选择，其实那时的梅雅已经没有什么可选择的了，摆在她面前的路就是到农村去插队落户，接受贫下中农的再教育。别人是高高兴兴地去农村，而梅雅是哭着去的。

一个月以前，班上已经有十多个同学在老师和工宣队的鼓动下还没有等到初中毕业就去了云南西双版纳建设兵团支边。当时，梅雅找到班主任老师只说了一句话："老师，我想读高中。"然后就哭了起来。梅雅是班上的学习委员，成绩优异。文革初期停课闹革命，在别的孩子成天无所事事，如野草般疯长的时候，梅雅却凭着一张甜嘴，与区图书馆的管理员一个面容慈祥的老大妈攀上了交情。老大妈特许她可以在她那里借书看，包括当时的禁书。并与她约法三章：一、对外不许乱说；二、书也不许外借；三、有借有还，不许损坏弄脏。梅雅严格地照办了。几年来，梅雅读了很多好书，就是那些书籍打开了她的心胸和眼界，她立志要当一个作家。

　　班主任老师面对哭着想读书的梅雅，只能不停地摇头叹息，找不到话来安慰她。班上只有两个读高中的指标，以他的本意，两个指标一个给梅雅，一个给另一个男生俞敬轩。梅雅这个学生是块读书的料，不读书太可惜了，但班主任老师没有办法保住梅雅，很多事情不是他说了算的，在那个时候他说话也起不了多大的作用。梅雅的家庭成分是资本家，属于"黑五类"的狗崽子。俞敬轩的爸爸本来是学校的校长，教育世家出身，文革一开始就被红卫兵当作"反动学术权威"、"走资本主义的当权派"揪出来游街批斗，然后一直靠边站，沦为学校的勤杂工。最后，班上的两个上高中指标给了当时父亲官职最高的两个学生。梅雅痛苦地告诉班主任老师说："老师，我不想去西双版纳，那个地方根本就不是工宣队说的大草原，什么牛羊遍山坡、牛奶随便喝。我看过有关西双版纳的书，工宣队是骗人的。"班主任老师听梅雅这么一说，赶忙用手捂住她的嘴，说："你不去老师也不勉强你，这个问题你知道就行了，别在同学中说。如果大家都不去了，我们老师完不成动员任务我们就过不了关，是要写检查进学习班的。"看着班主任老师为难的样子，梅雅没有再说什么。她已经完全明白了，下乡，才是他们这些学生当时唯一的出路。既然命运早已经注定了，梅雅也没有什么好想的，还没有等到学校下一批动员，梅雅和另一个要好的同学曾莉自愿报名去了本省的一个偏僻乡村疙瘩村落户。

　　初春的一个寒风阵阵的早晨，凌晨六点，梅雅背上行李，拒绝了妈妈的相送，她把妈妈按在床上不要她起来，妈妈身体太弱，常年病秧秧的，女儿还没出门，她就哭成了个泪人，再让她去送女儿，她哪里还经得住撕心裂肺的离别场面呢。梅雅只同意了爸爸送她，父女俩默默无言地走在寂静无声的大街上。爸爸把梅雅的行李扛在肩上，梅雅自己则挎着一个仿军用的黄挎包，手提一个尼龙网兜，网兜里装着脸盆、搪瓷杯之类的杂物。梅雅看了爸爸一眼，只见他紧皱着眉头，神色凝重。要叮嘱的话昨晚爸爸妈妈已经反复叮嘱过了，家里成分不好，他们也知道女儿下乡容易回城难，明知是条不归路也只得硬着心肠把女儿送走，不然怎么办？如果态度不好，他们就会被抓起来关进"学习班"，每天要你"在灵魂深处爆发革命"，写没完没了的检查，还会被扣发工资，直到同意把子女送下乡才会被放出来。

　　成分不好的父母子女就是如此的下场，梅雅没有什么好埋怨的，谁家的父母不心疼自己的孩子呢？但现在他们也是心有余而力不足，很多事情由不得他们了。好在梅雅懂事，理解父母的难处，没等动员自己就下了户口，然后就在家里帮妈妈做事，整理行装，等待出发的日子。

　　街道上昏暗的灯光把人影一会拉长一会揉短。梅雅心想，这是最后一次走在家乡的街道上了，这条街对她而言太熟悉了，从学会走路她就在这条街上玩耍，快乐童年一晃而过，现在她长大了就要离开它了，这一走不知什么时候才能回来。梅雅突然鼻子一酸，想哭，但她咬牙忍住了。她不想让爸爸看见自己哭。明知此去吉凶难料，但只有这唯一的去路。是啊，爷爷那一代是富人，爸爸这一代就是资本家了，他们以前享受了荣华富贵，现在应该让梅雅受到惩罚了，出生真的由不得选择，如果能让梅雅选择的话，她是说什么也不愿意出生在资本家的家里，愿意自己生在贫苦的工人阶级家庭里，哪怕挨饥受饿她也不怕。梅雅心里说不出是什么滋味，她也知道爸爸也不好过，才四十多岁，头发早已经花白了大半。爸爸是工厂烧锅炉的，工作很辛苦，经常忙到很晚才回来，妈妈做好了饭在家等着爸爸，爸爸回家一边吃饭一边给梅雅讲那些书上看到的故事，讲到开心处，爸爸笑，梅雅也跟着笑，那时候是他们一家人最开心的日子，但现在那一切都成了泡影。

　　梅雅小时候曾不止一次地听爸爸讲起过家里过去的辉煌，解放前，他们家是个大家庭，有兄弟姐妹五人，城里开有染坊、栈房、商店，乡下有房屋、田产、机房，解放后全被充了公，换来一顶"开明士绅"的帽子和一家老小的性命安全，他也从此成了一个"自食其力"的劳动者。年少时他过着富家子弟一掷千金的快乐日子，没想到沧海桑田，世事变迁，后来沦为苦力人，顶着"资本家"的帽子小心谨慎地过日子，一遇政治运动就胆战心惊，深怕稍有不慎祸及下辈。如今梅雅下乡了，当父亲他的忧心更甚，女儿聪明过人，是个宁肯吃亏都不低头的丫头，加上她身体瘦弱，内心敏感，以后的日子怎么过？这些当父亲的都无法说出口，只是一路沉默地陪女儿来到车站。车站广场已是人满为患，送别的场面令人触目惊心。整个广场哭声喊声惊天动地，混杂着锣鼓声和喇叭声，显得十分的不协

089

第四章

调。十几辆运送下乡知青的大客车一字排开，车头扎着大红花、车身围着"广阔天地大有作为"之类的横幅标语。梅雅很快找到自己要坐的班车，上了车找了一个位置坐下然后对守在车窗下眼巴巴望着她的父亲说："爸，你回去吧！我走了以后你和妈妈要好好保重，到了农村我马上就给你们写信回来。"父亲听了女儿的话，再看了看懂事的女儿，只是不停地招手，嘴里却什么话也说不出来，花白的头发在寒风中微微飘动，嘴唇发抖，神色惨然，老泪纵横。

汽车徐徐发动了，哭喊声更大，广场的高音喇叭也开到了最高音量，声嘶力竭地播送毛主席语录："知识青年在那里是可以大有作为的。"高音喇叭的回声从附近楼房反射回来，响起一片低沉的"大有作为的"的回声。车上车下哭成一片。

坐在梅雅身边的曾莉扑在车窗前大喊："妈……我不去！我怕！"听了女儿的话，曾莉的妈妈也哭个不停，但她还是在安慰女儿："乖女儿，听话！"曾莉的父亲朝女儿挥了挥手，说："哭啥！两年，至多两年就回来了！"曾莉的爸爸是工厂里的干部，对女儿十分地威严。曾莉妈妈是医生，非常的精明能干，但曾莉却胆小怕事。这次下乡，曾莉父母坚持要女儿和梅雅一起的原因，就是他们十分喜欢梅雅，觉得梅雅懂事、谦让。最重要的他们是想到女儿和梅雅在一起安全，梅雅成分不好，以后若招工招生对自己的女儿都构不成威胁。

看着同学在哭，梅雅心里也不好受，但她还是不停地安慰着曾莉，曾莉的情绪慢慢地好了起来。曾莉妈妈又赶忙叮嘱女儿和梅雅："在乡下晚上不要走黑路，不要单独和男人相处，不要让男人占了便宜，更不要在农村谈恋爱。"听了曾莉妈妈的话，梅雅和曾莉都在不停地点头。

到了疙瘩村，生产队腾出了一间保管室给梅雅和曾莉居住。钟志祥大爷的家就挨着保管室不远，看到城里来的两个细皮嫩肉的姑娘什么也干不来，黄大妈很是心疼，经常去帮助梅雅她们煮饭，还把自己地里的菜摘了给她们送去。梅雅和曾莉很是感动，她们也把城里父母寄给自己好吃的东西送给黄大妈，后来两人懒得煮饭，干脆把粮食拿到黄大妈家去搭伙，每天吃了饭去生产队干活，晚上回保管室住。那个时候，梅雅觉得农村的生活虽然艰苦点，但她们却过很开心很快乐。可没有想到这样的日子只过了两年。两年之后，因为一次意外打破了梅雅平静的日子，她开始了噩梦般的生活。

曾莉终于被推荐去上大学了，她根红苗正，推荐她去上大学是理所当然的事。这一点梅雅并不难过，她也没有想过自己会有这样的好运气，因为她一出生就注定了自己的悲剧命运。要和曾莉分别了，梅雅心里很难受，在学校里她们就是好朋友，下放到了农村她们又是住在一起。说心里话，曾莉真的是一个很好的姑娘，梅雅也想过自己这一生可能只有她是自己最要好的同学和朋友了，在那种艰苦环境中建立起来的感情是没有任何东西可以代替的。

曾莉的父母说好来接女儿的，可不知道什么原因一直没有来。梅雅默默无言地为曾莉收拾行李，她也知道这次和好朋友分别也不知道什么时候能见上了，昨日的欢笑已经成为泡影，梅雅将会一个人留在这偏远的乡村打发那种没有尽头的日子。看着好朋友一直不说话，曾莉再也忍不住了，她抱住梅雅哭了起来："为什么上大学的名额只有一个啊？如果有两个该有多好啊！今天我们俩就可以一起走了。梅雅，我走了以后你怎么办啊？"梅雅苦笑着摇了摇头，说："你别担心我了，好好地去上大学吧！我知道你是好心，这一辈子我也不会忘记你的。我的出身跟你不一样，就是有了两个名额也不会轮到我的。"曾莉大吼起来："这是为什么？为什么啊？"看着激动中的曾莉，梅雅赶快劝阻了她，说："这是自己命中注定的事，谁也帮不自己的，有你这样时时想着我，我已经很满足了。"

梅雅帮助曾莉收拾好行李，准备把她送到二十多里外的镇上去搭车，刚刚出门的时候，天上就下起了小雨。梅雅是想叫曾莉等雨停了再走，可曾莉一说到上大学就归心似箭，她执意要走。梅雅只好帮着曾莉提着行李，送她到镇上去搭车。没想到走出几里之后，天空突然乌云密布，雷鸣电闪，马上下起了暴雨。河里涨了洪水，河水很快淹没了桥面，曾莉又惊又怕，梅雅不停地安慰着她，想站在一个山坡上等到洪水退了以后再走。可曾莉听不进去，她急着想过河到对面的一户人家去躲雨。梅雅劝不住曾莉也只好跟着她走，到了桥中心，曾莉看着汹涌的河水害怕了，她不知道该往前走还是往后退，心里一慌，失足掉进了河水里，等梅雅明白过来是怎么一回事时，曾莉已经被汹涌的河水冲走了，美丽可爱的曾莉就在那一瞬间消失了。

曾莉的死带给了她父母致命的打击，他们的精神已经崩溃，见到梅雅他们无法控制自己的情绪，他们已经失去了理智，不停地抓打着梅雅，说是梅雅害死了曾莉。是啊，当时又没有第三个人在场，说是梅雅害死了曾莉，任何人听了都觉得理由充足。因为曾莉被推荐去上了大学，梅雅嫉妒她，所以决定害死曾莉，更让人觉得可信的是梅雅是资本家的女儿，是"黑五类"，她的心里时时都暗藏着杀机。梅雅跪在了曾莉父母面前，说："请你们一定要相信我，我和曾莉亲如姐妹，怎么可能去害死她呢？曾莉走了，我也心里也很难过，如果生命可以轮换的话，我都可以代替曾莉去死，让她能好好地活着，让你们不再伤心痛苦。"但此时的曾莉父母什么也听不进去了，他们很快去派出所报了案。

派出所的人很快把梅雅带走，也就是那个时候，黄大爷几次到了派出所为梅雅求情，确切地说是去说明情况。因为梅雅在黄大爷的心目中一直就是一个文静、懂事处处助人为乐的好姑娘，她不可能去害曾莉，曾莉的离去纯粹是个意外。派出所也经多方调查了解，最后以证据不足把梅雅无罪释放了。

梅雅走出了派出所，本来以为自己已经清白，一切都没事了，没想到那才是她灾难的开始。不管你有罪无罪，在那个年代，一个姑娘进过派出所，还跟一桩命案有关，再加上梅雅的特殊身份，她就变得与众不同了。很多平时还跟她不错的乡亲开始疏远她了，好像梅雅就是一个女魔鬼，谁跟她沾上了关系都会跟着倒霉的。生产队一些平时就对城里下来的女知青就想入非非的光棍汉，开始大胆地对梅雅动起了歪脑筋，经常半夜去敲梅雅的房门，说着一些下流的语言。梅雅只得呆在屋里一夜不敢睡觉，她渴望那种提心吊胆的日子早点结束，希望尽快离开那个地方。但这一切对于梅雅来说是比登天还要难，她有那样复杂的背景，以后的各种招工上大学选干部都没有她的份儿，她也不敢再有非分之想。那个时候，梅雅很绝望、也很想曾莉。曾莉去了天堂，而自己却跟在地狱里生活一样。就在这时，生产队那个麻脸队长总是有意无意地找梅雅的茬儿，梅雅对他是敢怒不敢言。

一天晚上，麻脸队长打着电筒在敲梅雅的房门，梅雅本来就讨厌他一直不愿意开门，但麻脸队长不停地在外面敲门，说是生产队的东西丢了，现在正在挨家挨户排查看是谁偷的，后来梅雅才明白那是一个圈套。当时，为了证明自己的清白，梅雅赶快打开了门，麻脸队长马上进了梅雅的屋子，然后关上了门，他早对梅雅起了坏心眼。瘦小的梅雅哪里是麻脸队长的对手，他很快把梅雅强奸了，事后麻脸队长还不停地威胁梅雅，自己想她了随时来，如果梅雅要是把这件事说出去，他就会说是梅雅用美色勾引革命干部，让她以后在这个村里活得生不如死。听了麻脸队长的威胁话，梅雅是欲哭无泪，她曾经自杀过，但被好心的钟志祥夫妇救了过来。

现在黄大爷突然来对梅雅说起疙瘩村，又怎能不让梅雅伤心呢？梅雅不愿意提起疙瘩村的事，更不想见到疙瘩村的人。因为见到那里的人，就会让梅雅不由自主地想起过去的一幕。梅雅苏醒过来时，她才发现自己已经躺在病床上了，黄大爷一直坐在旁边守着她。为了摆脱黄大爷，梅雅赶快向黄大爷撒了一个大谎，说是想去一趟洗手间。梅雅一出了病房，她赶快跑到医院外面打车回家了。

第 五 章

第 1 集 ● 青春无悔

　　苏霞抛下幼小的儿子回到了老家以后，日子并不好过，她和梁飞在城里打工生下了孩子，公司里的人都知道。梁飞被警察抓走，苏霞还没有回老家，可这一切消息早已经传到了父母的耳朵里。因为同村有几个小姐妹和苏霞同一个公司上班，她们回家把一切都告诉了苏霞的父母。苏霞回到家里，父母对她就没有好脸色，骂她不知羞耻，没办理结婚手续就和别人生下了孩子，现在那人还是一个逃犯。苏霞是有苦难言，这一切能怪她吗？当初跟梁飞好的时候就是看到他老实、肯干，谁知道他是一个逃犯呢？况且他犯罪也是在认识苏霞之前，在和苏霞的交往中，梁飞从来都是一副老实相，要不是看到他肯吃苦耐劳，苏霞会和他好吗？平心而论，梁飞对苏霞还是很好的。如果警察不来抓到梁飞，谁会相信他是一个逃犯呢？在大家的心目中，梁飞就是一个好男人，模范丈夫。现在苏霞心里很复杂，她也说不清楚自己对梁飞究竟是爱更多还是恨更多。在老家，苏霞呆不下去了，父母的唠叨，旁人的白眼都让苏霞受不了，她又去了城里打工，想努力忘掉过去的一切。别人也给她介绍了几个男朋友，都到了谈婚论嫁的时候，当别人一知道苏霞有着那样的过去，都和她拜拜了；也有一些真心想和她结婚的人，但苏霞总是拿他们和梁飞比，越比越觉得他们从哪方面都不如梁飞。更重要的是苏霞也是一个母亲，自从离开了儿子，她时时都在想着他，经常在半夜里做噩梦，想着他被人打骂，没吃没穿，饿得嗷嗷直叫，但她就是没有勇气去看望儿子。

汶川发生特大地震，苏霞再也忍不住了，她想到了自己的儿子，是死是活她不知道，她往梁飞的家乡写过信，但一切都没有回音。苏霞又往梁飞家乡的乡镇上打过电话，但电话一直打不通。苏霞终于不远千里去了梁飞的家乡找儿子，可她再也找不到梁飞的家乡了，一切交通都中断了。

看到那一切，苏霞差点昏死过去。想着自己可怜的儿子已经成为汶川大地震的冤魂，苏霞后悔莫及，她觉得是自己亲手杀死了儿子，自己生了他，为什么要抛弃他不管呢？如果当初自己带着儿子离开了四川，他就可以躲过这场灾难，而自己却狠心地抛弃了儿子，让他还知道自己的亲生父母是谁时就离开了这个世界。从灾区回去以后，苏霞的心再也无法平静，她的精神已经接近崩溃，成天呆在家里，嘴里不停地念叨着儿子的名字。

父母看到女儿变成了这样，心里也有些后悔，要是他们当初不那样对待女儿，多给女儿一些关心和开导，女儿是不会丢下孩子不管的，不管怎么说孩子也是他们的亲外孙啊！他有什么错？他是无辜的啊！现在他成了地震中的牺牲品。外孙在的时候他们没有觉得他有多珍贵，现在失去了他们才感到心里很痛很痛。

梁飞被提前释放以后，他就去了苏霞的老家找她。一见到梁飞，苏霞已经没有当初的那种恨了，开始她以为自己在做梦，当梁飞明明白白地告诉他儿子还活着时，苏霞才相信了面前站着的就是梁飞。一听梁飞说儿子还活着，苏霞马上哭了起来，她说梁飞又在骗她，儿子不可能还活着。看着伤心不已的妻子，梁飞只得告诉了妻子事情的真相。苏霞终于知道了，地震时是儿子的老师用身体护了他，为了救他们的儿子，老师却失去了自己的儿子，一条腿也被压断了，苏霞哭得更厉害了。

苏霞父母一听说自己的亲外孙还活着，他们也激动万分，不但原谅了当初梁飞对女儿的欺骗，更重要的是他们让梁飞和苏霞一起去四川把那个没有见过面的外孙接来，他们要好好看看他，现在对于他们来说过去的一切都不重要了。经历了生死离别，他们才知道活着就是最大的幸福。对于孩子，他们只想给予他更多的关爱，把孩子以前失去的爱都弥补过来。面对妻子和岳父岳母的理解，梁飞终于哭了起来。在来之前，梁飞就没有抱太大的希望让岳父岳母和妻子能原谅自己，他来只是想给妻子和岳父岳母道一声歉，自己欺骗了他们也害了他们。现在他已经正式刑满释放，是一个自由的公民了，地震前的梁飞和地震后的梁飞已经变成了两个人。他在看到了儿子和奶奶安然无恙以后，就主动回到了监狱，并把自己逃跑后的所作所为如实地向监狱领导交代了，他等待接受处分。对于他来说，得到了奶奶和儿子活着的消息，就是受再大的处分他都觉得值，也能接受。可没有想到的是，监狱领导并没有对梁飞进行处分，他逃跑是因为当时的情况特殊，况且梁飞出去以后，并没从事犯罪活动，相反还做了一些有意义的事情，所以免于对他的刑事处分。梁飞激动万分，他发誓一定要好好改造，争取早日出狱，去报答国家政府还有社会上的好心人对自己奶奶和儿子的救命之恩。从此以后，梁飞一改过去那种消极态度，而是在监狱里脏活累活抢着干。在一次犯人越狱逃跑时，梁飞奋不顾身地去制止，逃跑犯人的阴谋没得得逞，而梁飞自己却受了重伤。为了表彰梁飞的见义勇为，监狱领导特别给梁飞向上级请示，梁飞被减刑一年，所以他被提前出狱了。

梁飞出狱以后，他首先回去找到了奶奶和儿子，他们已经被政府安排住进了板房区，儿子也进了板房学校上课，一切都很好。梁飞回去的时候，儿子还在学校上课没有回家，他只能对奶奶简单说了几句话就来找苏霞了。说心里话，梁飞没有勇气面对儿子，儿子才出生几个月时他就离开了家，在儿子的心目中从来没有他这个父亲的影子。如果现在自己突然出现，会不会再次影响到儿子平静的生活呢？面对这一切，梁飞真的没有了主意，他来找苏霞就是想让她想一个好办法，毕竟儿子是他们共同的。

王梅安上假肢以后，本来上级领导是安排她去疗养的，但她却拒绝了。作为老师，王梅觉得最开心的事情就是和自己的学生在一起，如果真的让她从现在起就什么也不干，天天呆在家里玩，她觉得那真的是件很不幸的事情。成天要是没有事情干，她又会胡思乱想，更重要的是她怕孤独，一静下来她就会想到自己的儿子，那悲惨的画面又会出现在她的面前，让她痛苦不堪。所以王梅想工作，因为成天忙于工作自己就没有时间去想别的事情了，在工作中还会得到快乐和幸福。上级领导也考虑到了王梅的实际情况，既然她想工作也尊重她的意愿，决定把她调回到李楠工作的城里去上课，夫妇俩在一起也好照应。在灾区条件太苦了，她已经付出了惨重的代价，把她调离也是让她换一换心情，慢慢让她忘记那痛苦的一切，可王梅拒绝了。大家很是不理解，王梅一句话就把所有人都给震住了："我愿意一生都留在那里，虽然地震让我失去了儿子，还让我失去了一条腿，但那种在大灾大难面前和学生之间建立起来的生死情是任何东西都无法代替的，当我被压在废墟下面，学生也冒着生命危险往废墟里给我送水，我这一生也无法忘记。学生喜欢我，我也离不开灾区的学生。在学校里没有什么不方便的，做什么事情学生都会抢着给我做，有了这一切我感到非常的幸福和满足。"

王梅一直要留在灾区当老师，李楠开始还不理解妻子，也希望她回到自己身边，自己好照顾她。可当妻子说出了自己的理由之后，李楠终于理解了妻子。妻子受了太多的苦，现在只要是她喜欢做的事，李楠都支持她去做。只要一到周末，李楠就急急忙忙地赶到妻子所在的板房学校，尽心尽力地照顾她，陪着她过快乐的日子。作为丈夫，李楠觉得自己一生欠妻子的太多了，现在得从各方面去尽量弥补。

这天吃过中午饭以后，学生都陆续进了教室，有的同学已经趴在课桌上开始午休了，有的同学还在相互打打闹闹的。但他们一看到老师走进了教室，很快就安静下来，各自回到自己的位置上去休息。渐渐地，王梅也有些疲倦了，她走到每一个学生前面巡视一下，确定他们都真正睡着了以后，她又回到讲台坐下，自己也趴在桌上慢慢地睡着了。

没过多久，坐在教室第一排的梁超正在睡梦，却被一阵哭泣声惊醒，他赶忙站了起来，才发现声音是从老师那里传出来的。梁超赶忙摇着王梅的肩膀，不停地喊道："王老师，你醒醒啊！"

王梅终于醒了过来，因为梁超这一喊，把全班同学也吵醒了。大家一起围住了老师不停地问她发生了什么事情？一定要老师说出来，所有的同学都会帮助她的。面对一个个天真纯洁的学生，王梅却什么也说不出来，因为她又梦见了自己的儿子李峰，李峰被压在废墟下，他凄惨地喊道："妈妈，你快救救我啊！我的全身有很多伤，痛得我受不了，妈妈，你真的就那么狠心吗？为什么要丢下我不管啊？我是你的亲儿子啊！"王梅终于想起了，明天是儿子的生日，难怪得今天儿子来跟自己同梦了。

就在这时，梁超给王梅倒了一杯水，然后轻声地对她说："王老师，你不要难过了，我爱你。"全班同学也大喊起来："老师，我们永远爱你。"王梅紧紧地抱住了同学们，她已经泪流满面了。

第二天早晨，王梅刚刚走进教室准备上课，却被眼前的一幕情景给惊住了：讲台上放着李峰的照片，照片前面是一个生日大蛋糕，大蛋糕周围是几十朵小白花。同学们一个个神情庄严，他们站在自己的座位前低着头。王梅看到这一切，她心里什么都明白了。这时，全班同学开始小声抽泣起来，他们在轻声地说："李峰，你安息吧！我们找不到你的遗体，也无法去你的坟上烧香，今天是你的生日，我们全班同学只能以这种方式来给你庆祝生日。李峰，我们知道你走得很冤，王老师为了救我们全班同学放弃了救你，其实她心里很痛，这一切我们都明白。李峰，请你不要怪罪王老师——你的妈妈，她是一位伟大的好老师。王老师失去了你，我们全班同学都是她的孩子，你要有什么事就托梦给我们吧，我们一定会为你办到……"

王梅再也无法控制自己的情绪，她放声地大哭起来。自己虽然失去了一个孩子，却得来了全班几十个孩子，自己心里想到的，这些孩子已经给她做到了。

晚上，王梅正在板房宿舍里备课，梁超提着很多东西走了进去，王梅看了看梁超，然后开始责备他："现在该你们休息了，为什么又从宿舍里跑了出来？如果不遵守学校规章制度是要写检讨书的。"梁超说："王老师，我知道，可到了现在我才想起给你带的东西，现在就是想送过来让你尝尝！"王梅有些生气地说："我已经跟你说了不要给我送东西，你为什么还不听呢？还是把你这些东西带回去给你曾祖母吃吧，是她把你养大的，为了你她吃了多少苦头你知道吗？而我有工资，什么都不缺啊。"梁超很是委屈的样子，说："王老师，这是我舅舅舅妈给我们从外省带的好东西，他们一定要我带给你尝尝，我要不带，曾祖母还要跟着我来学校呢！王老师，你就收下吧，要不然我回去曾祖母会不高兴的，她一定会说我骗了她。"王梅莫名其妙，她拉住了梁超问："你舅舅舅妈？这么多年来，我怎么从来没有听说过呢？只知道你和曾祖母一起生活！要不明天我去你们家看看，别是什么骗子啊！"梁超马上高兴起来，说："王老师，你不说我还差点忘了，我舅舅舅妈他们不是骗子，他们不但对我好还对我曾祖母也很好的，他们已经在城里找到了工作，经常来给我买好多东西。以前我也不认识他们，现在他们才告诉我，我妈妈在我很小的时候就死了，爸爸也死在了监狱。舅舅舅妈找了很久才找到我和曾祖母的，知道是你救了我，他们还说了一定要找个时间来拜访你呢？"看到梁超越说越兴奋，王梅大吃一惊，她赶忙告诉梁超："你是越说越玄了，看来我真得去你们家看看了，要不然我打电话给你李叔叔，让他去调查一下这件事。"梁超赶快拉住了王梅的手，说："王老师，你不能这样做啊，我知道李叔叔是抓坏人的，可我舅舅舅妈不是坏人，李叔叔去了会把他们吓跑的。王老师，我真的没有骗你，舅舅说的话我相信是真的。地震时你为了救我受了伤住在医院，我来找你在街上就遇到过我这个舅舅，他不停地叫我儿子，我还把他当成了人贩子，后来是沈爷爷把我带来找到的你啊！王老师，我现在真的相信了以前我舅舅找过我，曾祖母也说了他就是我的亲舅舅，以前她都见过，我长得跟他也很像。"听了梁超的话，王梅没有再说什么，她也不想去伤孩子的心，但她还是放心不下梁超说的话，决定找个时间去了解一下真相，她不愿意可怜的梁超再有个什么闪失。

梁超见老师不说话，以为是老师生气了，他赶快告诉老师："今天我怕你难过，就是想来陪陪你，以前都是李峰弟弟陪着你的，现在他走了我就想来陪陪你，在宿舍里我也睡不着。王教师，你要是不喜欢我舅舅舅妈，以后我不提他们好了。"王梅拉住了梁超的手，心里很是感动，她说："老师怎么不喜欢呢？只是怕你受到伤害，只要他们能对你好，老师也就放心了。对了，你长大了准备做什么？"梁超脱口而出："考中国最好的医科大学，然后当一名最好的医生，我一定要研制出一种假腿，重新给你安一条，让它装上跟真腿一样，那样你就不会痛苦了。我还要带你去北京爬长城。"听了梁超的表白，王梅激动得什么话也说不出来，眼泪不由自主的往下流。梁超看到老师哭了，马上找来纸巾为老师擦眼泪，然后又对老师说："王老师，你不相信我啊？我真的能做到的。"王梅不停地点头，然后对梁超说："老师相信你，只要你认真学习，将来没有什么事情做不到的。"

其实梁飞和苏霞回到板房区，他们本来是想认儿子的，也想从此以后好好地守在儿子身边，给予他更多的关爱。可他们没有想到，当问到孩子的爸爸妈妈时，儿子是一脸的茫然，好像不是自己生活中的事情。儿子谈得最多的就是自己的曾祖母和老师，因为儿子小小年纪经历了太多的苦难，曾祖母和老师是跟他最亲近的人。梁飞夫妇突然明白了很多，儿子的眼里已经没有爸爸妈妈这个词语，自己也没有资格做他的父母，在儿子的心目中，曾祖母和老师就是他生活的全部。

为了不再打扰儿子平静幸福的生活，也为了让儿子快快乐乐地成长，梁飞夫妇就给儿子编造了一个美丽的谎言。让父母这个词语在儿子的脑子里彻底消失，他们以舅舅舅妈的身份出现在孩子面前也许更好些。

梁超毕竟是个几岁的孩子，他很快就相信了这一切，最重要的是一向疼爱他的曾祖母也这样对他说，他更是觉得一切都不会假。在城里，梁飞和苏霞很快找到了工作，工资虽然不高，但两人干得很起劲，更重要的是他们可以经常回家看到儿子和奶奶，一家人在一起享受天伦之乐，那就是最幸福最开心的事情了。

第2集 ● 生死情

自从郑栋走了以后，达娃央珠就没有睡过一天好觉，她天天都在盼望着郑栋来接她，然后跟郑栋结婚去省城里生活。省城对于达娃央珠来说就是一个人间天堂，她在电视里看到过，那里太美了。可达娃央珠没有想到，郑栋走了以后就再也没有消息了，他留给达娃央珠唯一的联系方式就是一个手机号码。达娃央珠打过无数次电话，但传来的都是机主关机的信息。开始几次，达娃央珠还认为可能是手机信号不好，后来才听别人说山外的手机信号很好的。达娃央珠也做了这样的猜测，郑栋是不是又被派到了更艰苦的地方去工作了，那里跟自己家乡一样，手机时常没有信号。但很快达娃央珠又排除了这种可能，即使手机没有信号，但她可以给自己写信来！走的时候，郑栋说得信誓旦旦的，一到了新的地方就马上跟自己联系，可现在已经过去几个月了，达娃央珠还是没有得到郑栋的一点音讯，她急得在家里哭了起来。

看到女儿那样，扎西只是不停地摇头，他觉得自己担心的事情终于发生了。一开始他就不看好这门亲事，不管从哪方面他都觉得女儿和郑栋不般配，他也感觉得出郑栋是被女儿缠得没有办法了才来敷衍女儿的。现在人家走了，怎么可能再和女儿联系呢？扎西本来想等女儿慢慢冷静下来再做她的思想工作，可没有想到女儿的话把他给吓住了："爸，我明天要去省城找郑栋。"扎西赶快拉住了女儿，不停地劝她："你这不是在开玩笑吗？省城那么大你怎么去找啊？再说了，你最远的就是在我们的小县城逛一逛，省城大得狠，到时把你走丢了怎么办？乖女儿，你别犯傻气了好不好？我知道你喜欢郑栋，但你们不是一路人啊！别在去找他了，找了也是没用的，你要是想去省城玩的话，过些日子我带你去。"然而，达娃央珠却听不进父亲的劝阻，她一再坚持要去省城找郑栋。扎西没有了办法，他也知道女儿的脾气，只要是她决定了的事谁也阻拦不了的。反正省城也那么大，扎西相信女儿也是找不到郑栋的，既然这样就让她自己去碰一碰，找不到她回来以后也就死心了。于是扎西只好叮嘱女儿在路上注意安全，有什么事情马上就给自己打电话。一见父亲同意了自己去找郑栋，达娃央珠心里很是感动，她谢过了父亲，然后赶快去了省城。

　　索朗多杰刚刚下班走出公司，他的电话突然响了起来，接过电话以后他突然兴奋起来。因为电话是达娃央珠的父亲打来的，他告诉索朗多杰达娃央珠来省城的事。因为女儿从来没有出过远门，所以扎西很担心女儿的一切，就打电话让索朗多杰去车站接达娃央珠，然后再帮助她去找郑栋。扎西在电话中也对索朗多杰说了，估计达娃央珠是找不到郑栋的，就让索朗多杰在省城陪着达娃央珠玩几天，然后再劝她回去。

　　一听到扎西跟自己这样说，本来就对达娃央珠没有死心的索朗多杰马上就激动起来。说心里话，索朗多杰一直深爱着达娃央珠，他和达娃央珠的事也是村里人公认的，谁都以为煮熟的鸭子不会飞，没想到半路却杀出一个郑栋来，这让索朗多杰又气又恨。按照他以前的脾气，索朗多杰是不会放过郑栋的，他抢走了自己心爱的姑娘。但一看到达娃央珠那样护着他，索朗多杰才知道自己就是杀了郑栋也不起作用，达娃央珠不但不会跟他再和好，相反他还会惹上官司。索朗多杰毕竟已经在省城呆了几年，也学到了很多东西，更重要的是他学会了遵纪守法。为了忘记达娃央珠，他马上又离开了家乡来到了省城打工。在公司里，索朗多杰的人缘很好，有了更多的汉族同胞对他的关心和帮助，他的心情已经慢慢好了起来，正当他想慢慢忘记达娃央珠时，上帝好像跟他开了一个玩笑，又把达娃央珠送到了他的面前。

达娃央珠刚刚在省城的长途汽车站下了车，索朗多杰马上提着很多好吃的东西跑到了她的面前。达娃央珠又惊又喜，坐了那么久的长途车，她在路上晕车已经吐过几次了，身体难受得要命。到了省城，面对繁华的大街和望不到头的电梯公寓，她真的感到六神无主了。在这个城市里，她没有一个亲人和朋友，这里对于她来说一切显得太陌生了，陌生得让她都不知道自己在哪里了。见到了索朗多杰，达娃央珠就像落水的人突然见到了一艘小船，突然觉得自己有了依靠。

索朗多杰带着达娃央珠吃完饭以后，达娃央珠马上就说出了自己来省城的目的，她希望尽快找到郑栋。索朗多杰本来还想劝达娃央珠先休息一天再说，可达娃央珠心急如焚，索朗多杰也只得硬着头皮陪着她去找，一见到有金珠玛米出现，他们就赶忙上前去打听，但没有人认识郑栋。索朗多杰心里暗暗高兴，达娃央珠的脸色却越来越不好看，情绪也越来越激动。

邹枫去学校给女儿开完家长会，正在一个水果摊上给女儿买水果，却莫名其妙地被一个藏族姑娘拉住了，这个人不是别人，她就是达娃央珠。其实达娃央珠已经跟踪邹枫好久了，完全确定了邹枫就是自己日思夜想的男人之后，达娃央珠才突然抓住了邹枫。邹枫还没有弄清楚是怎么一回事时，达娃央珠抱住他就大哭起来，而且边哭边说："你为什么那样狠心啊？说好的到了地方就给我打电话，可我等了你几个月却什么音讯都没有。你告诉我，这是为什么啊？"邹枫赶忙给达娃央珠解释："小姐，我看你是认错人了，我既不认识你更没有说过给你打电话。你放开我吧，我还忙着呢。"索朗多杰一见到邹枫更是惊喜万分，说："真没有想到在这里见到你啊！医生！"邹枫更是觉得莫名其妙。达娃央珠赶忙拉住了索朗多杰问："你认识他？"索朗多杰不停地点头，然后说："地震时我跑回老家来找你们，没想到在路上受了重伤，就是这位医生救了我？央珠，我们走吧，你是真的认错了人。"达娃央珠又气又恨，她死死地抓住了邹枫，说："我没有认错人，你马上跟我回去结婚，你知道吗？没有你我真的活不下去，你就是我的男人，我不能没有你。"邹枫又羞又气，但他不知道说什么好。一见到这种情景，索朗多杰突然用力从邹枫身边拉过了达娃央珠，不停地朝邹枫喊道："你快走啊，她真的是认错了人。"邹枫丢下水果袋马上离去。达娃央珠抓住索朗多杰又打又踢，嘴里还不停地喊道："你放开我，放开我！"但无论她怎么喊，索朗多杰就是死死抱住她不放。邹枫走远了，达娃央珠也闹累了，她终于停了下来，这个时候，达娃央珠才突然发现索朗多杰脸上到处都是被自己抓伤的痕迹。

看到达娃央珠不闹了，索朗多杰赶快放开了她，没想到达娃央珠又往邹枫离去的方向跑，索朗多杰赶紧把她拉走了。

达娃央珠发誓要离开索朗多杰的念头也就是从这个时候开始的，她觉得有了索朗多杰在自己身边，自己永远也不可能找回郑栋。至于索朗多杰给自己解释的话语，达娃央珠一句也听不进去，她也根本不相信，自己和郑栋好了那么久，两人已经成了一个人，才过了几个月，自己不可能就连男朋友也认不出来了。索朗多杰阻拦自己的理由很简单，他不希望自己找到郑栋，现在他说自己认错了人，还说刚才那个男人是他的救命恩人，达娃央珠觉得那是他在撒谎。她很后悔，当初自己就不该把索朗多杰当成自己的依靠，她知道索朗多杰还爱着自己，他怎么可能把自己轻易地送给别的男人呢？今天要不是他，自己现在就跟郑栋在一起了，达娃央珠此时很恨索朗多杰拉住了自己，更恨郑栋的无情。既然这样，现在也没有谁能帮得了自己，一切只有靠自己了。达娃央珠发誓一定要在省城找到郑栋，他不给自己一个说法，自己是不会放过他的。

扎西一直在家里等着女儿的消息，可女儿没有给他打来电话，索朗多杰却告诉了他一个不好的消息：自己陪着达娃央珠去街上找郑栋，没想到碰上了挽救自己性命的医生。而达娃央珠就认定他就是郑栋，一直纠缠着要人家跟她结婚，自己阻拦了她以后，达娃央珠把自己当成了仇人，趁着他不在的时候，悄悄溜走了。现在自己找不到她也联系不到她，心里一直为她担心着。

尽管听索朗多杰说是女儿认错了人，扎西的心里还是有一些预感，他觉得聪明过头的女儿一定不会认错人的，这个世界上哪里有长得完全一样的两个人啊？要么就是索朗多杰在撒谎，因为他想娶女儿；要么就像自己判断的那样，郑栋在回避女儿，他根本不愿意跟女儿结婚。但不管是哪一种结果，对女儿都是不利的。扎西很为女儿担心，怕她做出什么不理智的事情来毁了自己，女儿虽然不是他亲生的，但从小扎西就把她当成了自己的命根子，女儿如果有个什么闪失，他无法想象后果，为了女儿，扎西突然决定亲自去省城找回女儿。

邹枫回到家里很久了都还没有回过来神，活了三十多岁他还是第一次遇上这样的事，也许这样的艳遇对于别的男人来说是一种自豪，还可以成为自己炫耀的资本。但对于邹枫来说就是灾难。家里现在是弄得一团糟，母亲死了以后，父亲的精神一下子垮了。邹枫既要工作还要照顾父亲和年幼的女儿，薛丹经常回来找他闹事，弄得女儿很受伤害，父亲也气得不行。半夜里，女儿都经常做着噩梦，她不止一次地对邹枫说过："爸爸，我们搬家吧，妈妈回来好凶啊！我真的怕有一天你不在我身边，她会杀了我，我们去一个她找不到的地方好不好？"女儿说出这样的话，邹枫心里像刀割一般的难受。他知道薛丹是个不服输的女人，想要的东西没有得到是决不会罢休的。薛丹恨女儿的重要原因是女儿没有站在她那一边，觉得女儿背叛了她，让她的美梦成为了泡影，所以她处处折磨女儿。

为了女儿，邹枫也曾经对父亲说过，干脆就把自己住的这套房子让给薛丹，然后自己跟她把离婚手续办了，那样就可以过平平静静的日子。可已经对薛丹恨之入骨的父亲一直不答应，他觉得这样做无疑就是承认自己输了，邹利成曾经说过，自己就是拼到底也要和这个女人斗下去，薛丹要得到这套房子可以，除非自己死了也就管不着了。邹枫不好再说父亲什么了，因为父亲也是一个认死理的人，更重要的是父亲的心里窝着一肚子气。当年岳父当官时，父亲他们做点生意，岳父在父母那里捞了很多油水不说，还经常拿脸色给父母看，时不时的还要训斥父母。表面上父母对自己岳父的话言听计从，邹枫知道那也是没有办法的事，人在屋檐下不得不低头。现在岳父出事了，父亲心里的那股恶气终于可以出了，更重要的是得知岳父把得来的不义之财拿去包二奶养私生子。而薛丹现在也是这样在外面跟男人鬼混，父亲更看不起他们一家人，觉得他们一家人就没有一个好东西。薛丹要在这个家里横行霸道，父亲是无论如何也不会同意的。

邹枫为了家里的事已经有些心力交瘁了。父亲这边他说不通，薛丹那边也不让步，他们相互争斗，最受伤害的应该是幼小的邹雪，他们谁也没有去考虑过孩子的感受，她需要一个温暖的家，可她却什么都得不到，还在担惊受怕中过日子，邹枫一想到女儿就痛苦不堪。

星期天，父亲逛街去了，自从母亲去世以后，父亲对做生意就没有一点兴趣，他把生意都转让了出去，成天就坐在家里发呆。今天难得有个好心情，吃过饭以后，他就告诉儿子自己想出去看看，邹枫嘱咐了父亲几句，父亲走了。邹雪拿出了很多课外书籍在客厅里看，邹枫坐在沙发上发呆，邹雪看着书里不懂的地方，不停地去问父亲。邹枫给女儿讲了一会，突然觉得很累，他倒在沙发上睡着了。

邹雪看书看得正入迷的时候，父亲的喊叫声突然把她吓住了。邹雪赶忙拉住父亲的手喊了起来："爸爸，你醒醒啊！爸爸，你怎么啦？是不是做噩梦了啊？"邹枫终于被女儿喊醒了，看到女儿站在自己面前，他赶快抱住女儿亲了起来，嘴里不停地喃喃道："邹雪，你真的没事吧？"邹雪莫名其妙地看着父亲，她不知道父亲在说什么。其实，邹雪真的说对了，她的父亲真的是做噩梦了，他梦见达娃央珠又来找他，还是要跟他结婚。邹枫很坚决地告诉她，自己从来没有跟她谈过恋爱，怎么可能和她结婚呢？况且自己早已经结婚了，还有美丽可爱的女儿正在上小学，没想到达娃央珠气急败坏地从身上抽出了藏刀，说是邹枫再不同意跟她结婚，她就要杀了邹雪让邹枫痛苦一生。

看到女儿好好地坐在自己面前，邹枫才真的相信自己是做了噩梦时，她不由得长长地松了一口气。

尽管陈婆婆把董惠赶出了家门，董惠也想过从此不去管她了，但每当夜深人静的时候，董惠不由自主地想起了丈夫，想起丈夫对自己的好，她也就想到了婆婆。以前婆婆对她的好，董惠总忘不了，如果不是当年母亲欠下了孽情，她相信婆婆是不会这样对待她的。婆婆年轻时被人夺走了丈夫，老年又失去了儿子，这种痛是谁也受不了的。在这个世界上自己就是婆婆唯一的亲人了，如果自己不去关心她，婆婆的后半生就只能在孤独和痛苦中度过。一想到这些，董惠还是偷偷回板房区看过婆婆几次，只是向邻居打听婆婆的情况，知道婆婆一切都安好之后，董惠才放心地走了。

今天董惠又回了一次板房区，才从邻居那里知道，他们已经两天没有看到婆婆出门了。董惠心里有了一种不祥的预兆，知道自己去了是会惹得婆婆的一片骂，但她还是硬着头皮去敲婆婆的房门。可她敲了很久也没有人答应，她赶快找来了邻居帮助把房门敲开，里面的情景让董惠大吃一惊：婆婆倒在地上已经昏迷。

董惠赶快打了120急救电话，救护车很快把陈婆婆送到了医院。医生检查之后马上确定了陈婆婆的病情严重，因为县医院的条件有限，希望把病人马上转到省城的医院去治疗。董惠二话没说，赶快把婆婆往省城的医院送。

邹枫刚刚给病人做完一个手术，准备喝口水休息一下，女儿却给他打来了电话，说爷爷在家病倒了。邹枫吓坏了，他赶快换了衣服准备回家，却在医院门口差点撞倒一个提着水果进医院的孕妇，幸好邹枫动作快很快抓住了孕妇，让孕妇没有倒下去。邹枫正准备向孕妇道歉时，孕妇回过头却让邹枫的眼珠子都差点掉了下来。尽管他已经和董惠分别快二十年了，但他还是一眼就认出了眼前的孕妇就是董惠。董惠莫名其妙，当邹枫说出自己的名字时，董惠才一下子激动起来，两人站在那里相互对望了几分钟，谁也说不出一句话来。

达娃央珠在省城又找了很久也没有找到郑栋，但她并没有灰心，突然想起索朗多杰说过自己心爱的男人郑栋是医生，虽然她一直不相信索朗多杰的话，可一直找不到人，达娃央珠便决定去医院碰碰运气，没想到就在医院门口她看到了董惠和邹枫。达娃央珠再也无法控制自己的情绪，他觉得索朗多杰真的是骗了自己，自己真的没有认错人。郑栋回到了省城就不理自己，原来是被这个女人缠上了，什么事情也要讲个先来后到啊！她不能容忍自己喜欢的男人被别的女人抢去。这时，她还看到了自己心爱的男人正要扶着那个孕妇往医院里走，达娃央珠冲过去抓住孕妇就打了起来，一边打一边还不停地骂道："我要打死你这个抢别人老公的女人。"董惠被这突然如其来的一切吓坏了，邹枫一眼看到达娃央珠就明白了是怎么一回事，他赶快放下了董惠，死死地把达娃央珠拉走了，然后马上给李楠打电话求救。

进了派出所，达娃央珠的情绪仍然很激动，她不停地抓打着邹枫，还要让他马上跟自己结婚，邹枫是有苦难言。李楠和同事们耐心地劝着达娃央珠，说她认错了人。但达娃央珠什么话也听不进去，她就是认定邹枫是自己要找的男人郑栋，自己已经是他的女人了，就要他为自己负责。

李楠也在心里为邹枫叫冤，他和邹枫是同学加好朋友，对邹枫的一切没有谁比自己更了解他的了，要说别人在外面拈花惹草李楠相信。但要是说邹枫在外面拈花惹草就是打死他，他也不会相信的。李楠觉得眼前的这个藏族姑娘要么就是认错了人，要么就是精神受了什么刺激。

邹枫因为家里父亲病着，他跟李楠匆匆说了几句话就走。达娃央珠见警察把自己心爱的男人放走了，她又哭闹起来。李楠一边不停地安慰她，一边给她打来了饭菜让她吃。也许是真的饿了，达娃央珠很快把饭菜吃完了，她又要嚷着出去。李楠怕她出去再做出一些不理智的事情来，不停地开导她，还要她说出自己的名字，家住哪里？父母和亲人的联系方式，他们要么跟她的亲人取得联系，要么送她回去。但倔强的达娃央珠从此一句话不说，李楠他们弄得没有办法，为了更好的帮助藏族姑娘，李楠他们最后想到了一个办法，给达娃央珠录了像，然后在电视里打了一个广告，希望有更多的知情人提供线索。

扎西到了省城正不知道如何去寻找女儿时，他突然接到了索朗多杰的电话，说是在电视上看到了达娃央珠。扎西又惊又喜，很快他在索朗多杰的带领下找到了女儿。一见到父亲达娃央珠马上大哭起来。李楠赶快把扎西叫到了一边，向他详细说明了他女儿的情况，以及邹枫的情况，不停地向扎西保证邹枫是自己的同学，也是个老实本分的男人，不是达娃央珠要找的郑栋。在一边的索朗多杰也证实了李楠的话，邹枫是个医生，不是达娃央珠要找的人。

当了多年村长、又通情达理的扎西不停地向李楠和同事说着"谢谢"之类的话语，然后强行把女儿带走了。

三强公司是沿海的一家大型建筑公司，承担过全国各地的很多大型工程建设。董事长杨亚洲也是一位热心做公益事业的人。汶川大地震以后，他们公司积极组织人力和财力支援灾区，现在他们公司又承担了援建公路的头批项目。他们拿到了勘测设计图纸，浩浩荡荡开进了灾区，开始搭建活动板房，建临时性办公地点、工人住房。

扎西带着女儿回到了家乡，他想让女儿慢慢忘记郑栋，让她开始重新生活。没想到女儿回到家以后，脾气变得越来越暴躁，动不动就在家里摔东西。扎西是看在眼里急在心上。在省城上班的索朗多杰知道了达娃央珠的情况以后，他马上辞去了工作，他想以自己的爱去感化达娃央珠。可没有想到达娃央珠一见索朗多杰就大怒，还骂他把郑栋藏了起来，是他毁了自己的幸福。索朗多杰这才明白自己当初是打错了算盘，达娃央珠心中只有郑栋，郑栋的影子已经进入了她的灵魂深处，这一生郑栋就是找不到，达娃央珠也不会接纳自己的，她对自己只有恨不会有爱。索朗多杰只得怀着一颗伤痛的心，再一次离开了家乡去了省城打工，他决定彻底从心底里完全忘记让自己又爱又恨的达娃央珠。

杨亚洲亲自去了工地上考察，下面的管理人员正在给他汇报工作时，达娃央珠却跑到了杨亚洲面前，哭着要他把郑栋交出来，弄得杨亚洲莫名其妙。扎西赶快去向杨亚洲解释，自己的女儿为了找失踪的男朋友郑栋，现在弄得精神有些失常了，他让杨亚洲不要把女儿的话当真。杨亚洲终于知道了一个藏族姑娘和一个年轻军人的爱情故事。

第3集 ● 暗藏阴谋

邹枫从李楠口中知道达娃央珠被她父亲带走了，他的心里才暗暗松了一口气。虽然当时他很恨达娃央珠扰乱了他的正常生活，让他下不了台。但知道了达娃央珠的真实情况以后，邹枫却一点也恨不起来，相反他还有些同情达娃央珠。邹枫已经看出来了达娃央珠是一个把爱情看得比自己生命还要重要的姑娘，只可惜那个跟自己长得一样的男人却辜负了。邹枫已经想好了，自己在省城，如果哪一天自己要是遇到了达娃央珠要找的那个男人，自己一定要好好劝劝他不要辜负达娃央珠对他的一片真情，希望他凭着良心做事，回去看看那个对他情真意切的姑娘，不要让别人痛苦一辈子。

去了医院上班，邹枫开始打听董惠的下落，可出乎他意料之外是，就那天匆匆见过一面之后，邹枫在医院里再也没有看到董惠一眼。他去门诊部和住院部都查过了，这里根本没有董惠这个人，也没有人认识她。邹枫心里很是失落，从那天董惠的表情上看，邹枫觉得她的日子并不如意，又挺着一个大肚子，不为别的，邹枫就是想看看她，那天达娃央珠伤着她没有？那是一个让邹枫从少年到中年都没有忘记过的女人，邹枫不希望她有任何闪失，更不愿意她受到伤害。但董惠就像是他生命中的一个过客，突然在他面前出现一下，很快又消失了，邹枫心里很是失落。

薛丹终因各方面考核不过关，再加上她平时的表现也差，终于从机关单位被清理了出去，最后把她安排到一个事业单位的收发室工作。平时就飞扬跋扈的薛丹哪受得了这样的气？一得知这个消息，薛丹马上就找到刘宗辉哭成了泪人。看着自己心爱的女人哭成那样，刘宗辉义愤填膺地告诉薛丹："宝贝，你告诉我，是谁使你的坏？老子花钱找几个人废了他，让他一辈子活得生不如死。"一看到情人这种表情，薛丹赶快制止了他。她知道刘宗辉花钱去做了坏事，到时查起来自己也脱不了关系。薛丹也知道现在的自己已经不是从前的自己了，出了什么事父亲都可以一手给她摆平。现在父亲进去了，出了事也只有自己担着，再说为了一个工作去杀人真的没有必要。薛丹告诉刘宗辉自己的事情，只是想看看刘宗辉他的态度，才知道他爱自己是真的还是假的？有了刘宗辉刚才的这一举动，薛丹什么都满足了。一个男人为了自己都敢去杀人，薛丹觉得这就是真爱的表现。

其实刘宗辉说去替薛丹报仇也只是说说而已，久经江湖的他还没有傻到那个地步。为女人花钱他可以办到，要为女人去冒险那是不可能的。在和薛丹一起缠绵之后，刘宗辉终于对薛丹说出了压在自己内心很久的一个想法："宝贝，现在到了这个地步你就别去上什么班了？去了那里也没有你的好日子过，不如辞职跟我当秘书，这样我们俩也好天天在一起，我真的不愿意你去外面上班吃苦。"一听到这话，薛丹马上吼了起来："你搞错没有？好歹我在事业单位上呆着一个月也有几千块钱的工资，去你的公司当秘书，你能给我多少钱啊？现在好多人都想进机关单位和事业单位，谁想去企业呆啊？工作累，工资低还没有什么保障？"刘宗辉马上搂住薛丹亲了起来，说："谁要你去坐班啊？没事你就在家里玩，我要出去谈生意你就陪着我去啊！说白了你就是跟我一起到处游玩，我给你一个月10000

块钱的工资，干好了每个月还有奖金，我只是给你安一个秘书，对外好办事啊！其实以后公司挣的钱都是我们两个的。"薛丹还是有些不放心，不停地问道："我知道你对我好！可我们这样不明不白的生活在一起算什么啊？反正你也有钱，我也不想再跟邹枫他们一家人纠缠下去了，他父亲就是一个守财奴，我再等也得不到什么的，你也离婚吧！我们一起快快乐乐的过日子。"刘宗辉马上安慰薛丹："现在我们不能这样做啊！你也知道我老婆已经知道了我们俩的事情。如果我一旦和她提出离婚，我就算有过错的一方，在财产分割上，按她的个性我是得不到任何好处的，要是她把财产都弄走了，以后我们俩怎么生活啊？所以现在我们都不能提这个事，而是等我慢慢弄到了钱存在一边，然后我们到国外去生活。"见薛丹不说话，刘宗辉又继续安慰她："你现在也不要和邹枫再闹离婚了，时不时的也回去看看，反正你们家房子那么宽，你又不和他住在一起，我们俩才是真正的夫妻啊！这样才能不引起我老婆的怀疑！只要她不怀疑我了，我就好往一边弄钱，以后把公司弄成了空架子我们俩就远走高飞了。"一听刘宗辉这样打算，薛丹不得不对他再次刮目相看了，自己从来没有想到的事，他已经想到了。国外一直是薛丹从小就想去的地方，可父亲一直不让她出去，说是就她那么一个宝贝女儿，不想让她离开自己。后来，薛丹才知道父亲的话连狗屁都不如，得了那么多不义之财都是为了别的女人，从来没有为她这个当女儿的留条后路，还让自己也跟着也过倒霉的日子。现在薛丹真的恨不得能马上能出国，离开这个让她伤心的地方，忘记这些伤心的事情。这一切别人都给薛丹办不到，只有刘宗辉能为她办到，跟着这样的男人，薛丹觉得就是少活十年也值得。

邹雪正在家里做作业，薛丹提着很多东西走进了家门，她马上把袋子里的水果递给了女儿，没想到邹雪却迟迟不敢接，仍然低着头做作业。薛丹很有些尴尬，她把水果硬塞给了女儿，说："你告诉我，妈妈买的东西为什么不吃啊？"邹雪想了一下，然后告诉母亲："我刚刚吃过饭，现在肚子还不饿。"薛丹又拉住了女儿的手，问："你是不是很恨妈妈啊？"邹雪看了看母亲，说："我不恨你，但你要我抛弃爸爸和爷爷跟你在一起生活我真的做不到，因为我爱他们。"薛丹心里很不好受，她说："我知道，妈妈以前对你的态度不好，所以你不喜欢妈妈，以后妈妈会改的。"一听到母亲给自己道歉，邹雪心里很有些感动，她赶忙拉说："妈妈，其实我也很喜欢你的，你不要乱骂爸爸了嘛，回来跟我们一起生活吧！别去跟干爹行不行？妈妈，我觉得干爹不像好人，只有爸爸才对你最好。"一听这话，薛丹的脸色大变，本来她是想对女儿发火的，但一想起刘宗辉给她嘱咐的话，她又忍了下来，赶快安慰女儿："我以后除了上班就会经常回来看你和爸爸，再也不跟你爸爸提离婚的事了。"邹雪高兴得不得了，一定要马上打电话给正在医院照顾爷爷的爸爸，薛丹赶快拦阻了她。

邹枫从医院疲惫不堪地回到家里时，薛丹已经带着女儿在房间里睡着了，他没有去惊醒她们，而是简单地洗漱了一下也上床睡了。早晨，他还在睡梦中，女儿就在外面喊他，说是妈妈已经煮好了早餐，让他起来吃了好上班。邹枫赶快起了床，邹雪一见父亲起来，很是高兴，她赶快拉住了父亲的手说道："爸爸，你快吃饭吧？今天早晨的饭好香哦！"薛丹赶快给邹枫盛好了饭，然后递到了他的面前。邹枫看了看妻子，有些莫名其妙的样子。薛丹朝丈夫温柔地一笑，说："快吃吧，要不然一会儿凉了。"看到妻子突然对自己这么关心和体贴，邹枫想流泪。和妻子结婚这么多年，她还是第一次给自己盛饭，第一次说出这样关心自己的话。邹枫受了太多的痛苦和委屈，可没有一个人来为他分担。虽然对妻子的突然变化有些不理解，邹枫还是很快把妻子给他盛好的饭吃完了。

一看到父亲吃得那么高兴，邹雪马上又拉住了父亲的手，说："爸爸，妈妈做的饭是不是很香啊？"邹枫激动地抱住了女儿，说："香，真的很香！"邹雪突然给父亲做了一个怪相，然后在他的耳边说道："爸爸，你在撒谎。其实妈妈做的饭没有你做的好吃，可我长这么大，这是第一次吃妈妈做的饭，所以觉得香。"邹枫赶忙拍了一下女儿的头，心里既高兴又有些心酸。女儿聪明过人，从出生到现在她就没有享受过真正的母爱，虽然她曾经对自己说过不喜欢妈妈，但邹枫已经看出来了，她还是很渴望母爱的，妈妈的一顿饭都让她体会到了一种别样的母爱，她比同龄的孩子显得更加的成熟。在一边的薛丹也听到了女儿的话，也许是当母亲的天性已经复苏，薛丹拉住了女儿，说："你要好好听爸爸的话，妈妈现在已经换了工作，经常要出差，没事了我就会回来看你和爸爸。爷爷身体不好，爸爸要是上班不在家，你就要多照顾爷爷。"开始，邹枫还以为是自己听错了，当他确定这话是从妻子嘴里说出来时，他的眼泪突然潮湿了，然后轻声地对妻子说道："你在外面也要注意保重自己，不要太操劳了。"薛丹看了看丈夫，然后不停地点头。

其实邹枫是一个很简单的男人，也是一个太重感情的人。妻子就是那么很随便的几句话，已经让他感到很满足了，为了女儿他也不想离婚，想让女儿有一个健全的家。从今天的一切情况来看，邹枫已经看出来了，女儿是离不开妈妈的。自己和妻子有没有感情现在已经不重要了，重要的是女儿快乐幸福，妻子眼里还有女儿就行了。他已经在心里突然改变了主意，如果妻子从此以后不像以前那样回家就找他闹，可以经常回家关照女儿，他就原谅妻子的一切，当一切都没有发生过，重新和她好好地过日子，共同把女儿抚养成人。

一个星期以后，邹利成出院回家了。薛丹买了很多东西回来，邹枫在忙着给父亲炖汤，薛丹在收拾家务。煮好了饭，一家人坐在一起吃饭。尽管薛丹不停地给公公夹菜，但邹枫看得出来，父亲并不买妻子的账，一直阴沉着脸。薛丹吃过饭以后就走了，邹雪也背着书包上学去了。邹利成赶快问儿子是怎么一回事？邹枫不停地安慰父亲："爸，既然薛丹她也愿意回来好好过，我们就给她一个机会吧！你看她也比平时改变了很多，再说了邹雪又小，我真的不希望她失去母爱。人人都有走错路的时候，只要薛丹改了就好。"听了儿子的话，邹利成不停地摇头，然后有些生气地说："你知道我现在最不放心的是什么吗？就是你太善良心太好了，我过的桥比你走的路还要多，你真的不要被表面现象蒙住了眼睛。既然你和薛丹早已经没有了感情，还是赶快离婚吧？她要再不同意，你直接去法院起诉她啊！"一听父亲又要自己离婚，邹枫很不高兴地说："爸，我知道薛丹以前是做了很多错事，但你也不要用老眼光去看别人啊！人都是会变的。"邹利成气得脸色铁青，他站起来就往自己的房间走："你要不听我的话，终究你是要被这个女人害了的。你难道没听说过吃屎的狗离不了茅房吗？"面对父亲的愤怒，邹枫只是苦笑了一下，他知道妻子给父亲留下的坏印象太深，要父亲马上接受妻子那是很难的，但随着时间的推移，他相信妻子会用她的行动改变在父亲心中的不良印象的。

刘宗辉果真没有让薛丹失望，他很快带着她去云南出差，到处看了风景以后，他们才去了一个豪华饭店和一个老板吃饭谈生意。在吃饭时，薛丹也看得出那个老板一直用一双色迷迷的眼睛盯着她，弄得她很不自在。那个老板长得很丑，如果他是一个比较帅气的男人的话，薛丹还可以和他多说几句话。可他太丑了，薛丹接受不了。但刘宗辉却说这个老板有钱得很，生意做到了全世界的各个地方，只要能和他谈上生意，就是不想发财都难了。为了怕薛丹吃亏，吃过饭以后，刘宗辉就拿了很多钱让薛丹去逛街，他自己去和老板签合同了。

到了深夜，薛丹已经睡着了，刘宗辉才回到了宾馆。尽管很累，但刘宗辉却一脸的高兴，他拿回来一个精致的塑料盒子让薛丹看了看，那里有一份刚签好的三千万的国际贸易合同。薛丹差点惊叫起来，觉得这钱也来得太快了，三千万的生意就是按百分之二十的利润也有六百万啊。看着薛丹那高兴的样子，刘宗辉赶快告诉薛丹："这事只有我们俩人知道，我也不拿回家也不拿回公司，不想让别人知道，这些钱赚了就是我们两个人的。你把这个盒子带回你家找个安全的地方放好，一定不要让你丈夫知道，我要的时候找你拿就是了，多赚些钱为以后出国做准备啊！"薛丹紧紧地抱住刘宗辉激动得哭了起来。

邹枫正在家里做饭，妻子出差凯旋归来，他给家里每个人都带了礼物，还买了很多好吃的东西回来。最高兴的就是邹雪了，她穿着妈妈给她买的漂亮衣服不停地在镜子里照来照去。薛丹也给邹枫买了一套名牌西服，邹枫也试了试，穿起来很合身，那种颜色也是他所喜欢的。薛丹给公公买的礼物是一块表，可邹利成却没有接。薛丹很有些尴尬，邹枫也觉得父亲有点过分。自从上次薛丹说过要回来好好过日子以后，邹枫就觉得妻子真的变了很多，也是真正的对这个家好。可父亲一直这样对薛丹，邹枫怕这样弄下去再伤了妻子的心，妻子再像以前那样就惨了。现在这种生活让邹枫真的很满足了，他不想再回到过去的日子。妻子出差回来本来就是一件高兴的事情，但父亲这样做搞得大家都没有心情了。这个时候，邹枫突然想起了好朋友李楠，上次自己给他打电话，他就说自己心情不好没有多说话，以前他经常关心自己和妻子的关系，现在自己和妻子的关系好了，邹枫就想到让他来家里一起吃饭。邹枫知道，李楠在生活从来都是不讲究的，也难怪他的工作性质所定，没有固定的休息时间，哪里发生了情况他们就得马上赶去，再说了王梅又不在他身边，一个妻子没有在身边的男人，生活上很难做到有什么规律性。邹枫心里还有一个意思，那就是李楠来了好缓和一下气氛，还可以让他帮助开导一下父亲。因为在自己所有的同学中，父母最喜欢的就是李楠了，李楠说的话他们都爱听。

对于邹枫他们家，李楠不陌生，上学时他就经常去邹枫他们家玩，只是以后上了大学都有了工作，天天忙着自己的工作，他才很难得去邹枫他们家。刚刚走进邹枫的家，一看到薛丹，李楠就觉得有些眼熟，薛丹也觉得李楠很眼熟，但也想不起在哪里见过。和邹枫结婚几年了，薛丹还从来没有见过丈夫最要好的同学李楠，只听到丈夫说过，自己最好的同学在当警察。但一见到李楠，薛丹仔细地打量了一下他，才真正的发现他是警察中最帅气的那种男人。

相互尴尬了一下，还是李楠打破了难堪的局面，他认为自己觉得薛丹眼熟也是很正常的事情。自己当警察，成天大街小巷、商场、宾馆、工厂和机关单位都去过，以前就是见过薛丹也是难免的，大家都不认识也没有打招呼罢了。

邹利成虽然对薛丹一直不满意，但因为有了李楠的到来，他的情绪好了很多，一直要李楠陪着他喝酒。看着父亲高兴，邹枫也很高兴，他也一起陪着父亲喝酒，一直喝得三个人都醉了以后才罢休。看着三个人都醉了，薛丹赶快把碗筷收拾完毕，然后准备带女儿去睡觉。这时她却突然接到了刘宗辉打来的电话，让她把装合同的塑料盒子带过去，他要看里面的东西。薛丹赶快跟丈夫说了一下自己要去公司有点事，然后拿着东西走出家门打了个车走了。

在宾馆里，薛丹一见到刘宗辉就赶紧告诉他："真的好险啊！今天我丈夫的那个警察同学来我们家，我第一眼就认出他来了，他好像也认出我了，原来他就是上次你跟他打招呼的那个李警官。"刘宗辉淡淡地笑了一下，说："是又怎么样？"薛丹很紧张地说："你说他会不会发现我们俩的关系啊？要是他发现了跟我老公说了怎么办？"刘宗辉抱住薛丹亲了亲，然后说："你真是一个女人心，他李楠能说什么啊？我们就在咖啡厅喝咖啡，又没有做什么见不得人的事情。再说他又是一个警察成天那么多事情要忙，你以为都像你们女人啊！没事就搬弄是非。对了，现在你老公既然已经很相信你了，先把这合同交给我，我看好了觉得没有什么要改的再让你拿回去保管，你先打车回去吧，别再让你老公怀疑你什么了。有事我会给你发短信的。"薛丹觉得刘宗辉的话很有道理，她不停地点了点头，然后赶快出门打车往家里赶。

薛丹回去以后，李楠已经走了。邹枫不停地打电话，一看到妻子回来，邹枫对着电话说了声"拜拜"然后挂了电话。薛丹赶快坐到了丈夫面前，然后拉住了他的手说："真的是对不起，你的朋友来了我也没有招待好，主要是公司的事情太多了，拿了人家老板的钱就得听人家的。你的朋友不会生我的气吧?"邹枫笑了笑，说："我跟李楠是多年的好哥们了，他们怎么会生气呢? 只是他最近的情绪不太好，我怕他出事，留他在家住，他非得要走，刚才我还给他打电话呢，知道他安全到了家我也就放心了。"薛丹满脸好奇地问："为什么心情不好啊? 是不是因为夫妻关系?"邹枫摇了摇头，说："怎么可能呢? 你也见过王梅嘛，她真的是一个好女人，李楠和她的关系好着那，他是因为工作上的事情，表面上看到警察很风光，其实他们的压力很大。现在社会上经常发生恶性事情，破不了案上面有压力，下面群众也不满意。"一听到丈夫说这些，薛丹才长长地松了一口气，她知道自己和刘宗辉的事丈夫和李楠都还不知道，这就避免了很多麻烦了。

第4集 ● 意志考验

林教授是几天前接到了儿子林博刑满释放的消息，他一直没有把这一消息告诉妻子。因为他发现妻子这些日子的精神很不好，成天在家里也变得有些神经质。前些日子她一直在闹着郑栋死了，自己劝了他一阵不知道她是真的听进去了还是假的听进去了，反正妻子现在不在家里成天念叨郑栋了，也不去医院当志愿者了。但每天就是把自己关在屋子里，所以林教授不敢向她提儿子的事情，怕她又会受到什么刺激。儿子能获得自由，回家和父母团聚本来应该是件高兴的事情。可林教授却一点都高兴不起来，他知道儿子出狱面临的又是一个新的问题。说心里话，儿子呆在监狱里，林教授还没有什么担心的，至少儿子不可能再吸毒了，更不可能做什么犯罪的事情，自己也用不着过那种提心吊胆的日子。但儿子出了狱，谁能保证这一切呢？

林教授以前的一个学生，现在已经下海当了老板，他早就知道了老师家的情况，对老师家的遭遇他很是同情。他已经给林教授打过几次电话说了，如果林博出狱了，他想让老师把林博送到他那里去，他愿意帮助老师照看林博。因为他的企业远离城市，最重要的是要让林博断绝和社会上那些不务正业的人来往，以免他再次吸毒。

林教授也觉得这是帮助儿子唯一的办法，因为现在他已经没有选择的余地了。妻子现在又这样，儿子回来不听话又会惹得妻子更生气，妻子的精神一直不太好，他觉得这跟儿子有很大关系。以前儿子在家不听话，妻子气得受不了，曾经不止一次地抱住林教授说自己真的不想活了，想结束自己的生命。但她又丢不下丈夫，因为丈夫对她太好了。

儿子小的时候，林教授夫妇对他寄予了很高的希望。可现在他们的希望已经很低了，他们不要求儿子有什么本事，也不要求儿子每个月能挣多少钱？他们唯一要求儿子的就是从此不再吸毒，不在家里闹事，对于他们来说就是莫大的安慰了。是啊，林教授教出了那么多的优秀学生，自己唯一的儿子却沦落到这个地步，林教授觉得这是对自己的一个极大的讽刺，让他脸面丢尽不说，他还过不上一天安宁的日子。

林教授在监狱里接到了儿子，看得出来，在监狱呆了一年，儿子比以前老实多了。林教授心里感慨万千，他正准备带着儿子出去吃了饭再跟他谈以后的事情时，儿子却说出了自己的心里话，在监狱里很苦，现在还是觉得家里好，他想回家，想见妈妈。一听儿子说到这个份上，林教授就是再硬的心肠也不好拒绝儿子，他只得先把儿子带回家，让他见见母亲。

对于儿子的突然出现，梅雅是又惊又喜，一直躺在床上的她赶快起来为儿子煮好吃的东西，她已经忘记了先前儿子在家对她的伤害。因为一次不拿钱，儿子还用小刀划伤了她的手臂，至今都还有一个很长的伤疤。

林博看到母亲为自己忙这忙那，他好像也受到了一丝感染，赶快去帮助母亲做事。吃过饭后就陪着母亲在家里看电视，还时常给母亲讲起自己在监狱里受的苦，发誓以后再也不去监狱了。

看到儿子的变化，林教授夫妇心里暗暗高兴，他们觉得儿子在监狱里真的是没有白呆，现在他已经变得成熟懂事了，他发誓不进监狱，说明他已经认识到了自己以前的错误，现在要真正重新做人了，林教授夫妇决定给儿子一个机会，让他留在自己身边好照看。当学生再一次给林教授打电话问林博的事时，林教授说出了自己的打算。

听了老师的话，学生没有再说什么了，可怜天下父母啊！这一点当学生的很是理解自己的老师，但学生最后还是告诉老师，什么时候需要自己帮忙说一声就行了。林教授心里感到热乎乎的，已经毕业很多年的学生还这样想着老师一家的疾苦，林教授觉得自己这个老师没有白当。

林博在家住了半个月，他老实听话，还经常帮助母亲做些家务事。梅雅看到儿子的变化，她的病也好了很多。林教授是看在眼里喜在心上，他觉得过去的一切灾难都永远结束了，自己一家人就会这样快快乐乐地生活下去。可没想到在一个阴雨绵绵的上午，所有的幸福日子突然又被化成了泡影，因为林博又出事了。吃过早饭以后，本来梅雅是要出去买菜的，她刚走出家门才发现下雨了，于是又回家来拿雨伞。林博正在家里看电视，自从回家以后他就没有上过街。得知外面正在下雨，林博就告诉母亲让她在家休息自己出去买菜。看到儿子这样体贴自己，梅雅很是感动，她拿出了200块钱给儿子，告诉他应该买的东西，林博很快拿着钱走了。

人世间的事情有时是有很多巧遇的，本来林博买好菜已经走了，可走到半路上他突然发现买菜时老板把钱找错了，他正准备回去找老板时，却遇到了让他改变命运的人，那就是以前和林博一起混的不良青年，他们一定要林博还是跟他们一起玩，说现在他们过着神仙般的日子，想吃什么想穿什么，只要一动脑筋就会马上得到。林博开始一直在拒绝他们，可他们马上骂林博不是一个真正的男人，是个熊包、孬种，一辈子就只有呆在家里靠父母养活，如果父母哪天死了，林博就只有上街去讨口要饭。本来思想就单纯的林博哪经得起这样嘲笑和讽刺，他看着哥们身上穿的是名牌衣服，嘴里抽着的是高档香烟，他的精神崩溃了。

梅雅看到儿子很快把菜买了回来很是高兴，她不停地叫儿子快去休息自己去弄饭。可梅雅弄好了饭，家里却不见了儿子，这时她还没有意识到什么，当她无意中发现屋里已经被到处翻乱，自己放在抽屉里的几千块钱不翼而飞时，她才赶快打电话给丈夫，得知丈夫也没有拿她的钱时，梅雅又赶快打儿子的手机。可儿子的手机突然关机了，梅雅终于明白过来是怎么一回事了，她气得晕了过去。她知道家里没有别人，一切就是儿子干的，他又回到了过去的生活中去，自己一直担心的事情还是发生了。

林教授在学校听到妻子打电话问钱的事，心里就有一种不祥的预感，他赶快再给妻子打电话时，却发现妻子的手机一直没人接，打儿子的电话也是关机。林教授赶快放下手中的工作回到了家里，却发现妻子已经晕倒在地上。林教授顾不得多想，赶快打了120救护车，很快把妻子送进了医院。经过医生仔细检查，原来是妻子的冠心病又复发了，这一次复发已经到了非常严重的地步，直接危及到妻子的生命安全。医生还建议病人马上做心脏搭桥手术，为了挽救妻子的生命，林教授同意了给妻子做手术。

第5集 ● 惊现"儿子"复制品

给梅雅做手术的医生本来是轮不到邹枫的，但到了给梅雅做手术的那天，医生突然生病了，而梅雅的手术也不能再等了。当时邹枫没有在医院，他正在家里休假，医院领导马上找到了他，希望他援助一下，病人的生命危在旦夕。一听说有病人等着做手术，邹枫二话没说就跟着领导回到了医院，马上做手术前的准备工作。

自从妻子被推进了手术室，林教授就一直守在外面不停地走来走去，他的心一直静不下来。林教授很爱妻子，说心里话，他真的担心妻子上了手术台就下不来了，要是那样的话他真的不敢想象自己以后的日子。现在他唯一想着的就是妻子，儿子他已经不去想他了，那是一颗灾难的种子，一到家里就要生根发芽。他现在很后悔当初自己的麻痹大意，要是能听学生的话把儿子送走，也就不会出现这样的情况。可现在一切后悔都没有用了，他必须面对现实，希望妻子能平平安安地从手术室出来。人家说少来夫妻老来伴，和妻子几十年的婚姻生活，他们之间的那种夫妻感情是任何东西也代替不了的，现在是谁也离不开谁了。

年轻时，林教授受过太多的磨难，当年父亲出去当兵，解放前夕跟随蒋介石的部队去了台湾，后来又死在了台湾。他和母亲因为有了这层关系受了很多罪，成为大龄青年也没有哪个姑娘愿意跟他。后来政策好了，他考上了大学，再读研究生然后留校任教，有人给他介绍了同样是大龄青年的梅雅，没想到有着同样遭遇的两人一见钟情，很快结了婚。夫妻俩几十年如一日地相互爱着对方，相互都成为了对方生命中最重要的东西，离开了谁都会接受不了的。

梅雅终于在丈夫的焦急等待中被护士推出了手术室，林教授赶快拉住了护士问情况，得知妻子的手术做得非常成功时，林教授激动得流下了眼泪。

邹枫是去查看梅雅的病情被林教授夫妇拉着走不了路的。当时，梅雅的精神已经好了很多，林教授正在给她喂稀饭，一见到穿着白大褂的邹枫走进了病房，林教授夫妇都愣住了。邹枫还没有开口说话，梅雅突然拉住了他的手激动地说："郑栋，我终于见到了你了！这么久你去了哪里？我们打你的电话也打不通。"邹枫弄得莫名其妙。林教授也拉住了邹枫的手说："是啊，你师娘说得对，这么长时间你去了哪里？我们一直担心你啊！"邹枫终于弄明白了，他们是真的认错了人。邹枫赶快告诉林教授夫妇自己叫邹枫，是医院里的医生，并不是他们说的郑栋。可林教授夫妇并不相信，一直缠住他不放。邹枫没有办法，只得找来了医院里的领导和同事为自己作证。林教授夫妇的情绪才慢慢平静下来，明白是自己真的认错了人。邹枫也看出来了，那个叫郑栋的男人对于两位老人是很重要的。因为邹枫发现自己不是他们要找的郑栋之后，两位老人眼里流露出来的满是失望和伤感。邹枫也在心里打定了主意，如果发现了那个叫郑栋的男人，一定得告诉他有两位老人在找他，还有一位藏族姑娘也在找他。那一天里，邹枫满脑子都在想着一个问题，那个叫郑栋的男人到底跟自己有什么关系呢？为什么人们一直要把自己叫着郑栋呢？但有一点邹枫是可以肯定的，那就是自己可能跟那个郑栋长得很像，要不然人家不会认错人的。就在这时，邹枫突然又想起了另外一件事，自己的好朋友李楠也曾经把另外一个男人当成了自己，那个人会不会就是郑栋呢？邹枫赶快拿起手机给李楠打电话。

李楠正在休假，他已经回到了妻子所在的板房学校，就在这时，他接到了邹枫的电话。在电话里邹枫又向他问起上次认错人的事情，李楠还是千真万确地告诉了邹枫，自己真的看到过一个跟他长相一样的男人。邹枫很是激动，他还想问李楠更多的情况，李楠却说在电话里说不清楚，等自己回到城里再说。

　　杨亚洲他们的各种设备运到了工地，刚开工就遇到了麻烦，公路已经规划到了一个藏族同胞的菜地边。事先施工负责人已经通知了藏族同胞，请他们把菜扒了，大型挖掘机马上就要施工到那里，但藏族同胞无动于衷。工程队的负责人派人去找了几次都没有找到那个藏族同胞。因为工程时间比较紧，想到青苗费已经赔给了他们。施工负责人就派人准备把菜扒到一边，然后开始施工。没想到所有直坡村的藏族同胞都围了过来，他们一起坐在了菜地中间，并扬言谁要敢从菜地中间过，他们就和谁拼命。杨亚洲赶快跑了过去，跟藏族同胞说了很多好话，但没有谁听他的，就在杨亚洲和手下的员工正不知如何是好时，扎西走到了那里，他对大家说："如果你们还承认我是你们的村长请马上离开，不要耽误援建单位的正常工作。"一个藏族同胞大声地喊了起来："凭什么？今天他们要是不把那个骗达娃央珠的骗子交出来，我们就是不放过他们。"扎西脸色铁青，他生气地说："你们不要胡闹了好不好？这是两码事，杨总他们是来为我们灾区服务的，修通公路是为大家造福啊！跟达娃央珠好的男人是搞勘测计设的，再说了现在没有找到他，也不了解真实情况，怎么能把这些事情迁怒到人家援建单位上呢？"其中一个藏族同胞吼了起来："还有什么好解释的啊？他们都是一伙的骗子，以为我们直坡村的姑娘是好欺负的啊！达娃央珠已经被他们毁了，你不心痛我们还心痛呢。村长，达娃央珠是我们大家的女儿啊！今天我们就是要为达娃央珠讨回一个公道，不能让别人随便糟蹋我们直坡村的姑娘。"一看到那些愤怒的村民，扎西突然激动起来，他说："父老乡亲们，兄弟姐妹们，难道你们真的忘了吗？当初我们全村人面临生死关头时，是谁救了我们？"藏族同胞又吼了起来："那是金珠玛米，可这些人又不是金珠玛米，我们就是不能饶了他们。"扎西点了点头，然后说："你们说对了，是金珠玛米救了我们。但现在杨总他们也是来援建我们灾区的啊，他们修通了公路是为我们子孙后代造福的，他们跟金珠玛米一样都是为了我们，你们这样做还有良心吗？人家大老远的来参加援建工程，你们却处处为难人家，这是人做的事吗？你们要不信他们，我可以用生命做作担保。你们心里有气可以朝我发啊！现在你们就把我杀了吧，但我还是请你们不要阻拦杨总他们的工作。"

看着扎西激动的样子，德高望重的尼玛次仁老爷爷突然站了起来，然后大声地说道："我怎么也这样糊涂啊？金珠玛米为了救我们连命都不要了，他在天有灵要是知道我也这样胡闹，他会羞死我的。扎西说得对，这人要讲良心，大家走吧，不要再闹了。"听尼玛次仁老爷爷这样一说，大家相互看了看，然后站起来陆续离去。扎西重重地松了一口气，然后拉住了杨亚洲的手说："我这个村长没有当好，给你添麻烦了。"杨亚洲激动得热泪盈眶，他拉住了扎西的说："村长，你是好样的！我们真的感谢你。至于你女儿的事，我们一定会帮助弄清楚事实真相，给你一个满意的答复。"

其实扎西只是为了工作，杨亚洲的话他根本没有放在心上。自己是村长，能帮助外来的援建单位解围，做做村民的协调工作，那是他应尽的职责和义务，所以他不要求回报。

当扎西拖着疲惫不堪的身体回到家的时候，妻子赶忙问看到女儿没有。扎西有些莫名其妙，自己出去的时候，女儿正在家里看电视。近段时间以来，扎西发现女儿的情绪比以前好多了，成天不哭也不闹，以为她会完全忘记过去那些伤心的事情了，所以就放松了对女儿的看管。听妻子这样一问，扎西赶快去女儿的房间找，才发现房间里也没有人，桌子上只有女儿留下的一张纸条，说是自己想出去打工，让父母不要为自己担心了。

扎西心里突然明白，女儿已经长大了，有自己的独立思想和个性，自己就是管得了她的人也管不了她的心。打工也许只是她的一个借口，找郑栋可能才是她的最终目的。一想到女儿的安全，扎西心里又觉得很痛。尽管女儿已经伤了索朗多杰的心，也可能索朗多杰不会去理女儿了。但这个时候扎西首先想到的还是在省城的索朗多杰。可扎西哪里会想到自己的女儿不但有自己独立的个性，现在也变得比以前聪明多了。她已经想到了自己离开了家，父亲会派人去找她的，所以她还没有到省城的长途汽车站就下了车。弄得索朗多杰老老实实在车站等了一天却扑了个空。

第六章

第 1 集 ● 爱情呼叫转移

　　一心想着出国的于菲菲，虽然在国外已经实现了她的淘金梦。但她的日子却过得并不幸福，没有出国时她把美国当成了天堂，生活了那么多年以后，她才觉得有了钱也并不一定就有幸福。这些年里，于菲菲结过两次婚又离过两次婚，除了得到了很多钱财之外，她的心里满是伤痕和空虚。在美国这个只有金钱没有爱情的国家里生活了那么多年，于菲菲才发现中国男人是最讲感情的。郑栋是她的初恋，也是让她一生都无法忘记的男人，没有哪个男人能像郑栋那样痴心地爱着她、呵护她。于菲菲曾经给郑栋打了很多次电话都没有打通，当最后一次离婚以后，于菲菲满脑子都是郑栋的影子。尽管已经和郑栋分别了那么多年，但此时回想起和郑栋在一起的开心日子仿佛就在昨天。一想到这些，于菲菲觉得在美国一天也呆不下去了，她立即买了回国的机票。

　　踏上祖国的故土，于菲菲突然感到心里一下子就轻松起来，她还是不停地打郑栋的电话，但一直没有打通。于菲菲赶快去了表哥家，表哥表嫂把她当成了座上客，一定要请于菲菲到豪华的大酒店去吃饭。但于菲菲对那一切都不感兴趣，她最感兴趣的是郑栋现在在哪里，她想马上找到他。

　　表哥不敢怠慢于菲菲，以前因为表妹的原因，他早就和郑栋疏远了关系，更不知道郑栋现在的情况，为了表妹，他只得到处找同学打听郑栋的情况。因为毕业那么多年了，又没有分在一个城市，很多同学也不知道郑栋的情况，有几个同学知道郑栋一直没有结婚，至今还是孤身一人。于菲菲是又惊又喜，赶快打郑栋新的手机号码，没想到打过去也告知是空号了。就在这时，于菲菲突然想到了林教授，郑栋是他的得意门生，她也知道林教授把郑栋当成儿子一样看待，他应该知道郑栋的情况。

　　林教授还在医院里照顾妻子，林博在外面又被人拉下了水，他又开始吸毒了，从家里拿的那点钱他早已经花光，这天他又准备回家拿钱。但他还是怕被父母碰到，他知道这一次又骗了父母，父母以后是不会再相信他了。如果回家遇上父母都在，他们一定会去报警的。林博一想到监狱就害怕，他真的不愿意再去那里，为了小心谨慎，林博先是在屋外敲了很久的门，确定父母都没有在家以后，他才拿出了身上的钥匙开门进去拿东西，能变得成钱的他都要拿去卖。没想到刚进屋找东西，外面就响起了敲门声。林博赶快从猫眼里看了看，发现外面站着的是个女人之后，他才松了一口气，然后打开了门。

　　于菲菲从来没有见过林博，当然林博也不认识于菲菲。两人相互对视了一下，还是于菲菲打破了难堪的局面，她把给林教授带的礼物放在了桌子上，然后到处看了一下，问林博："林教授没有在家啊？"林博又以为是父亲的学生来找他问事，所以只想马上把她打发走，随口就说道："我爸和我妈去国外旅游去了，你要找他们的话等一个月以后吧。"于菲菲一下子高兴起来，然后问林博："你是林博啊！"林博看了看于菲菲，在确定不认识她之后，马上有些警惕地问："你是谁啊？怎么知道我的啊？"于菲菲激动地说："郑栋你认识吧？我是郑栋以前的女朋友啊！今天我就是想来找你爸爸打听一下郑栋的情况。"不说郑栋也许林博还没有那么大的火气，一说到郑栋林博的气就不打一处来。以前郑栋经常来家里，父母对他好像比对自己还要好，经常念叨的是郑栋，夸奖的也是郑栋。而自己在这个家里好像就成了一个外人，父母总是不停批评自己这也做得不对，那也做得不好，还要自己处处跟郑栋学。

　　于菲菲见林博一直不说话，又拿出了一些钱递给林博，说："你看我来什么也没有给你带，这点钱你拿去买点小礼物吧！对了，你能告诉我你爸爸的手机号码吗？我就是想了解一下郑栋的情况。"林博马上接过了于菲菲的钱，灵机一动，赶快对于菲菲说："我爸爸去国外之前已经换了手机号码，现在我也不知道，要等他打电话回来才知道。不过我劝你还是别去找郑栋了。"一听林博让自己不要去找郑栋，于菲菲赶快保证："你放心，我不会去破坏他的家庭，分手这么多年了，我就是想看看他，跟他说说话也行。"林博着急地说道："看你想到哪里去了？郑栋已经出车祸死了，我爸爸妈妈一说到他还伤心呢，你千万不要再去问我爸爸妈妈。"其实对于这样的赌咒，林博早已经在心里骂过郑栋很多次了，每当看到郑栋来家里父母对他好，林博就在心里这样咒骂他，但他从来没有当面骂过，今天骂出来，林博觉得自己算是出了一口恶气。于菲菲一听到心爱的人出车祸死了，她马上大哭起来，然后拉住了林博的手问："这不是真的？这不是真的！"林博在心里恶毒地笑了起来，但表面上他还是很正经地对于菲菲说："你也不要太难过了，死去的人不会复生的，他已经死了好几年了。"一听说郑栋已经死了好几年，于菲菲突然晕倒在那里。

于菲菲是怎样走出林教授的家，林博没有去关心，他关心的是现在手里又有了钱。于菲菲慢慢醒过来，她摇摇晃晃地走出了林教授家。林博也马上把门关上，然后跑出了家门。

酒吧里，于菲菲一个人拿着一瓶酒还在不停地喝着，看得出来她已经喝得有些醉了，边喝还在边说着什么。刘宗辉正和另一个男人坐在旁边谈话，两人一边谈一边时不时地朝于菲菲看了看。这时，刘宗辉和那个男人说了几句什么话，然后端起一个酒杯来到了于菲菲面前。于菲菲眼前已经有些模糊了，她突然发现眼前站着的刘宗辉变成了郑栋，于是，于菲菲拉住刘宗辉的手哭了起来："郑栋，你不要离开我好不好？我真的很爱你，没有你我活着也没有什么意思！"刘宗辉顺势抱住于菲菲亲了起来："宝贝，我也爱你，以后我再也不离开你了，宝贝，我带你回家。"刘宗辉说完扶住于菲菲就要走，于菲菲好像意识到了什么，她突然推开了刘宗辉，说："不，你不是郑栋，郑栋是没有口臭的，他很爱干净。我知道他已经去了天堂，你的家是不是也在天堂啊？"一听于菲菲说出这样的话，刘宗辉是又气又恨，更重要的是他觉得自己的面子已经丢尽了。刚才他就是和朋友打赌才来挑衅于菲菲的，朋友说了，他只要能把于菲菲弄上床，朋友就赌他 20000 块钱。刘宗辉当然看重的不是那 20000 块钱，而是为了证明自己的能力，什么样的女人他都能哄上床的。可他没有想到自己不但没有把于菲菲哄上床，反而还遭她这样侮辱。这时，刘宗辉抓起于菲菲就要打："你他妈的婊子一个，还敢嫌老子嘴臭，老子还嫌你的身子脏呢？就你这样的货色倒找我钱，我也不会跟你上床的。"刘宗辉没想到他还没有打着于菲菲，他的手已经被另一只更有力的手抓住了。刘宗辉正想发火，一回头他才看清楚了抓住他手的人竟是李楠。刘宗辉只得压抑住内心的怒火，然后很尴尬地和李楠打招呼："李警官，你真是大忙人啊！这么晚了还在这里执行公务啊？"李楠不动声色地笑了一笑，说："我没有啊！也是和朋友来这里聊天休闲嘛！刘老板，你一个财大气粗的老板跟一个弱女子斗，是不是有点失你大老板的风度啊？"刘宗辉反面相讥："怎么？李警官对她有意思？"这时，于菲菲突然站了起来，她狠狠地推了刘宗辉一下，说："你这个流氓给我滚开！"一看到这样的情景，刘宗辉的朋友赶快过来把他拉走了。于菲菲因为喝酒太多，一下子站不稳差点摔倒在地上，李楠赶快拉住了她，说："小姐，你怎么啦？要不要我们送你回去？"于菲菲不停地说："我没有家了，你陪我喝酒吧！"李楠马上亮出了自己的警官证："小姐，你不要再喝了，再喝下去你会出事的，有什么困难说出来看我们能不能帮你解决，我叫李楠，是市局的警察，这是我的警官证。"开始于菲菲还没有注意去看李楠，此时，她才仔细地打量起李楠来，这一打量她才发现眼前的警察真的很帅气。在异国他乡很多年的于菲菲就真的没有看到过这样帅气的男人，更重要的是于菲菲从眼前的男人脸上看到了满脸的真诚和信任。心里一直痛苦孤独的于菲菲突然有了一种温馨的感觉，这个男人跟郑栋一样是个很优秀的男人，于菲菲从此记住了李楠。

其实对于于菲菲的一举一动，李楠和同事早就注意到了，他们很早就来了酒吧，一直呆在不起眼的地方。这一段时间李楠就没有轻松过，根据群众举报，有一个犯罪嫌疑人要在这个酒吧出现，但他们等了好久也没有见到可疑的人。看到刘宗辉那样去挑衅一个酒醉失态的女人，更害怕女人遭遇到什么不幸，李楠不得不出面了。但他却没有想到，就是这次出于警察的职责去关心帮助一个弱女子，却给他以后的工作带来了灾难。

本来想着自暴自弃的于菲菲，终于在李楠的耐心开导下，说出了自己的一切感情经历和回国找初恋情人的事。作为工作多年的警察，李楠知道，跟这样受过刺激的女人讲什么大道理都是多余的，要想让她振作起来，那就是给她讲一些比她更不幸的人和事，只有这样才能让她受到启示。于是，李楠给于菲菲讲起了震惊全世界的汶川大地震，讲自己亲身经历的感人事迹。李楠还讲到了自己的妻子和在地震中遇难的儿子，讲着讲着，李楠的眼睛突然潮湿了，一想到儿子他的心里就痛。于菲菲看到了李楠眼里的泪水，此时，她才突然明白外表坚强的警察其实也是一个懂亲情和爱情的真情男人。对于震惊全世界的汶川大地震，于菲菲并不陌生，作为在异国他乡的华人她更是时时关注着灾区的一切，她也捐过很多钱。但她却没有亲自去过灾区看看，那些感人的画面和消息她也只能通过电视和网络媒体知道的。李楠也对于菲菲说了，如果当时地震时去灾区看到过那里的一切，亲身经历过那种惊心动魄的场面，那就是对自己人生的一次洗礼，今后面对再大的困难也会解决的。因为没有什么灾难比地震灾难更大了，那样的事情已经经历过了，生活中还有什么事情不能面对的啊？

于菲菲正式做出决定去灾区看看也就是在听了李楠的话以后，她想去看看那里的一切。地震时她没有去灾区，现她想去看看灾难之后灾区人们的生活现状。家人一听说于菲菲要去灾区马上都表示反对，他们告诉于菲菲想为灾区做点贡献很理解，可以直接去红十字会捐款就行了。大家都希望于菲菲尽快回到美国去，不想让她呆在国内伤心，毕竟她的一切都在美国。因为他们也担心于菲菲会感情用事留在中国不走了，美国那是很多年轻人都向往的天堂，如果于菲菲要放弃那里的一切谁都接受不了，那里能实现所有人的淘金梦。

可于菲菲对于家人的好心劝导一点都没有听进去，她就是想到灾区去看看。李楠已经跟她说了，她如果要去的话可以带她去灾区的板房学校、板房区去看看那些在地震中幸存下来的学生和村民。决定走之前，于菲菲又去了一次林教授家，当然这一次她也没有抱什么希望了，更不知道林教授在不在家，但于菲菲还是想去看看。她知道郑栋已经走了，自己再也见不到他了，这么多年来自己也没有回过国，郑栋什么也没有给她留下，她就是想去找林教授，看能不能从他那里知道一些郑栋生前的情况，还有没有郑栋留下的什么东西，她想要一样东西做个纪念。现在她才明白，很多东西是得到了没有觉得他的珍贵，只有失去了才发现他的珍贵，但一切都无法挽回了。于菲菲也想过很多次了，如果能再给她一次选择的话，她宁愿选择爱情，天天和郑栋在一起，而不选择出国，可人生就是没有后悔药。

于菲菲去林教授家的时候，林教授没有在家，只有梅雅在家。对于于菲菲的到来梅雅没有显出过多的热情，只是简单地招呼应酬于菲菲。这一点于菲菲没有计较，以前郑栋就跟于菲菲说过，老师和师娘已经把他当成了自己的亲儿子看待，当初自己抛弃郑栋出国。于菲菲也想象到了老师和师娘一定恨自己，现在郑栋走了，师娘心里有气也是应该的。但于菲菲就是没有想到师娘的脸色有些不好看，这在以往是没有过的。于菲菲马上想到了师娘看到自己一定是又想起了郑栋，为郑栋的离去而心里难过。于菲菲在林教授家坐了很久，但找不出更多的话跟师娘说，临到要走的时候，于菲菲终于鼓起勇气对梅雅说："师娘，您也不要太难过了，我知道您和老师都把郑栋当成了自己的儿子，人死不能复生，现在他已经走了，您再气也是没有用的，我知道这一切都怪我，如果当初我不出国郑栋也许就不会死了！"一听说郑栋死了，梅雅马上就哭了起来："我早就知道郑栋死了，可他们一直都不告诉我，这是为什么？为什么啊？"看到师娘那么激动，于菲菲才后悔莫及，知道自己又做错了事。早知道大家都把这事瞒着师娘，自己就不该冒冒失失地说出来，惹得师娘这样伤心。于菲菲劝了师娘好久，她的情绪才稍稍好一些，于菲菲只得匆匆忙忙地离开了林教授家里。

在没有见到王梅之前，于菲菲已经知道了她在地震中为了抢救自己的学生失去了一条腿，但真的见到了王梅，于菲菲才大吃一惊。在她的心目中，英俊潇洒的李警官的妻子也应该是一个美丽的女人，但她看到的王梅却令她大失所望。王梅的脸上有一些伤痕，虽然安装了一条假腿也能走路。但因为活动量太少，也可能因为服药太多产生了一些副作用，她的身体已经完全发胖，而且还显老相，皮肤没有一点光泽。如果李楠不介绍的话，于菲菲怎么也不敢相信王梅就是他的妻子。

王梅一见到于菲菲，听丈夫说她是来灾区看望学生的好心人，王梅对于菲菲很是热情，但敏感的她还是从于菲菲的眼睛里看出了对自己的失望。说心里话，王梅也是一个爱美的女人，要不然别人在给她介绍李楠时，怎么会叫李楠对她一见钟情呢？在没有受伤前，王梅是个身材苗条的美丽女人，但地震却摧毁了她的一切，现在她已经没有勇气照镜子了。她知道现在自己很难看，一看到镜中自己现在的模样她就会想到过去，女人哪有不爱美的啊？

李楠一回到家里了就变成了另外一个男人，他不在是工作中那个严肃而认真的警察，而是一个有着万般柔情的丈夫。他给妻子洗衣煮饭，陪着妻子聊天给她讲开心有趣的故事，没事就给妻子按摩受伤的腿，真的把妻子当成了一个洋娃娃一样宠着。

于菲菲也就是在那个时候对李楠有了一种异样的感觉，她结了两次婚又离了两次婚，就没有哪个男人这样对待过她。看着李楠那样宠爱妻子，于菲菲就想到了郑栋，郑栋以前就是这样宠她的，可他已经走了。现在于菲菲的眼里只有李楠，李楠对王梅的好让于菲菲感动，慢慢地就变成了一种嫉妒。在板房学校于菲菲到处看了看，也买了很多礼物送给那些学生。王梅对于菲菲的所作所为很是感动，她根本没有想到别的事情，只觉得于菲菲是一个美丽可爱还有爱心的女人。其实那个时候的于菲菲满脑子都是李楠的影子了，开始于菲菲并没有想到要抢李楠，她也在尽量克制自己的感情。可感情这东西往往是不以人的意志为转移的，她越是克制这种感情，心里就越是想着李楠。于菲菲给自己找出了很多理由，主要是李楠太优秀了，更重要的是她还觉得王梅太配不上李楠了，李楠这样一个英俊潇洒的优秀男人，一生守着一个残疾人，于菲菲觉得太残忍了，她在心里为李楠鸣不平，也在为李楠流泪了。

第 2 集 ● 双面女人

董惠自从那天在医院匆匆和邹枫见了一面，还没有明白是怎么一回事时，就莫名其妙地被一个藏族姑娘打了，董惠心里说不出是什么滋味。和邹枫分别了那么多年，董惠这时才突然明白邹枫已经不是以前的邹枫了，他有了自己的一切，那个藏族姑娘是谁董惠觉得自己没有必要去打听，也不想去打乱邹枫的正常生活。为了照顾病中的婆婆，也为了不让邹枫发现自己，董惠只得去买了一个假发戴上，还戴了一副变色眼镜。陈婆婆苏醒过来之后，看着坐在自己身边尽心尽力照顾自己的陌生女子，一直问她是谁？董惠只得小心翼翼地撒了个谎，说自己是板房区管理委员会的李洁，看到陈婆婆病了，才把她送到了医院。陈婆婆感慨万千，不停地说着感激的话语："我一个孤老婆子生了病，还得到政府工作人员的这样关心，真的是太感谢你们了！"看到婆婆高兴，董惠马上试探着问她："听说你有个儿媳妇在城里工作，能不能把她叫来陪着你啊？"一说到儿媳妇，陈婆婆的脸色马上就变了，立即大喊起来："你不要提她，她要是在我身边，我就是不死也要被她气死的。本来她就是想赖在我家不走，是我把她赶走的，她是一个不知羞耻的女人，怀了别人的孩子还想着分我儿生前买的保险钱，我是不得让她的阴谋得逞的！"看到婆婆一说到自己就气成那样，董惠不由得在心里倒抽了一口冷气，暗暗为自己的这一设计感到庆幸，要不然自己一露出真面目又会被婆婆赶走的。

董惠是在婆婆出院二十天以后生下儿子陈韬的，儿子刚出生，董惠抱着他大哭起来，嘴里还不停地喊道："陈剑，你知道吗？我们有儿子了，有儿子了！"杨姐一直在医院里照顾着董惠母子。地震时，董惠的救命之恩，杨姐是一生也不能忘记，看到董惠母子平安，杨姐也抱住他们母子哭了起来。她知道为了保住这个孩子，董惠吃了多少苦？忍受了婆婆的刁难和折磨，还被婆婆赶出了家门，挤在公司的一个集体宿舍里。她现在考虑的是董惠母子以后的日子，总不可能还让孩子也挤在那里生活吧？集体宿舍是员工休息的地方，一个婴儿成天哭闹会影响大家的休息。杨姐也想过让董惠上自己家里去住，可董惠马上拒绝了，她说还是想回去住照顾婆婆方便，实在不放心婆婆一个人住在那里。杨姐对董惠是又恨又气，婆婆已经把她伤让成那样了，可她还想着婆婆。杨姐觉得董惠是在犯贱，她也无数次地劝过董惠，婆婆已经对你无情无义了，以后你也不要管她了，找个好男人嫁了，让他帮助你一起供养孩子，你看那些在地震中失去配偶的男人和女人，为了家庭也为了孩子，很多已经重新组成了家庭，你又何必这样硬撑着呢？但杨姐把嘴都说干了，董惠就是听不进去一句话，不停地说着自己爱陈剑，爱孩子，更要好好把婆婆照顾好，才能对得起在天堂的陈剑，现在还从来没有想过要重新组成家庭。

看到董惠一直这样固执，杨姐虽然心里很气，但也只好尊重董惠的选择了。为了让董惠和孩子能回家，杨姐终于给董惠出了另外一个两全其美的主意。

陈婆婆病好以后回到了板房区，她的心情好了很多，时不时的她也跟着板房区的老太太到处走走看看，有几次还赶车去了城里玩。陈婆婆买了很多东西回去，她准备去找找管委会的那个李洁，想表示一下谢意。说心里话，陈婆婆很喜欢她，没事还想去找她聊聊天呢。因为陈婆婆一个人在家真的感到孤独和寂寞，可她去了板房区管委会几次，人家都告诉她没有李洁这个人。陈婆婆心里一直纳闷，难道是李洁调走了还是看着自己提着礼物来她躲了起来？就在陈婆婆一直纳闷时，李洁突然出现在了陈婆婆的屋子里，她还给陈婆婆带来了很多礼物。陈婆婆一见到李洁就激动得哭了起来，她说怕这辈子真的见不到她了，没想到李洁却那么有心来看看自己了。

一见到婆婆这样，把自己化装成李洁的董惠马上告诉婆婆："我已经调到另一个板房区去工作了，现在刚生了孩子就来看看你！就不知道你喜不喜欢我来？"陈婆婆一听说李洁生了孩子，马上就让她把孩子带来自己看看，说是要给孩子一个大红包。李洁马上告诉陈婆婆一个更好的消息："我的老公也在地震中死了，家里也没有别的亲人，我一个人又要上班又要带孩子，真的是忙不过来。如果阿姨愿意，我决定把孩子拿给你带，多少工钱你说。如果阿姨不愿意就算了，我也不会为难你的，还是经常会来看你的。"陈婆婆一听李洁要自己帮她带孩子，赶忙拉住了李洁的手，不停地说道："有这么好的事我高兴还来不及呢？姑娘，我真的怕孤独，你赶快把孩子给我抱来啊，我一分钱的工钱都不要你的，我有的是钱，反正我也花不完，你每天去上班，我一定把孩子给我带好。你不知道这板房区有好多老太太都像我这样成天耍着没事干，我把孩子带出去她们都喜欢帮我带的。"看着婆婆那高兴劲儿，董惠再也控制不住自己的情绪，她激动地抱住了婆婆说："阿姨，你对我真的太好了，我可以叫你一声'妈妈'吗？"陈婆婆马上说道："我也什么都没有了，姑娘，你要是看得起我就叫我妈妈吧！我一定把你当我的亲女儿一样对待。"董惠喊出了一声"妈妈"时，她早已经哭成了泪人。

就这样，董惠把儿子陈韬放心地交给了婆婆带，她在家里也是以李洁的身份出现，白天在公司她还是董惠。陈婆婆把陈韬带得很好，为了不让婆婆发现自己的身份，董惠处处小心翼翼，能不回家住的，她尽量不回去住。只是把家里所需的东西买回去，看看儿子以后又回到单位上班。

看到好朋友成了双面人，杨姐不止一次地对董惠说过："在现代社会里竟还有这样的事？我真的不知道是该为你高兴还是为你悲哀啊？当媳妇能做到你这个地步也算是当到家了。"董惠没有说什么，只是笑了笑算是回答了杨姐。是啊，能让儿子健康地成长，婆婆能快快乐乐地生活就是她最大的幸福，其他别无所求。

第 3 集 ● 人生暗礁

邹枫时常想起遇见董惠的那一幕就觉得心酸，那是他一生都会心疼的女人，可自从上次匆匆见一面之后就没有再见过她。邹枫本来是想找个机会和她好好地谈一谈，毕竟分别已经快二十年了，董惠一直没有从邹枫的心里消失过，邹枫就是想问问董惠这么多年是怎么过来的？她如果过得好的话邹枫心里会感到安慰。如果过得不好，邹枫心里一定会难过的。对于董惠，别人对她不了解，可邹枫对她的一切都很了解，从小她就是一个很内向的姑娘，确切地说应该是自卑，小的时候邹枫还不怎么理解，长大以后邹枫才终于明白，村里人虽然对董惠父亲的无能和软弱都表示同情，但他们更多的是鄙视董惠的父亲，一个连自己老婆都管不住的男人是最让人看不起的，对于他们的孩子也一样，有一个风流成性的母亲，她的孩子也不会让人尊重的。虽然大家都明白出身由不得选择，但一遇到具体问题时，人们的心里就不这样想了。小小年纪的董惠中学毕业以后就出去打工，邹枫觉得生活对她太不公平了，如果她是出生在另外一个家庭里，一定会上完高中再上大学，然后有一个美好的前程。但董惠为了弟弟能上学，她只得出去打工挣钱。这本来是应该由父母承担的责任，可董惠却用自己柔弱的肩膀默默地承担了这一切重担。邹枫觉得她的生活不会好到哪里去，可他却做梦都不会想到，此时的董惠还得为母亲当年的放荡买单，她得用一生的痛苦来偿还那笔孽债。

邹枫想找董惠还有一个原因就是他想给董惠解释清楚，自己还是以前的自己，不是什么拈花惹草的男人。他不愿意自己从前的美好形象在董惠的心里留下什么阴影，可他找了很久还是没有一点董惠的消息，特别是这几天，邹枫的心里更烦，一回家父亲又在他的耳边唠叨个不停，要他马上和妻子离婚。这一点，邹枫真的有些不理解父亲了，哪家的父母也是希望儿子媳妇和好啊！可自己的父亲为什么一定要自己离婚呢？邹枫虽然从来就没有爱过妻子，但为了女儿邹枫愿意这样过。现在岳父又出了事，妻子的心里一定很难过，邹枫更不愿意在这个时候和妻子离婚，那等于是落井下石啊！

邹利成一看儿子不听自己的，气得大骂起来："你如果不离婚，我就搬出去住。"面对父亲的要挟，邹枫是左右为难，他不知道自己该怎么做？觉得无论是当儿子、当丈夫、当父亲自己都很失败，他想做好儿子、好丈夫、好爸爸，可他做不到。

这天，邹枫刚刚走到医院上班，却发现自己的手机忘了带，他赶快回去找手机。从家里拿了手机，邹枫正要回医院的时候，突然听到楼上有什么细小的声音。邹枫以为是进了小偷，赶快悄悄上了楼，却看到妻子在一间堆放杂物的小房间里不停地翻着什么。邹枫走过去轻轻拍了一下妻子的肩膀，薛丹一看是丈夫，吓得差点晕了过去。薛丹过了很久才慢慢镇静下来，她轻声告诉丈夫："以后你别这样做好不好？真的吓死我了？我也是到了单位才发现自己的东西丢了，到处找了都没有，所以才来这里找的。"看到妻子脸色苍白，邹枫也有些后悔，不停地向妻子道歉，保证以后再也不这样做了，要是真的把妻子吓出病来就完了。这一点，作为医生的邹枫很清楚，惊吓过度还会引起别的病来。

薛丹又和刘宗辉去外地出差，他们又谈了一大笔生意，回来没几天，刘宗辉就约了他生意上的一个朋友在酒店谈生意。先前刘宗辉也没通知薛丹要她去作陪，可是到了晚上，薛丹正在家里弄晚饭时，刘宗辉才临时给她打的电话，让她带上他们一起去出差签的合同到酒店来。这一点薛丹对刘宗辉很有些不满意，什么事情都不提前给她打电话，经常要办什么事都是临时通知她，弄得她很有些尴尬。邹枫还没有回家，她煮的饭也煮得半生不熟的，本来她是想给刘宗辉说等自己把饭做好了再去，没想到刘宗辉已经发火了，让她马上带着东西打车过去，说那顿饭没有煮好，他补自己500块钱好了。既然刘宗辉已经把话说到这个份上了，薛丹只得放下煮得半生不熟的饭，然后给刘宗辉送东西去。刚一出门，女儿邹雪赶忙拉住了母亲的手，说："妈妈，你去吧，我自己会煮饭的。以后我长大了就不让你这样辛苦了，我会挣很多的钱带着你到处玩的。"一听到女儿说这样的话，薛丹差点掉出眼泪来，她叮嘱了女儿几句然后离开了家。

薛丹来到刘宗辉说的酒店找了很久也没有找到刘宗辉，正想发火时，刘宗辉却主动给她打来了电话，说是改到另一个酒店，让薛丹马上拿着东西打车过去。薛丹虽然心里很不高兴，但还是赶快打车来到了另一个酒店，终于在一个房间里找到了刘宗辉。薛丹去的时候，刘宗辉正和一个大胡子男人谈着什么，见了薛丹进去，他们停止了谈话。大胡子男人薛丹并不认识，刘宗辉马上给那个大胡子男人介绍薛丹是自己的妻子。大胡子男人满脸堆笑地握住了薛丹的手赞美道："刘夫人真的美如天仙啊！以前刘老板跟我说你长得漂亮我还不相信，今天一见果然是名不虚传啊！"一听这样赞美的话语，再听着刘宗辉对别人说自己是他的妻子，薛丹的心里很是感动，虽然她还不是刘宗辉的妻子，但刘宗辉对她的好薛丹觉得已经比对他的妻子好之百倍了，她又怎么不高兴呢？刘宗辉马上接过薛丹带来的东西，然后从身上掏出了一些钱递给薛丹，让她去外面的大商场买一条好烟回来，自己要和大胡子男人谈点事情，一会儿谈完事情等她回来吃饭。薛丹赶忙点了点头，然后走了。

薛丹刚刚走出酒店，因为走得匆忙，她差点撞倒了一个戴墨镜的男人。薛丹以为自己惹下了大祸，她赶快弯下腰去捡地上被自己撞下的眼镜时，那个男人也弯下腰去捡眼镜，两个人的眼睛对在了一起，薛丹惊讶得差点晕倒，原来自己撞的男人竟是李楠。尽管李楠穿着便衣，但薛丹还是一眼就认出他来了。李楠的身后还跟了另一个男人。薛丹吓出了一身冷汗，她这才意识到自己真的是小看了丈夫，表面上他说愿意和自己好好的过日子，可背地里他却从来没有相信过自己。自己刚刚到了酒店，他却找了李楠来跟踪自己，要不是刘宗辉让自己出来买东西，说不定就让他逮了个正着。

李楠一见薛丹惊慌失措的样子，他不好意思地笑了笑，说："邹枫呢？怎么是你一个人在这里啊？"薛丹赶忙掩饰："邹枫在家呢？我来找一个朋友，可又没有找到正准备回家了。对了，你还在办公事啊？"李楠摇了摇头，说："嗨，下了班我办什么公事啊？就是跟朋友来这里聚会一下，要不然跟我们一起去热闹热闹？我马上打电话把邹枫也叫来？"薛丹不停地摇头，然后慌慌张张地和李楠寒暄了几句马上离开了酒店，走出酒店好远了，薛丹的心都还在怦怦直跳。

刘宗辉正在和大胡子男人谈得很起劲的时候，他突然接到了薛丹的电话，告诉了他李楠好像和另外一个男人在跟踪自己，她决定不回酒店来了，直接打车回家，免得让丈夫抓到自己的任何把柄。刘宗辉一听说李楠也来到了这个酒店，马上和大胡子男人使了一个眼色，然后拿着东西分头离开了酒店，很快消失在茫茫夜色之中。

李楠他们到了房间去抓人的时候，没想到又扑了空。这不是一回两回的事情了，到底是谁在中间泄了密呢？每次李楠出去都是和助手小汪在一起的。但犯罪嫌疑人好像把他们的一切行动都完全掌握了。说心里话，李楠在学校学的专业也是刑事侦破，这也是他的强项。他就是因为破了几桩大案子，表现突出，上级领导才提拔他为刑警大队的副队长，本来是应该他大显身手的好机会了，可以后的事情他却没有一样做得顺心过。这一次秘密行动又失败了，他心里很是难受，领导虽然没有正面批评他，但他觉得领导的话却让他无地自容。

李楠这时才想起自己已经一个月没有回家了，现在心情一点都不好，李楠决定回去看看妻子，陪她说说话，调整一下自己的心情也许对自己的工作会有好处的。但李楠万万没有想到，当他带着很多东西回到板房学校去看妻子时，等来的却是妻子的一张离婚协议书。

第 4 集 ● 情中情，乱中乱

达娃央珠在省城找了几天还是没有找到郑栋，身上带的钱是越来越少了，她不敢打电话跟家里要钱。如果自己打了电话，父母马上就会问自己在哪里？然后再让索朗多杰来找自己。说心里话，达娃央珠现在最不想见的人就是索朗多杰，一见到他达娃央珠就觉得哪里都不舒服。达娃央珠知道父母从小就爱自己，但她觉得父母一点也不理解自己，自己想要的东西他们不给自己，而自己不想要的东西他们却拼命要给。通过上次找郑栋的失败，达娃央珠已经总结出了一个教训，那就是要找到郑栋，靠别人是靠不住的，一切只能靠自己。现在已经没有别的办法，达娃央珠决定先在省城找一个工作把生活的问题解决了然后再慢慢寻找郑栋，她不相信郑栋会在这个世界上人间消失。这一生她就只爱郑栋这个男人，不管付出多大的代价，她一定要找到他。很快，达娃央珠在一个酒店里找到了一个当服务员的工作，每天，她默默地做着事情，下班以后，她就去街上到处闲逛，她希望奇迹能突然出现，让自己马上找到郑栋。也许是这个世界太小了，就在一个傍晚，达娃央珠路过一个小区时，她又看到了那个自己熟悉的男人，那就是郑栋，他正提着一些东西匆匆地往前走。

薛丹在从酒店回家的路上已经想好了应付丈夫的办法。如果丈夫要问她今天晚上的事情，她还是像刚才给李楠编的瞎话一样说给丈夫听，反正自己也没有什么把柄落在李楠和丈夫手里，他们也不敢把自己怎么样的。

就在准备进小区的时候，薛丹突然看到了她从来都没有想到过的那一幕：邹枫正和一个藏族姑娘在那里拉扯，要是按照以前薛丹的脾气，她一定会冲上去把那个藏族姑娘打个半死的。可今天薛丹不但没有一点愤怒，心里还暗暗庆幸，反正自己也不爱丈夫了，她爱的只有刘宗辉，丈夫跟再多的女人有染都与自己没有关系。薛丹马上拿出了带摄像功能的手机，拍摄下了几张丈夫和藏族姑娘拉扯的照片。其实薛丹也看出来了，丈夫好像有些反感那个藏族姑娘，他想摆脱她。但藏族姑娘就是死死拉住自己的丈夫不放，后来丈夫终于推开那个藏族姑娘跑了。

薛丹回到家很久了，邹枫才从外面匆匆回来，到了家里他都还有些惊魂未定的样子。薛丹还没有问他什么，邹枫就赶紧给薛丹解释自己刚出医院就有急重病人来，所以自己回来晚了。这一点上，薛丹到有些可怜起丈夫来，因为他是一个从来不会撒谎的人，一撒谎，他就连说话都语无伦次了。薛丹知道，丈夫不知道去哪里绕了一圈才把那个纠缠他的藏族姑娘摆脱。此时，薛丹心里还有些感谢那个藏族姑娘，要不是她纠缠着丈夫，丈夫就在她之前回了家，自己也拿不到他的把柄。如果李楠再给他打电话，自己的事情就要暴露。但现在她什么也不怕了。

邹枫给妻子解释完以后，薛丹只是笑了笑，并没有责怪他半句，反而很殷切地对他关心，一直内心惶惶不安的邹枫慢慢地平静下来，心里还有了一种对妻子的负罪感。

李楠刚刚上了大巴车，他的手机又响了起来，看到那个陌生的座机号码他很纳闷，显然这不是同事的电话，因为所有同事的电话他都能记得住。出于职业的习惯，李楠还是马上接了电话，没想到又是于菲菲给他打来的，她又在问李楠有没有时间，她请他喝咖啡。对于这个于菲菲，李楠真的拿她没有办法，自从上次从板房区回来以后，李楠就感觉得出于菲菲的明确变化。毕竟是从国外回来的人，大大小小的世面她都见过，她明确地向李楠表达了自己的感情，愿意跟李楠好。当时，李楠还以为她是在开玩笑，也没有当一回事，没想到于菲菲却三天两头地来找他。弄得李楠没有办法，作为一个警察他得注意自己的形象，更重要的是他从来没有想过在外面拈花惹草。李楠知道，作为女人来说，于菲菲什么都占全了，她年轻漂亮，身体健康，又有钱，还有比较吃香的美国大学的文凭，也许别的男人觉得跟于菲菲这样的女人是一种自豪和幸福。可李楠却从来没有想过这些，他和妻子都是经过了生死磨难的夫妻，儿子已经失去了，妻子能活着就是他最大的幸福了。没有亲身经历过那场地震灾难的人，是无法理解在死亡线上挣扎过来人的感情的。

为了怕于菲菲再次纠缠自己，李楠灵机一动，只得把于菲菲的电话号码设成了黑名单，这样李楠倒是平静了一些日子，可没有想到聪明的于菲菲却用公用电话打他的手机，李楠一听是她的声音赶快挂了电话。

李楠回到板房学校已经是中午了，因为他提前给妻子打了电话，妻子早已经把午饭做好了，也许是工作上的不顺心，也许是想到于菲菲不停纠缠自己的事情心烦，妻子做的饭菜其实是很好吃的，李楠也只吃了一点点就放下了筷子，然后坐在那里发呆。看到丈夫那样，王梅拿出了水果递给丈夫，但李楠还是摇了摇头。王梅轻轻地拉起了丈夫的手，说："李楠，我想和你商量一个事，不过这事你一定要答应我。"李楠看了看妻子，然后点了点头："我不在你身边照顾你，知道你受了很多委屈。有什么事你就说出来吧！我一定会答应你。"王梅终于鼓起了很大的勇气，声音很小地说："李楠，我们离婚吧！"李楠吓了一跳，他紧紧地抓住了妻子的手，说："你说什么？你说什么？"王梅狠狠地咬了咬牙说："我们离婚吧！这事我已经想了很久，离婚申请书我已经写好了，就等着你回来签字了。"一看到妻子镇静的神情，李楠才知道妻子没有跟自己开玩笑，她说的一切都是真的。李楠着急地摇着妻子的肩膀，说："这是为什么？这是为什么啊？你得给我一个理由。"王梅的态度很坚决，她轻轻地推开了丈夫的手，说："没有理由，我就是想离婚。反正这事我已经决定了，你不同意我直接去法院起诉。"李楠是做梦都没有想到妻子会提出这样的事情，他无法接受这个现实，更觉得妻子是在他的伤口上抹盐，工作上的不顺心他只能憋在心里，他不敢对妻子说，怕给她增加思想负担。于菲菲纠缠自己的事他也不敢说，他觉得那更会要了妻子的命，自己一直小心翼翼地呵护妻子，没想到在自己最失落的时候，妻子却提出这样的事情。李楠不停地劝着妻子打消这种荒唐的想法，但此时已经铁了心的王梅却什么也听不进去，就是一个理由要离婚。

在以后的一天时间里，李楠就离婚的事情和妻子闹得不欢而散，最终也没有达成任何协议。本来是怀着一颗受伤的心回去疗伤的，没有想到旧伤没有疗好，回家又添了新伤。在离开家的时候，李楠再一次问了妻子能不能改变主意？可得到的还是妻子的否定回答。李楠的精神快崩溃了，从来没有对妻子发过火的他，终于第一次大声地吼了出来："王梅，既然你的态度这么坚决，那我就成全你。现在我没有时间跟你去办手续，等我有空的时候就去。"说完了这些话，李楠头也不回地走了。

第5集 ● 重重迷雾

王梅一直站在门口，看着丈夫的背影慢慢消失了，她才放声地痛哭起来。离婚并不是她的本意，可以说从认识李楠那天起，她就在心里打定了主意，这一生无论走到什么地步，自己都要和这个男人一起生活下去。然而人世间的很多事情都是计划没有变化快，其实李楠带于菲菲到板房学校来的时候，王梅还没有多想什么，真的把于菲菲当着一个有爱心的好姑娘，她能到板房学校来看学生，还给学生买东西，王梅已经很感激了。可没有想到，两个星期以后，一张李楠抱着于菲菲的照片寄到了王梅的手中。王梅当时惊呆了，但很快她就镇静下来。如果是别的女人遇上这样的事，可能马上就会找丈夫大吵大闹。但王梅绝对不会，她是一个温柔善良的人，也是一位老师，她懂得理智。最重要的是她爱丈夫，既然爱丈夫就应该尊重他的一切，自己现在已经是这个样子了，那个于菲菲从哪方面都比自己强，爱美之心人皆有之，丈夫爱上于菲菲也是很正常的事情，自己的爱就该放手了，所以除了离婚这条路，王梅觉得自己已经别无选择了。王梅觉得虽然丈夫现在不同意，也可能是怕舆论对他不好，与其这样痛苦下去，还不如早点结束这一切，长痛不如短痛。既然丈夫不主动提出离婚，王梅觉得自己提出来更好些，因为她的自尊心也很强，不愿意离婚这事从丈夫口中说出来，自己先提出来了面子上还要好过些。

当初是回城区学校去教书还是留在板房学校教书这个问题上，王梅就经过了激烈的思想斗争，她最终选择了还是回板房学校教书，那也是给自己留了一条后路。一方面灾区的学生对她有感情，因为王梅和那些学生是经过生死磨难的师生情。如果自己回到了城里，一切对自己来说都是陌生的，还有一点就是王梅也想通过这样和丈夫分开来考验两个人之间的感情，毕竟现在的她已经不是从前的她了。人家都说婚姻如果出现了问题，有孩子的，孩子还可以成为夫妻感情的纽带。可现在他们的孩子也没有了，因为受伤太严重，医生已经明确给王梅说了，以后她也不可能再生育了，说白了自己就等于是一个废人。现在的王梅已经不是十年前那个充满幻想的青春少女了，那时她最爱看琼瑶的小说，经常被小说里主人公那种生生死死的爱情所感动。现在王梅才明白现实生活中哪有那样的事啊？那些所谓的生生死死的爱情都是骗人的东西，也害苦了很多人。因为自己的好同学林娅就是一个很好的例子。

在没有见到林娅之前，王梅对自己的婚姻还没有那么悲观，当一见到了林娅，听她讲了自己的真实故事之后，王梅的心突然掉进了冰窟窿。当年林娅是班上的校花，追她的男生很多，有一次两个男生还为她打了起来。一个男生受了伤，另一个男生受了学校的处分，受了处分的男生后来成为了林娅众多追求者中的胜利者，因为林娅选择了他。他的举动深深打动了林娅，他说为了自己心爱的女人哪怕是被学校开除都值，如果林娅要他去死，他可以马上就去死，为自己所爱的女人去死他都觉得光荣，后来他也理所当然的成了林娅的丈夫。地震来临的那一刻，林娅和丈夫正在睡午觉，丈夫发现以后，马上想着的是打开抽屉拿出存折就跑，却不理会正在苦苦哀求他的妻子。因为林娅的眼镜找不着了，她也没办法跑。虽然林娅后来也只受了点轻伤，但她却坚决要求和丈夫离了婚，她已经明白所有的豪言壮语在大灾大难面都不堪一击，也终于相信了那句老话：夫妻本是同林鸟，大难临头各自飞的事情。

王梅为同学的事感到悲哀，更为自己的事担忧，很快她的担忧也变成了现实。丈夫在外面有了女人，现在王梅才想起来，丈夫带于菲菲来板房学校也许只是一个借口。同学林娅现在一说起她的老公就恨得咬牙切齿，但王梅却对李楠一点都恨不起来，她只想离婚，自己已经成了这个样子，她不想成为别人眼中的可怜虫。

于菲菲找不到李楠，她心里很是苦闷，这天她又来到了酒吧喝酒，她希望用酒精来麻醉自己。刘宗辉一走进酒吧，一眼就看到了已经有些醉态的于菲菲，想起自己上次被她羞辱的事情，刘宗辉就气不打一处来。这一次他到处看了一下没有别的熟人，马上就走到了于菲菲面前，他决定今天要报复这个女人。于菲菲并没有认出刘宗辉来，见面前来了一个男人，她马上举起了酒杯要刘宗辉陪她喝酒，刘宗辉马上靠近了于菲菲，一边给她说着好听的话语一边开始在她身上搞小动作。就在他确定眼前的这个女人已经完全醉了之后，他扶起于菲菲就准备走，没想到一出门却看到薛丹怒气冲天地站在那里。刘宗辉刚想解释什么，没想到他的脸上已经挨了一巴掌："你他的妈是吃屎的狗离不了茅房是不是？"薛丹打了刘宗辉一巴掌之后马上跑了。

其实薛丹在刘宗辉刚在酒吧外面就看到了他，应该说是先看到了他的车子。薛丹并不是来跟踪刘宗辉的，她仅仅是路过这里。丈夫也许是昨天被惊吓了，一直到了深夜都没有睡着，到了早晨他才慢慢睡着。女儿学校今天有个家长会，本来丈夫是答应去给女儿开家长会的，可到了早晨他还没有醒来，女儿很是心疼父亲，一见到母亲在家，女儿马上跑过去求母亲："爸爸真的是太累了，如果你今天有时间的话，能不能跟我一起去学校开家长会？"听到女儿这样说，薛丹不好拒绝女儿了，她决定去给女儿开家长会，没想到回来路过酒吧时，她看到了刘宗辉的车子停在那里。薛丹知道了刘宗辉应该在酒吧，她就是想进去告诉刘宗辉一个好消息，自己拍摄到了丈夫和一个藏族姑娘拉扯的照片，有了这些证据，以后自己就什么也不用怕了。可她没有想到的是，自己心目中最好的男人刘宗辉却和别的女人抱在了一起，争强好胜的薛丹是无论如何也接受不了这一切。

刘宗辉一见薛丹跑了，他赶快扔下了于菲菲去追薛丹，很快他就追上了薛丹，但薛丹并不买他的账，对他又打又骂："刘宗辉，你他妈的不是人，成天是吃着碗里还看到锅里，看到那个女人比我年轻漂亮是不是？以后我们一刀两断，老子成天提心吊胆地跟着你过，你却背着我又和这个女人勾搭上了！"刘宗辉毕竟是情场老手，一看到薛丹生气了，他并不慌张而是不动声色地笑了笑。对于薛丹的打骂他始终不说一句话，然后抱住薛丹亲了起来。但薛丹不吃他那一套，对他又打了起来。刘宗辉一直不还手，过了很久，薛丹也许是气发够了，也许是她真的打累了，她慢慢地停了下来。这个时候，刘宗辉终于说话了："你打够了没有？骂够了没有？如果没有的话我找个地方请你吃饭，等你吃好了喝足了才有力气报复我啊！你不觉得在大街上被一个美女打骂是一种享受吗？"薛丹又打了刘宗辉一下，然后生气地骂道："你不要脸！"一听薛丹骂自己不要脸，刘宗辉突然大笑起来，然后把嘴又凑到了薛丹的耳边说："你骂对了，男人有几个是要脸的啊？我如果要脸能把你弄上床吗？你爸爸得了那么多不义之财还不是为了女人，他要脸吗？"薛丹马上大骂起来："那不是我爸，我没有那样的父亲。"刘宗辉不停地点头，然后开始哄薛丹："好好好！你说不提你爸就不提了，宝贝，原来我还以为你爱我是假的，今天你这一打我才觉得是真的。宝贝，你又中计了，没有想到我是在考验你吧？"薛丹又大骂起来："你少给我来这一套，当我是傻子啊？你再说什么我也不相信你了，以后我们两个也不可能有什么关系了，你马上放开我，我要回家了！"刘宗辉又说："宝贝，我发现你生气的时候比你笑的时候还可爱，原来以为你不会吃醋，现在看来你的醋劲比谁的都大啊！"薛丹不停地争辩："我吃醋？看来你还真的把自己当人看了啊！我跟你说这个世界三只脚的找不到，可两只脚的男人有的是。"刘宗辉点了点头，然后说："你说的都是实话，现在的中国男人比女人多，但要找一个像我这样真心爱你的男人可能是找不到的，你知道吗？我跟这个女人套近乎也是为了你啊！你知道她是谁吗？"薛丹气不打一处来，然后狠狠地骂道："刘宗辉，你跟这个女人亲热也是为了我？可我从来没有见过这个女人，也不认识她。再找不到瞎话编，你干脆说她是你小妈好了！"刘宗辉脱口而出："她不是我小妈，而是李楠的女人。"一听说是李楠的女人，薛丹一下子呆住了，很快她又反应过来："你弄错了，李楠的妻子叫王梅，我认识的，是位小学老师，在地震中失去了一条腿，现在还在板房学校当老师呢。"

刘宗辉马上从身上拿出了一张照片让薛丹看，薛丹一看就惊呆了。因为照片上是李楠抱住了于菲菲照的。说心里话，薛丹一直对李楠有一种畏惧感，倒不是仅仅因为他是警察，而是觉得他说话做事都是很严肃的一个男人，没想到他也背着自己的妻子在外面有了女人。

刘宗辉见薛丹不说话，马上又在薛丹在耳边说道："我已经发现李楠和这个女人好多次了，你不是担心你丈夫让李楠来监视你吗？刚才这个女人就是喝醉了，她求我带她去找李楠，这么好的机会我能不去吗？我就是要让她把李楠约出来，只要他们在一起亲热，我就可以拍摄到很多照片了，有了这些照片你还怕李楠干什么？我要叫他以后想管都管不了你的事。"薛丹想了一下又问："那李楠知道你拍摄了他和这个女人的照片吗？"刘宗辉很阴险地笑了笑，说："他应该还不知道，不过他的老婆应该知道了，你说像他这样道貌岸然的男人，在外面做这样的事，不让他老婆知道，是不是有点对不起他的老婆了啊？"一听到刘宗辉说这些，薛丹的心里不由得打了一个冷颤，她又想起了丈夫邹枫，他和李楠是亲如兄弟的同学。王梅不知道的很多东西也许自己的丈夫应该知道，那么自己不知道丈夫的很多东西，也可能李楠应该知道。那天自己看到的只是一个藏族姑娘在纠缠丈夫，而丈夫一直在回避她，那丈夫还会不会有别的女人呢？连李楠这样一本正经的警察都有了别的女人，薛丹还敢相信谁呢？薛丹此时才突然想到了，也许丈夫和李楠一样在外面早就有了女人，他那天那样是在做戏给自己看。也许他早就发现了自己在身后，那么晚回家，其实是真的去和那个藏族姑娘约会去，自己才真的是一个大傻瓜，和刘宗辉还偷偷摸摸地约会。而丈夫早已经背叛了自己，如果那天自己不拍摄下一张照片，那就什么证据也没有了。这样一来，本来已经没有打算争房子的薛丹终于又开始打定房子的主意，更重的是她咽不下这口气，觉得自己被丈夫欺骗了，她要报复。

第6集 ● 为爱疯狂

　　自从丈夫走后，王梅就想让自己坚强起来，想让丈夫的影子在自己的头脑中消失。但尽管她努力去做了，成天都忙着工作，想用工作来忘记一切。可她还是做不到，只要一静下来，她的脑子里想着的都是丈夫。李楠是个很优秀的男人，王梅在认识他之前从来没有谈过男朋友，所以她的爱情日记里只有李楠。王梅很爱丈夫，可丈夫已经有了别的女人，王梅觉得自己只能放他一条生路，只要丈夫过得幸福快乐，她就比什么都高兴！但要让自己真的忘记丈夫，说起来很容易，但要真的做起来却很难。王梅心里很苦很累，她已经两天没有吃东西了。终于有一天她晕倒在课堂上，全班同学都吓坏了，他们一定要送老师去医院。王梅才告诉学生自己没有病，就是不想吃东西。看到老师有气无力的样子，同学们有的从家里拿来了自家鸡生的鸡蛋，有的给她摘了自己家种的蔬菜，王梅感动得热泪盈眶。

　　梁超是个细心的孩子，晚上本来他已经睡下了，但一想起白天老师那有气无力的样子，他还是不放心老师。在跟宿舍管理员说了很多好话以后，宿舍管理员才同意他去王梅老师的宿舍看看。梁超去的时候，王梅正拿着儿子的照片仔细地看着，想着可怜的儿子，她又流泪了。看到老师那伤心的样子，梁超很懂事地拿毛巾为老师擦眼泪，然后紧紧地握住老师的手说："王老师，李峰弟弟不在了，你就把我当成你的儿子吧！我从小没有了妈妈，好想叫声妈妈啊！可没有人答应我。"看着幼稚真诚的梁超，王梅的心情更不好受。她已经去过梁超他们的家了，梁奶奶也悄悄告诉了她实情。其实梁超的舅舅舅妈就是他的亲生父母，但他们不敢面对幼小的孩子，也无法给孩子解释那几年父母的事情，怕孩子再次受到伤害。因为在孩子的生活中就是曾祖母和老师跟他最亲，他们想等孩子大了以后再给他解释一切。孩子经历的苦难太多了，他们只想弥补对孩子的爱，别的什么都不需要。善良的王梅终于理解了梁飞夫妇所做的一切，也答应了梁奶奶为孩子保密的事情。

梁超见老师不说话，以为自己说错了什么话惹老师不高兴，他赶快说道："王老师，你要不喜欢我给你当儿子就算了，但我会像李峰弟弟一样爱你，长大了挣钱来养你。"听到梁超这样表白，王梅再也无法控制自己的感情，她紧紧地抱住了梁超动情地说道："老师喜欢你，你愿意叫我妈妈就叫吧！"梁超赶快喊出了"妈妈"两个字，王梅泪流满面，对于她来说还有什么比这更高兴的事情呢？自己已经失去了儿子，也不可能再生孩子了，跟自己相亲相爱的丈夫也是别人的了，只有这些学生才是真实的，梁超喊自己妈妈也是发自他的肺腑之言。

王梅有些累了，梁超却像一个小大人那样，亲自给老师做了一碗热气腾腾的鸡蛋面。人家都说穷人的孩子早当家，王梅觉得这一点不假，小小的梁超做的鸡蛋面比她做的还要好吃。已经几顿没有吃东西的王梅很快就把东西吃完了。看着老师吃得那样香，梁超马上告诉老师，只要她喜欢吃，自己愿意天天给她做，王梅不停地点头。陪着老师说了一会儿话，梁超准备回学生宿舍去休息，王梅马上喊住了他，说是他要过生日了，决定送他一样礼物。原来，王梅前些日子上街，为梁超买了一套衣服，现在准备拿出来送给梁超。王梅没想到去衣柜翻衣服的时候，把一样东西翻了出来。那就是装在一个大信封里的照片——李楠抱住于菲菲照的。王梅本来是不想让梁超看到的，可梁超眼睛尖，他一下子就看到了，而且马上就喊了起来："老师，李叔叔怎么能和这个阿姨这样呢？"梁超这一问，又刺痛了王梅的心，她声音哽咽地道："大人的事你不要管，这事你不准出去乱说好不好？"梁超懂事地点了点头，然后小声地问："老师，我不会出去乱说的，但你能不能告诉我，你这几天精神不好，是不是在生李叔叔的气啊？这个阿姨是不是想抢走叔叔？"梁超一下子又问到了王梅伤心的事情，她知道这些事情跟一个小孩子是说不清楚的，只得把话题扯到了一边说，让梁超赶快回宿舍休息。

尽管梁超答应了王梅不把一切拿到外面去乱说，可他毕竟是一个几岁的孩子，嘴里还是瞒不住话。星期天回去，他不但把这事告诉了曾祖母，梁飞夫妇回到了家，梁超又拿出了于菲菲以前和他们一起照的照片，哭着说："舅舅舅妈，这个阿姨不是好人，她抢走了我们王老师家的叔叔，我们王老师气得晕倒在教室里。"听到儿子说出这样的话，开始梁飞夫妇还不相信这是真的，但看到儿子伤心痛苦的样子，梁飞夫妇终于相信了。王梅现在是他们夫妇最敬重的人，她成了残疾人，别的女人就要来抢她的老公，这事就是王梅能忍梁飞也忍不下去，他气得在桌上狠狠地打了一巴掌，然后大声地吼了起来："这个世界还有这样不要脸的女人？人家王老师受了多少苦？现在还差一条腿呢，这个女人却要去抢人家的老公，分明就是往人家王老师的伤口上抹盐啊！超超，你把这张照片给我，舅舅一定要找到这个女人，为你们的王老师讨回一个公道。"梁奶奶一见孙子那激动的样子，赶忙拉住了他说："你不要乱来啊！"梁飞听不进奶奶的话，他马上跑出了板房区。苏霞站在那里发呆，梁奶奶赶快让她去追梁飞。

梁奶奶在屋子里等了很久，不但孙子没有回来，去追孙子的孙媳妇也没有回来。梁奶奶心里有了一种不祥的预感，对于孙子的脾气她是最了解的，遇事从来就不加考虑，他一出去说不定又要惹出什么祸事来。以前梁奶奶就为他经常担惊受怕，好在梁飞从监狱出来以后就把妻子也带了回来，现在又在城里找到了工作，梁奶奶的心才稳定下来。一家人在一起开开心心地过日子，这是梁奶奶最高兴的事情。回想起孙子在监狱里那几年，自己艰难地抚养着小超超，梁奶奶心里就不寒而栗，她怕孙子再一次出去鲁莽行事犯下大错，那可真的是不得了啊！梁奶奶是越想越害怕，她急得在屋里走来走去的。梁超一看曾祖母急成那样，赶忙拉住了她的手，说："曾祖母，你怎么啦？"梁奶奶不停地摇头，然后说道："以后有什么事情你只跟我说，等我同意了你再给你舅舅舅妈说好不好？要不然我就不喜欢你了。"梁超虽然还不懂得曾祖母话的意思，但一看到曾祖母不高兴的样子，他还是不情愿地点了点头。梁奶奶不识字，更不知道孙子的电话号码，她只得让梁超带着她去公用电话亭给孙子打电话。

其实梁飞跑出家没有多远，苏霞就赶上了他，确切地说是苏霞在后面喊他，让他等一等。开始梁飞并不理睬妻子，还是继续往前跑。苏霞又气又恨，她知道丈夫是个认死理的人，这个时候是最容易出事的，为了稳住丈夫。苏霞又拿出了自己平时制伏丈夫的杀手锏，她知道四川男人大多是"炮（pa）耳朵"怕老婆，苏霞大声地喊了起来："梁飞，你要是今天不听我的话，我们马上就离婚。"苏霞这一喊果然很管用，梁飞虽然很不情愿但他还是停了下来等妻子。

在接到奶奶的电话时，梁飞的情绪已经平静了很多，那时他和妻子正在回城里去的公共汽车上，通过妻子的不断说服和开导，梁飞已经明白了很多道理。自己这样盲目地去找于菲菲报仇能起到什么作用？说不定帮不了王梅的忙，还会把事情弄得理更糟。自己现在已经是孩子的父亲了，做什么事情都得考虑清楚才行，所以梁飞和妻子决定先回城里上班。王梅的事情他们还是会去帮忙的，但一定得找到一个好的解决方法。

第 7 集 ● 无言悔恨

于菲菲对李楠的爱已经接近疯狂，也许应正了那句老话，越是得不到的东西越是觉得珍贵。以前和郑栋恋爱时，于菲菲也觉得幸福快乐，但那时的她年轻却不懂得珍惜，等她懂得珍惜时一切时都没有了。经过风风雨雨的于菲菲现在更懂得要找一个好男人真的不容易，一旦找着了她就不会放弃的。她觉得李楠就是上天恩赐她的一个珍贵的东西，有时于菲菲也觉得有点对不起王梅，但她没有办法，她已经陷入情网不能自拔，因为爱情都是自私的，她也顾不了那么多了。王梅没有生育能力了，李楠这样优秀的男人没有自己的孩子，于菲菲觉得对李楠太不公平了。她一定要想方设法得到李楠，然后跟他生一个聪明可爱的儿子。于菲菲已经做好了准备，只要李楠一松口和王梅离婚，她愿意拿出自己一半的财产来补偿王梅。对于王梅，于菲菲除了对她表示同情之外还是同情，一个女人失去了一条腿已经不幸了，可王梅还不能生育，现在身材又变得肥胖不堪，她还有权利占着李楠吗？

李楠和妻子闹得不欢而散，他虽然回到了单位，但心情一直没有安静下来，就在这时，他却接到了上级的通知，一个毒贩已经从外地带了一批毒品要在本市交易。这个毒贩很狡猾，前几次都逃掉了，为此，李楠和助

第六章

手小汪也多次受到上级领导的批评，因为毒贩都是在他们的眼皮子底下逃掉了。李楠也曾经怀疑过自己的能力，但他觉得自己的办案思路没有问题。那就只有一种可能了，毒贩知道了风声。可在哪个环节上出了问题？李楠一直没有弄明白。这一次，李楠赶快和助手小汪化好装，提前几个小时到达毒贩可能出现在地方。

李楠不接于菲菲的电话，于菲菲便经常守在李楠的单位外面等他，可她守了几天，一直没有见到李楠，她正想回去的时候。李楠和小汪走出了刑警大队，但于菲菲还是没有认出李楠来，她走到了李楠面前，向他打听李楠在不在？李楠马上告诉于菲菲李楠调走了，于菲菲还没有回过来神时，李楠拉着小汪匆匆离去。

人世间的事情有些就是很凑巧的，就在他们走出刑警大队远处，突然传来了喊抢劫的喊声。原来一个年轻女子从附近的银行取了钱出来，两个一直跟踪她的歹徒在一个拐弯的地方抢了年轻女子的钱拔腿就跑。见此情景，李楠和小汪顾不得一切，他们冲过去抓住了歹徒，在和歹徒搏斗中，李楠的假发被拉掉了，但他们最终把歹徒制伏了。小汪马上打了电话，警车很快开了过来，两个歹徒和被抢的年轻女子也被警察带回去审问。李楠和小汪赶快把自己的装弄好准备离开。没想到于菲菲跑过来拉住了李楠，因为刚才于菲菲听到有人喊抢劫，她也跑过去看热闹，没有想到她看到了李楠戴的假发。

于菲菲拉住了李楠，不停地质问他为什么不接自己的电话，自己只是想找他好好聊聊。李楠是又恨又气，但一看到那么多围观的群众他也不好对于菲菲发火，尽量耐着性子给于菲菲解释自己现在没时间。但于菲菲听不进去，她要李楠给她一个明确的时间答复，自己一定要跟他好好谈谈。李楠哭笑不得，现在是工作时间，他能给于菲菲什么样的答复呢？就是有时间他也不想和于菲菲见面了，心里开始有些害怕这个女人，觉得她有点走火入魔了，一个走火入魔的女人是很危险的，她可以不顾后果什么事情都做得出来。小汪在一边看着很着急，他小声音地对向李楠说："李队，她这样老是纠缠你怎么办？要不要通知精神病院的医生来把她接走？"对于李楠和于菲菲的事，小汪是一清二楚，心里面他很是同情李楠。

本来情绪就很激动的于菲菲，一听小汪说要送她去精神病医院，她狠狠地推了小汪一下，然后大骂起来："你才是精神病呢。"小汪也知道自己说漏了嘴，他不停地给于菲菲赔礼，一边又在给李楠使眼色。李楠理会了小汪的意思，马上推开于菲菲跑了。于菲菲知道上了当，她没有去追李楠，而是死死地抓住小汪不放。正在小汪脱不开身时，只听得有人喊了一声"于菲菲"。于菲菲赶快回过了头，小汪马上推开于菲菲也跑了。这个喊于菲菲的人不是别人，正是一直想找于菲菲算账的梁飞夫妇。

梁飞夫妇把于菲菲连拖带拉地弄到了自己的出租屋，他们还没有来得及指责于菲菲时，于菲菲却先哭了起来，她一边哭还一边拿起了自己手机里拍摄的李楠的照片给梁飞夫妇看，不停地说着自己如何爱李楠。

一见到于菲菲手机里李楠的照片，梁飞马上呆住了，他没有想到于菲菲会和这个男人扯上关系。李楠是梁飞一生也不可能忘记的男人，当年就是他抓走了自己，让自己幼小的儿子失去了爹娘，到现在自己都还不敢和儿子相认。最让梁飞看不起的是李楠还是一个伪君子，地震来临时，他竟把自己是警察作为搞特殊化的资本，那么多人等着抢救，他却抱着自己的儿子要人家给他先抢救。

于菲菲根本没有想到梁飞夫妇是来找她算账的，她已经把他们当成了自己的倾诉对象，一见梁飞夫妇看说李楠的照片不说话，于菲菲以为是他们被自己的故事所感动，她便继续说开了："你们没有见过李警官，不知道他有多可怜，那么优秀的男人可他的儿子却在地震中死了，老婆又不能再给他生孩子了，我就是要爱他，想给他生一个孩子，这难道错了吗？"一听说李楠的儿子在地震中死了，老婆又不能给生孩，梁飞马上大吼起来："真是苍天有眼啊！他李楠那么自私，在地震时不顾别人的死活，让医生先给他抢救儿子，没想到他儿子还是死了，现在老婆又不能生儿子了，这下真的该他李楠断子绝孙了。"于菲菲本是想说出了李楠的不幸遭遇，让梁飞夫妇同情她、支持她和李楠的事。可她没有想到的是梁飞夫妇竟那样辱骂她心目中最可爱的男人，又气又恨的于菲菲马上和梁飞夫妇打了起来。

梁超去了学校，曾祖母又找了一些偏方让他带给王梅，说是经常擦洗受伤的腿，腿就不会痛了。因为王梅曾无意中说起过，自己受过伤的腿时不时要痛，没想到梁超把这事记在了心上，回去又跟曾祖母说了。梁超把曾祖母带的偏方拿给王梅以后，王梅很是感动，她拿出了自己舍不得吃的好东西给梁超。开始梁超还不要，但一看到老师要发火了，梁超马上接过东西吃了起来，看到梁超吃得很开心，王梅也很高兴。就在这时，梁超突然拉住了王梅的手，说："王老师，我告诉你一个好消息！"王梅笑了笑说："什么好消息？"梁超做了一个怪相，然后才很神秘地说道："阿姨抢李叔叔那件我没有对人说，只回去告诉了我的曾祖母和舅舅舅妈。"王梅大吃一惊："什么？你把这事回去告诉了你舅舅舅妈？"梁超很得意地点了点头，然后说："我舅舅已经说了，他一定要找到阿姨，让她把李叔叔还给你。"一听到梁超说梁飞要去找于菲菲，王梅的心一下子就紧张起来，她知道梁飞那个人讲义气，为了别人他是什么事情都做得出来的。现在梁飞要去找于菲菲，她不敢往下想后果，赶快让梁超说出了梁飞的电话，她要给梁飞打电话，阻止他的一切行动。

梁飞在接到王梅的电话之前，可以说他对李楠还恨得要命，王梅是救自己儿子生命的恩人，她是自己心目中的天使。而李楠是抓自己的仇人，在地震时他的所作所为又让梁飞觉得他很卑鄙，从来没有想过他和王梅是夫妻。当一听到王梅在电话中说李楠是自己的丈夫时，梁飞手中的电话马上掉在了地上。

第七章

第1集 ● 噩梦缠身

梅雅做梦都没有想到黄志祥大爷会找到她的家里来。自从上次从医院悄悄离开以后，梅雅的心里就没有再平静过，她不愿意再回忆过去，更不想让黄大爷知道自己现在的情况。她只得狠心地离开了医院，以为这一切都会过去了。可没有想到黄大爷却突然找来了。跟黄大爷一起来的还有他的孙子，因为孙子也是去灾区当志愿原者受了伤被送到了医院治伤的，黄大爷等着孙子的伤好了起来，让他陪着自己找到了梅雅的家。其实他们并不知道梅雅家的地址，黄大爷的孙子是从跟梅雅一起当志愿者的朋友那里打听到的。

梅雅本来还要在医院做几天志愿者的，但见到了黄大爷她再也不敢做下去了，她只得逃避。应该说梅雅不是一个忘恩负义的人，一想到由于自己的一句谎言就让一个可怜的老人在医院里苦等，梅雅的心真的比针扎着还要难受。离开医院之后，她还悄悄地去过医院，不过穿了一件风衣把自己的大半边脸都遮住了，然后又买了一副大墨镜戴上。在医院里，梅雅查到了黄大爷孙子住的病房，趁着黄大爷出去的机会，梅雅悄悄塞了一些钱给黄大爷的孙子，然后匆匆离开。

梅雅已经想好了，等黄大爷回到了乡下，她会寄一些钱给黄大爷。但她就是没有勇气面对黄大爷，更不可能把黄大爷带到自己家里来，没想到黄大爷却带着孙子找上了门来了，梅雅尴尬得不知说什么好。

黄大爷进门的第一句话就说："梅雅，现在我们农村的日子好过了，我也不缺钱花，就是想跟你说说心里话。可你却悄悄给我孙子送了钱就走了，梅雅，我来不是跟你要钱的。"看着黄大爷激动的表情，梅雅这才明白黄大爷其实什么都清楚了。看着慈祥的黄大爷，想起在农村他给予自己的关心和帮助，梅雅想说什么却一句话都说不出来，她只是不停地流泪。一看到梅雅哭，黄大爷仿佛又看到了几十年前那个可爱的小姑娘，他很是心疼地拉住了梅雅的手，说："梅雅，这些年你过得好吗？心里有什么话你就说出来吧！我知道你是一个好人，可你不能把什么事情都憋在心里啊！到我们那个村插队的两个好姑娘，一个姑娘走了，一个姑娘这么多年我们也找不着，我真的想你们，你大妈还经常念叨你和曾莉包的饺子好吃呢。"一说到过去，一说到曾莉，梅雅再也控制不住自己的情绪，她放声地痛哭起来："黄大爷，我对不起你们！"黄志祥叹了一口气，说："孩子，看你说哪里的话？应该说对不起的是我们那里的人，在我们那里你受了太多的苦！你知道吗？那个麻脸队长死了，他年老时很可怜。"一听到黄大爷说自己最恨的人死了，梅雅惊讶不已，她赶忙拉住黄大爷的手，问："真的死了？什么时候死的？"黄大爷说："在你走后不久他就下了台，因为做了很多坏事，大家都不理他。后来老婆跟他离了婚带着孩子远走他乡了，他就只有一个人孤独地过日子。年纪大了生活没有着落，政府只好把他送到了敬老院。后来他又瘫痪在床上几年，没有一个亲人去看他，他真的很可怜，我去看过他一次，那时他都快不行了，他拉住我的手对我说，如果这辈子能见到你的话，代他向你说一声道歉，他对不起你，现在已经受到惩罚了。梅雅，我想那时他是发自内心地向你忏悔，人在临死的时候说的话也是真诚的。我今天来就是给你说一声，过去的一切就让他过去吧！还是得放宽心思好好地活着。"不提麻脸队长也许梅雅的情绪还没有那么激动，一提到麻脸队长，梅雅的全身就不停地打颤。那个让梅雅一生都恨得要命的男人，给梅雅带来了一生的耻辱和痛苦。虽然几十年前发生的事情，但梅雅现在想起来好像事情就发生在昨天一样，她没有办法忘记那一切。

麻脸队长第一次强奸了梅雅以后，他心里还是有些害怕，毕竟那不是正大光明的事情，他怕梅雅去告发他。可几天过去了，一切都风平浪静，麻脸队长才觉得自己的担心是多余的。梅雅因为曾莉的死大家都对她没有好印象，再加上她又是资本家的女儿，在别人眼里也抬不起头，更重要的是女孩子都顾面子。再说了，自己是生产队长，什么事情别人还得看他的脸色，尤其是像梅雅这些没有背景，在乡下又没有亲戚朋友的城里姑娘就更怕他了。从此以后，麻脸队长隔三差五的总会找出一些理由去找梅雅，梅雅如果不开门，他就用自己带的锤子很容易地把门敲开了。软弱的梅雅从来不敢声张，只得任凭麻脸队长糟蹋她。

梅雅曾经求过麻脸队长："你放过我吧！我和你无冤无仇，你是一个有妻子有孩子的男人，我还是一个未婚姑娘，以后怎么嫁人啊？"麻脸队长冷笑着说："我放过你可以，只要你乖乖地把我伺候好了，以后再有上大学或招工的名额我就开后门给你弄一个，到那时你就可以回城里去了。如果你不依我，我让你一辈子都呆在这山沟里没有出头之日，还要让大家都知道你是破鞋，一辈子都嫁不出去。"听了麻脸队长的话，梅雅的心凉了，她知道自己的生死大权都掌握在这个麻脸男人的手上，自己再反抗也是没有用的，只能事事依着麻脸男人，希望他能发发善心，如果上面再有招工或上大学的指标让他放自己走。可梅雅做梦都没有想到，麻脸队长的承诺只是一句骗人的鬼话，他不但是一个流氓还是一个卑鄙小人。半年以后，公社给了梅雅他们这个大队一个推荐上大学的名额，按理说梅雅从哪方面都比较合格，轮到生产队长签意见时，麻脸队长就在上面歪歪扭扭地签下了"不合格"的字样，很快另外一个生产队的知青占了那个名额去上了大学。

梅雅当时并不知道事情的真相，她是后来才听别人无意中说起的。此时的她才觉得自己上了麻脸队长的当，他不让自己走，就是想长期霸占自己，自己要在这个生产队是永远都逃不出他的魔掌，这样活着真的生不如死，只有死了才能逃出魔掌。

黄大爷夫妇煮好了饭一直等着梅雅去吃，可梅雅一直没有去。他们很有些纳闷，平时梅雅要是回城里或是去了别的什么地方都要事先给他们打招呼，让他们不要煮她的饭。这一次梅雅既没有来打招呼也不来吃饭，黄大爷夫妇心里有了一种不祥的预感，以为是梅雅生了病，老两口赶快去敲梅雅的门。可门是从里面插上的，黄大爷老两口怎么喊也没有人答应。黄大爷马上从家里找来铁锹把梅雅的木门撬开了，里面的情景让他们大吃一惊：梅雅倒在床上，她的左手不停地流着血，她割腕自杀了。黄大妈胆子小，一见那情景，她就大声地哭了起来："闺女啊，你有什么想不开的事情给我们说出来啊，我们一定会帮助你的。"可面对黄大妈的哭喊，梅雅已经没有任何反应了。黄大爷老两口赶快从家里找来了箩筐和扁担把梅雅抬到了卫生院去抢救，梅雅终于捡回了一条性命。梅雅苏醒过来以后，不但没有对黄大爷老两口的救命之恩表示感激，而是大声地责怪两位老人："你们为什么要救我？为什么不让我去死啊？"

对于梅雅的自杀，在生产队引起了很大的震动，因为事情的真相梅雅始终没有对别人说，只是悄悄跟黄大爷老两口说过，别人都是做着各种猜测，但也不知道真正的原因。心里最害怕的还是麻脸队长，他心里很清楚，梅雅的自杀跟他有着直接的关系，如果真的弄出了人命那可不是闹着玩的，那些日子麻脸队长也是提心吊胆地过日子，他没有再去骚扰梅雅了，相反他还从各方面给梅雅一点帮助，比如安排梅雅在生产队做一些比较轻松的活，时不时地把梅雅的工分给评高一点。

日子就这样平平淡淡地过了一段时间，梅雅也以为自己的噩梦已经结束了，自己用自杀的方式真的把麻脸队长给吓住了。然而黄大爷夫妇却不这样认为，自从梅雅给他们讲了麻脸队长奸污她的事情以后，疾恶如仇的黄大爷就恨不得去杀了麻脸队长。因为黄大爷知道，那个不要脸的麻脸男人没有什么事做不出来的，从小他就是一个不学好的混账。只因他的姐夫在公社当了一个革委会主任，就把这个小舅子提拔当了生产队长，百姓对他是敢怒不敢言。为了保护梅雅，黄大爷只得天天晚上叫老伴去陪着梅雅，更重要的是黄大爷心里窝着一肚子的火，他觉得那个混账东西欺人太甚，弄得梅雅差点丢了性命。大路不平旁人铲，黄大爷要出这口恶气。

黄大妈在陪了梅雅一些日子以后，一切都相安无事。梅雅的心情也慢慢地好了起来，她不停地劝黄大妈回去陪黄大爷吧，自己以后不会有什么事了。黄大妈想了想也觉得在理，就决定最后陪一晚上梅雅然后回自己屋里睡觉，没想到就是那最后一晚上，意想不到的事情又发生了。

麻脸队长在收敛了一些日子以后，看到一切都风平浪静，他那颗不安分的心又开始骚动起来，他知道梅雅没有把自己的事说出去。说心里话，从小就生在农村的他一直希望找一个城里女人做老婆。但那一切很不现实，他长得丑家里又穷，谁愿意嫁给他呢？都成了大年龄青年才有一个死了男人的女人嫁给他。女人长得又黑又胖，麻脸男人本来是不喜欢她的，但光棍汉的日子不好过，他还是决定成一个家。没想到老天有眼，姐夫当了官，把他也提拔当了生产队长，手中有了权利就是资本。城里来了两个漂亮知青，他早就对她们垂涎三尺了，但他找不到机会，因为她们是两个人。曾莉死了以后，麻脸队长马上就觉得机会来了，梅雅根不红苗不正，没人去管她的。自从尝到甜头以后，麻脸队长无法忘记梅雅这个漂亮的城里姑娘，经常做梦都梦着自己搂着她睡。白天一看到梅雅在生产队劳动，麻脸队长就无法控制自己，他想梅雅。

那天晚上，麻脸队长在别人家喝了酒，他心里很是激动，又和以前一样去敲梅雅的门。没想到梅雅很快给他开了门，麻脸队长激动得话都说不出来了，他马上抱住了梅雅就亲了起来，边亲还边说："你真的让我想死了，好好的伺候我，我会对得起你的。"麻脸队长不停地说着让人起鸡皮疙瘩的话，话还没有说完，他的手却被人狠狠地咬了一口，只听得有人大喊了一声："梅雅，你快把煤油灯点起来抓流氓。"喊声刚过，煤油灯马上点亮了。麻脸队长这才看见梅雅还坐在上床，自己抱住亲的人竟是生产队"黄古董"的老婆。麻脸队长还没有回过来神时，黄大妈已经拿起屋里的木棍直往麻脸队长身上打，麻脸队长见势不妙马上往屋外跑了，跑到屋外他又摔倒在地上。黄大妈站在门大喊老伴来过来帮忙，黄大爷赶忙从自己屋里跑出来抓住麻脸队长又是一阵暴打，麻脸队长不停地向黄大爷求饶。

第2集 ● 嫁人保平安

黄大爷的恶气倒是出了，梅雅心里也暗暗松了一口气，毕竟她又躲过了一场灾难，但梅雅也很快明白了自己所有的前途从此也画上了句号。冷静过后，黄志祥夫妇开始劝梅雅："闺女啊，我们也不知道这是什么世道？如果我们能当官的话一定让你尽快离开这里，可我们不是官啊！想帮你也

153

第七章

帮不了，在这农村真的是苦了你。你一个单身姑娘住在这里好危险啊！实在不行的话你还是找个对象嫁人吧！以后有个家就没人敢欺负你了。"听着两位老人掏心窝子的话，梅雅沉默不语，她能感觉得出老人的关心和无奈。自己现在已经没有别的路可走了，城里回不去，在这里又老是被人欺负，成个家可能是自己现在最好的选择了。

唐根做梦都没有想到天上会掉下馅饼，他会娶上漂亮女知青梅雅。他因为家里穷自己又特别的老实，还有一个瞎眼母亲把他拖着，所以到了快三十岁了还没有娶到老婆，家里就几间烂草房，谁家的姑娘愿意嫁给他呢？当梅雅对一切都绝望了，决定在农村找对象时，黄大爷老两口就不停地帮她物色。附近没有娶老婆的小伙子倒是很多，但黄大爷老两口想来想去还是觉得找唐根比较合适。理由很简单，唐根人老实，会干活，家里虽然穷但人并不复杂，梅雅嫁过去不会受气。

梅雅想想也是，自己现在已经是失过身的人了，条件好的男人，人家肯定看不上自己，再说自己也不是为了爱情而结婚，而是为了有一个保护自己的男人而结婚。很快梅雅成为了唐根的新娘，新婚那一夜梅雅在心里哭泣了一夜，她已经明白从此以后自己就是一个农民的妻子，也和这些山村妇女一样为男人生儿育女，过着日出而作日落而息的生活。所有城市的繁华都与自己没有关系了，她不可能再回到城里去了。平心而论，唐根除了没有文化没有钱以外，在农村他应该说是一个非常好的男人，他对母亲孝敬对妻子疼爱有加，虽然他没有什么甜言蜜语。但他用实际行动证实了自己对妻子的爱，什么事情都想自己一个人做，深怕把妻子给累着了。梅雅那时真的是有些感动了，她也想开了，跟着这个男人就这样过一辈子，穷是穷但有一个男人这样爱着自己，自己再也不会像以前那样提心吊胆地过日子了。

麻脸队长看着梅雅嫁给了唐根，他是又恨又气，知道自己现在要得到梅雅已经是不可能的事了，所以他决定报复梅雅，那就是把唐根安排去干最重的活，还说要给他最高的工分。唐根不知是计，他想挣更高的工分，过年就可以分到一点钱，然后给妻子买衣服，再给她买些好吃的东西，那时梅雅已经怀孕了，家里什么钱都没有。可唐根没有想到去干重活不但没有挣到高工分，还把自己给弄伤了。本来就贫困的家庭，再出了这样的事就更加贫困了。唐根无地自容，梅雅伤心痛苦，她知道这一切都是自己给丈夫造成的，黑心的麻脸队长是冲着自己来的，没想到害了自己的丈夫。

梅雅生孩子本来是准备在家里生的，可梅雅临产时，乡村医生看到梅雅老是生不出来，马上意识到了是难产，她怕出大事，赶紧叫唐根找人把梅雅往卫生院送。在卫生院里，梅雅生下了一个儿子。唐根看到儿子妻子都平安，他一下子哭了起来，不停地给儿子接生的程医生说着感谢的话。程医生很是慈祥，她还为孩子买来了新衣服，给梅雅买来了红糖和鸡蛋。事后，唐根曾无数次地对妻子说，等孩子做周岁时，就去请程医生来，然后把孩子拜给她当干儿子。梅雅也点头同意，她觉得儿子认程医生当干妈是一种荣幸，毕竟程医生对自己和儿子都有恩。但谁也没想到，梅雅还没有等到儿子满周岁时，一切就发生了新的变化。

孩子五个月那年的一个平常日子，瞎眼婆婆死了以后，梅雅只得每天背着儿子去生产队干活。那天，她刚和丈夫从生产队干活回来，公社的广播又到了晚间播放时间，广播里突然播出了一个特大消息：全国重新恢复高考制度。一听到这个消息，梅雅激动得差点晕倒在地上。很快这一消息就像爆炸了一颗原子弹一样震惊了神州大地。广大群众，特别是上山下乡知识青年更是欢呼雀跃，奔走相告，消息在中国飞快地传播着，像火一样在高粱地、橡胶林、稻田、军营和车间里蔓延。带给无数在文化黑暗中挣扎的青年，尤其给身在农村的青年们一个巨大的希望。人们的命运和考试再次联系了起来，一个通过公平竞争改变自己命运的时代到来了。梅雅就是考生中的佼佼者，她成为了中国恢复高考后的第一批被录取的大学生。

在大学里，梅雅如鱼得水，很快又被同学们选为学习委员，她成为了大家喜爱的公主，一些男生开始向她求爱，但一想到自己和唐根还没有离婚，梅雅拒绝了别人。学校放了假，梅雅马上回到了乡下去找丈夫离婚，可唐根一直不愿意离婚，因为儿子太小，他不能让儿子从小没有了母亲，再说他也爱妻子，妻子带给了他很多快乐和幸福，他不敢想象没有妻子的日子怎么过。

梅雅心情郁闷地回到了学校，一直对她有好感的同学江涛正式向她求婚了。江涛是个很优秀的男生，班上很多女生都喜欢他，梅雅心里也很喜欢他，于是她答应了江涛的求婚。马上，梅雅又给唐根写了一封信，说出了自己一定要离婚的决心，如果他不答应，自己就去法院起诉离婚。老实巴交的唐根眼看妻子真的狠了心要离婚，他没有再说什么，马上找人给梅雅回了信，他同意妻子的决定。

梅雅心里的一块石头终于落了下来，唐根能同意离婚就是她最大的心愿，她怕的就是唐根找她的麻烦。但一想到可怜的儿子，梅雅心里就很痛，为了让江涛能接受儿子，梅雅终于把自己过去的告诉一切都告诉了他，她希望自己和唐根离婚以后能把儿子带在身边，她不愿意儿子跟着丈夫在那里受苦受罪。

一直以为梅雅是清纯姑娘的江涛，一听说梅雅结过婚还有一个儿子，开始他是大吃一惊，不相信是真的。当梅雅告诉他那一切都是真的时候，江涛马上借口父母不同意他们的婚事，很快断绝了和梅雅的来往。没过多久，江涛便和班上另外一个女生好上了。梅雅才终于明白，以前在农村的一切已经成为了自己选择爱情的障碍物。说心里话，梅雅长到二十多岁，尽管已经当了母亲。但她却从来没有恋爱过，和江涛是第一次，这一次的打击让她痛不欲生。原来一直想把儿子留在身边的她，这时突然改变了主意，那就是抛弃儿子，因为她已经失去得太多太多了，她得抓住最后的机会，不能再失去自己以后的幸福，儿子是她在疙瘩村的产物，要不是生活逼得她走投无路，她是不会嫁给一个自己一点都不爱的男人的。疙瘩村带给她太多的痛苦和伤害，她想永远的忘记那一切，如果儿子留在身边她就永远都不可能忘记那些，那是对她一生的折磨和痛苦。

看到痛苦不堪的梅雅，黄大爷不停地叹息："梅雅，你不要去想过去的事了，现在的爱人对你好吗？"梅雅点了点头，然后小声地问黄大爷："他还好吗？孩子还好吗？"一听梅雅问起唐根和孩子的情况，黄大爷低下了头，过了很久他才告诉梅雅一个早就想告诉她的消息："唐根和孩子早就死了，你不知道当时他们好可怜啊！"一听说孩子和唐根都死了，梅雅惊讶得差点晕倒在那里，她马上拉住了黄大爷的手，问："黄大爷，你告诉我，这不是真的，这不是真的，我走时孩子长得多可爱，唐根的身体也好好的，怎么会死呢？"黄大爷不停地擦着眼泪，然后对梅雅说："自从你提出了离婚，唐根就病倒了，孩子他也没有照顾好，后来唐根的病情越来越严重。但他没钱去治，很多人都给他出主意，干脆把孩子拿来送人，人家还能给他一些钱治病。可死心眼的唐根就是不同意，他说自己还有一口气就要把孩子带着，以后梅雅会回来看孩子的，别人拿他没办法。直到唐根病死的前一天，他的亲戚才硬把孩子给他抢走拿去送了人，可那时的孩子已经瘦成了皮包骨头，又得了很重的病，没过多久就听说那孩子也死了。"梅雅突然放声大哭起来，她边哭边说："唐军，妈妈不是人，是妈妈害了你！"

第3集 ● 巧 遇

单位派董惠去省城参加培训一个星期，刚在省城的长途汽车站下了车，马上就有两个小青年围了上来，他们一直缠住董惠买手机。董惠一直在推脱，两个小青年一直在纠缠着她。董惠没有理会他们，只顾朝自己参加培训的地方走。两个小青年一直紧跟着董惠，在一个拐弯处，其中一个小青年抢下了董惠的包就跑。董惠急得大喊起来，在此路过的李楠和小汪冲过去抓住了两个小青年，然后把他们一起带走了。

在办公室里，李楠开始询问受害者的情况，当董惠拿出自己的身份证给李楠看的时候，李楠突然觉得董惠很有些面熟，但他想不起来在哪里见过这个女人。董惠被李楠看得很不好意思了，她赶忙说："警官，如果没有别的什么事情的话我先走了，钱包也被你们给我追回来了。对了，抢我钱包的是那个高个子，另一个没有动手。"李楠已经明白董惠说的高个子就是李天娃，他早就是公安局里的常客，至于那个矮个子，李楠对他没有什么印象，但他觉得应该是李天娃的同伙。事情已经很清楚了，本来李楠可以让董惠走了，但他还是有些好奇地问了董惠一句："我好像在哪里见过你！"李楠这一问却把董惠给吓住了，她不停地摇头，说："警官，你不会怀疑我也是小偷吧？我真的什么都没有做，就是从县城来到省城参加培训的，不信你可以给我们单位打电话问问。"看到董惠惊慌失措的样子，李楠忍不住笑了起来，说："你不要紧张，我没有怀疑你做了什么啊？主要是觉得你有点眼熟，对了，你老家是哪里的人啊？"董惠老老实实地回答："栖县的，不过我已经离开老家很多年了。"

邹枫和李楠在一起玩耍的时候，邹枫就曾经对李楠说过自己的记忆力很好，只要是自己经历过的事情，不管过了多久都会记得。李楠就告诉邹枫，你的记忆力好不如我的眼睛毒，只要是我觉得有意义的东西，见过了就永远也不会忘记的。邹枫一直不相信，李楠没有找到说服他的事实，此时一听董惠说出自己老家是栖县的时候，李楠就突然想到自己曾经对邹枫说的话，他马上又问董惠："那你认识一个叫邹枫的男生不？"一听李楠突然提到了邹枫，董惠马上惊住了，她以为邹枫出了什么事，赶快拉住李楠的手，说："警官，你告诉我，他出了什么事？你是怎么认识他的？前不久我在医院还见过他，突然就有一个藏族姑娘来纠缠他，当时我就预感到他有什么事？"李楠一看到董惠那着急的样子，他突然什么都明白了，这个董惠就是邹枫心目中的美丽天使，也终于明白了，自己是在邹枫的初中同学合影中看到过董惠的照片。高中毕业那年他和邹枫还去董惠的老家找过她，但一直没有找到。所以李楠也就在心里记住了董惠这个人和她的名字。事过这么多年了，李楠第一次真正见到了董惠，他才不由得从心里发出了一声感叹，难怪邹枫一直忘不了董惠，原来这个女人真的是太美了，她的美是一种脱俗的美，让人一见会过目不忘，对男人有一种很强的杀伤力。尽快岁月的沧桑，生活的磨难已经在董惠的脸上留下了很多痕迹，但李楠仍然能够从她的身上找出年少时的模样。

那一天中午，李楠请了董惠吃饭，本来他是打了电话让邹枫来的，但他没有告诉邹枫自己是和董惠在一起，只是想让邹枫来了给他一个惊喜。没想到邹枫一接到李楠的电话，一听说吃饭就马上把电话挂了，因为他正准备给一个危重病人做手术。这一点李楠非常能理解邹枫，他是一个尽职尽责的好医生。

自从在家里和妻子因为离婚的事闹得不欢而散，在工作上又老是出差错，时不时的还要被于菲菲纠缠，李楠已经弄得精疲力竭。那一天在陪着董惠一起吃饭，李楠突然就有了一种倾诉欲望，他觉得自己内心已经压抑了很多的东西，不说出来心里一直难受，最重要的是他一见到董惠就有一种亲切感。他讲自己和邹枫的故事，以及邹枫一直没有忘记她的故事，也讲自己的儿子和妻子，讲到伤心处李楠竟然流泪了。

不听李楠说董惠还不知道，一听他说了董惠才大吃一惊，从小她也是一直喜欢邹枫，因为班上只有邹枫才不歧视她，但她从来没有奢望过自己能得到邹枫，觉得自己从小就低人一等，没有想到邹枫还一直喜欢她。董惠更没有想到自己和王梅住得很近，相距不过十多公里。在听了李楠说王梅为了救学生失去了自己的儿子还断了一条腿时，董惠心里很是敬重王梅，她表示回去以后一定要代替李楠去看看他的妻子。李楠也很自然地问起了董惠现在的情况，董惠只是平静地告诉李楠，自己现在过得很开心很幸福，让李楠带话给邹枫不要为自己担心。

到了分手的时候，李楠也不知是为自己还是为邹枫自嘲地说了一句："我和邹枫也不知道是不是上辈子欠女人的？他经常被一个藏族姑娘纠缠，而我又被一个归国女人纠缠。"董惠赶忙安慰李楠："你不要难过了，我知道你和邹枫都是好样的，他们再纠缠你们，你们不要理她们，慢慢的就会没事的。王老师那里你也不要担心，我会经常去看她的。"李楠不停地点头，说："你们都是女人，什么事情容易沟通，我都不知道妻子现在为什么会变成这样？麻烦你帮我去看看她。其实我人在省城，心里一直想着她呢？你以后有什么事直接给我打电话就行了，我能帮的尽量会帮你。"一听李楠说能帮自己的忙，董惠突然又想到了自己的救命恩人，儿子现在都会笑了，可那个救命恩人在哪里？董惠不知道。此时的董惠真的想找到他，让他看看被他救活的一条小生命。李楠一见董惠不说话，以为是自己什么地方得罪了她，他赶忙对董惠说："对了，你要是觉得不方便就算了，毕竟你也有一家人，我妻子那里以后有时间我回去再找她好好谈谈。"董惠赶忙摇头，说："李警官，看你说哪里的话？王老师是为学生才受的伤，我真的很敬佩她，回去以后，一定会去拜访她的，你相信我和她会成为朋友的。李警官，你不说我倒忘了，现在我还真的有事想请你帮忙呢。"李楠看了看董惠，然后说："别跟我客气，有什么就说吧！"董惠想了一下，然后说："你是警察，接触的人多，信息也广，我想请你帮我找一个人。""什么人？""一个在汶川地震中救我的恩人，事情已经过去了这么久，我一直在找他，可一点消息都没有。""你知道他叫什么名字吗？是哪个救援队的？""我什么都不知道，但我听得出他的声音，当时他们都戴着口罩，我也没有看清楚他的脸。"李楠很是失望，他不停地安慰董惠："这事真的不好找，你想啊，汶川大地震，全国各地还有一些外国朋友都来参加救援了。可你什么都没有，叫我怎么帮你找啊？我觉得这事比大海捞针还要难。"董惠马上拿出了一张自己画的救命恩人的模拟像递给了李楠："我觉得他该就是这个样子的。"李楠好奇地接过了董惠手里的画，他仔细地看了一下，然后大喊起来："你搞错没有啊？这画像怎么跟邹枫一样啊？"李楠不说董惠还真的没有意识到，一听李楠这么一说，董惠也仔细地看了看画像，然后她也惊讶起来："是啊，这个样子是跟邹枫很像，但我觉得那个人不是邹枫，是另外一个男人。"李楠想了一下，然后说："如果是这样的话，这个人我应该见过。"一听李楠说见过自己的救命恩人，董惠惊喜万分，她急切地问说："李警官，你告诉我，他现在在哪里？我要去找他，还要让他看看我的儿子，是他给了我们母子第二次生命。"李楠叹口气道："你先别着急，现在我也不知道这个人在哪里？但我知道他是一个军人，我都是在地震之前见过他的，当时也没有留下他的任何联系方式。不过我也告诉你，上次你在医院里看到那个藏族姑娘在纠缠邹枫，其实藏族姑娘要找的应该是这个军人，她去纠缠邹枫，就是把邹枫当成了这个男人。"董惠大吃一惊，说："世上真有这样的事？这个男人跟邹枫真的长得太像了，他到底是谁啊？我和邹枫从小是一个村长大的，他们家没有兄弟姐妹，父母只生了他一个人啊！"李楠想了一下，然后对董惠说："对了，我想起来了，听邹枫说过，那个藏族姑娘一直叫他郑栋，这个男人应该就是郑栋吧。这郑栋是哪两个字？我也不知道，反正以后要有这个人的消息我马上通知你。"董惠不停地点头，尽管还没有找到自己的救命恩人，但董惠的心里还是得到了一丝安慰。因为她明白自己的判断没有错，救自己的恩人就是这样的。李楠也说过他见过这个人，而且还有个藏族姑娘也在找他，看来这个世界上还真的有一个和邹枫长相差不多叫郑栋的男人，董惠对找到郑栋充满了信心和希望。

第 4 集 ● 警察"挑拨离间"

邹枫是在董惠走后才知道那天李楠让他去吃饭是董惠在那里，他后悔莫及，一直责怪李楠没有给他明说是董惠，如果说了就是来不成他也会和董惠说几句话的。当听李楠说董惠现在过得很好时，邹枫的心里总算好受了许多。当邹枫向李楠要董惠的电话号码时，李楠才告诉邹枫，自己和董惠在一起的时候只顾着说着以前的事情，竟忘了向她要电话号码。邹枫心里一下子就冷了，这么多年了，他一直在寻找董惠的下落，上次意外地遇见又让一个藏族姑娘把事情给搞砸了，现在李楠和她在一起聊了那么久又忘了要她的联系方式，茫茫人海，自己又去哪里找她呢？

李楠一见邹枫失望的表情，赶忙安慰他："没有要着董惠的电话号码没关系的，她跟我说了，其实她就住在离王梅他们板房学校十多公里的地方，我跟她说了我和王梅的事，她已经答应了我经常去看王梅，以后王梅会知道她的情况的。"一听说董惠和王梅离得很近，邹枫一下子就高兴起来，说："真的？那我找她也很容易啊！只要找到王梅就能找到她了。"李楠笑了，说："看你高兴的，说心里话，我真的觉得董惠是个不错的女人，比起你家薛丹真的不知道要好到哪里去？对了，你现在和她的关系怎么样？"邹枫叹了口气，说："和她要说感情真的是谈不上，但为了女儿有一个完整的家，我不想离婚，现在她父亲出了事她的脾气也改了很多，这个时候我再和她闹离婚的话，觉得有点把她往绝路上推啊！"李楠突然想起了什么，然后说道："我觉得你就是心太软了，你觉得薛丹是想跟你真心过日子吗？有一天晚上我去一个酒店办事，突然遇到她在那里，一见到我她很是慌张的样子。对了，她现在究竟干什么工作？"邹枫想了想，说："这个我也不是很清楚，只听她说已经从原来的单位辞职了，好像在一个什么大公司做管理吧？待遇很不错的，经常出差，回来也给我买东西，对女儿现在也比以前好多了，可我爸老是让我跟她离婚，你说这有道理吗？我知道以前薛丹是有很多事情做得太过分了，但她现在改了我爸还是不放过她，我在中间是左右为难！"李楠看了看邹枫，说："老年人比我们经历的事情多，很多东西他们比我们看得更透彻。反正对薛丹这个人我是不怎么看好。"邹枫心里很不舒服，他有些着急地说："李楠，你可是我最好的朋友啊！我是希望你支持我，可你为什么也跟我爸一个态度啊？"一看邹枫不高兴，李楠赶忙打断了他的话："好好好！我支持你，现在我们不谈这些不愉快的话题了，谈点别的好不好？我问你，如果你现在真的见到了董惠，会有什么样的心情？"邹枫很是内疚的样子："只是觉得对不起她，上次刚刚在医院跟她说了几句话，那个藏族姑娘不分青红皂白地跑来就把董惠给打了，那时董惠还是一个孕妇啊！后来我一直没有找到她，我想她可能是在躲着我，这事伤害了她，不过我也觉得冤啊！跟那个藏族姑娘无冤无仇的，她怎么老是纠缠着我啊？董惠也可能认为我是一个风流成性的男人，但我真的不是这样的。"一听邹枫说到藏族姑娘的事，李楠马上告诉了邹枫一个更巧遇的事情："你不说我还真的忘了，我以前不是跟你说过看到过一个跟你长得一样的男人吗？这次董惠也来托我帮她找一个当时在地震中救她的恩人，她说自己不知道恩人叫什么名字？也没有看清楚恩人的脸，但她自己画了一张恩人的模拟像，我一看差点呆住了。"邹枫赶忙拉住了李楠的手，急切地说："是谁啊？"李楠又看了看邹枫，说："董惠画像中的男人跟你长得太像了，我一说董惠也惊住了，她说自己没有怎么注意就是随手想着画的，那个恩人就应该是那样的。"邹枫想了想，然后又问："李楠，照这么说生活中还真的有这么一个男人，他跟我长得很像。"李楠点了点，说："可不是吗？那个藏族姑娘找的男人也应该是董惠画的那个，你不是说了吗？藏族姑娘一直叫你郑栋？"邹枫这时才恍然大悟，原来生活中真的有这个和自己长得很像而叫郑栋的男人，他跟自己到底有没有关系呢？为什么这么多的事情都联系在了一起？邹枫匆匆和李楠告辞，他决定回去问问父亲，如果这事不弄清楚他觉得很不安，因为这事已经影响到了他的正常生活。那个藏族姑娘就像一颗定时炸弹，时不时的又来找她，只有把事情的真相弄清楚了，找到了那个跟自己长得很像的郑栋，事情才能解决。

邹枫回到家里却一直不知道怎么向父亲开口。母亲走了，如果自己的身世有什么秘密的话父亲应该是唯一的知情人。邹枫已经隐隐约约地感到，那个叫郑栋的男人应该和自己有着某种联系，他会不会是自己的哥哥和弟弟呢？这事邹枫想弄个明白。

这天，薛丹又说去外地出差了，女儿在学校里玩累了，回家早早地吃过晚饭就睡了。邹利成一直在自己房间里看电视，邹枫终于鼓起了勇气走进了父亲的房间，对于儿子的到来邹利成感到有些意外，因为自从妻子离开以后，儿子因为薛丹的事就经常和自己发生争执，虽然没有大吵大闹，但双方的心里都不好受。邹枫也不去父亲的房间，现在儿子突然出现在父亲的房间，这让父亲感到很意外，意外得有些不安。

邹利成看了看儿子，又提起了他担心的事情："你还是早点和那个贱女人离婚算了，我真的是越看她心里就越来气，要不然你会被她害了的！"邹枫赶忙挨着父亲坐了一下来，说："爸，我已经是成年人了，很多事情我有分寸的，再给薛丹一段时间看看吧？我觉得她现在已经比以前好多了，再说了我也不想让邹雪从小就没有妈妈啊！"一听儿子还是不想离婚，邹利成有些恨铁不成钢的样子："你怎么老是不开窍啊？她这样的人都能改好那黄河的水都要倒流了。"邹枫一看父亲生气了，赶快把话题岔开："爸，我想问你一件事，但你不要生气啊！"邹利成看了看儿子，说："只要你不说薛丹的事，别的说什么我都不会生气的，你说吧。"邹枫想了一下，说："爸，像我这种年龄，当时我们家又是在农村，你们为什么只生了我一个啊？我看别人都有兄弟姐妹的。"一听儿子问到这些，邹利成吃惊地看了看儿子，然后有些紧张地说："你怎么突然想起问这个事情？是不是在外面听到了什么流言蜚语了？"邹枫赶忙摇头，说："我没有听到什么流言蜚语，可就是最近遇到的一些事情很奇怪，李楠也说过他看到过一个和我长得一样的男人，还有一个藏族姑娘经常来找我，非要把当成什么郑栋？我想她可能是认错了人，但至少她所说的那个郑栋应该和我长得差不多，要不然那个藏族姑娘不会把我认成他的。更巧的是董惠也在找一个地震时救她的恩人，可她画出来的像也是跟我一样。爸，我就想是不是我还有一个什么哥哥或是弟弟，要不然怎么会这样呢？"一听儿子说到董惠，邹利成的脸色突然大变，说："你看到了董惠？她跟你说了些什么？"邹枫平静地笑了笑，说："爸，看你紧张的，我没有看到董惠，是听李楠说的，她在托李楠帮助她找恩人。爸，我知道因为董惠妈妈的事你们连董惠也看不起，其实她真的是个很好的姑娘。"邹利成终于大大地松了一口气，然后对儿子说："我什么时间说董惠不好啊？"邹枫很不服气地说："为什么让我进了城上学就不让我回乡下去呢？我一提董惠你们心里就不高兴。"邹利成叹了口气："我们是怕耽误你学习嘛，就是想让你好好地学习考上大学，乡下有什么好去的？当年我们在乡下很穷的时候没有人帮助过我们，所以我不愿意回去，也不同意让你回去。你不要东想西想的好了，我和你妈就只生了你一个。本来你妈妈是想再生一个的，可她生你的时候难产差点要了她的命，后来我们就决定再也不要孩子，把你一个人养大就行了，再说了孩子多了负担也重啊！"听父亲这么一说，邹枫赶忙点了点头，但他心里还是有些不甘心，又马上问父亲："爸，我们所有的亲戚中有没有长得和我很像的人啊？"一看儿子还不放心，邹利成马上安慰儿子："我们所有的亲戚你都认识，你看有谁跟你长得像吗？你别这样疑神疑鬼的，中国这么大，能有两个人长得很像也是很正常的。你看现在很多电视上都在说什么山寨版手机，山寨版名人呢？如果长得不像，能成为山寨版吗？"一听父亲说到山寨版，邹枫一下就笑了起来，他觉得自己真的是低估了父亲，他也懂得什么叫山寨版了。看来这个世界上真的就是有一个和自己没有任何血缘关系而又长得很像自己的男人了。邹枫也在心里想开了，如果有一天真的是见到了那个郑栋，自己一定要和他好好地聊聊，两人长得像也是一种缘分，认他当兄弟或者哥哥都行，至少多了一个亲戚。一见儿子高兴，邹利成心里也放松了很多，两人正在聊一些开心的事情时，邹枫突然接到了妻子的电话，说李楠把她给抓了。

第5集 ● 朋友妻大胆"欺"

邹枫去刑警大队的时候，薛丹已经被放了出来，但她还站在门口不想走，一定要李楠出来给她赔礼道歉，其实李楠早就走了。

薛丹刚刚和刘宗辉从外地出差回来，本来是说好让单位的车来接他们的，但刘宗辉临时改变了主意，决定坐出租车回公司。路过家门口时，薛丹想着自己已经好几天没有回家了，所以就先下了车提着包准备回家去看看，没想到李楠和小汪突然出现在那里，一定要让薛丹带着东西跟他们走一趟。薛丹是丈二和尚摸不着头脑，自己又没有犯法为什么要跟警察走呢？开始，薛丹还以为李楠是在跟她开玩笑，她马上说："我一个人去不行啊！要不要我给邹枫也打一个电话？让他陪着我去。"李楠非常镇静地说："不用了，我们只要你一个人跟我们去一趟就行。"薛丹还想说什么，李楠使了个眼色，小汪马上过去把停在一边的警车开了过来，薛丹就这样被强行带走了。去了刑警大队李楠就去忙别的事情了，另外来了两个警察开始询问薛丹的事情，还把薛丹所有的东西都从里到外的检查了一遍，一直折腾了几个小时，然后才说没事了，让薛丹走人。

薛丹从小到大就没有受过这种侮辱，自己平白无故地被抓了进去，折腾了那么久也没有给自己一个说法，然后就要自己走人。薛丹实在想不通，马上打了电话给丈夫，要他来帮自己的忙，这事不给她一个交代她是不会就此罢休的。两个警察正在给薛丹解释着什么，但薛丹听不进去，其实她不是和那两个警察过不去，而是故意闹给李楠看的，她觉得是李楠在故意为难自己，扬言要是李楠不出来给自己解释清楚，她是不会放过他的，自己一定要把他所有的丑事都说出来。

听妻子说了事情的经过，邹枫也觉得很纳闷，他马上打电话给李楠，想向他问明白。可李楠的手机已经关机，薛丹的情绪很激动，邹枫的心里也不是滋味，他说了很多好话才把妻子劝回了家。

薛丹回到家以后，她的心情并没有平静下来，一想到自己莫名其妙地被李楠抓进了刑警大队，又没有得到一个合理的解释，薛丹心里就窝着一肚子的火，她没有地方发泄，只能天天对着邹枫发火："你有个当警察的同学多好啊！哪天不高兴了就可以随便把我抓进去折腾，可你却跟没事一样，这是不是你的主意啊？"一听妻子这样说，邹枫就觉得自己真的比窦娥冤还要冤。知道妻子被抓了起来，他的魂都吓掉了，现在他也想弄清楚是怎么一回事啊！可李楠的电话又打不通，他能有什么办法呢？见妻子很生气，邹枫赶忙安慰她："你真的不能这样冤枉我啊！这事我真的不知道，再说把你抓进去对我有什么好处？你是我的妻子，我凭什么要害你？"薛丹马上拿出了邹枫和藏族姑娘拉扯的照片，冷笑道："你就别在我面前演戏了好不好？这是什么？看你外表老实本分，没想到你的一切都是装出来的，在外面早就和别的女人勾搭上了。邹枫，我真的没有看出来啊！玩够了汉族女人现在又玩藏族女人了。"一看到藏族姑娘纠缠自己被拍了照，邹枫大吃一惊，他赶忙给妻子解释："薛丹，你真的是误会了，我和这个姑娘什么都没有。她是认错了人，这一点李楠也可以给我作证的，她要找的男人叫郑栋。"不说李楠薛丹的气还没有那么大，一说到李楠，薛丹的肺都要气炸了，她马上大吼起来："你别跟我提你那个臭警察同学了，他跟你一样都不是什么好人，就是一个披着警察外衣的色狼，到处跟女人鬼混。这一次他要是不给我一个说法，我要他的警察都当不成。"一听妻子要报复李楠，邹枫马上慌了起来，他很了解妻子的脾气，把她逼急了她是做什么事情都不计后果的。邹枫又马上给李楠打电话，这一次他终于打通了，他不停地询问李楠为什么要抓自己的妻子？李楠很简单地说是工作需要，请他理解自己。邹枫还要进一步询问下去时，李楠却显得很不耐烦，说是不该问的事情就不要问了。邹枫还想请李楠一起来吃饭，他也可能当着妻子的面把她的心结打开。可李楠一口就回绝了，说是自己工作忙得很，没有时间来吃饭。邹枫觉得很无趣，这样求着好朋友，可好朋友并不领情。他觉得李楠现在当了官，跟自己已经不是一个道上的人了，自己哪里还请得动他啊？一想到这些，邹枫就感到心凉，和自己最要好的朋友都成了路人，他还能相信谁呢？薛丹成天在邹枫的面前骂李楠的不是，邹枫又找不出更多的理由来说服妻子，他只得打掉牙齿往肚子里吞。

第 6 集 ● 扒开"警察外衣"

董惠去看望王梅时，她从来没有表明自己的身份，只是告诉王梅听别人说她为了救学生而失去了一条腿还失去了孩子，心里对她充满了敬意，所以想来看看她。说心里话，当李楠给董惠说起他和王梅的感情时，董惠真的是被深深感动了，一来二去，董惠便和王梅成了很好的朋友。当董惠开始问起王梅现在的婚姻时，开始王梅一直不说，经不住董惠的再三询问，外表坚强的王梅终于抱住董惠哭了起来，也说出了自己的故事，还拿出了一张李楠和于菲菲抱在一起的照片。并向董惠说起了李楠把于菲菲带回家的事，董惠惊讶了，因为李楠只说过于菲菲在纠缠他，可他为什么要抱着于菲菲照相呢？不但把于菲菲带回过家，还把那些照片拿给了妻子看，那不是在羞辱妻子吗？难怪得王梅要提出离婚。董惠也觉得要是换了别的女人早就闹得天翻地覆了，可聪明的王梅什么也没有说，她选择的是用离婚来成全丈夫。

王梅一看到董惠惊讶的样子马上叮嘱她："这事你不要告诉我老公真相，他是一个好男人，我也爱他，但现在我已经配不上他了，自己跟一个废人差不多，只要我老公过得幸福快乐我心里就高兴了。"如果说开始董惠是被李楠所谓的爱情宣言所感动的话，那么现在她却被王梅的爱情行动所打动。她觉得李楠既然已经和于菲菲有了那种亲密的关系，还这样瞒着妻子真的就是一种欺骗了。都是女人，看到王梅现在的处境，董惠也想到了丈夫走后自己所受的一切磨难，她再也控制不住自己的感情，抱住王梅伤心地哭了起来。

王梅是一个很聪明的女人，自从第一次见到了董惠，尽管董惠也努力掩饰自己的一切，说自己一切都过得很好。但王梅看得出来董惠所说的快乐和幸福都是一种谎言，她不想让别人知道她的一切，她只想给别人带来幸福和快乐。因为她是一个善良而坚强的女人，王梅觉得她受的苦应该不比自己少，可以说她是一个曾经下过地狱的人，这一点在后来也得到了印实。

两个女人抱头痛哭之后，王梅突然问起了董惠的一切，此时的董惠已经完全忘记了自己到王梅家的目的，许久以来压抑在内心的痛苦她突然全部说了出来，还告诉了王梅自己现在虽然经常去看婆婆和儿子，却不得不把自己伪装起来，这样提心吊胆地过日子真的很难受，深怕有一天婆婆识破真相。听完董惠的故事，王梅是惊讶万分，她真的没有想到这个世界还有这样不讲理的婆婆，害得一个媳妇过得人不人、鬼不鬼的。王梅觉得虽然自己现在也很伤心很痛苦，但比起董惠所受的一切磨难和痛苦，自己的痛苦就不叫痛苦了，她突然有一种冲动要去帮助董惠。如果董惠再不从这种畸形的生活方式中解脱出来，她早晚要被婆婆逼疯的。

董惠虽然答应了王梅不把一切真相告诉李楠，但当有一天董惠再次去看过王梅，刚刚走出板房学校时，就碰到了从省城回来的李楠，董惠还是把一切告诉了李楠。自从上次和董惠分手以后，李楠又没有留下董惠的电话，打妻子的手机，妻子总是不接，李楠非常担心妻子的一切，趁着在县城办事的机会，他还是决定回来看一下妻子。

还没有到板房学校，李楠老远就看到了董惠，正想跟她打招呼，董惠却低着头往一边绕开了。李楠莫名其妙，他几步冲到了董惠的面前，然后抓住了她的手急切地问："我妻子怎么啦？你为什么见着我就躲啊？"董惠赶快掩饰自己："我没有啊，真的是没有看到你。"李楠又问："你帮我打听到了实情吗？我妻子她为什么要和我离婚啊？"董惠马上抬头看了看李楠，脸上露出了一丝不被人察觉的微笑，说："李警官，你是真的不知道还是假的不知道啊？"李楠更是弄得一头的雾水，他赶紧问："你什么意思？我是真的不知道啊？如果知道了我还来问你吗？"一看到李楠这个样子，董惠再也忍不住了，她大声地指责李楠："李警官，有些话可能我不该说，但现在你既然问到了，我只好说出来。不为别的，我就是想为王梅老师说句公道话，你是人民警察，口口声声说很爱自己的妻子，可你为什么还要那么亲热的抱住于菲菲照相啊？你们一起照了相不说，还要拿给王梅老师看，你是不是用这种办法来刺激王梅老师？让她精神上受不了然后主动提出和你离婚啊？李警官，你这样来对付一个身体上和心灵上都受过伤害的女人公平吗？"董惠越说越激动，说到伤心处她竟哭了起来。李楠听董惠这样一说，更是觉得莫名其妙，他不停地追问董惠："我什么时候和于菲菲抱在一起拍摄了照片？你把话给我说清楚好不好。"董惠突然冷笑了一下，说："你自己做了什么事情难道还不清楚？李警官，你别演戏了，我又不是三岁小孩，你也用不着这样来骗我啊！"李楠还想再问董惠什么，董惠突然狠狠地推开了李楠，然后跑了。李楠也像突然明白了什么事似的，他也马上离开了。

于菲菲好久都没有见到李楠了，打电话他又不接。于菲菲还以为自己和李楠之间没有戏了，没想到李楠却主动打电话来约她见面。开始于菲菲还以为是自己听错了，当她再一次确定了是李楠的声音之后，她竟激动得哭了起来。没有见着李楠，但于菲菲心里从没有忘记过李楠，每当一闭上眼睛，她的脑子里满是李楠的影子。于菲菲曾经做过这样的设想，如果李楠真的不愿意离婚的话，她就是给李楠当情人也愿意，因为她想给李楠生一个孩子，每天一见到孩子就像见到了李楠一样。然而李楠却不给她一次机会，这一次接到了李楠的电话，于菲菲赶快精心打扮准备去见李楠。至于李楠为什么会突然给自己打电话，于菲菲没有多想，对于她来说能见到李楠就是她最大的幸福和快乐。

于菲菲到达约定的茶庄时，李楠已经在那里等着了。一见到李楠，于菲菲很是激动，她还没有来得及上前和李楠说话，李楠却满脸怒气地冲到了她的面前，然后大声地吼了起来："于小姐，你为什么要那样害我？我到底哪里得罪了你？上次你喝醉了我来扶你，你却背着我找人拍摄了那些照片寄给我的妻子。"于菲菲莫名其妙地看着李楠，然后不停地争辩："李警官，你在说什么啊？我怎么一点都不明白啊？"一看到于菲菲是这种态度，李楠更气了，他说："于小姐，你就别给我装了，自己做了什么事情自己清楚。我知道你很有钱，也是见过大世面的人，你以为有钱就能买到一切吗？于小姐，你真的是弄错了，到现在你还不懂得什么是真正的爱情，你以为用这种卑鄙的手段来陷害我，你就能得到自己想要的一切吗？可你错了，你这样自私无聊的女人我不想再看你一眼！"于菲菲突然大哭起来，然后去拉李楠："李警官，我什么也没有做啊？你为什么总是不相信我啊？你消消气我们坐下来好好谈谈行不行？到底出了什么事？"李楠很是气愤，他狠狠地推开了于菲菲，说："我没有空，希望你以后好自为之，你就是再耍手段也是白费工夫，我是不可能离开我的妻子你懂不懂？"于菲菲还想说什么，李楠已经冲出了茶庄。

第7集 ● 预谋报复

　　薛丹自从上次被李楠和小汪抓过以后，她还一直没有从那场阴影中走出来，在家里她经常对着丈夫发火。发过了气她觉得不解恨，马上又给刘宗辉打电话诉苦，没想到刘宗辉的电话一直是关机。薛丹赶快去了刘宗辉和自己长期姘居的屋子去找，但也没有找到人，薛丹心里是又恨又气，她现在的心情失落到了极点。如果父亲在位的话，自己这样莫名其妙地被警察带走又没有说出一个理由，这事肯定是要闹翻天的，说不定那些警察的饭碗都要丢掉。可现在父亲出了事，自己被警察带进去又放出来，自己的丈夫连屁都没有放一个，他不但不为自己撑腰，反而还处处替他的同学李楠说话。这一点薛丹是最气丈夫的，他就没有一点男子汉气魄。如果是刘宗辉就不一样了，为了自己他什么都敢做。但现在刘宗辉也联系不上了，薛丹很是担心他的一切，如果他有个什么事，自己该怎么办啊？因为薛丹把自己所有的一切幸福都押在了刘宗辉的身上。

　　和刘宗辉联系不上，薛丹也没有地方上班，成天呆在家里就是不停地给刘宗辉打电话，没有了他，薛丹觉得心里空荡荡的，一切都失去了主心骨。这一天，薛丹终于在给刘宗辉打了几十个电话之后，刘宗辉的电话接通了。薛丹欣喜若狂，刘宗辉叫他马上去新华公园，自己在那里等她。

薛丹赶快打车去了新华公园，一见到刘宗辉，薛丹抱住他就大哭起来，可没想到刘宗辉并不像平时那样见了薛丹就亲，而是轻轻地把薛丹推开了，然后小声地说："宝贝，我知道你受苦了，有事你慢慢跟我说。注意隔墙有耳，如果让那个臭警察李楠抓住把柄就麻烦了。"一提到李楠，薛丹心里的怨恨又上来了，她不停地指责刘宗辉："你这几天去了哪里？我打你的电话为什么一直关机？没有了你我都不知道怎么活下去了！宗辉，你知道那天和你分手以后我受了什么罪吗？那个李楠把我抓了。"刘宗辉赶快劝薛丹："我怎么不知道啊？那天你下了出租车，我就看到你被李楠他们带走了，当时我急得杀人的念头都有了！"刘宗辉不说薛丹还不知道，他这一说薛丹马上就大吼起来："什么？你还是看到我被李楠他们带走的？平时你不是说很爱我吗？那天你为什么不站出来帮助我啊？宗辉，你知道我一个弱女子有多可怜吗？"看着薛丹激动的样子，刘宗辉痛苦地叹了一口气，然后对薛丹说："宝贝，你以为我不心疼你吗？可那时我真的是没有办法啊！人家说君子报仇十年不晚。你想想当时我要是站出来了，一切不就马上穿帮了吗？你别忘了，李楠那小子和你家老公是铁哥们啊！说不定他们早就发现了我们俩的事，那天是故意那样来抓你然后引我上钩的，你想我会上他们的当吗？李楠那小子坏透顶了，他以前就经常到我们公司来以各种名义让我们给他们钱，名义上是支持他们的工作，让我赞助他们做一些事情，实际上就是他们这些臭警察想钱，而且他们要的数目还不小呢。你要不给他们，他们就会经常来找你点事，以前我已经给过了，可他们的胃口越来越大！你说我还能给吗？那可是一个无底洞啊！"薛丹大吃一惊，说："什么？他李楠还会做这样的事？"刘宗辉冷笑了一下，然后又说："你别把这些臭警察想得太好了，人家不是说警匪一家吗？你想想，他李楠背着妻子又要在外面包二奶养情人，到处都需要钱啊！所以他就只有搞这些歪门邪道，我们做点生意到处被他们搜刮，真的受不了。李楠最后一次又来找我要钱，我拒绝了他。宝贝，那都是我们两个人的血汗钱啊，我怎么能再拿给他呢？所以他就来找我们的麻烦了。"薛丹还是不依不饶："那你为什么现在才给我打电话啊？"刘宗辉赶紧拿出了几张照片递给了薛丹看，然后指着照片说："我一直在跟踪李楠嘛！为了你我什么都愿意做，他要这样找你的事，我能放过他吗？你不知道我跟踪了他好久才拍摄到这些照片的，我还想把这些照片发到他的上级领导那里去，让他李楠吃不完兜着走，免得他成天那么嚣张，弄不好他的饭碗都保不住。"薛丹赶紧拉住了刘宗辉，说："真的没有想到他还和那个女人有染，先不忙寄吧，如果现在你寄了，他一定会认为是我干的，过一些日子再说吧！反正证据在我们手里。"刘宗辉赶快点了点头，说："一切我都听你的，不过我们俩在一起也要注意一下，免得又让别人逮住了把柄。对了，我还有一点别的事情要办，先走一步了，有事情我再通知你，没事你也不要出来，就在家里。"薛丹还想说什么，刘宗辉已经走了。薛丹又仔细地看了看刘宗辉拍摄到的于菲菲死死拉住李楠不放的照片，嘴里自言自语："李楠，我真的是过高地估计了你，原来还以为你是一个正人君子，没想到你是一个贪钱贪色的男人，既然你敢那样对我，也就别怪我对你不客气了。"

第 8 集 ● 美丽的谎言

　　双面人的生活弄得董惠苦不堪言，时不时的在板房区住一晚上，董惠也是提心吊胆的不敢入睡，她怕精明的婆婆发现了她的一切，那后果就不堪设想了。好在陈婆婆自从带了孩子以后，她把所有的精力和心思都用在了孩子身上，对于孩子的母亲她到没有怎么去关注。董惠因为身体差，孩子生下来就没有奶水吃，全靠喂奶粉，对于有没有董惠这个母亲都不是很重要。陈婆婆很会带孩子，她把孩子当成了自己的命根子，董惠根本不用去操心。一次，董惠又回板房区看婆婆和孩子，晚上就住在了那里，半夜董惠做了个噩梦，她梦见了陈剑不停地喊着自己救他，董惠拼命大喊着陈剑，她这一喊把婆婆也惊醒了。董惠醒来，看到婆婆紧紧地搂住孩子死死地看着她，董惠真的吓了一大跳，她不知道婆婆发现自己的真面目没有？从那时起，董惠就再也不敢在板房区住了，想去看孩子和婆婆她都是白天

171

第七章

去，吃过饭就走了，她怕再惹出大事情来。董惠住在单位的集体宿舍，晚上下了班董惠又去做兼职，她知道孩子一天天在长大，婆婆也一天天老了，各方面都要花钱，她必须努力去挣钱。

学校放了假，王梅还是决定去董惠的家里看看。当一听到董惠说了她的不幸遭遇以后，王梅的心就一直没有平静下来，她真的没有想到现在社会还有这样受气的媳妇，更没有想到董惠会有那样一个顽固不化的婆婆，所以王梅就想去看看董惠的婆婆，然后给她做做思想工作，让她不要那样折磨自己的媳妇了。这事王梅没有对谁说，只是想悄悄地去看看，没想到她去商店里买了幼儿奶粉回来放在家里，还是被梁超给发现了。梁超是来帮助王梅打扫卫生的，他是无意中看到了放在桌上的奶粉，赶快拿起来看了很久。王梅看到梁超拿着奶粉发呆，就以为是梁超想吃奶粉，她马上告诉梁超这不是他吃的，而是给一个小弟弟买的，他想吃的话过两天再给他买学生奶粉。梁超马上就打破砂锅问到底，问那个小弟弟多大了？家住哪里？王梅没有隐瞒梁超，便把一切都告诉了他，没想到梁超就一定要跟着王梅一起去看小弟弟，他说老师的腿不好，上车下车都不方便自己一定要去。看到梁超执着的样子，王梅不好拒绝他了，只好带着他一起去。

王梅在路上就告诉了梁超去看小弟弟不要乱说话，怕引起董惠婆婆的反感。说心里话，虽然还没有见过董惠的婆婆，王梅在心里对她就有了一种畏惧感，现在好多都是婆婆怕媳妇，而她却能把一个媳妇弄成了双面人，那不是一般的婆婆能办到的。可当王梅真正见到了陈婆婆以后，她却大吃一惊，事情完全出乎了她的意料。

陈婆婆正抱着孩子在那里晒太阳，半岁的陈韬长得白白胖胖的很是可爱。王梅带着梁超一路问去的时候，陈婆婆正拿着一张照片仔细地看着，然后又去看手里的孩子。王梅喊了一声陈婆婆却把她吓了一大跳，她赶快收起了照片，然后警惕地看着王梅。王梅做了自我介绍，然后想伸手去抱抱陈婆婆手里的孩子，陈婆婆赶忙紧紧地护住了孩子，说："这是我的孙子，谁也别想抢走他！"梁超赶紧走到了陈婆婆面前，很认真地说道："奶奶，这是我们的王老师，她不会抢你的孙子，就是来看看你和小弟弟的。你看，我们王老师还给小弟弟带来了奶粉。"陈婆婆不停地摇头，然后说："谢谢你们了，我的孙子什么都有，你们还是把这些奶粉拿去送给别的困难人家吧?"王梅还想说什么时,陈婆婆已经抱着孩子匆匆回到了自己的板房屋子,然后赶紧把房门关上。

梁超急得去敲门,可梁超敲了很久陈婆婆也没有开门。一看到这种情况,王梅真的是怕陈婆婆有什么想不开的事,她也赶快去敲门,还在门外不停地说着好话,可陈婆婆还是没有开门,只听得屋里传来了陈婆婆伤心的哭泣声,她边哭边说:"我求你们离开我行不行?我与你们无冤无仇,你们不要来折磨我了好不好?"王梅虽然心里也很急,但她也知道再这样闹下去陈婆婆也不会给她们开门的,她想了一下,然后告诉陈婆婆:"好好好!我们不为难你了,你也不要哭了,我们就是来看看孩子,看到他长得那么可爱,我们也就放心了。"王梅说完,赶快拉着梁超离开了。

说来也怪,孩子也许是天天在外面玩惯了的原因,自从陈婆婆把他抱进了屋子,他就一直在哭泣。陈婆婆用了很多方法哄他但还是哄不住,孩子越哭越厉害,哭得让陈婆婆的心都快要碎了。陈婆婆通过玻璃窗子,看到外面真的没有人之后,才小心翼翼地打开了门,然后抱着孩子走出了家门。孩子到了外面马上就不哭了,陈婆婆的心里也好受了很多。

就在这时,趁陈婆婆没有注意的时候,一个小孩子从板房的一个拐角处跑了过来,然后冲进了陈婆婆的屋子,这个孩子就是梁超。其实王梅并没有走,她和梁超就一直躲在板房区的拐角处。陈婆婆的反常举动让她不放心,孩子的哭泣声撕碎着她的心,她不想就这样走了,一定要争取和陈婆婆说说话。

陈婆婆发现自己上当以后,她马上进了屋子要把梁超往屋子外面拉,没想到梁超比她的力气还要大,不但没有把梁超拉开,她手中的孩子也差点掉在地上。陈婆婆赶忙放开了梁超去护着手里的孩子。王梅走了过去,陈婆婆又气又恨,她把孩子放在床上,然后冲过去狠狠地推了王梅一下,大骂:"把你的儿子带着一起滚,我给你说清楚了,你们谁要是再敢靠近我孙子半步,我要跟你们拼命了。"王梅哪里经得起这样的折腾,她被陈婆婆推倒在地上,然后发出了"哎哟"的声音。梁超一看老师被陈婆婆推倒了,他赶快跑过去扶老师。可他扶了几次也没有把老师扶起来。这时的陈婆婆才无意中看到了王梅的一条腿是假的,她顿时惊讶得说不出话来。梁超扶不起来老师,他是又急又气,这时他冲过去推了陈婆婆一下,然后

第七章

大声地吼了起来："我以为你是一个好婆婆，没想到你是一个狼外婆。你为什么要这样对待我们的老师？老师为了救我们全班同学而放弃了救他的亲生儿子，还失去了一条腿，她就是喜欢孩子，买了那么多东西来看望小弟弟，可你却这样伤害我们的老师！"听了梁超的话，陈婆婆呆住了，看到王梅还在地上挣扎梁超抱住她在哭，陈婆婆赶忙走过去把王梅扶了起来。王梅激动得不知说什么好，陈婆婆却不停地用双手抓打着自己的脸，说："我不是人，我不是人！怎么会对你这样呢？"面对陈婆婆的反常举动，王梅是丈二和尚摸不着头脑。

其实不是陈婆婆心狠，而是她在昨天晚上做了一个奇怪的梦，梦中儿子陈剑告诉她孩子就是她的亲孙子，一定让她好好带着，不能让陌生的人来抱孩子。陈婆婆很相信命也很听儿子的话，她觉得儿子说的一切都是真的。更重要的是陈婆婆觉得这个孩子一来到了家，就跟她很有缘。孩子会笑了，她一抱着孩子就觉得他就是几十年前的陈剑，这个发现让陈婆婆大吃一惊。她悄悄拿过一张陈剑小时候的照片来反复对照，很快证实了自己的猜测，还让板房区跟她要得好的老太太帮自己看了看，她们也确定孩子和自己照片上的儿子就是长得很像。陈婆婆惊喜不已，她觉得这是上天对自己的恩赐，把这么好的孩子送到了自己身边，儿子离开了自己，但现在看到了孩子就跟看到自己的儿子一样。孩子给陈婆婆带来了希望和快乐，她把这个孩子看着比自己的生命还要重要。晚上的梦让陈婆婆突然有了一种不祥的预兆，她真的怕有人来抢走孩子。可没有想到预兆今天终于实现了，住在这个板房区的人很复杂，虽然很多人陈婆婆也没有跟他们打过招呼，但经常来往，陈婆婆都看到过。可突然到来的王梅和梁超，陈婆婆就觉得很陌生，更重要的是他们一来就只奔孩子，因此陈婆婆真的被吓坏了。

说心里话，开始王梅还觉得陈婆婆不可理喻，但此时一看到婆婆的举动，王梅心里突然有了一种说不出的滋味，她不知道现在说什么好。陈婆婆见王梅不说话，赶紧走过去紧紧地抱住了床上的孩子，然后不停地向王梅求饶："闺女，我知道你心里难过想孩子，但我求你不要抱走我的孙子，他是我的命根子，这次地震中失去父母的孩子多得很，你去找别家的孩子抚养吧，这个是我的孙子，我不会给别人的。如果你手头紧我可以给你钱，但请你以后不要再来我们家了，你要不答应我就给你跪下。闺女，我知道你心眼好，就算你可怜可怜我这个孤老婆子吧！在这个世界上，孩子就是我的生命，我不能失去这个孩子!"陈婆婆边说边要给王梅下跪。王梅赶紧走过去拉起了陈婆婆，也就是在这个时候，王梅才觉得眼前的老人真的很可怜。年轻时被别的女人抢走了丈夫，老年又失去唯一的儿子，只有手中的孩子是她继续生活下去的勇气。

看到陈婆婆现在的样子，王梅已经忘记了自己来的目的，她拉住了陈婆婆的手，说："婆婆，真的对不起你了，我没有别的意思就是想来看看孩子，这点奶粉你还是收下吧！算是我的一点心意，看到孩子被你带得这么好我心里真的感到很高兴。以后我再也不会来打扰你平静的生活了，希望孩子能健康快乐地成长，我们先走了。"听到了王梅这样说话，陈婆婆很有些纳闷，她还站在那里犹豫不决时，王梅已经放下东西和梁超走了。

陈婆婆明白过来是怎么一回事时，王梅和梁超已经走了很远。王梅的一只手搭在梁超的肩膀上，很艰难地一步一个脚印地往前走。看着他们渐渐消失的背影，陈婆婆在孩子的脸上亲了又亲，眼泪不由自主地流了下来。

董惠并不知道王梅去看了自己的婆婆和儿子，当她过了几天回板房区的时候，婆婆对她也没有什么变化。董惠在回去之前已经给婆婆打过电话，问家里缺少什么东西，她可以在城里一起买回去。可婆婆说家里什么也不缺，因为板房区也有菜市场，什么东西都可以买到。董惠回家的时候，婆婆已经做好了饭正在等着她。孩子吃饱了喝足了已经进入了甜甜的梦乡，家里一下子就显得格外的安静，安静得叫董惠都觉得有些害怕。孩子没有睡着的时候，董惠一回家还可以逗逗孩子，把婆婆的注意力分散。可孩子睡着了，面对婆婆董惠就害怕，怕自己的阴谋被婆婆识破。正在董惠不知所措的时候，婆婆突然向她提出了一个很棘手的问题："闺女，你把这个孩子给我吧！我可以给你五万块钱，等到我百年以后孩子就可以回到你身边了。"董惠看了看婆婆说不出一句话来，她从来没有想过婆婆会提出这样的问题。婆婆见董惠不说话，又继续说道："你放心，我一定会把孩子当宝贝对待的，你还年轻可以再嫁人生孩子，而我什么都没有，现在就是喜欢这个孩子，你看他也跟我亲，我一个人带他，他也不哭不闹，再说了你带着一个孩子要再嫁人也是麻烦的。"听婆婆这么一说，董惠什么都明白了。其实自己的婆婆真的很可怜，儿子死了她想把一切的感情都寄托在这个孩子身上，以后还要这个孩子为她养老送终。董惠多么想告诉婆婆一切真相，让她高兴。但她考虑了很久还是不敢说出那一切，她知道就是说出了真相，婆婆不会相信的，说不定还要把事情弄得更糟。婆婆年纪大了，她经受不住打击，为了婆婆高兴，董惠只得硬着头皮答应了："行。但我不能要你的钱，你能帮助我养孩子我已经很感激了。至于孩子的一切费用我挣了工资都会给你的。婆婆，我没有别的要求，以后我可不可以经常来看孩子啊？"婆婆想了很久，然后才勉强答应："可以。但等孩子长大了你不要告诉他真相行不行？就算你可怜我这个孤老婆子吧！你放心，我不会亏待你的儿子，但我也不会对不起你的，在我临走之前，一定会把真相告诉孩子。他要恨就恨我吧！"董惠没有别的什么好说的了，婆婆既然已经说到了这个地步，她不得不答应婆婆的要求。只要儿子好好的，婆婆能高高兴兴地度过晚年，董惠的心里就比什么都高兴了。儿子交给婆婆带董惠很放心，她决定把更多的精力投入到工作中去多挣些钱。虽然现在儿子由婆婆带着，但孩子长大了要花很多钱，婆婆一天天年纪大了麻烦事也多，董惠都得为他们负责。看着董惠答应了自己的要求，陈婆婆激动得热泪盈眶。董惠最后亲了一下儿子，强忍住泪水离开了家。

第9集 ● 四面楚歌

邹利成又经常在家骂薛丹，前些日子薛丹一般都不去理他。可这些日子，本来就被李楠无缘无故地抓了、又没有找到一个可以信服的理由，心里一直憋着一肚子气的薛丹哪经受得起公公的这样辱骂，她再也忍不住了马上和公公对骂起来；还把李楠和邹枫都一起骂了，随后觉得还不解恨，竟然拿出了邹枫和藏族姑娘一起拉扯的照片。薛丹最后警告公公，要是再这样对她不客气，她马上就把邹枫的这些照片发到网上，要让邹枫吃不完兜着走。

邹利成是又急又气，他一直认为儿子是一个听话懂事的人，可他没有想到儿子在外面还有这样的风流事，不管这事是真是假，只要让薛丹知道了那就没有好事。邹枫一回家，邹利成很是生气地问儿子和藏族姑娘的事情。面对父亲，邹枫无法给他解释，他也知道这些事情是解释不清楚的，联想这到些日子以来，妻子经常跟他吵架还扬言要找李楠讨说法，而李楠也有竟无意地避着自己，邹枫心里乱得理不出一点头绪来。

　　这一天夜里，邹枫度过了一个不眠之夜。早晨起来，女儿突然的一句话就让他做出了一个重要决定。因为学校老师布置了作文题目《我有趣的星期天》，邹雪希望父亲星期天带着她去郊外玩玩。看着女儿真诚的目光，邹枫真的感到有些内疚，自己成天忙于工作和家里的事情，哪里都没有带女儿去玩过。

　　邹雪看着父亲不说话，以为是父亲又有工作要忙，她赶忙安慰父亲："爸爸，我也就是随便说说，你去上班吧！我就在家里看书。"看着懂事的女儿，邹枫突然鼻子一酸，然后拉着女儿的手，说："爸爸知道你是个好孩子，今天我不去上班了，决定带你去一个好玩的地方，你去不去？"一听父亲要带自己出去玩，邹雪马上高兴起来："只要跟爸爸在一起，哪里我都要去。"邹枫高兴地亲了女儿一下，说："赶快去准备，我带你去灾区的板房学校看望王梅阿姨，自从她做了手术我还从来没有去看过她，今天就带你去看看她！"邹雪高兴得跳了起，说："爸爸，那真的是太好了，我还从来没有去过灾区呢，这一次我要亲自去那里看看！"

　　邹枫一直对王梅都很尊重，不仅仅因为她是老师，更重要的是邹枫觉得王梅很真诚，她是那种美丽善良、很有亲和力的知识女性。记得李楠第一次去和王梅相亲时，就是由邹枫陪着他去的，几个人在一起谈得很开心。事后李楠也跟邹枫说过，王梅对他的印象很好，说要是自己有个姐姐或是妹妹的话，一定要介绍给邹枫当女朋友。当时，邹枫就感动了好久，不为别的，能有一个姑娘这样想着自己，邹枫就觉得是一种幸福和快乐。其实那个时候，邹枫早已经有了女朋友，她就是薛丹，父母正一直催着他们结婚呢。

　　这一次，邹枫不是单单想着去看王梅，更重要的是听说她一直在跟李楠闹离婚。而李楠自从上次抓了薛丹之后，也有意无意地躲着自己，邹枫心里有太多的不理解，他希望能从王梅那里得到一些答案。

王梅从陈婆婆家回来以后，她的精神更加地不好，上一次李楠回来一直要她拿出那张他和于菲菲一起的照片，还说自己是清白的，一定是有人在陷害自己。但王梅一直没有拿出来，因为她已经决定了要和丈夫离婚，没有必要再去纠缠过去的事情。尽管丈夫一再表白自己是清白的，一定会好好地和她过日子，但王梅还是不相信丈夫的话。她知道自己现在已经成了这个样子，跟丈夫之间的距离也越来越大，生活起来也觉得很别扭。她想离了婚以后过自己清静的日子，可没想到丈夫就是不离，王梅有些犹豫不定了。就在这时，王梅又收到了一张于菲菲在另一个地方和李楠拉扯的照片。王梅当时就哭了，因为她心里本来就很脆弱，这样接二连三的收到这样的照片，而丈夫又不大愿意离婚，王梅觉得自己的精神快要崩溃了。

邹枫去的时候，王梅正在伤心。看到王梅的心情不好，邹枫事先没有提起她和李楠离婚的事情，而是把话题岔开了，马上问到了董惠的情况。其实李楠以前就告诉了邹枫，说董惠现在过得很好。邹枫现在问王梅也是顺口问问而已，并没有想从她那里得到董惠有什么不好的事情。可没有想到当邹枫刚提到董惠，王梅的情绪一下就激动起来，她一把抓住了邹枫的手，说："你也认识董惠？她现在的情况你知道吗？"一看到王梅这种情景，邹枫才马上意识到自己说漏了嘴，看来董惠已经来看过王梅了。当初李楠让董惠来帮助王梅，就让她不要说出和李楠认识，害怕王梅拒绝。看来董惠还是遵守了诺言，一切都没有告诉王梅。

见邹枫不说话，王梅更是着急，说："快告诉我，你是怎么认识董惠的啊？"邹枫赶忙向王梅撒了一个谎："我有一个中学同学叫董惠，听说住的离这里不远，上次她的亲戚托我给她带点东西，我去她们单位找她，可她们单位的人说她去看望板房学校的一位腿受了伤的老师了，我想肯定是你啊！董惠这个人很好的。"一听邹枫这么一说，王梅才长长地叹了一口气，说："她就是太善良了，善良得都有些软弱了。邹枫，你知道董惠现在过的什么日子吗？天底下的女人没有谁比她过得更苦了。"邹枫不停地摇头，说："王老师，你是不是弄错了啊？我听她们亲戚说她的一切都过得很好的啊！"王梅又激动起来："好什么啊？董惠开始是过得很好的。可当她婆婆知道了当年抢走她丈夫的女人就是董惠的母亲以后，婆婆就把一切气都发在了她的身上，好在有丈夫处处关爱董惠，她的日子才勉强过下去。可没想到地震中董惠的丈夫遇难了，她又怀上了遗腹子，婆婆就跟发了疯一样骂董惠害死了她的儿子，还骂她肚子里的孩子是野种，后来还把董惠赶出了家门……"王梅还在继续说着，邹枫已经听不下去了，他痛苦地低下了头。

邹雪静静地听着王梅阿姨和父亲说着这一切，她不明白董惠是谁，她跟自己的爸爸和王阿姨又是什么关系。邹雪正想问过究竟时，父亲赶快把她叫到屋子外面去看风景。邹雪看了看父亲和王阿姨，她突然像明白了什么似的，很懂事地离开了屋子。见女儿走了，邹枫再也控制不住自己的情绪，他拉住了王梅的手恳求道："王老师，你能不能把董惠的电话号码给我？我想和她说说话。"王梅莫名其妙地看着邹枫，说："你怎么啦？"邹枫的语气里已经是带着哭腔："王老师，你就别问了，快把董惠的电话号码给我吧！我真的是想和她说说话。"看着邹枫焦急不安的样子，王梅一边给邹枫翻董惠的电话号码还一边很惋惜地说："邹枫，其实我现在才发现你和董惠倒是很般配的一对，当年你和董惠还是从小一起长大的同学，怎么没有想到和她发展成恋人啊？如果你把董惠娶到了，你不会是现在这样的情况。不是我背后说薛丹的坏话，从第一眼见到她起，我就觉得她不是一盏省油的灯，你娶了她吃亏的是你。"此时的王梅，已经完全忘记了自己的痛苦，她在为董惠现在的处境担忧，更为老实的邹枫惋惜。可她哪里想到，邹枫心里从来就没有忘记董惠，当初不是他不想娶董惠，而是很多外在因素造成了今天的无奈，这是邹枫心里永远的伤痛。

董惠正在公司加班，她的电话突然响了起来。当一听到是邹枫的声音时，董惠犹豫了很久才问邹枫是从哪里知道自己的电话号码的。激动万分的邹枫马上就把王梅出卖了，他语无伦次地问董惠："你过的什么日子我已经知道了，董惠，你为什么要把一切都瞒着我啊？这么多年来我找过你很多次。但一直都没有你音讯，这些磨难你都是不应该受的，把一切全部告诉我，我要帮助你，一定要帮助你，决不让你再这样痛苦地活着，今天我要不是来看王老师还不知道你的情况！"邹枫在电话这边已经听着董惠哭出了声，一听到董惠在哭，邹枫的心都快要碎了，他赶忙又在电话里不停地安慰董惠："你告诉我，现在你在哪里？我想见你一面，没有别的意思，就是想和你说说话。"电话那头，董惠犹豫了很久还是拒绝了邹枫：

"谢谢你这么多年来还记得我，我真的没事了，一切都会过去的，你好好地保重吧！"董惠很快挂了电话，以后邹枫再打，董惠的电话一直处于关机状态。邹枫终于明白了董惠是在回避自己，他的心痛苦到了极点，正在想着以后怎么样才可以找到董惠时，却接到了父亲的电话，说是家里出事了，要他马上赶回去。

第 10 集 ● 残酷的回报

　　李楠带着小汪去邹枫他们家的时候，薛丹已经提着包离开了家。邹利成以为李楠是来找儿子的，赶忙告诉了李楠，儿子带着孙女到外面玩去了，自己马上打电话让儿子回来。李楠赶忙制止了邹利成，很随意地问他："现在邹枫和薛丹关系怎么样？"一听到李楠提到薛丹，邹利成就是一肚子的气："你别提啦？邹枫那脾气你也是知道的，薛丹早就闹着要跟他离婚，可现在又莫名其妙地回来住，我就觉得这个贱女人没有安什么好心。我一直催着邹枫赶快去和她把离婚手续办了，免得惹是生非。可邹枫听不进去，说是不想邹雪没有妈妈受到伤害，薛丹跟他说几句好话他就心软了。李楠，你跟邹枫的关系最好了，有空你劝劝他啊，我嘴都说干了他就是听不进去。邹枫人老实，心地善良，他最终会被薛丹这个贱女人害了的。"看到邹利成满脸的怒火，李楠不停地点头，然后说："这个我会的，对了，薛丹现在还跟邹枫住一个房间吗？"邹利成又生气地说："当然啊！怎么啦？"李楠想了想，说："没事，只是随便问问。对了，如果薛丹回来你不要对她说我们来过你们家。"邹利成不停地点头，这一点他肯定办得到。平时他就跟薛丹从来不说话，一说话就是骂人，俩人的积怨已经很深，他不可能对她说什么知心话，但他不能不对儿子说啊。

　　李楠走后，邹利成是越想越不对劲，他心里有一种预感家里要出大事，怕儿子和孙女遭遇什么不幸，他赶快打了电话，就是想让儿子回来和薛丹去把婚离了。李楠虽然什么也没有说，但邹利成觉得心里没有底，想起上次薛丹在家骂儿子和李楠的那些话，邹利成是越想越觉得复杂。

　　如果说前些日子，邹枫对李楠还有很多的不理解之处，今天听了父亲的话他的心里冷静了很多。说心里话，现在妻子在外面的一切他也是不了解，尤其听了王梅对妻子的评价，他的心里更有了一种不祥的预感。王梅对他好他是知道的，也知道王梅一般不在背后说别人的闲话。可她对薛丹的评价邹枫觉得很有道理，妻子的心自己永远也猜测不透。王梅好心地提醒自己，自己不该不把她的话当耳边风，以后得对妻子多一个心眼，看看她到底在做什么？李楠以前抓她，难道就没有一点原因吗？

薛丹从美容院出来，天色已经快黑了。刘宗辉又给她打电话，让她把保存好的东西带到东方大酒店去。薛丹赶快从家里拿出自己藏得很好的东西打车去了东方大酒店，可她等了很久也没有见到刘宗辉。薛丹赶快打刘宗辉的电话，可电话一直打不通。刘宗辉是过了很久才给薛丹回电话的，他要薛丹马上把东西带到一个小区去，说是谈生意的老板就住在那个小区，人家不愿意出来，自己只有走到他家去找他。薛丹心里虽然很不高兴，但一想到这是关系到生意的事情，以后赚了大钱就可以和心上人一起去国外逍遥，她还是憋着一肚气又打车去了那个小区。去了那里薛丹没有见到刘宗辉，她赶快打刘宗辉的手机，传来的又是机主关机的信息。薛丹耐着性子在那里等了很久还是不见刘宗辉出来，也打不通他的手机。等得不耐烦的薛丹正准备拿着东西往回走，这个时候刘宗辉给她打来了电话，说自己来不了，正和老板在谈生意，让薛丹把东西交给一个戴墨镜的男人。一听刘宗辉这样说，薛丹赶快到处看了一眼，正好发现不远处有一个戴墨镜的男人站在那里。薛丹正想走过去问他是不是刘宗辉派来拿东西的人时，那个戴墨镜的男人却先走到了薛丹面前，说了一声"把刘老板要的东西给我就是了"，然后拿着东西马上离开了。就在这时，李楠和小汪突然从另一个胡同里跑了出来，戴墨镜的男人看到了李楠他们，马上撒腿就跑了。李楠他们赶快去追，没想到从另外一个地方又冲出来几个人。他们跟在了李楠后面，拔出了身上的刀子就要向李楠刺去。

梁飞和妻子一起吃过晚饭以后，就从租屋出来，准备去超市买点生活用品，没想到就遇上了那一幕。开始梁飞还没有怎么注意，可突然听到有人喊了一下："李警官，你闪开！"因为走在一边的小汪突然发现有人拿刀要刺向李楠，他只得大喊起来。没想到他这一喊惊动了梁飞夫妇，梁飞突然看见了李楠，他真的没有想到在这个时候遇上了他。上次王梅给他打过电话，让他知道了李楠就是王梅的丈夫，他也才知道了只有自己还蒙在鼓里，其实李楠早就知道了梁超是自己的儿子，他们一直对自己的儿子好，却从来不让自己知道。梁飞又悄悄去了李楠工作的单位，一直想打听地震发生那天李楠抱着孩子去医院"开后门"的事情，终于弄清楚了那是一个素不相识的孩子，只因那个孩子在地震中受了重伤，生命垂危，所以李楠为了挽救孩子的生命，只得来医院找老同学"开后门"了。梁飞顿时呆住了，这么多年来自己一直在心里恨李楠，还在不停地咒骂他，没想到他们夫妇却把自己的儿子当成了他们亲生的孩子爱护，地震中为了救自己的儿子而放弃了他们儿子的生命，梁飞是后悔莫及，当时他就恨不得地上有一个洞让自己一个人钻进去呼吸。梁飞觉得自己才是卑鄙小人，猪狗不如，更没有勇气去面对王梅，觉得亏欠他们的情是一辈子都还不清的。

就在李楠面临危险的那一刻，梁飞眼疾手快，他冲过去从后面死死抱住了拿刀的歹徒。气急败坏的歹徒赶忙和梁飞打斗起来，赤手空拳的梁飞根本不是歹徒的对手，很快梁飞被刺伤在地上。看着丈夫倒下了，苏霞大吼起来。薛丹也被这突如其来的一切惊呆了，一直以为这是在梦中，自己就是拿了一个塑料盒给刘宗辉派来的人，为什么李楠会突然出现？随后跑出来的人又是谁？他们为什么又要去刺李楠？去救李楠的人又是谁？薛丹一无所知。看到梁飞倒在地上，薛丹真的吓坏了，说心里话，活了几十岁她还从来没有亲眼看到过杀人的场面。但就是一瞬间的功夫，这一切就突然发生在了她的面前，而这一切又是因为刘宗辉派来拿东西的人。薛丹马上打了120急救电话，很快梁飞被接走了。薛丹才终于回过来神，她赶快打刘宗辉的电话，想告诉他出人命了，问他派人来取的东西收到没有？可刘宗辉的手机又是关机，薛丹一直不停地打，最后还是没有打通刘宗辉的手机，薛丹陷入了深深的惶恐之中。

梁飞被送到医院以后，经过医生的全力抢救终于脱离了生命危险。尽管梁飞夫妇没有让儿子知道自己受伤的事情，可儿子还是知道了他受伤的事。从儿子的嘴里梁飞才知道是李楠回去告诉了妻子，妻子马上又告诉了梁超。李楠已经来看过梁飞几次了，虽然没有说过多的话语，但梁飞已经从李楠的眼里看出了很多内容，他对自己充满了信任和理解。

梁超是被李楠从乡下带进城的，他一见到梁飞就高兴地抱住他亲了起来："舅舅，你好勇敢啊！我已经听李叔叔说了，要不是你当机立断抓住了那个歹徒，李叔叔说他可能就要出大事了。"面对天真的儿子，梁飞激动万分，他告诉儿子："舅舅不勇敢，李叔叔才是真正的英雄，以后你长大了要好好向李叔叔学习。"梁超不停地点，说："我知道。舅舅，你当初为什么不当警察啊？如果你当了警察，那天你身上有枪，那个歹徒就不会伤害到你了。"一听到儿子说出这样的话，梁飞赶快低下了头，他不知道该给儿子怎样解释过去的一切。李楠好像已经看出了梁飞的尴尬和无奈，他赶快拉开了梁超，说："你舅舅的伤口还没有完全好，现在不能多说话，让你舅舅好好休息。我先带你去买点东西，然后送你回去上学。"梁超懂事地点了点头，然后跟着李楠走了。看着儿子和李楠走远了，梁飞才抑制不住自己的感情哭了起来。看着丈夫这样子，苏霞的心里也不好受，她准备把丈夫推到医院后面的花园里去散步，因为丈夫天天躺在床上很闷，让他出去看看风景心里可能会好受一些。可梁飞做梦都没有想到，妻子刚刚把他推到医院的后花园，他就看到了一个很熟悉的人正在那里和一个藏族姑娘拉扯，那个人就是邹枫。

达娃央珠很久都没有来找邹枫，邹枫也把这事给忘了，没想到今天邹枫刚来医院上班又突然遇到了达娃央珠。达娃央珠还是一再坚持说邹枫就是她心目中的郑栋。如果是在以前，邹枫一定会很生气，可现在他已经不生气了，他知道眼前的藏族姑娘是认错了人，那个跟自己长得很像的郑栋没有出现，达娃央珠心里着急，所以就把自己当成了郑栋，不知者不为怪嘛！开始，邹枫一直心平气和地给达娃央珠解释，可达娃央珠一直听不进去，她还越说越激动。邹枫不想在医院里当着那么多人的面和她纠缠下去，他知道再纠缠下去也是没有结果的。因为今天他还有一个手术要做，得马上进去准备了。为了摆脱达娃央珠，邹枫随口就说了一句："我现在真的很忙，把你的电话留给我，我下了班给你打电话好吗？你说的那个郑栋我也想找呢？到时我们一起商量个找他的好办法。"一听这话，达娃央珠又以为是邹枫想骗她，她死死地拉住邹枫，要邹枫跟她走。可邹枫不走，两人就不停地拉扯。梁飞看到那个样子，赶快让妻子把自己推到了邹枫的面前，大声地喊了起来："邹医生，你怎么啦？"邹枫并没有认出梁飞来，但梁飞已经把他认出来了。一听有人喊自己，邹枫就像遇到了救星，他也喊了起来："你们快帮帮我，我还要等着进去做手术呢。"梁飞知道邹枫遇上了麻烦，他赶忙给妻子使了一个眼色。苏霞冲过去死死地抱住了达娃央珠，邹枫很快离开了。

第11集 ● 不是冤家不聚头

几天以来，薛丹一直打不通刘宗辉的电话，她心里有了一种不祥的预感，害怕刘宗辉背叛了他。尽管刘宗辉说他的账上已经存了1000万了，但薛丹一直没有看到钱也不知道刘宗辉的卡在哪里？她也知道钱没有在自己的手上就没有把握，谁知道刘宗辉是不是真心爱自己呢？到时候他带别的女人去国外怎么办？薛丹也知道自己已经不年轻了，刘宗辉有了那么多钱，找个二十岁的女大学生都是轻而易举的事情，而自己什么都没有。男人一旦有了钱就不知道自己是谁了，薛丹心里的怀疑越来越重。本来今天她是答应好的，等女儿放学以后陪她去买衣服，因为今天是女儿的生日。可就在薛丹去为女儿订做生日蛋糕的时候，她突然看到了刘宗辉和他的妻子在亲亲热热地说着什么，薛丹当时还以为是自己看花了眼，她使劲地揉了揉眼睛，再次确定了那就是刘宗辉和他的妻子。因为刘宗辉的那个动作是薛丹最熟悉不过的了，当薛丹心里不高兴时，刘宗辉就爱拍她的头，称她"宝贝或是亲爱的"。此时，刘宗辉正拍着妻子的头称她为"亲爱的"。一股怒火马上在薛丹心中燃烧起来，刘宗辉一直关机原来是在和妻子一起亲热，不是跟自己说和妻子早就没有了感情，等把钱都弄到了就带着自己去国外吗？现在却跟自己玩起了失踪，钱自己也没有看到。薛丹什么都顾不得了，她要去找刘宗辉讨说法。可一转眼的工夫，刘宗辉和妻子就不见了，薛丹是又恨又气，她又拼命地打刘宗辉的电话，但传来的还是机主关机的信息。薛丹觉得刘宗辉是在躲避自己，从小薛丹就是一个吃软不吃硬的女人，今天的事如果当时刘宗辉发现了她在，给她说些道歉的话，再哄哄她，说不定薛丹还可能原谅他一次。可刘宗辉用关机的方法来对待薛丹，这已经深深地激怒了薛丹。

薛丹已经顾不得当初和刘宗辉定下的承诺，不上他家去找他。现在薛丹决定马上去刘宗辉的家门外守候他，后果如何她是不管的。本来薛丹是想马上就去刘宗辉的家守候，这时她才想到今天是女儿的生日，她还是动了恻隐之心，赶快去商场给女儿买了一套衣服，然后送到丈夫工作的医院，让他下班回去陪着女儿过生日，自己有很重要的事情要做。可薛丹没想到刚走进丈夫工作的医院，就看到了以前跟丈夫纠缠的达娃央珠正被另一个女人死死地抱着。达娃央珠的情绪很激动，正在抓打那个女人，旁边的男人还在不停地解释什么。薛丹不看不知道，一看才大吃一惊，因为她已经认出了旁边的男人就是上次为了救李楠而受伤的人。

达娃央珠闹了很久才被大家劝住，那是因为薛丹的话把她给镇住了。薛丹一看到坐在轮椅上的梁飞，赶快向他打听那天发生的事情，可达娃央珠一直在抓打苏霞，梁飞哪里顾得上跟薛丹说话，他只担心自己的妻子会被达娃央珠打伤。但他坐在轮椅上也只有干着急，什么忙也帮不上。见此情景，薛丹一下子冲过去把达娃央珠推倒在地上，达娃央珠一下子哭了起来，她边哭边说："你们为什么要欺负我？我就是来省城找我男朋友郑栋，到底惹着你们什么啦？"梁飞一听达娃央珠说郑栋，他更是摸不着头脑，只得给达娃央珠解释："小妹妹，你是不是搞错了啊？刚才你拉的那个男人是邹枫医生啊！地震那天他还亲自给我检查过身体的，他不是你要找的郑栋啊！"达娃央珠的情绪又激动起来："不。他就是郑栋，我真的没有认错人，上次他就跟我说了他已经有了老婆和孩子，我就是要找他讨说法，既然他已经有了老婆和孩子，当初为什么还要跟我好啊？那不是在欺骗我吗？"薛丹已经听明白了达娃央珠的话，她赶紧拉住了达娃央珠，说："你不要哭了好不好？没有谁欺负你？那是你表错了情，邹枫就是我的老公，我们结婚都快十年了，他怎么可能跟你好啊？你要不信可以去公安局查他的身份证嘛！"一听薛丹这样说，达娃央珠好像有一点明白了，她慢慢停止了哭泣。说心里话，达娃央珠找郑栋也找得有些精疲力竭了，从一开始见到邹枫的时候，达娃央珠就觉得自己是找到了心爱的郑栋。但从邹枫说话的语气和他的一些动作，达娃央珠还是发现了一些端倪。可她已经被爱冲昏了头，也被郑栋的突然失踪所激怒了，她认定邹枫就是郑栋，至于发现的一些端倪达娃央珠觉得那是郑栋有意做给自己看的。

达娃央珠曾经悄悄来过医院，大家都告诉她医院是有一个叫邹枫的医生，而且是个很好的医生。达娃央珠的心就有些动摇了，她也感觉得出邹枫是个很有修养的男人。但达娃央珠就是太爱郑栋了，她已经在省城到处都找了，就是没有一点郑栋的消息。于是，她又把希望寄托在邹枫的身上，一看到邹枫她就想到他是自己最爱的男朋友郑栋。达娃央珠甚至都做过这样的设想，自己爱的就是那种长相的男人，如果邹枫愿意，她就这样爱他，因为他的长相已经在达娃央珠的心里定了型，那是无法改变的。

达娃央珠也知道就是找到了郑栋，如果他真的不愿意和自己好下去了，自己也没有什么办法。她真的不敢想象那样的结果，也不愿意去想，她愿意生活在一种美好的理想之中，那就是让自己的希望永远也不要破灭。经常来找邹枫也是她心理上的一种安慰和满足。

梁飞一听到薛丹说她是邹枫的妻子，他马上激动起来，不停地和薛丹攀谈了起来。他谈起了在地震灾难来临时，是邹枫拿着自己的性命不顾，一直在给他检查病情，说到动情处，梁飞还流下了激动的泪水。达娃央珠在大家的劝说下，心情慢慢好了一些。趁着梁飞和薛丹说话的机会，苏霞把达娃央珠送出了医院，并答应以后如果看到她要找的郑栋，一定打电话通知她，达娃央珠点了点头，然后回去上班了。

对于梁飞夸奖丈夫的一切，薛丹一点都不感兴趣，她也没有听进去，她最关心的是那天晚上自己给刘宗辉送东西去时，李楠怎么会出现在哪里？他为什么要去追替刘宗辉拿东西的人？后面出现的人为什么又要去杀李楠？梁飞又为什么会出现在那里？他到底是李楠的人还是刘宗辉的人呢？

梁飞觉得薛丹是邹医生的妻子，也是自己救命恩人的妻子，他便毫无保留地告诉了薛丹自己和李楠之间的一切恩恩怨怨。梁飞说完，薛丹不由得倒抽了一口冷气，她不知道这个世界是太小了还是自己的运气太倒霉了，自己在那里不但没有见到刘宗辉，还反而被李楠和梁飞碰到。梁飞为了救李楠不顾自己的生命，而邹枫又是梁飞的救命恩人，梁飞还有什么不能去帮邹枫的啊？自己跟他还有什么好说的呢？

薛丹一直不停地问梁飞跟邹枫说了些什么，虽然梁飞一再表示自己什么也没有说，但薛丹并不相信。说心里话，梁飞能跟邹枫说什么呢？因为在今天之前，梁飞还不知道薛丹是邹枫的妻子。薛丹再次看了看梁飞，她什么话也没有再说，而是马上离开了医院。

第 八 章

第 1 集 ● 奇特的保姆

索朗多杰费了很大的功夫终于在一个宾馆里找到了达娃央珠，他才知道达娃央珠已经成了那里的一名服务员。索朗多杰来找达娃央珠没有别的意思，因为他一直担心达娃央珠会走极端，扎西也在不停地给他打电话，要索朗多杰一定要找到达娃央珠。作为父亲，女儿一直没有消息他心里无法安宁。女儿出走以后，一直没有跟家里联系过，当父亲的也不可能丢下自己的工作天天跟着女儿的屁股转，扎西没有办法，只好把这一切托付给了索朗多杰。

索朗多杰找到达娃央珠那一天，达娃央珠正从医院回来了。听了梁飞夫妻给她讲了一切，又看到了邹枫的妻子，达娃央珠才知道自己所有的梦想都破灭了，她此时的心情糟糕到了极点。本来想回来好好的倒在床上哭一场，可索朗多杰来到了她的面前。如果当时索朗多杰什么话也不说，可能达娃央珠的心情还会好一点，偏偏索朗多杰一见到达娃央珠就唠叨个没完："你还是面对现实吧！不要再去想那些不现实的东西，你就是找到了郑栋又怎么样？人家是才貌双全的大学生，会要你一个没有一技之长，只上过小学的山村姑娘吗？"其实索朗多杰真的是为达娃央珠好，他说的也是实在话，绝对没有半点挖苦达娃央珠的意思。但此时的达娃央珠听着这些话她却觉得特别的刺耳，她狠狠地大骂索朗多杰："关你屁事，你别在这里狗咬耗子多管闲事了好不好？这个世界的男人都死光了我也不会嫁给你的！你给我走开啊！"索朗多杰一下子就呆住了，要说不喜欢达娃央珠是假的，但现在他已经对达娃央珠不敢爱了，他也知道一切爱都是徒劳的，达娃央珠心里只有郑栋。他来找达娃央珠一是为她的人身安全着想，还有就是不想辜负扎西对自己的期望，帮他找到达娃央珠，让达娃央珠给家里打个电话回去报平安。

达娃央珠决定离开酒店还是因为索朗多杰后来的一句话，本来她已经大骂了索朗多杰，让他赶快走。可索朗多杰还是不走，一定要拉着达娃央珠去吃饭，他想等她的情绪慢慢平静下来以后再开导她。刚才一看到达娃央珠发火，索朗多杰就很为她担心，虽然达娃央珠已经不爱自己了，但索朗多杰还是希望她过得好，能天天看到她平平安安的他就放心了。

索朗多杰一直不走，达娃央珠怒火中烧，在那个时候她最不想看到的就是索朗多杰，心里最烦的也是他。达娃央珠也清楚只要索朗多杰知道了自己在这里，自己以后就没有安静的日子，他时不时的又要来找自己，为了躲避索朗多杰，达娃央珠没有再理会他，而是拿上自己的衣服马上跑了。

以前林教授家从来没有想过要请保姆，梅雅很早就退休在家了，她既不出去打麻将也不出去跳舞，家里也没有太多的事情，况且梅雅也会做家务事，所以觉得请保姆没有必要。每天林教授一回家，妻子就把他伺候得很好，让他有更多的时间去钻研学术。等一天忙完以后，梅雅也决定写回忆录，其实很多东西她都不愿意回忆，对于她来说回忆就是痛苦，但她没有办法，她经常被过去的事情困扰，不把过去的事情用文字记录下来她又觉得是一种遗憾。更重要的是她还有一些内心深处的秘密，梅雅是谁也没有告诉，她也说不出口，只有用文字写出来她觉得才有勇气。

那一天，梅雅忙完了家里的事情，正坐在书房里认真地写她的回忆录时，很久没有回家的儿子突然回来了。梅雅是又惊又喜，拉着儿子心疼地问这问那，还忙着去给儿子弄吃的，没想到林博并不领会母亲的心情，马上又要母亲给他拿1万块钱。梅雅问儿子要那么多钱干什么。林博很不耐烦，马上跟母亲吵了起来，他告诉母亲如果不拿钱就要她的命。梅雅没有办法，只得打电话给丈夫，让他回来一下。梅雅知道儿子虽然厉害，但面对父亲他还是有些害怕。林博一听到母亲在父亲打电话，他是又气又恨，冲过去把母亲的电话抢来扔了，然后把母亲捆在床上，在屋里翻箱倒柜找出了一些钱财扬长而去。

林教授回家看到妻子那样，他气得差点晕倒。其实林教授早就对妻子说过，为了避免儿子再回来捣乱，干脆把现在的房子卖了，去市郊买一套小一些的房子，两个人过平平静静的生活，这样提心吊胆地过日子谁也受不了。对于儿子，林教授早已经失去信心，也对他不抱任何希望了。可妻子却说什么也不同意，她觉得如果自己搬走了，儿子回来就找不到家，他要有个什么事也找不到父母。儿子现在变成这样，都是自己以前欠儿子的太多，现在是上帝在惩罚自己，自己愿意接受惩罚。儿子无论怎么对待自己，自己都没有任何怨言。在母亲的心中，哪怕儿子变成了魔鬼他也是母亲心里永远的儿子。也许印证了中国那句老话：孩子永远都是自己的乖，可怜天下父母心啊！

既然妻子说出了那么多的理由，林教授也没有办法了。妻子心地善良，但林教授觉得妻子现在善良得已经接近软弱了。平时在家里，梅雅什么事情都听林教授的，可在儿子的问题上梅雅就不听林教授的。林教授心里虽然很生气但他也没有办法，觉得自己再和妻子争下去问题还是得不到解决，说不定还会把妻子气病倒，本来妻子的身体就一直不太好，林教授不想让妻子再雪上加霜，很多事情只得依着妻子。

林教授就是在那个时候决定请保姆的，自己要工作不可能天天在家陪着妻子，妻子又不愿意搬家，儿子还会经常回来惹事这是他最头痛的事，所以他决定请一个保姆。请保姆倒不是为了给家里做什么事，而是为了陪妻子也是为了保护妻子。如果有什么事，家里多一个人也会好得多。

职介所给林教授介绍了好几个保姆，平心而论那些保姆的各方面条件都不错，但林教授都没有看上，弄得职介所的工作人员都有些不耐烦了，他们不停地问林教授到底要找什么样的保姆？总得拿出一个标准来啊！听人家这样一样说，林教授心里还真有些为难，对于要什么样的保姆他的心里也没有底，但只是觉得以前给他介绍的保姆都不行。林教授只得再次告诉职介所的工作人员，你们再给我最后介绍一位，行我就定了，不行我家也不找保姆了。

　　达娃央珠本来也没有想过要去当保姆的，就是上次索朗多杰找过她以后她才决定的，她也知道索朗多杰已经在省城呆了很多年，自己就是在那里上班他都会找到自己的，她不想再见到索朗多杰，更不希望他再来打扰自己。但她也不想回老家去，她要留在省城，不管怎么说对于郑栋她是不会就这样放弃的，一定要找到他，让他给自己一个说法。所以达娃央珠就决定去当保姆，住在别人家里索朗多杰是不会找不到自己的。达娃央珠也去了职介所很多次，她提出的要求是工资多少不计较，关键是主人家要有文化人才行，最好是去老师家里做事。职介所的工作人员对达娃央珠很有些不理解。但达娃央珠自己心里很清楚，她现在也后悔以前自己读书读得太少，到了省城看到那些跟自己一样大小的汉族姑娘有文化有本事，做着体面的工作，她的心里羡慕得要命。也许索朗多杰的话还是有些道理，郑栋是才貌双全的大学生，而自己什么也不是。所以她要去老师家里当保姆，那样自己可以学一些东西，她不想让别人看不起自己。

　　当林教授第一眼看到达娃央珠的时候，他马上就确定了她就是自己要找的人。达娃央珠在看到顾主林教授时，也确定了他就是自己想找的主人家。林教授赶快把达娃央珠带回了家，达娃央珠做梦也没有想到，两天以后她却在林教授的书房里看到了郑栋的照片，也才知道了郑栋就是林教授的学生。那天，达娃央珠去林教授的书房擦灰尘，无意中就看到了郑栋他们的大学毕业照。达娃央珠紧紧地握住那张照片哭了起来。林教授夫妇听了达娃央珠诉说郑栋的一切以后，心里也马上打了一个颤。他们也一直在找郑栋，可一直没有消息。以前林教授也想过去郑栋的部队找他，但一想到郑栋长期在野外工作没在部队，自己去了也不一定能找到人，再说他现在的工作又很忙，所以就打消了这个念头。林教授也知道郑栋是个工作狂，天天忙着工作，有时间了他会给自己打电话，可没有想到这一等就快一年了还是没有郑栋的消息。

　　看着痛苦不堪的达娃央珠，知道她在省城为了找郑栋吃尽了苦头，林教授夫妇心里十分难受。达娃央珠很是激动，她不停地对林教授夫妇说，一定是郑栋嫌弃自己了，所以从她的家乡走后就一直没有和她联系。尽管达娃央珠说了很多郑栋不见她的理由，但林教授夫妇始终相信郑栋不是那种忘恩负义的人，可对于郑栋这么久不和他们联系，他们也觉得很有些蹊跷。想了很久，林教授终于从当年的学生档案里查到了郑栋老家的地址，他决定让妻子陪达娃央珠去郑栋的老家看看。一是让妻子出去散散心，二是让达娃央珠去见见郑栋的父母，希望能从他们那里得到一些郑栋的线索。

第2集 ● 深度隐私

梅雅带着达娃央珠坐了一天的车，终于在天黑之前到达了郑栋老家所在的县城。她们在县城住了下来，第二天一早就坐车去了郑栋的老家。去了以后梅雅才惊讶万分，原来郑栋的老家虽然和自己以前下乡的不是一个县，但他们却是两个相邻的县，离自己以前下乡的地方也不过二十多里路远。郑栋的老家已经变成了大片的工厂，梅雅这才知道在城里噪音太大的工厂已经迁出了城里，在这远离城市的乡村重新建厂，那里的村民也全部迁走了。梅雅和达娃央珠打听了很久，也没有打听到郑栋父母搬到城里什么地方去了。达娃央珠的情绪很激动，她一直要在郑栋的老家呆着不走，梅雅是劝了很久才把她劝走的，没有找到郑栋的父母，梅雅的心里也不好受。因为她已经把郑栋当成了自己的儿子，这么久没有得到儿子的消息她心里也很痛苦。

郑栋老家的那个县城并不大，梅雅觉得反正自己现在也没有上班了，她决定陪着达娃央珠在县城里找郑栋的父母，可找了几天她们仍然是一无所获。梅雅都有些绝望了，因为她也不认识郑栋的父母，更不知道郑栋的父母叫什么名字，觉得找起来很困难。可达娃央珠并不放弃，她让梅雅先回省城，自己就留在县城找郑栋的父母，只要有一线希望她都不会放过的。但梅雅放心不下达娃央珠，她还是决定留下来陪着达娃央珠再找郑栋的父母。

这天黄昏，梅雅正陪着达娃央珠从一个小区路过，一个熟悉的身影人突然映入了梅雅的视线。尽管岁月已经过去了几十年，但梅雅还是一眼就认出了当年为自己接生的程医生。当年三十多岁的美丽医生，现在已经成了一个头发花白的老太太了。程医生没有认出梅雅来，当梅雅激动地拉着她的手时，她还有些莫名其妙，以为梅雅认错了人。梅雅由于激动已经忘记了达娃央珠还在自己面前，她说："程大夫，难道你真的认不出我啦？"程医生看了梅雅很久还是在摇头，也难怪她当了几十年的医生，接触过的病人很多，再加上现在年纪也大了，她怎么可能突然认出自己几十年前接触过的一个病人呢？

一见程医生不认识自己，梅雅更激动了，她又对程医生说："我是梅雅啊！当年我生孩子难产时，是你给我接的生啊！后来还给我送了很多东西，我一直没有忘记你的！"程医生仔细地看了看梅雅，然后拉住了她手问："你真的是梅雅？到这里来干什么？"梅雅一看程医生认出了自己，她很是高兴，马上拿出了一张郑栋的照片给程医生看，然后指了指达娃央珠说："这个姑娘一直在找这个小伙子，但一直没有找到。程医生，你是什么时候搬到这里来的啊？如果你看到这个小伙子或是他的家人帮我们留意一下好吗？我们一定要找到他。"程医生不停地摇头，说："我不认识他们，真的不认识，我还有点别的事情要忙，以后再跟你们聊。"本来梅雅还想和程医生说说话，再请她去吃顿饭，可程医生已经匆匆离开了。

程医生走远了，达娃央珠才拉住了梅雅的手，小声地对她说："师娘，她是不是哪里不对劲？"梅雅苦笑了一下对达娃央珠说："我也不知道，也可能是人家现在退休了不想别人打扰她吧！别人不愿意帮我们找郑栋，我们还是自己找吧。"达娃央珠不停地点头，梅雅拉着达娃央珠就要往前走，达娃央珠马上又问梅雅："师娘，很多年以前你也在农村呆过啊？"梅雅点头，然后有些伤感的对达娃央珠说："那时我们是没有办法，十六七岁的小姑娘就离开了父母来到了农村，我们吃的苦是你们现在的年轻人都无法想象的。"达娃央珠马上就来了精神，她对梅雅说："师娘，你不是说你下乡的地方离这里不远吗？我们一起去看看吧！这个程医生不帮我们算了，你去那里可以找一些熟人帮我们找郑栋啊！"

先前梅雅还真的没有想到这个事，现在达娃央珠突然提起这事，梅雅决定还是去看看黄大爷老两口。自从上次黄大爷来过家里以后，梅雅就一直想着去看看，那个伤害她的麻脸男人已经死了，黄大爷夫妇对她恩重如山，她不能忘恩负义。可一想着身边跟着的达娃央珠，梅雅又有些犹豫了，这个时候，她才突然有些后悔自己不该去认程医生，现在郑栋不但没有找到，还多了一个人知道她最不愿意让人知道的过去。在梅雅的眼里，达娃央珠就是一个二十多岁的姑娘，年轻单纯还有些幼稚，很多事情她都会感情用事。如果回去她把这一切无意中跟丈夫说起了怎么办？不管怎么说过去的一切梅雅想永远地埋在心里，丈夫对自己的好梅雅一生都感激，她不愿意失去丈夫，以前她已经吃过这方面的亏，所以在跟丈夫结婚时，梅雅隐瞒了自己的一切。她也知道自己这样隐瞒丈夫，对丈夫是很不公平的。但梅雅没有办法，内心深处她也很痛苦，有几次她的话都到了嘴边，可她还没有勇气说出口，她知道自己一旦说出了一切，几十年苦心经营的婚姻就没了。丈夫是德高望重的大学教授，说什么也不会原谅自己对他的欺骗。

达娃央珠好像看出了梅雅的心思，她赶忙向梅雅保证："师娘，就算你帮帮我吧！我真的想找到郑栋的一点线索，你放心好了，这里的一切我不会对外人说的。"梅雅还在犹豫时，达娃央珠马上哭了起来："师娘，我求求你了好不好？找郑栋这么久我真的找得好苦，你放心好了就是找到了他，我也不会去给他添麻烦的，就是想看他一眼。师娘，我求求你了！"达娃央珠的哭泣声，撕碎着梅雅的心，她觉得自己再硬着心肠不去帮达娃央珠的忙，那真的是天理难容了。

对于梅雅的到来，黄大爷夫妇感到很意外。因为前些日子黄大爷去找过梅雅之后，他已经从梅雅的谈话中知道了她有太多的难言之隐。梅雅不想回乡下来看看，那是因为乡下给她留下了太多的痛苦，她不愿意再想起过去的事情，这一点黄大爷很是理解，能在城里看到梅雅他也就放心了。梅雅让黄大爷带回去的很多东西，黄大妈一直舍不得拿出来吃。黄大爷知道老伴想梅雅，他已经决定了等天气暖和了就带着老伴去城里逛逛，也是去看看梅雅。可现在梅雅却突然出现，跟她来的还有一个藏族姑娘，黄大爷夫妇是又惊又喜。特别黄大妈，马上拉着梅雅的手就哭了起来，她有太多的知心话要跟梅雅说。吃过晚饭以后，达娃央珠在外面看电视，梅雅和黄大妈坐在床上拉家常。黄大爷走到了梅雅身边，悄悄告诉了她一个振奋人心的好消息：当年梅雅在乡下生的那个孩子没有死，听别人说后来还看到过，但现在不知在何处？

一听到这样的好消息，梅雅愣住了，过了很久，她终于抱住黄大妈伤心地哭了起来。

第3集 ● 童言无忌

邹雪正陪着爷爷在看电视的时候，很久没有来过家里的姨奶奶突然来到了家里。对于姨奶奶，邹雪一直觉得她说话做事都很神秘，以前奶奶在的时候，她一来了就把奶奶拉到房间里去说悄悄话，好像她一直都很忙似的，从来不在邹雪她们家里住，最多来就是吃一顿饭就走了。邹雪曾经问过父亲，姨奶奶是干什么的？父亲告诉邹雪姨奶奶也是医生。可自从奶奶死了以后，姨奶奶就从来没有来过家里，今天她突然来到了家里，却把邹雪的爷爷拉到房间里去说悄悄话。邹雪很是纳闷，这姨奶奶到底在干什么啊？以前跟奶奶关在一起说悄悄话还有情可原，可现在跟爷爷关在一起又是为什么呢？爷爷是男生啊！看着姨奶奶把爷爷拉进了另一间屋子，邹雪再也没有心思看电视了，好奇心的驱使，她悄悄跑到爷爷的屋子外面前去偷听姨奶奶和爷爷的谈话。

邹枫刚刚回家，邹雪就悄悄把他拉进了房间，然后很神秘地告诉他："姨奶奶今天来过我们家了。"看着女儿神神秘秘的样子，邹枫一下子就笑了起来，他说："这有什么奇怪的啊？姨奶奶是你爷爷的远房表姐姐，她来我们家里是很正常的，难道你不喜欢她啊？"邹雪很是一副大人的口吻对父亲说："爸，我不是那个意思，以前我就觉得姨奶奶很古怪的，这一次她来也是这样的，她又把爷爷拉到房间里说悄悄话。"因为家庭的原因，女儿一直对什么事情都很敏感，这一点邹枫是知道的，但他没有想到女儿也关心起父亲和姨妈的事，更怕她去搬弄是非，便批评女儿："你小孩子关心那么多事干什么？好好地学习才是你的正事。大人说话小孩子是不宜听的，你懂不懂啊？"一看到父亲也不理解自己，邹雪急得快要哭了，她说："爸，你怎么就一直不相信我的话呢？我知道你们大人说话我不该去偷听，可今天我还是去偷听了，结果我听到了一个可怕的事实，不跟你说我心里又觉得难受。"看到女儿认真的样子，邹枫赶忙点头，然后对女儿说："好好好！我听你说，到底是什么事啊？"邹雪想了一下，然后说：

"爸，我听到姨奶奶跟爷爷说好像有人在找你，她还让爷爷无论什么情况下也不要对你说出实情，爸，我觉得爷爷和姨奶奶有很多事情都瞒着你，反正我也听懂了那个意思，好像你不是爷爷奶奶亲生的一样。"听了女儿的话，邹枫一下子就蒙了。其实听说有个和自己长得很像的郑栋时，他就怀疑过自己的身世，以前他问过父亲，但父亲一直说自己就是他们亲生的，邹枫不好再问了。因为父母从小就对他很好，他怕伤父母的心，现在听女儿这么一说，邹枫又对自己的身世起了更大的疑心。为了弄清楚事情的真相，邹枫趁父亲不在家的时候，悄悄进了他的房间，从他的床上找到了几根头发，马上拿去做了化验，一切真相大白，自己和父亲没有血缘关系。

拿到化验结果的那一刻，邹枫很久都还没有回过来神。几十年了，他现在才知道自己不是父母亲生的，可自己是谁的孩子呢？亲生父母又在哪里？既然姨妈现在又跟父亲谈起这件事，她应该是知道真相的。可邹枫不敢去问她，几十年了他们都一直瞒着自己，现在去问了他们也不会说的，说不定还会把事情弄糟。

邹枫把化验结果拿回家的时候，女儿邹雪还是知道了，因为她一直在缠住父亲问事情的真相，但面对幼小的女儿，邹枫不知道说什么好。邹雪见父亲不说话，她拉住了父亲的手，说："爸，你不说我也知道结果了。因为以前爷爷奶奶一直不喜欢我，原来他们就不是我的亲爷爷奶奶啊！要是我的亲爷爷奶奶，他们一定会很喜欢我的。爸，我们去找亲爷爷奶奶吧！说不定他们也在到处找你啊！"邹枫赶忙用手捂住了女儿的嘴，然后小声地对她说："这事你不要出去对第三个人说好吗？要是你爷爷听到了会生气的，现在他已经对你很好了啊！大人的事你不要多管，只要爸爸真心爱你就行了。"听了父亲的话，邹雪虽然有很多的不理解，但她还是向父亲保证不出去对外人说，她是个听话懂事的孩子，不想让父亲为难。

如果不是当天晚上做那个噩梦，邹枫还没有想到急着去找亲生父母。自从知道了自己不是父母亲生的以后，邹枫的心就一直没有平静过。去不去找自己的亲生父母，跟不跟现在的父亲摊牌他都很犹豫。现在他也是为人父的人了，知道孩子对于父母来说是比自己的生命还要重要。当年自己的亲生父母是抛弃了自己还是自己被别人拐走的呢？这一切邹枫不知道，

第八章

但无论是哪一种情况邹枫都想看看自己的亲生父母是什么样子的？几十岁的人了还没有见过自己的亲生父母一眼，那是一件很不幸的事情。姨妈已经说了有人在找自己，难受他们就是自己亲生父母吗？他们姓什么？又在哪里呢？这一切都困扰着邹枫，他百思不得其解，也没有心思去上班。晚上他早早地就入睡了，在睡梦里，他梦见了自己的母亲，那是一位非常美丽善良的女性。邹枫一直觉得她很熟但就是想不起在哪里见过她。母亲拉住了邹枫的手不停地哭诉："儿子，妈妈找了你几十年，真的找得好苦啊！以后我们再也不分开了，妈妈一定要好好地爱你疼你！"邹枫也大哭起来，他边哭边喊："妈，我也想你啊！"邹枫想去拉母亲时，母亲却突然消失了。邹枫吓坏了，他大喊起来，才发现自己在做噩梦。从那时起，邹枫就下定了决心要去找自己的亲生父母。他想过很多种找亲生父母的方法，那就是去找亲朋好友，但邹枫觉得这一切都行不通，这些人就是知道了也不会说的，毕竟他们怕得罪父亲，邹枫也不愿意这样，所以这事只有自己秘密去调查，在这个时候邹枫马上就想到了董惠，她是自己最信得过的人，也是跟自己从小在一个村长大的，自己不知道自己的身世，她应该能从大人的话题里知道一些线索。但他给董惠打了几次电话，董惠一看是他的电话就挂了。邹枫很是苦恼，他觉得董惠是想一辈子躲避自己。就在这时，邹枫马上想到了王梅，她对自己亲如兄妹，有什么心里话邹枫都愿意对她说，只有找到她帮忙，董惠才会见自己。

王梅带着邹枫出现在董惠面前时，董惠感到很意外，当听邹枫说了自己的事情以后，董惠更感到吃惊。因为她从来没有听谁说过邹枫他们家的事，更不相信邹枫不是现在父母所生的。在董惠的眼里，邹枫的父母很能干，但他们也很傲慢，一般的人都很难跟他们结交，以后他们在城里买了房子又把邹枫也接去了城里，跟村里人也没有什么联系了。

邹枫此时对于寻找亲生父母的心情已经进入了痴迷的状态，一听到董惠说这样的话，邹枫心里快要崩溃了，他紧紧拉住董惠的手，说："你和王梅都是这个世界上我最信任的人，我求你们帮帮我，我想找到我的亲生父母，哪怕他们当年就是抛弃了我，我也不会计较的，几十年了，我就是想看看他们。"看着邹枫为了寻找亲生父母而如此痛苦，董惠和王梅都被他的真情所感动，但他们又无能为力。就在这时，董惠突然喊了起来：

"要找到你的亲生父母犹如大海捞针一样难，现在大家只要找到了另外一个人就一切都清楚了。"邹枫赶忙问董惠："那个人是谁啊？你快告诉我，他在哪里？我要马上去找他。"董惠又拿出了自己画的郑栋的模拟像递给了邹枫："就是我的救命恩人啊！只要找到了他一切真相都能大白。"王梅看着董惠画的模拟像马上大喊起来："像，真的是和邹枫一模一样的啊！"董惠点了点头，然后说："是的，看起来他和邹枫长得一模一样，但他们绝对是两个人。邹枫也怀疑自己不是现在父母所生的，那么他在这个世界至少还有一个亲生的弟弟或哥哥。"邹枫说："不是怀疑，而是事实已经证明我不是现在父母所生的，这个郑栋我也知道，达娃央珠一直在找他，还几次把我当成了他，李楠也看到过这个人的，但现在我们怎么找到郑栋啊？"邹枫这么一说，大家都陷入了深深的苦恼之中，这个郑栋又在哪里？现在是谁也不知道。以前只有达娃央珠在找他，现在董惠想找到他，邹枫也想马上找到他，林教授夫妇也想找到他，可他却一直不露面了。

几个人想了很久也没有想到一个能马上找到郑栋的好办法，这时，王梅和董惠都给邹枫出主意，让他在媒体打一个广告寻找郑栋，邹枫也觉得这个主意不错。但想了很久他还是没有那样做，自己身世之谜已经几十年了，如果这样打了广告出去会影响到很多人的。万一当年父母有什么隐私说不定就毁了他们，也伤害到了现在的父亲，要找亲生父母邹枫决定还是只有秘密行动。

如果说以前董惠怕邹枫来找她，给她带来不必要的麻烦，也怕婆婆发现以后又惹是生非。可现在面对痛苦不堪的邹枫，董惠已经完全忘了一切，看到邹枫伤心她也心疼，董惠希望能帮助邹枫寻找到自己的亲生父母，还要找到那个可能是邹枫的哥哥和弟弟的郑栋，因为他是自己的救命恩人，不找到他，董惠的一生都会不安的。

董惠给儿子和婆婆又买了很多东西回去，儿子现在已经在学走路了，因为从小是婆婆带着的，他跟婆婆的关系比跟母亲的关系还要好，吃饭要婆婆喂他，走路要婆婆牵着他，看着那一切，董惠是感慨万千，心里也放心了不少。董惠告诉婆婆自己可能要很长时间不来看孩子，请她好好地帮助自己带着儿子。陈婆婆一听说孩子的母亲要很久不来看孩子，她心里很是高兴。说心里话，陈婆婆一直就不喜欢李洁经常来，现在孩子已经离不开她了，但她还是担心李洁经常来看孩子，当初答应她的事又反悔。如果李洁不来了，跟孩子的关系也会越来越生疏的，以后孩子慢慢长大了就会只认她这个婆婆。陈婆婆要的就是这个结果，她现在不能没有这个孩子。所以，当李洁说要很久不来看孩子时，陈婆婆是满心地欢喜，她还希望孩子的母亲永远不来看孩子更好。

那一天晚上，想到自己可能很长一些时间不能看到儿子了，董惠跟婆婆说了很久，婆婆才答应让她带着孩子睡一晚上。没想到睡到半夜，儿子突然大哭起来，陈婆婆马上过去抱起了孩子，孩子立即就不哭了，很快又在陈婆婆的怀里甜甜地睡着了。董惠却再也没有睡意了，想着自己的儿子已经跟自己这样生疏了，她不由得泪流满面。看到董惠那样，陈婆婆赶忙把毛巾递给了董惠，然后没头没尾地问董惠："你到底是谁?"陈婆婆的声音虽然不大，但在寂静的夜里却显得是那样的阴森可怕。董惠吓得大气都不敢出一口，好在陈婆婆只问了一句就马上离开了。董惠这才松了一口大气，第二天一大早，董惠马上要走，陈婆婆赶忙拉住了她，不停地给她赔不是："昨天晚上我是不是吓着你了啊? 可能你不知道，我有夜游症，如果有得罪的地方请你不要放在心里。"董惠匆匆和婆婆说了几句话，然后赶忙离去，她这才明白家自己已经不能随便回来了，孩子自己也不可能随便接近了，住在自己家里跟走钢丝一样危险。

第4集 ● 教授家的秘密

林教授发现妻子的变化，那时在妻子从乡下回来以后，他发现妻子的精神比以前好了很多，成天都是早出晚归的。林教授一直担心妻子的身体，看她这样忙来忙去就忍不住去说她，可妻子总是说没事就是想出去走走精神更好。林教授曾经问过达娃央珠去郑栋老家的情况，但达娃央珠也说得轻描淡写，就是她们这样态度才让林教授心里感到很不安。但到底担心什么? 就连林教授自己也说不清楚。林教授知道妻子不愿意说的事就是自己再问她也不会说的，每个人都自己的私人空间，这一点林教授很明白，所以他也不再问妻子什么了。

那一次，林教授真的不是有意要去跟踪妻子的。在家吃过晚饭以后，达娃央珠征得林教授的同意又在书房里上网了。前些日子，林教授夫妇看到达娃央珠精神一直不好，就从各方面去帮助她、关心她，教她学文化，还教她学会了上网，但那时达娃央珠对上网没有多大的兴趣，可自从去了郑栋的老家之后，达娃央珠就对上网入了迷。林教授曾经问过她在网上玩什么，达娃央珠说她在网上找郑栋，在网上她学会到了很多的东西，也结识了很多的好朋友，一听说自己在找人，很多网友都在帮助她。达娃央珠现在才知道网络的用处真的很大，早知道找人可以在网上找，自己以前就不应该那样到处乱跑了，而且还去拼命地缠着一个跟郑栋长相差不多的医生。林教授一听达娃央珠这样说，心里感到些许的安慰，他终于觉得达娃央珠慢慢地长大成熟了，现在的她已经走出了过去的阴影，不会再有什么想不开的事了。对达娃央珠林教授总算放心了不少，有时就是自己想用电脑，但只要达娃央珠说要用电脑，林教授都让着她。达娃央珠在书房里上网，林教授觉得无事可做。本来他是准备和妻子一起出去散步的，因为一直忙那些乱七八糟的事情，林教授已经好久没有陪着妻子一起出去散步了，再加上近来看到妻子的一些变化，林教授就决定和她出去散散步，随便谈谈心。梅雅当时也答应了丈夫，没想到她突然接了一个电话之后就匆匆离开了家。

如果梅雅是和达娃央珠一起出去的林教授还比较放心，可妻子在接听了一个电话以后马上就走出了家，林教授实在不放心妻子，但他也不好对妻子明说。所以妻子走后他也悄悄跟了出去。梅雅出了家门马上打了一个车走了，林教授也打车跟了去。梅雅在一个酒吧门口停了下来，她到处张望了一下，然后又拿起手机打电话。很快梅雅挂了电话走进了酒吧。林教授把这一切都看清楚了，当时他就很纳闷，和妻子生活了几十年，他知道妻子从来也不进什么酒吧和茶庄的，更不会晚上一个人出门的，现在她却一个人神神秘秘地进了酒吧，这让林教授很是百思不得其解。林教授一直在酒吧外面等了很久也不见妻子出来，打妻子的手机也是关机，林教授心里突然不安起来，他赶快走进了酒吧，向服务员问了很久，服务员才给他指了一个包间。林教授小心翼翼地去敲门，可敲了很久也没有人开门，林教授只得用力推开了门，里面的情景让他大吃一惊：妻子倒在地上痛苦地呻吟,她的脸上有抓伤的痕迹。林教授赶快抱住了妻子大声地喊了起来:"阿静,你怎么啦?是谁对你下了毒手?"

面对出现在眼前的丈夫,梅雅是又羞又气,她低下了头只是不停地哭,林教授赶快打了120急救电话把妻子送进了医院,然后决定报警。一听说丈夫要报警,梅雅赶快拉住了丈夫,说:"这事你不要管了,一切都是我的错。"林教授很生气地说:"我是你的丈夫啊!你被别人伤成这样,我能不管吗?我一定要让伤害你的人受到惩罚。阿静,你告诉我,这个伤害你的人是谁?他为什么要伤害你?是不是他约你到这里来的?"面对愤怒的丈夫的样子,梅雅一句话也说不出来。因为她是来见那个给她打电话的神秘男人,没想到丈夫却跟踪来了,更没有想到的是那个约她来面谈的男人是个骗子。自从听到当年生的那个儿子还活着的消息以后,梅雅的心就没有平静过,这么多年来她无时不在想着那个儿子。儿子是无辜的,他才几个月自己就狠心地抛弃了他。和林教授结婚以后,日子过得美满幸福。但每当一静下来,梅雅就会想起自己幼小的儿子,以前嫁丈夫不是她心甘情愿。可儿子毕竟是她身上掉下来的一块肉啊!但她怕自己过去的一切秘密公布出来以后,现在拥有的一切幸福都会全部毁灭,所以她一直不敢去见儿子。后来生下了儿子林博,梅雅把对以前儿子的爱都全部倾注到了林博身上。可这个儿子却处处让梅雅失望甚至让她伤透了心。郑栋的出现让她找回了儿子的感觉,她觉得自己眼中的儿子就该是郑栋这样听话懂事的孩子。上次黄大爷给她说起乡下的儿子早已经死了,梅雅就伤心了很久,她觉得欠儿子的债一生都还不完。没想到黄大爷后来又告诉她那个儿子还活着,梅雅是悲喜交加,事隔这么多年了,她什么都想通了,为当年抛弃儿子她已经感到深深地内疚,既然儿子还活在这个世界上,梅雅决定不管付出多大的代价都要找到儿子,她不知道从小就失去亲生父母的儿子现过得怎么样?梅雅就是想看看他,想在自己有生之年弥补一下当年亏欠他的母爱,她不想把更多的遗憾带到另一个世界里去。为了寻找亲生儿子,梅雅悄悄背着丈夫又去买了一个新手机,上了另一个号。自从她在报上登了寻找儿子的启事以后,她已经接到无数个电话,好心人给她提供的线索她都觉得不符合。正在梅雅有些灰心丧气时,一个神秘电话让梅雅又惊又喜,打电话的人让梅雅带上承诺的酬金到酒吧见面,他马上可以带梅雅去见到她的亲生儿子。寻子心切的梅雅没有多想，她赶忙带上了钱去酒吧跟打电话的人见面，说好的交了钱就带梅雅去见儿子。可没想到那人拿了钱就要跑，梅雅知道遇上了骗子，但她又不敢声张，只是要骗子退还她的钱。那个骗子凶相毕露和梅雅打了起来，梅雅根本不是他的对手，很快他把梅雅打倒在地上，然后拿着钱逃之夭夭了，但这一切梅雅又怎么敢对丈夫说呢？

　　林教授是个爱憎分明的人，本来就对妻子的一切行为感到可疑，现在妻子又出了这样的事，他决定一定要把事情弄个明白，可妻子不停地阻拦，林教授问她情况，她又一字不说。林教授心里窝着一肚子气，他忍不住对妻子发了火："我们夫妻几十年，看来你从来没有把我当你的丈夫，很多事情你都在瞒着我，你觉得我们这样有意思吗？我连一个外人都不如。现在人家把你伤成这样，你又不准报警，你到底有什么不可告人的秘密啊？"其实林教授也是在气头上说的话，因为平时他从来没有对妻子发过火，可他这一发火真的把妻子吓住了。梅雅慢慢地擦干了眼泪，然后拉住了丈夫的手低声说："老林，是我对不起你，现在我想和你离婚。"林教授一听到妻子说"离婚"两个字，他还以为是自己听错了，赶忙拉住了妻子的手激动地问："阿静，你说什么？你说什么？"梅雅看了看丈夫然后平静地对说："我决定和你离婚。"这一次，林教授终于是相信了妻子说的话，他死死地盯着妻子说："你告诉我原因。"梅雅说："因为跟你生活在一起我觉得好累，所以我想解脱，就算是我对不起你了！"林教授再次看了妻子一眼，然后痛苦地摇了摇头，说："这么多年我们都过来了，你为什么这个时候突然想到了离婚？阿静，我们不离婚好不好？以后我有哪里做得不对你告诉我好吗？几十年的夫妻情了，我真的舍不得你！"梅雅又摇了摇头，说："不行，我已经决定了，跟你在一起我真的过得不幸福，所以我想在有生之年好好地过几天幸福快乐的日子。老林，真的是对不起你了！"梅雅再也说不下去了，她边说边擦眼泪。看到妻子痛苦的表情，林教授这才觉得自己和妻子的婚姻终于走到了尽头，他也没有想到自己一生小心爱护妻子得来的却是这样的结果。既然妻子已经说了她过得不快乐，自己只得放手。林教授长长地叹了一口气，说："你不要说对不起，该说对不起的是我，感谢你在这个时候还是对我说了实话，既然这样我不会打扰你了，希望你以后的生活会过得轻松快乐。等你的伤好了以后我们就去办手续，今天我还要去上课，一会儿我打电话让达娃央珠来照顾你。"林教授说完，再次为妻子理了理被子，然后伤心地离开了病房。看着一脸绝望的丈夫离去，梅雅捂住脸放声地痛哭起来。

第5集 ● 阴差阳错也是缘

薛丹在刘宗辉的家门口守了一天，终于守着他出门了。但薛丹却没有机会接近他，因为刘宗辉是和儿子妻子一起出来的。看着刘宗辉开车载着妻子儿子走了，薛丹也马上打了一个车跟了去，他没有想到的是刘宗辉直接去了机场。原来刘宗辉把儿子和妻子送上了飞机，薛丹也打听到了那架飞机是飞往洛杉矶的。薛丹马上觉得自己受骗了，终于在刘宗辉一个人开车回去的路上，薛丹把他堵住了，然后大骂起来："你这个两面三刀的男人，为什么要骗我？不是说早就和你老婆分居了吗？为什么还要亲亲热热地跟她在一起啊？而且连我的电话也不接了。"一听薛丹这样骂自己，刘宗辉更是气不打一处来，他抓住薛丹的手吼了起来："你少在我面前演戏了好不好？算是我瞎了眼认错了人，我是把心都掏给了你。可你是一个贪得无厌的女人，我上次让你给我送东西来，你为什么把李楠给叫来了？我让你拿的东西呢？是不是拿给李楠了？让他看到我的生意做那么大，又可以来找我的麻烦了。薛丹，早知道你是这样忘恩负义的女人，你就是美如天仙我也不会爱你的。"薛丹本来是来找刘宗辉算账的，突然听刘宗辉骂出这样的话，她是丈二和尚摸不着头脑："你把话说清楚，不要恶人先告状，恶狗先咬人。我什么时候把李楠叫来了啊？这事我还要找你讨说法呢？你叫了一个男人来取东西，为什么李楠他们会突然出现在那里？你那时又在哪里？后来为什么电话就打不通了？"刘宗辉马上冷笑起来，他对薛丹说："你就慢慢地编吧！我什么时候拿了东西啊？派的人还没有到就已经看到那里打成一团了，人家还敢来拿吗？"本来对于那天李楠的突然出现和那些人打杀的场面薛丹就感到莫名其妙，又听梁飞曾经说过他和李楠以前认识的过程，再加上梁飞说邹枫是他的救命恩人，现在又听说刘宗辉说没有拿到自己要的东西，薛丹马上就觉得自己受骗了。她认为可能是自己真的冤枉了刘宗辉，那一切打杀和在自己手上拿东西的男人说不定就是李楠和邹枫的托，那是在演戏给自己看，他们其实早就在监视自己了。

刘宗辉见薛丹不说话，马上心又软了，他赶忙去哄薛丹："都怪我刚才说话态度不好，其实我是心里也气啊！我刘宗辉在生意场上打拼了那么多年从来没有做过亏本的生意。可我在感情上真的输得很惨，你是我最爱的女人，我把什么都交给你保管，可你为什么要出卖我啊？那个合同我现在也没有拿到，对方又拒绝付款，我也找不到证据，你知道我心里有多气吗？那是我们两个人的心血啊！"薛丹看了看刘宗辉，然后很不服气地说："你是真心对我吗？别再演戏了，你以为我不知道，成天不理我就天天跟你老婆混在一起，你把我当什么人了啊？就算我有错你也可以打电话给我说清楚啊！可你为什么要关机？想和你前妻和好你就明说，我也不会死缠你的，你这样莫名其妙地消失算什么东西？再说了我跟你干了这么久没有功劳也有苦劳啊？什么事情总得有一个说法！"见薛丹生气，刘宗辉马上笑了起来，然后拿出了一张300万的存折给薛丹看，然后对她说："宝贝，看你吃的什么醋啊？我家里那个黄脸婆她能和你比吗？为了你我只能这样先哄着她啊！现在总算把她哄走了，这天下就是我们两个的了。她如果不走就会阻拦我们的事情，现在你就可以明目张胆的住到我家里了。这个钱就是我悄悄存下来的，再过一些日子，我把公司全部转让了就和你一起出国过我们快乐的日子。今天我刚把她送走正说给你打电话，没想到你却跟来了，这正好啊！想吃什么？我带你去。"薛丹马上冷笑起来，说："少用这些话来骗我，你以为我是三岁小孩子啊？你口口声声说爱我，可这存折上面还是你的名字啊？我拿来有什么用？还不是废纸一张。现在我已经不相信爱情了，只有钱在自己手上才是真的。"一听到薛丹说钱没有存到她的名下，刘宗辉马上带着薛丹去了银行，要求把定期存上的钱取出来存到薛丹的账上，当银行要刘宗辉出示身份证时，刘宗辉才发现不知道什么时候，自己的身份证已经弄丢了，银行拒绝给他办理。为了让薛丹吃定心丸，刘宗辉只得把存折交给了薛丹保管，然后去公安局补办身份证，有了身份证再来办理转存手续。虽然薛丹也不敢完全相信刘宗辉对她的爱是真的，但手里有了那300万的存折，她的心里也踏实了不少。

梁飞去了劳务市场找工作，已经找了几天了也没有找到他觉得合适的工作，要么就是离他租房子的地方太远，要么就是工资太低他不愿意去。他总是想着工资至少要比原来打工那家公司的工资高才行。说心里话，梁飞原来打工的那家公司的工资还是不错的。可梁飞就是见不得那个车间主管，那是个不男不女的男人，说话带娘娘腔。梁飞的技术很好，公司是按计件给工资，有几个月梁飞的工资比那个主管的还要高，那个主管就眼红了。开始是想跟梁飞借钱，梁飞不是一个吝啬的人，要是别人给他借钱的话，他会毫不犹豫地借给他。可那个主管要借钱梁飞就不愿意借一分钱给他，借了钱给他等于是肉包子打狗有去无回的。梁飞也知道主管有老婆孩子，可他还在外面借钱去勾引女人。车间里有点姿色的姑娘他都想打人家的主意，如果不成他就百般刁难别人，很多姑娘不敢惹他只有悄悄辞职。也有一些人跑去老板那里告他的状，但老板也没有办法管他，因为他是老板娘的远房弟弟，是老板娘故意安排到公司来监督老板的。

梁飞没有借钱给主管，主管恼羞成怒，在工作中故意找梁飞的茬不说，还到处散步梁飞曾经是劳改犯。梁飞对于过去的一切，再加上经历了那么多的事情以后，梁飞已经对自己以前的所作所为感到深深地后悔，他也真的意识到了自己的错误，想忘记过去好好地做人，以此来报答社会。可主管这一添油加醋地乱说，又揭开了梁飞的伤疤。一些对梁飞不太了解的人干脆避开他，甚至提出了要换车间，决不跟梁飞在一个车间干活，好像梁飞就是一个杀人不眨眼的魔鬼一样。很快梁飞被人孤立了，他的心里痛苦得要命，知道这一切都是那个主管捣的鬼，本来梁飞就讨厌他，那一天，又喝了一点酒，梁飞便借着酒性拿起了厨房里的菜刀就要去找主管算账。要不是妻子跪着求他，也许大错早已经酿成。等酒醒以后，梁飞真的吓了一大跳。监狱里呆着的日子别人不知道，可梁飞是再清楚不过了，在走出监狱大门的那一瞬间他就发过誓再也不会去哪里了，如果自己去伤了人，进不进监狱已经不是他自己说了算的。看着一直不停哭泣的妻子，梁飞终于醒悟了，他赶忙向妻子保证，以后做事一定要三思而后行。冲动是魔鬼，这个魔鬼会毁了一切。以前自己就是这样冲动才铸成了大错，现在无论如何也要吸取经验教训。

苏霞想了很久，为了以后丈夫不跟主管发生冲突，更为了让丈夫心理平衡，不让他再受到刺激。苏霞决定和丈夫一起辞职离开那个是非之地，去别的地方找个工作干。他们想过平静的生活，不愿意再招惹是非了。

刘宗辉也在劳务市场转了很久，他也在招聘员工，但一直没有找到他觉得合适的人，这天他已经不抱任何希望准备走了，梁飞突然出现在他的视线里。刘宗辉的眼睛一亮，他马上觉得梁飞就是他要寻找的人了。

对于梁飞来说，遇到了刘宗辉也是遇到了天上掉馅饼的好事。刘宗辉要找一个贴身的保安，每月工资3000块钱，吃住都由老板包了。梁飞以前在车间当工人，最高的工资也只拿得到2000多，而且还要加很多班，吃住还得自己掏钱。现在每天跟着老板到处跑，不用下车间干活，成天还能吃香的喝辣的，工资还比以前高得多，这样的好工作谁又不羡慕吗？说心里话，这样的好事梁飞以前就是做梦也没有做到过的。面对天上掉下来的好工作，梁飞还是担心自己过去不光彩的一切，如果让老板知道了他会要自己吗？梁飞开始和刘宗辉的谈话都谈得很投缘，他也看出来了刘宗辉对自己很满意，还让他如果觉得没有什么意见的话明天就可以去他的公司上班了。看到刘宗辉已经决定让自己去公司上班了，梁飞高兴得差点跳了起来，觉得自己的一切担心都是多余的。他决定马上打电话把这一特大的好事告诉妻子，让她也为自己高兴，可就在梁飞刚刚拿起手机打通妻子的电话时，刘宗辉却让梁飞回去把自己的简历填写一份，说是明天到公司上班一起交给他。就是刘宗辉这短短的一句话，让梁飞刚才还热情高涨的心突然掉进了冰窟窿，他一直担心的事情还是发生了。原来刘宗辉也和别的老板招聘员工一样，都要应聘者如实填写自己的简历。别人填写起自己的简历来应该是很自豪的。可梁飞就不知道该怎样填写自己的简历，他希望得到刘宗辉提供的这个好工作。但他也知道老板的要求是很严格的，自己那不光彩的一切如果不填怕老板知道了还是认为他不诚实而开除他。如果填了，他觉得这份工作可能马上就与自己无缘了。

看到梁飞有些为难的样子，刘宗辉赶紧拍了拍他的肩膀，然后对他说：你就随便填行了，只要是真实的就行，比如你过去学过什么技术？有没有得过什么奖励？在部队服过役没有？有哪些方面的特长？"梁飞赶忙低下了头，然后十分痛苦地对刘宗辉说："我没有在部队服过役，只是在监狱服过刑。"说出了自己的隐私，虽然知道工作已经与自己无缘了，但梁飞心里却有了一种轻松感。他不想再那样欺骗自己也不想欺骗别人了，现在的老板有的是钱，他们愿意出那么高工资请保安，他也知道人家都要求所请的员工过去的历史都是清清白白，他这样的人去给老板当贴身保安，别说老板不愿意，就是自己站在老板那个角度也不愿意要自己的。梁飞没想到的是他说出了自己的过去时，刘宗辉并没有感到惊讶、也没有嫌弃他，而是诚恳地对他说："过去的一切已经过去了，我只希望你以后好好跟着我干就行了，明天早点来公司上班我还有很多的事情要跟你交代。"听完了刘宗辉的话，梁飞一直以为自己是在做梦，当证实了刘宗辉真的是让他去上班时，梁飞激动得流出了眼泪。他觉得有这样的老板看重自己，又给自己一次这么好的机会，自己只有死心塌地为老板卖命才对得起他。

第6集 ● 黑色罪恶

刘宗辉又带着薛丹去外地出了一次差，薛丹自从又找到了刘宗辉以后，她就决定把他跟紧一些，虽然经常都跟刘宗辉住在一起，但没有和刘宗辉正式结婚，薛丹心里还是有些不放心。尽管刘宗辉的妻子已经去了国外，但薛丹还是怕他们私通什么，她希望刘宗辉马上跟妻子离婚，自己好成为他名副其实的妻子。至于自己跟邹枫的婚姻，薛丹觉得只要自己想离婚，邹枫那种软弱的男人是拿自己没有办法的。

面对薛丹提出的结婚要求，刘宗辉马上拒绝了，他的理由很简单：妻子刚刚出国自己就提出离婚，妻子一定不会答应的，自己也找不出什么理由。等半年以后，他就可以以夫妻长期分居为由去法院起诉离婚了，然后再跟薛丹结婚。一听刘宗辉这样的打算，薛丹也觉得有些道理。反正刘宗辉的妻子走了，自己也没有什么可顾忌的了，早晚自己也是刘宗辉的人。最让薛丹高兴的是，只要刘宗辉去外地出差都要把她带上，别人出差感到很累很辛苦，可薛丹觉得跟刘宗辉一起出差就是一种享受。不管到哪个地方，只要是薛丹喜欢吃的穿的，刘宗辉都给他买，每次他们谈生意，刘宗辉都不让薛丹去和那些老板见面，让她随便在街上玩，自己谈好了生意再去找她，这一点真的让薛丹很感动。以前她也听人说过，有些男人为了做到大生意，不惜让自己的女人出卖肉体去勾引那些好色的男人，让他们在合同上签字。可刘宗辉从来不让薛丹出面，就是怕那些好色的男人对她有非分之想。刘宗辉曾经对薛丹说过："我的女人决不会让她受到任何伤害，只想让她过得幸福快乐。"就凭这一点，薛丹觉得刘宗辉是个真正的男人，也值得让自己去爱。

从外出差回来以后，所有的东西薛丹是要带到刘宗辉家去的，可刘宗辉马上拒绝了，他还是让薛丹带回她家放着方便，这一点薛丹有些不高兴了，她马上跟刘宗辉赌气："我已经决定跟邹枫离婚，所以我也不想回那个家了，他父亲一直恨我，再跟他们争下去离婚时我还是得不到什么东西的，你干什么还让我回去放东西啊？"一听薛丹这样说，刘宗辉马上大笑起来，他抱住薛丹亲了又亲，然后很神秘地对她说："你傻啊！越是最危险的地方就越安全。现在我们还没有正式结婚，东西放在我家里，万一我妻子回来找到了怎么办？我和她还没有正式离婚，她要回家我也没有理由拒绝啊！放在你家里我妻子也不会去你那里找啊！李楠那小子你也知道不是省油的灯，我们俩的关系多少他是知道的，他和你老公又是铁哥们，说不定他时时都在监视我们呢！我们就要让他们抓不到任何把柄，你还是要时不时地回家把你老公的心稳住，你老公那人还是很好哄的。等时机一到我们马上比翼双飞！"一说到自己的老公，薛丹心里突然有了一种说不出的滋味。说心里话，薛丹觉得丈夫真的是一个君子，自己放的东西他从来不去乱动。自从父亲双规以后，公公婆婆突然变了脸，对自己来了一个180度的大转弯。但丈夫从来没有那样对待自己，相反还从各方面关心自己，只可惜他不懂得浪漫，也不懂哄女人开心，薛丹对他已经没有了感觉。

刘宗辉一见薛丹不说话，马上又对她说："你是不是后悔跟我在一起啊？如果后悔了现在还来得及，我给你几十万你还是回去跟你老公过日子吧！你不爱我，我也很理解，你老公是名牌大学的高材生，而我只是一个大老粗配不上你的。"一听到刘宗辉这样说，薛丹很是感动。她觉得这个男人不要说让她把重要的东西放在自己家里，就是跟着这个男人去讨口要饭她都心甘情愿的。丈夫是名牌大学的高材生不假，可他跟书呆子一样什么都不懂。刘宗辉虽然没有什么文化，但自己的实际文化水平还不如一个初中生呢，这一点也是跟刘宗辉不相上下的。最重要的是刘宗辉把自己当成了他的宝，作为一个女人，薛丹觉得这比什么都重要。

梁飞在公司工作了几天也没有事情可做，刘宗辉在办公室跟人谈事情，梁飞就在办公室外面守着。这天，刘宗辉和客人谈完了事情，然后让梁飞跟他去一个地方办事。到了宾馆，刘宗辉让梁飞去一个小区取东西，说是到时会有人送来的，取到东西以后就赶快跟自己联系。

梁飞没有多问，他也知道做老板的贴身保安就是嘴紧，不该知道的东西不要去问，所以他就匆匆离去。

薛丹刚刚从商场出来就接到了刘宗辉的电话，让她赶快把东西送到小区外有一个男人来接，并告诉了她接东西人的电话。薛丹不敢怠慢，马上打车回家取了东西来到了小区外，看了很久薛丹也没有看到人，她赶快拿起刘宗辉给她的电话号码打了起来，这一打电话，差点让薛丹吓得晕了过去。因为她突然发现梁飞就站在她的不远处接电话，她说让他过来拿刘总要的东西，梁飞马上挂了电话就往她这边走来。当时薛丹戴了一副大墨镜，梁飞还没有看清楚薛丹的脸，薛丹马上跑了。

第7集 ● 家贼难防

自从达娃央珠从宾馆辞职以后，索朗多杰又到处找了很久，但一直没有达娃央珠的下落。索朗多杰又恨又气，他也知道自己再这样找下去也是没有什么结果的，因为达娃央珠一直对他很敌视，也一直在躲着他。实在没有办法，索朗多杰只得打电话告诉了扎西，说达娃央珠在省城里没有什么生命危险，就是怕她老是去找郑栋再惹出什么新的祸事来。

扎西以前一直为女儿的病担心，知道了她曾经在宾馆当过服务员，扎西倒是放心了不少，能去工作了，至少说女儿没有什么病了。可好久没有见到女儿了，扎西心里还是一直想见见女儿。

杨亚洲也一直很关心扎西的女儿达娃央珠，时不时经常去扎西家问情况。有了女儿的下落，扎西赶忙去告诉杨亚洲，杨亚洲的心里十分高兴，他知道扎西爱女儿，以前没有达娃央珠的消息时，扎西虽然不像他的妻子那样经常念叨女儿，可他知道扎西是在心里想着女儿，男人的感情一般都不轻意表露出来。来这里工作虽然不久，但扎西为他们的工作能顺利开展所做的努力，杨亚洲心里是一清二楚，没有他去做那些藏族同胞的工作，杨亚洲他们的工作就无法进行。达娃央珠因为和汉族青年郑栋恋爱，郑栋莫名其妙地失踪，达娃央珠精神受到刺激得了病，扎西把一切痛苦都埋在了心里。当杨亚洲后来了解到达娃央珠的身世之后，也才突然明白了大家对达娃央珠的爱护，她是不能受到伤害的，因为她是大家的女儿，所以直坡村的藏族同胞拒绝汉族人进村修路，他们把达娃央珠所受的一切伤害都强加到了杨亚洲带领的援建人员头上。是扎西帮助杨亚洲他们解了围，杨亚洲和员工们一直从心底里深深地敬佩扎西，他们也总想为扎西做点什么事，可扎西都一一拒绝了。

杨亚洲正要开车去省城办事，知道了扎西想见女儿，他不停地劝扎西跟自己一起去玩玩，一方面可以散散心，另一方面也可以去找找女儿。杨亚洲还想出了另外一个办法，那就是出钱在媒体上打广告，看能不能找到那个郑栋？说心里话，杨亚洲也觉得那个叫郑栋的小伙子做得太过分了，虽然现在讲究恋爱自由，但他也不能对达娃央珠这样不负责啊！就算不愿意和人家谈恋爱了，也应该站出来和人家好说好散。杨亚洲已经想好了，如果找到了那个郑栋，自己一定要好好地教育他一下。在公司里，杨亚洲对自己的员工都是这样严格要求的，先要学会做人然后再说做事。杨亚洲劝了扎西很久，可他还是不愿意去。上一次他也去过省城找回了女儿，可还是没有从根本上解决女儿的问题。女儿的事让他伤透了心，现在他才有些后悔从小太溺爱女儿了，弄得现在自己说什么她都听不进去。扎西心里很为女儿的一切担心，可他又没有别的办法来管好女儿。

看着扎西难受的样子，杨亚洲又不停劝说他，扎西经不住杨亚洲的再三劝说，他终于答应和杨亚洲一起去省城了。

林教授一直以为妻子是在气头上说的离婚的事，因为林教授从来都没有想过这方面的事情。儿子让他失望也让他伤透了心，现在只有妻子是他最亲近的人了，有什么心里话他也只好和妻子说，如果妻子离开了他，林教授真的不敢想象以后的日子怎么过下去。冷静下来以后，林教授也觉得当时自己的态度不好，所以才引起妻子的反感。他决定回去和妻子好好谈谈,没想到妻子对他就是没有好脸色,不管林教授一再劝说,妻子就是一个理由要求离婚。林教授实在想不通自己到底哪里做得不好,为什么妻子执意要离婚?他反复问过妻子多少次了,妻子还是那句话,自己过得很压抑,所以想和他离婚;离婚以后她什么都不要,自己一个人搬出去租房子住。妻子已经说到这个地步了,林教授觉得自己再说什么也是多余的,好在学校里还分给了林教授一间寝室。林教授决定让妻子住家里,自己搬到学校的寝室去住。

丈夫搬走以后,梅雅的心情并没有好起来,她成天就是以泪洗面。达娃央珠是看在眼里急在心头,她也不知道师娘为什么要和林教授离婚?师娘的一切秘密达娃央珠从来没有对外人说过。看着林教授痛苦地离开了家,师娘成天又哭哭啼啼,达娃央珠是百思不得其解,她也不知道自己是该劝林教授还是该劝师娘?

自从林教授搬走以后,家里一下子就显得冷清多了,达娃央珠再也没有什么心思去上网了,看到师娘成天那样,达娃央珠的心里也很难过。林教授倒是经常打电话给达娃央珠询问妻子的情况,为了不让林教授担心,达娃央珠没有告诉林教授实情,只是说师娘的一切都很好。以前达娃央珠觉得在林教授家当保姆很轻松,很好玩,她还有更多的时间上网。可自从林教授搬走以后,她才觉得自己的事情好多好多。没事的时候,她只能天天陪着师娘说话,真的怕她一个人有什么想不开的地方。家里的生活师娘都全部交给达娃央珠去安排了,但师娘却叮嘱达娃央珠每天都做林教授爱吃的菜,做好了先给林教授送过去回来她们俩才一起吃。

达娃央珠心里很有些不舒服,她觉得有文化的人太不好打交道了,既然两个人都那么关心着对方,可为什么又要闹着离婚呢?是不是嫌自己轻闲了就找些事情来折腾啊?生气的时候,达娃央珠都想过离开林教授家,可一想到林教授夫妇对自己的好,达娃央珠还是没有离开,她只希望林教授能和师娘早一点和好,自己也好有时间去找郑栋和师娘还活着的儿子。

那天晚上,达娃央珠做了一个梦,梦见师娘的儿子回来了。第二天,达娃央珠还没有把这个奇怪的梦告诉师娘时,可她的儿子却真的回来了。但回来的却不是师娘一直寻找的儿子,而是几个月都没有回来过的儿子林博。达娃央珠炖好了东西先给林教授送去以后才回来吃饭,本来林教授一直要留达娃央珠在那里多坐一会儿的，达娃央珠知道林教授想说什么，他就是关心师娘的事情。但达娃央珠真的不知道师娘心里在想什么，她也不知道怎么跟林教授说，所以她把东西送给了林教授就赶快离开。达娃央珠离开家的时候，她的心里一直觉得很慌，总觉得有什么不好的事情要发生，等她回家的时候，眼前的情景让她大吃一惊：师娘被绑在床边，一个瘦弱的小伙子正在家里翻箱倒柜地找东西。达娃央珠马上意识到家里遇上了小偷，她又恨又气，马上冲过去就把那个瘦弱的小伙子打翻在地上。然后准备打电话报警，没想到师娘马上拦住了她，达娃央珠才从师娘的哭诉中知道了这个小伙子就是她和林教授的儿子林博。

才来林教授家的时候，达娃央珠就从林教授嘴里陆续知道了林博的一些情况。在达娃央珠眼里，林教授夫妇是一表人才，她想象他们的儿子也应该是一个英俊潇洒的帅哥，可达娃央珠看到林博脸上没有一点血色，瘦得已经成了皮包骨，她怎么也不敢相信眼前的小伙子就是林教授的儿子。

林博做梦都没有想到在自己家里被人打了，本来他是要从地上爬起来还手的，突然发现站在自己面前的是一个身材高大的藏族姑娘，林博心里的底气都没有了。如果不是到了万不得已，林博是不会回家来的，现在他的毒瘾已经越来越大了，到处都找不到钱，他又只得回家来碰运气。父亲如果在家他不敢乱来，没想到家里只有母亲一个人。林博一直逼着母亲拿钱，母亲不拿钱给他，还要他在家里不要出去了。林博哪里听得进母亲的话，他只得对母亲动了手，本来是准备在家里找到钱就跑，可钱还没有找到达娃央珠却突然出现在他的面前。

林教授是在上课时接到达娃央珠打来的电话，他才知道自己那不争气的儿子又回来惹事了。达娃央珠先把林博绑了起来才给林教授打的电话，林博虽然心里恨得要命，但他现在身体很差，也打不过达娃央珠，所以只能让达娃央珠摆布了。梅雅得知达娃央珠要给丈夫打电话，她坚决反对，她知道如果丈夫一回来马上就会报案的，到那时儿子又得进公安局。儿子成天在外面伙同别人小偷小摸的事情没有少干。可怜天下父母心，儿子再不对，当母亲的还是不愿意把他往公安局送。可达娃央珠这一次没有听从师娘的话，她第一次背着师娘悄悄给林教授打了电话。

林教授回家的时候，林博的情绪还很激动，他不停地骂达娃央珠。林教授对儿子早就不抱希望了，他马上就要打电话报警，希望把儿子再次送到监狱去。儿子呆在家里林教授怕他再伤害到妻子，呆在外面林教授又怕他再出去惹事，只有让他进了监狱才放心。

林博一听父亲要报警，马上跪在了父亲面前又是承认错误又是保证，但林教授对于他的那一套已经司空见惯了，所以他根本没有把儿子的话当一回事，还是坚持要报警。梅雅一看到丈夫铁了心，马上也跪在了丈夫面前求情，希望他能放儿子一马，现在儿子的身体那么差，如果进了监狱已经经不起折腾了。她只希望把儿子留在家里，自己给他补补身体。看到妻子跪着给自己求情，林教授的心都快要碎了，其实要儿子进监狱他的心里比谁都难受，自从儿子染上了毒品，身体和意志已经完全垮了，现在活着也是行尸走肉。林教授一生桃李满天下，可没有想到自己的儿子却成了废人。想到儿子的现状和未来，看到悲伤不已的妻子，林教授竟然老泪纵横，不是他狠心，而是儿子到了这个地步当父亲的已经无路可走了。

达娃央珠是第一次看到林教授流泪，她的心被深深地震动了，如果不是伤心透顶，一个威严的大学教授怎么会当着外人的面流泪呢？儿女都是父母的心头肉，只要有一个过得不好，父母都会痛苦难受，那一刻达娃央珠突然明白了很多道理。看着不断求情的林博和师娘，达娃央珠也难受不已，这个时她也一边去安慰林教授一边也帮助林博求情，希望林教授不要报警，就让林博呆在家里。因为他的身体真的很差，在家里可以给他补补身子，坚决制止他去跟外面的人接触，然后督促他戒掉毒品。

达娃央珠说了很多好话，但林教授还是不敢答应让儿子留在家里，他觉得儿子留在家里就是一颗定时炸弹。儿子管不了自己，家里也没有人管得了他，到头来说不定还会伤到别人。但达娃央珠一直不停地求林教授，希望他给林博一个机会，自己在这个家里能守住他不会出事的。林教授经不住达娃央珠的再三请求，终于答应了让儿子留在家里试一试，如果儿子毒瘾发作要在家乱来就马上报警，免得伤到别人。

开始几天，林博还是比较老实，每天呆在家里吃了戒毒药后就在家里看电视。达娃央珠变着法子给他做好吃的，他也吃了一些。可到了后来，他的毒瘾发作得很厉害，又要母亲拿钱给他出去买药，母亲不给他，他又对母亲拳打脚踢。达娃央珠赶快把林博制服，为了怕他伤人，只好把他的手脚都捆了起来。林博大吼大叫，后来又急得去碰墙，嘴里不停地向母亲求救："妈，你救救我啊！我难受得要死了，快去给我买点药吧！妈，我是你的亲生儿子啊，你不能见死不救啊！"儿子一声声的惨叫撕碎了母亲的心，梅雅再也受不了儿子那痛苦的表情，她马上给儿子拿了钱，让他出去买药。可达娃央珠发现以后，马上把钱抢了回来，然后痛苦地对梅雅说："师娘，你这是害了林博哥啊！他要再这样下去就真的没有救了。"一向温柔文静的梅雅突然向达娃央珠发了火："你别管那么多好不好？我的儿子现在活得生不如死，你不心疼我心疼啊？我不要他这样，只想让他快快乐乐地活着。"

如果是在以前，如果是在直坡村，谁要敢这样责备达娃央珠，她一定会受不了的。达娃央珠长这么大，就从来没有人对她这样发过火。父母都是处处依着达娃央珠，今天梅雅突然这样骂达娃央珠，她气得不得了，本来是想一走了之的，可她马上又冷静下来了。林教授夫妇一直把她当自己女儿看待，她觉得自己这样一走了之，师娘一定又会把林博放走的。当初林教授就是不同意把林博留在家里，是自己帮助说情林教授才答应留下林博的，自己既然答应了林教授要看好林博就得负起责任来。师娘生气达娃央珠也能理解，她本来就是一个很善良的人，看到自己的儿子痛苦成那样，她心里肯定不好受。气过之后，达娃央珠还是决定留了下来，不管师娘对她如何，她照样严格管着林博。

林博的毒瘾发作过之后，他又跟正常人一样，有时他也帮助达娃央珠做事，还跟达娃央珠讲自己小时候父母都不在自己身边，爷爷奶奶对他的疼爱，讲到动情处他也流泪，只是毒瘾一发作，他就六亲不认了，一定想着要跑出屋子，但每次都被达娃央珠抓住了，他在家里又吵又闹，有时还急得去碰墙，每当这个时候，达娃央珠就会和师娘发生冲突。一次，林博的毒瘾发作了，他又要往外跑，达娃央珠一把抱住了他，然后就去拿绳子捆他。梅雅看到儿子大吼大叫，马上过来帮助儿子逃，在抓扯中，林博狠狠地咬伤了达娃央珠的手。梅雅吓住了，她当场放了手，然后去屋里找药给达娃央珠敷上。达娃央珠顾不得自己手上的伤，还是狠狠地把林博给捆住了。那一次，达娃央珠忍不住就给林教授打了电话。

第8集 ● 噩 耗

扎西和杨亚洲一起到了省城，热心的杨亚洲带着扎西在省城到处逛，但扎西却一点心情都没有，她一直在想女儿。几个月都没有女儿的消息，扎西忧心忡忡。

杨亚洲已经看出了扎西的心思，他决定说服扎西然后去省城的媒体上登一个广告，希望知道女儿下落的人能给扎西提供线索，让他尽快见到自己的女儿一面。开始扎西一直不同意，他怕女儿知道了也不见他。但经不住杨亚洲的耐心劝说，扎西同意了第二天去省城的媒体上登一个广告。就在这时，扎西却接到了一个让他半天都没有回过来神的电话，那个电话是女儿打来的，她告诉父亲自己想回家。

达娃央珠回去不是她一个人，跟她去的还有林教授和林博，林博是不愿意去的，是达娃央珠和林教授逼着他去的。那天达娃央珠给林教授打了电话，林教授回家看到儿子又旧病复发，他完全绝望了。达娃央珠就是在那个时候决定要带走林博的，她想帮林教授夫妇一把，看到林教授对林博的绝望表情，达娃央珠心里不安。

在林教授家，达娃央珠觉得林博是永远也戒不了毒瘾，师娘的心太软，一看到儿子难受她就会放弃自己的原则。达娃央珠现在也终于明白了，林教授夫妇根本不需要什么保姆帮助他们，真正要帮助的是他们的儿子林博。林教授是德高望重的教授也是郑栋的恩师，虽然现在还没有找到郑栋，但达娃央珠相信有大家的帮助自己有一天会找到郑栋的。可林博的情况却不能再这样拖下去了，于是，她决定先放弃找郑栋而来帮助林博，再不帮助林博，让他这样坚持下去说不定连命都会没有的。林教授夫妇既然把自己当成了他们的亲生女儿对待，达娃央珠觉得自己有责任和义务帮助林博走出阴霾。所以她决定把林博带回直坡村去生活一段时间，那里远离了大城市，林博也免得和过去那些人打交道，他想跑也跑不掉。

林教授听到达娃央珠打定这样的主意，既感动又很担心，儿子吸毒几年了，也在戒毒所呆过几次，但都没有彻底戒掉。林教授就怕儿子这一去不但没有戒掉毒瘾反而还要伤害到达娃央珠，他知道达娃央珠是个真诚善良的好姑娘，为了自己的儿子而伤害到了她，那是林教授一辈子也不能原谅自己的。达娃央珠已经够不幸的了，为了找自己心爱的男朋友吃尽了苦头，现在男朋友还没有找到，她再出点什么事怎么办？

知道了林教授担心这些事情，达娃央珠马上向林教授保证一切都会没事的，自己一定要帮助林博，如果他戒不掉毒瘾，自己决不带他回省城来见林教授。达娃央珠既然把话都说到这个份上了，林教授没有什么理由再拒绝达娃央珠的好心了，他决定租一辆车到达娃央珠的家乡去看看再说。

扎西接到了女儿的电话，他马上告诉了女儿自己就在省城，让女儿告诉自己她在那里，自己马上去看她。达娃央珠是又惊又喜，她马上告诉了父亲自己在林教授家。

杨亚洲马上开车和扎西一起来到了林教授家，一见到女儿扎西抱住她就哭，达娃央珠也哭，她不停地向父亲解释以前自己太任性做错了很多事情，让爸爸妈妈伤了心，还告诉了父亲自己要带林博回去的理由，请求父亲答应她的要求。扎西看着已经懂事的女儿激动不已，他告诉女儿，只要她愿意做的事情自己什么都答应。

林教授什么话也说不出来，他只是紧紧握地住了扎西的手，就在那一刻林教授也认定了儿子交给他们不会错的。先前林教授还想着去达娃央珠的家乡亲自看看，现在他觉得自己已经用不着去了。

林博知道自己要被弄到达娃央珠的家乡去，他是在家里大吵大闹，除了母亲在一边不停地阻拦之外没有人去理他。林博被几个人强行弄上了杨亚洲的车，他一直闹着要下车，达娃央珠在车上死死地抓住林博不放。梅雅看到儿子那样，几次冲上去要把儿子拉下来，但都被林教授拦住了，车子马上开走了，梅雅哭成了泪人。

第 九 章

第 1 集 ● 找上门的情敌

援建单位把永久性学校修好以后，王梅她们所在的学校终于告别了板房，搬进了漂亮舒适安全的新学校。在校的老师都分到了一套带卫生间和厨房的小房子。这对于王梅来说简直就是大好事，她的腿不好，晚上又爱起夜，住板房区都是到公共洗手间去方便，王梅以前没少受罪。现在有了这样的小套房解决了她的一切困难，分到了房子，王梅赶快坐车去街上买了很多自己喜欢的东西，准备把自己的温馨小房子认认真真地装饰一番，她刚刚提着东西回家，一个不速之客来到了她的家里，这个人不是别人，她就是于菲菲。王梅第一眼看到她时，并没有什么表情，从第一次丈夫把她带进家门，王梅就觉得于菲菲是个敢爱敢恨的人，当时王梅还开过丈夫的玩笑，问于菲菲是不是爱上了他？李楠一听就急了，还说王梅是神经过敏。后来的事实也证实了王梅的猜测。

正在王梅不知道该怎样跟于菲菲打招呼时，于菲菲却主动先开了口："我知道你是不欢迎我来的！"也许于菲菲不说这句话，王梅心里还没有那么生气，可于菲菲说了这句话以后，王梅就觉得于菲菲是在藐视自己，她很不客气地说："如果一个人连一点自知自明都没有那就很可悲了，别以为这是你的能耐，而是我不想跟你一般见识。如果没有别的事你请便吧，我正忙着呢？"

于菲菲赶忙拉住了王梅的手，然后有些神秘地对她说："我知道以前是我伤害了你，在这里我向你道歉好不好？其实你我都是受害者，我们一起来找这个女人算账行不行？是她在抢你的老公啊！"王梅还是没有把于菲菲的话当一回事时，于菲菲马上从身上摸出来一张照片递给了王梅，王梅看到了照片上有董惠和邹枫还有自己的老公，而自己的老公却紧紧地抱住了董惠。

　　其实于菲菲一直没有放弃过李楠，尽管李楠从来不理她也不接她的电话，她却在外面到处找李楠。那一次，于菲菲是无意中发现了李楠和小汪穿着便衣在一个小区转的，她也就在附近等着。

　　董惠去了省城出差，星期天没事情做，她就想着去报社登一个广告寻找自己的救命恩人郑栋。因为邹枫现在也想找到他，但邹枫不好出面去找，董惠就决定自己出面去找要好些，如果找到了他也等于是帮助邹枫解开了身世之谜。可就在这个时候，董惠突然接到了邹枫的电话，说是看到报上有一则母亲寻找儿子的信息，自己已经跟那个联系人打了电话，可她提出的见面地点很隐蔽，邹枫就怀疑那事有些玄，也怕是个骗子。所以邹枫就想请董惠跟自己一起去看个究竟，这事只有董惠和自己知道，他不想让更多的人知道。董惠在来省城之前就告诉过邹枫自己在省城。

　　薛丹去给刘宗辉送重要的东西，当她看到是梁飞来取货时，她吓得赶紧跑了。可梁飞还不知道是怎么回事？他不停地打刘宗辉给他的联系电话，可电话马上关机了，梁飞一直站在那里傻等着。

　　薛丹跑了，可她不知道自己现在该往哪里跑？她打刘宗辉的手机，可刘宗辉手机又是关机。就在这个时候，薛丹看到了邹枫和董惠在街上边走边聊。开始薛丹还没有认出董惠来，只是觉得那个女人好像有些熟悉，后来她才突然想起了，丈夫的中学毕业照里有这个女人。有一次邹枫半夜里做噩梦，不停地喊着董惠这个名字，薛丹是听清楚了的。醒来时薛丹非得要丈夫说清楚董惠这个女人是谁？邹枫赶忙掩饰说自己不知道，噩梦中都是乱喊的。但精明的薛丹并不相信，她缠着邹枫要他老实交代，邹枫被她缠得没有办法，只得指着以前相册里一个漂亮姑娘告诉妻子，那个女孩子就是董惠。但他还是跟妻子撒了一个大谎，说董惠是他的同桌，是个刁蛮的女孩子，常常欺负自己，自己现在做梦都想到了她以前欺负自己的事情。从那时起，薛丹就牢牢记住了丈夫过去的生活里有一个叫董惠的女人。尽管丈夫说董惠是个刁蛮的女孩子，但薛丹始终没有相信。说真的，邹枫也确实没有对妻子说实话，他梦见的是董惠被一个男人强行带走了，他才绝望地喊了起来。

薛丹联想到过去的事情，她是又恨又气，觉得自己已经上了丈夫的当：你在外面跟老情人亲亲热热，而我送一个资料你都要让梁飞来监视，让我的东西送不出去，又跟刘宗辉联系不上。此时的薛丹已经忍无可忍，她全失去了理智，随手捡起地上的一个烂砖头就向邹枫砸去。邹枫也没有想到妻子会突然出现在那里，他赶忙躲开准备去抢妻子手上的砖头，没想到砖头砸在了董惠的头上。

李楠和小汪看到薛丹走了，他们也马上跟在了后面，李楠后面也有一个人跟着，她就是已经化了妆的于菲菲。李楠和小汪赶到时，邹枫正在和薛丹搏斗。董惠倒在地上满脸是血，李楠赶忙抱起了地上的董惠不停地喊着她的名字，小汪赶快去帮助邹枫制服了薛丹。躲在一边的于菲菲看到李楠抱住董惠，还一声声地呼唤她的名字，于菲菲是怒火高万丈，马上拿出了自己的手机拍摄下了照片。她觉得自己得不到李楠也不能让别人得到，所以决定报复李楠，要把这些事告诉李楠的妻子，让他的后院起火。

于菲菲见王梅看着照片不说话，马上又开始添油加醋地说："你别在家老等着李警官了，他在外面有很多女人的，这个女人是跟他走得最近的，上次李警官喝醉了酒，他还跟我说了现在不愿意跟你离婚，是怕言论对他不利，他还那么年轻，以后升官的机会多得很。其实他早已经和别的女人同居在一起了，为的就是让你一个人守空房，只有这样折磨你，你才能早点死，那样对他有好处。王老师，你去他的单位揭发他的阴谋啊！要不然你自己被他卖了还不知道是怎么一回事呢？"说完了这些话，于菲菲就等着看好戏，她相信王梅一定会马上打电话给李楠，然后把他骂个狗血喷头。可于菲菲没想到的是，王梅不但没有打电话骂李楠，而是狠狠地把手中的照片撕得粉碎，然后大骂："你走开，我不想看到你，你以为拿到这些照片来了我就会相信你吗？那个女人是我让老公去抱的她，跟你有什么相干？我看你是成天没事找事！"于菲菲这才发现王梅所有的愤怒不是冲着她的老公和那个女人来的，而是冲着自己在发火，她赶忙给王梅解释："你搞错没有啊？我是来帮助你的，你为什么对我发火啊？难道你还希望李警官在外面有别的女人吗？你是不是脑子进水了啊？"王梅狠狠地推了于菲菲一下，然后生气地骂道："谁要你帮啊？我看你的脑子才是进了水。"于菲菲只得尴尬地离去。其实于菲菲根本没有想到，她这样一来不但没有起到破坏李楠和王梅的任何作用，反而让一直对丈夫有误解的王梅清醒了很多。就算王梅以前对丈夫有很多的误解，但她对董惠和邹枫是百分之百的信任，于菲菲给她的照片上就有邹枫、李楠、董惠、薛丹，还有另一个男人。王梅觉得丈夫是警察，经常会遇到一些危险情况，王梅对照片已经研究了一阵，她很快就明白那是在紧急情况下遇到了紧急事情，旁边的邹枫也正在和薛丹搏斗，所以王梅对于菲菲的话马上就产生了怀疑，也很快明白了她来的目的是什么。

董惠被送到了医院去抢救，因为是外伤经过急救以后她已经没有什么生命危险了。但薛丹却被李楠他们抓走了。邹枫一想到妻子以前就对李楠有成见，他赶紧给李楠打电话，让他把薛丹放了。因为董惠已经说了她不嫉恨薛丹，那一天也许真的是个误会。此时的邹枫只想大事化小，小事化了。可李楠接到邹枫的电话以后，一点也不领他的情，只是告诉他刑警大队不是商场，不是随便能进出的，让他以后不要再给自己打电话了，事情弄清楚了会把薛丹放出来的。邹枫实在想不通，他又去了刑警大队要求见妻子，却被那些警察拒绝了，他要见李楠，李楠也不见他，邹枫痛苦不堪，但他也没有办法。

薛丹被带进了刑警大队，她是又气又恨，不停地大骂。审问她的人不是李楠而是别的警察，那些警察可没有李楠对她那么客气，把她随身带的东西也拿去检查了。薛丹本来是死死护住不放的，但警察还是给她强行拿走了。一个警察还不停地问薛丹是做什么工作的？最近一直跟哪些人在一起？一听到别人问这样的话，薛丹就觉得是李楠在中间使坏，自己做什么事情都在他的监视之中，今天的事就是一个很好的证明。他和邹枫是穿一条裤子，薛丹恨死了李楠也恨死了邹枫，更恨那个打进刘宗辉身边的梁飞。现在不管警察怎么问，薛丹就来个冷处理，什么也懒得说了，一直保持沉默。她觉得自己又没有做什么犯法的事情，最多就是打了那个叫董惠的女人，警察根本不敢把她怎么样？

其实薛丹都以为自己要在刑警大队呆几天，可没有想到第二天警察就把她放了，收走她的东西也还给了她。薛丹一直不放心，马上打开盒子看了一下，见东西都还在，她才放心地走了。

薛丹回到家里，邹枫是又惊又喜。薛丹却没有理会他，她把自己的东西放好以后就倒在床上睡大觉。邹枫赶忙走过去解释昨天的事，还希望妻子跟自己一起去医院看看正在那里养病的董惠。薛丹对着丈夫冷笑了一下然后离开了家，以前薛丹还觉得丈夫老实得有些木讷，现在她才突然发现丈夫的所作所为是阴险得叫人害怕，她已经不想再跟他说什么了，只想尽快找刘宗辉，然后跟他早一点离开这里。

第2集 ● 神秘电话埋祸根

董惠在还躺在医院里，妻子又这样什么也不说就走了，邹枫心里很不是滋味，他知道妻子对自己的怨恨已经越来越深了，自己再怎么解释她也不会相信的，寻找亲生父母的事也弄得邹枫没有一点头绪，现在他的心里乱得要命，却又不知道自己到底该做些什么。父亲这几天的精神也一直不好，以前天天吃了饭都要出去跟那些老头打打牌，可现在他哪里也不去了，天天就是把自己关在屋子里，跟谁也不爱说话。邹枫一直在想是不是自己寻找亲生父母的事让父亲发觉了？想来想去他还是觉得不可能，因为这事只有自己和董惠、王梅知道，她们都不会跟父亲说的。就在邹枫这些事情都还没有理出头绪来时，一个陌生的电话却又让邹枫惹上了别的麻烦。

电话是一位不愿意透露姓名的婆婆打来的，当他知道邹枫是医生时，就向他提出了一个让邹枫不知如何回答的问题，她要邹枫帮助她，她想带着自己的孙子到省城来做DNA鉴定。邹枫再问她一些别的情况时，那位不愿意透露姓名的婆婆就拒绝回答。邹枫接电话时，邹雪就站在他的面前，看着父亲脸上露出了难堪的神色，邹雪不停地求父亲帮帮那位可怜的婆婆。邹枫莫名其妙，他问女儿怎么知道对方是位婆婆时，邹雪才告诉父亲一个天大的秘密。其实这个婆婆的电话已经打过几次了，可邹雪一个小孩子帮不了她的忙，于是就告诉了那位婆婆自己的爸爸是医生，可以找他帮忙，还告诉了那位婆婆父亲什么时候在家，所以邹枫刚回家电话就响了，本来他是让女儿去接的，可女儿不去，他就自己去接电话了。

原来，在汶川大地震时，全国人民都在向灾区同胞捐款捐物，邹枫去了灾区参加救援工作，但他还是打了电话给女儿让她把自己不穿的衣服捐出一些给灾区的小朋友，因为邹雪的衣服很多，有很多都还没有穿过就已经小了不能穿了。那时候社区已经开始组织捐款捐物了，家里已经捐出了第一批衣物，现在他们又准备捐第二次了。邹枫的父母还拿出了自己的很多衣服、家里的棉被去捐。邹雪又找出了自己小时候的一些衣服和小玩具准备拿到社区去捐。看到电视里很多外地的小朋友都通过各种方式和灾区的小朋友结成了好朋友，邹雪也很想结识一位灾区的小朋友，但她却不知道怎么样和他们联系。这个时候她灵机一动，在捐赠的衣服里写下了一张纸条：我不知道你是谁？但你穿上了这件衣服，看到了这张纸条我们就已经成为了朋友，你们现在有难，全世界的人民都在关心你们。如果你有什么需要我帮助你的就打电话来告诉我，我一定会帮助你。邹雪写完了纸条还留下了家里的电话号码。时间已经过去了那么久，从来没有人来找过邹雪，她也把这事慢慢地忘了。可没有想到前两天一位婆婆打来了电话，说要给孙子做 DNA 鉴定。邹雪才真正吓了一大跳，她发现自己惹上了大祸，但她又不敢告诉父亲，只得让婆婆直接找父亲说。

听了女儿的话，邹枫这才发现女儿已经很懂事了，就凭着女儿的一颗真诚善良的心，他决定一定要帮助那位求助的婆婆，也让女儿高兴高兴。

陈婆婆是犹豫了很久才决定给好心人打电话的，板房区发放救灾物品时，陈婆婆就从自己领到的衣服里看到了那张纸条，当时她没有怎么放在心上，觉得人家已经捐赠了那么多东西再去打电话让别人帮忙，从哪方面她都觉得说不过去。现在她突然打这个电话也是经过了很久的思想斗争，她不要别人的钱也不要别人的东西了，只是想让别人帮助她联系到能做DAN 鉴定的医院。她只是从电视上看到过有医院能做这方面的鉴定，现在儿子死了，自己养的这个孩子她越看越觉得像自己死去的儿子。陈婆婆也听说了现在的科技发达，婆婆都能和孙子做鉴定的。她希望这个孩子就是自己儿子的，不管儿子生前有过什么，只要这个孩子是儿子的血脉，哪怕孩子的母亲就是三陪小姐她也不会计较了。死去的儿子不可能活过来，能留下一个儿子的血脉就是陈婆婆最大的幸福和快乐。现在的陈婆婆已经无法和这个孩子分开了，一天没有见到这个孩子，陈婆婆就觉得自己活不下去。前些日子，孩子的母亲来看孩子，陈婆婆就是听她说了要很长时间不来看孩子了，她才决定偷偷带着孩子来做一次鉴定的。对于孩子的母亲，陈婆婆一直觉得她很神秘，到底神秘在哪里？陈婆婆也说不清楚。她已经做好了打算，如果孩子跟自己有血缘关系，她就悄悄把孩子带走，然后自己把他养大。如果孩子跟自己没有血缘关系，她就好好地帮别人带着。

听到省城的好心人说愿意帮助自己，陈婆婆赶快带着孩子去省城跟好心人见面。到了省城，陈婆婆很快联系到了好心人。可邹枫一出现时，陈婆婆一下子就呆住了。尽管陈婆婆眼力不太好，但她还是觉得眼前的好心人太熟悉了，熟悉得陈婆婆已经把他永远地记在了心里。因为陈婆婆清楚地看过董惠画的像，眼前的男人就是董惠一直在寻找的男人，他和董惠是什么关系，陈婆婆都不敢去想了。还没有等邹枫回过来神儿，陈婆婆已经带着孩子走了，弄得邹枫是一头的雾水。

第3集 ● 家家战火不断

林博走了以后，梅雅陷入了无限的思念和焦虑之中，她经常打电话给达娃央珠询问儿子的情况，达娃央珠都告诉她林博很好。但梅雅觉得事情并不是这样的，有一次她实在忍不住了，一定要儿子接电话，没想到林博一接到电话就向母亲求救，要母亲想办法把他接回家，他在那里实在受不了。听了儿子的话，梅雅心如刀绞，她赶快去求丈夫，可丈夫拒绝了她的要求，还不停地安慰她："如果现在把儿子接回家等于是前功尽弃了，也是一步步把儿子往死亡的路上推，一定要让儿子在那里坚持住，只有这样才是拯救儿子的唯一方法。"

其实梅雅也觉得丈夫的话很有道理，但她就是想儿子，更听不得儿子那样来求她，所以她的心里很难受。儿子走了，林教授只好天天回家来开导妻子。梅雅现在想到的就是儿子，已经没有再跟丈夫提离婚的事了，这让林教授心里好受了许多。可这次梅雅接了儿子的电话以后，一直吵着要去达娃央珠的家乡看儿子，林教授劝了很久妻子也听不进去，为了不让妻子再伤心，林教授只得安慰妻子等过一些日子，学校放了假就带着她去达娃央珠的老家看儿子。梅雅听了丈夫的承诺以后，她的心情才慢慢平静下来。

林教授天天要去学校上课，梅雅一个人呆在家里很是孤独和无聊，以前她还想着的写回忆录，可现在她却什么心情也没有了，林博走了，梅雅不由得又想起了自己失散几十年的另外一个儿子，她决定再次去找儿子。上一次找儿子心切吃了亏，被人家骗去了钱财自己还受了伤，现在梅雅已经吸取了教训，晚上从来不出去跟人家见面。前几天，她又接到了一个电话，说是可以给她提供亲生儿子线索，可到了约定的地点她却一直没有见到给自己打电话的人，梅雅觉得可能又是一个骗子，也许是发现了什么问题所以不敢来了。梅雅后来是想打电话再问问他，可想了很久她还是觉得不妥，所以没有打电话去问。没想到这个时候，对方却主动打电话来了，说出了自己那天没有来见面的原因，要求梅雅再见面谈谈，梅雅想了想，然后答应了。

董惠的身体已经基本上恢复了，邹枫这才想起给那个寻找儿子的联系人打电话的。现邹枫心里可以稍稍放松一下了，那个神秘婆婆突然提出了不给孙子做DNA鉴定，开始邹枫还很奇怪，后来他悄悄跟董惠说了这事，还说了婆婆的长相。董惠马上就告诉邹枫那个神秘的婆婆可能就是自己的婆婆。当时自己在家里想找到救命恩人郑栋就画了像，婆婆一看到就骂，以为是自己在外面不守妇道，所以婆婆看到邹枫就把他当成了自己画像中的郑栋。一听董惠这么一说，邹枫有些哭笑不得了，世上还有这样不讲理的婆婆？他本来想去再找陈婆婆把事情说清楚，可董惠马上拦住了他，现在婆婆这样的情绪谁说她也不会听的，反而会把事情越弄越糟的。董惠觉得就这样过日子也是很好的，只要婆婆能对自己的儿子好，她就感到一切都心满意足了。听了董惠的话，邹枫也觉得很有道理，更重要的是他很尊重董惠的一切决定，只要她过得高兴快乐就行了。邹枫现在最大的愿望就是能马上弄清自己的身世，还能找到那个叫郑栋的男人，这样也可以还董惠的一个清白了。

梅雅是提前到了约定的地点——公园，她觉得这里离丈夫工作的学校很远，自己也不会遇到什么熟人的，再说公园里人也很多，大白天的也不可能有什么骗子来骗她。梅雅等了很久时间还不见人来，她的心里马上有了一种不祥的预感，赶忙拿起手机打电话，却见不远处有一男一女边接电话边往这边走来。梅雅也慢慢往对方那边走去，当她终于看清楚了那个男子的脸时不由得大吃一惊。因为那个男子不是别人，正是以前在医院给自己治过病，自己还把他认作了郑栋的邹医生。好在是大冷天，梅雅穿了一件羽绒服，头上戴了帽子，当时出来时也是为了方便起见，她还戴了一副大墨镜，对方一直没有认出梅雅来，梅雅吓得转身就走了。

邹枫和董惠满怀信心地去了公园，本来是想马上见到自己想找的人，可突然间对方的电话也打不通，人也没有见到，两人的心情顿时沮丧到了极点。与其说这是一个线索，不如说这是两个人现在最大的希望，可这希望却在突然之间就给破灭了。在回去的路上，邹枫和董惠都默默无语，谁也不想说话，此时他们也不知道该说什么好，只有沉默才是最好的冷静方法。两人就这样走了很长一段路，董惠终于告诉邹枫："单位已经催我回去上班了。这事我们都不要着急，以后慢慢来找，我相信只要那个郑栋还活在这个世上，我们就一定能够找到他，你也能够找到自己的亲生父母。"邹枫拉住了董惠的手激动地说："谢谢你在我最困难的时候帮助我，我一辈子都欠着你的情，以后你有什么打算？难道就这样在你婆婆面前做双面女人吗？你这样过着我心里无法安宁！"董惠苦笑了一下，然后对邹枫说："我是下过地狱的女人，什么日子都能过，现在我只是担心你，你要保重自己，我看得出来你也过得很苦！"邹枫再也不敢和董惠说下去了，眼前的这个女人让他痛了几十年，可现在她身处那样的环境，自己作为一个男人帮不了她，她还在处处为自己着想，这让邹枫无地自容。邹枫心里有千言万语他却说不出口，他只想陪着董惠一起去吃顿饭，然后把她送走。可就在这时，邹枫却接到女儿的电话，在电话里女儿告诉邹枫，爷爷和妈妈打起来了。邹枫再也顾不上请董惠去吃饭了，而是匆匆和董惠告别，然后往家跑去。

薛丹真的是和公公打起来了，两人经常吵闹已经是家常便饭了，可这一次薛丹回家公公又在那里指桑骂槐，薛丹再也忍不住住了，她马上冲过去就狠狠地推了公公几下。邹利成也不示弱，他没有想到儿媳妇敢对自己动手，于是他也赶快还击儿媳妇，两人越打越厉害。正在一边做作业的邹雪不停哭着求妈妈和爷爷不要打了，但两人已经听不进去，相互继续打着，邹雪只得打电话向父亲求救。

邹枫回家的时候，父亲和妻子已经停止了战争，两人的脸上都挂了彩，家里的很多东西都被摔在了地上，屋里是一片狼藉。薛丹和邹利成各坐在沙发上还在相互对骂。这个时候，最难受的应该是邹枫，他不知道自己该说哪一边？其实哪一边他也不敢说。邹枫赶快找来家里常备的擦伤药，先是给父亲敷上药，然后又准备去给妻子敷上，可妻子却不领邹枫的情，马上把邹枫推开了，然后进了自己的卧室，狠狠地把房门关上。看到儿子那尴尬的样子，邹利成是又气又恨地骂了起来："你有点男人的脾气好不好？这样的垃圾老婆你还要当宝贝了？如果换了是我，就是一辈子打光棍我也不愿意要这样的女人，你一个名牌大学的高材生随便在哪里找个女人也比她强十倍啊！"面对父亲的责骂，邹枫并没有还嘴，他觉得再还嘴也是多余的，自己的婚姻到了这个地步是自己的错吗？当年不是父母硬逼自己和薛丹结婚，自己会落到现在的下场吗？当然这些话邹枫也只能憋在心里，他不能、也不敢说出来。邹利成骂了一阵儿子，见儿子没有任何反应，他也站起来气冲冲地冲进了自己的卧室，然后狠狠地把门关上了。

看着父亲离去，邹枫长长地叹了口气，他在想着如果是自己的亲生父母在身边，今天他们会怎样想呢？但他也只能是在心里想想而已。亲生父母在哪里呢？刚有的一点线索又断了，邹枫对找他们已经没有多大信心了，现在他最要紧的是把家里的战场打扫了。邹雪看着父亲在低头打扫屋子，她赶忙给父亲倒了一杯水，然后走到了父亲面前拉起了他的手轻轻地对他说："爸，我知道你累了，先坐下来喝点水休息一下，我来打扫屋子！"邹枫激动得地抱住了女儿，眼睛又有些潮湿了，他觉得如果这个家里没有女儿的存在，也许自己已经不存在了。女儿是他的希望，女儿是他的精神寄托，女儿是让他活下去的勇气！

其实薛丹今天跟公公打架也不是她的本意，以前公公爱在家里乱骂她，她已经习以为常了。薛丹觉得自己也不是怕他，是自己不想跟他一般见识。从心底里薛丹还是看不起公公，他不就是乡下的一个普通农民吗？

只是脑子比别人好用一些，所以跑到城里来做生意，手里有了一点钱就拿别人不当人看了，说白了公公就是一个暴发户，没有修养没有文化也没有见过大世面，骂起人来比泼妇还要泼。薛丹觉得自己跟这样的人计较有失自己的身份，不管怎么说自己也是从小在城里长大的娇小姐，当初薛丹就看不惯公公婆婆在自己父亲面前那个奴才相，她看中的是邹枫，邹枫跟他父母完全是两种性格的人，只可惜邹枫是个中看不中用的东西，这让薛丹既伤心又气愤。

薛丹这几天一直想办法在联系刘宗辉，可一直没有联系到，她决定去刘宗辉的家里找，没想到刘宗辉家的大门钥匙都换了。薛丹就有了一种上当受骗的感觉，她赶快去了银行，想转出刘宗辉的 300 万到自己的头上。因为刘宗辉的是定期存款，人家还是要刘宗辉的身份证，现在她连刘宗辉人都找不到，又去哪里拿他的身份证呢？拿不到刘宗辉的身份证那 300 万就取不出来，手里的这张存折也等于是废纸一张，薛丹怎能不生气呢？所以回家公公刚开始骂，马上就点燃了薛丹心中的导火线，她心底里的压抑和愤怒都统统发泄了出来。

第 4 集 ● 误入虎口

梁飞没有取到刘宗辉要的东西，再打联系人的电话又是关机，他心里很是着急，赶快回去告诉了刘宗辉。刘宗辉一直不相信薛丹没有把东西交出来，他一直觉得薛丹对他是忠心耿耿，怎么会突然背叛他呢？所以刘宗辉一直怀疑梁飞是在撒谎，梁飞见刘宗辉不相信自己，他马上拿出了自己用手机拍摄的照片让刘宗辉看："你看来送东西的是不是这个女人啊？我跟她电话已经联系上了，可她却又突然消失了，我再打她的电话就一直是关机。"刘宗辉一看到梁飞手机里的照片，他马上就相信了梁飞的话。尽管那个女人戴着一副大墨镜，刘宗辉还是一眼就认出了她就是薛丹，可她在搞什么名堂啊？为什么不把东西交给梁飞？事后为什么又不停地给自己打电话呢？刘宗辉已经看了自己手机上有很多薛丹打来的未接电话，但他一直不敢接。难道真的像别人所说的那样？女人的心是海底针，男人是永远也摸不透的吗？

为了稳重起见，刘宗辉赶快让梁飞去用公用电话给薛丹打另一个手机，他在一边监视着梁飞，因为他关心的是自己放在薛丹那里的东西还在不在？薛丹的电话终于通了，得知是梁飞打的电话，薛丹马上告诉梁飞所有的东西都还在，如果刘宗辉不亲自来取，自己是不会把东西交给别人的。一听到薛丹这样说，刘宗辉这才后悔以前自己真的过低估了薛丹。原来以为这个女人的头脑很简单，现在他才知道其实头脑简单的是自己，以前怎么没有想到防她一手呢？薛丹手里还有很多刘宗辉的东西，那些都是很值钱的，刘宗辉还靠着那个发财呢？现在薛丹拿着自己的东西不给，难道是想都独吞自己的东西不成？刘宗辉觉得自己已经够狠的了，没想到薛丹比他还要狠。自己出的本钱，还冒着那么大的风险得来的东西却让一个女人给吃了，刘宗辉不可能忍下这口气。现在薛丹要让自己亲自去取东西，刘宗辉不是傻瓜，生意场上打拼了那么多年，他知道那是薛丹在给他下套，说不定自己一露面马上就栽进去了，这样的事刘宗辉是不会干的。但他又不能让自己的东西就这样白白地落入了别人的腰包，他得想方设法夺回来。刘宗辉又赶紧问梁飞："你认识那个女人不？"梁飞赶忙摇了摇头，然后对刘宗辉说："因为隔得还有点远，她戴着一个墨镜我没有看清楚，但我想应该是不认识的。"一听梁飞这样一说，刘宗辉马上放心了，他拍了拍梁飞的肩膀，说："那些东西对我来说真的很重要，可那个女人想敲诈我，我要你去想办法把东西给我弄出来，到时我奖励你5万块钱。"

说心里话，梁飞活了几十岁，他还真的没有遇到过一次性就能得到5万块钱的好事。一听到刘宗辉说要给他5万块钱，他一下子就吓住了，赶忙对刘宗辉说："刘总，你不会叫我去杀人放火吧？以前年少不懂事做了错事又坐了几年牢我已经很后悔了，现在有了妻子儿子还要供养奶奶，我再也不去做那些犯法的事了，只想好好挣钱来养家糊口。"刘宗辉一看到梁飞的样子马上就笑了起来，然后对他说："我是做正当生意的啊？怎么会叫你去做犯法的事呢？就是看到你家里生活困难，想给你一点帮助。我跟你明说了吧！那个女人的房子也是我给她买的，现在她贪得无厌想把我的东西据为己有。可那些重要的东西拿不回来我的企业都受到影响的，你想办法去给我弄回来，我先把她约出来，你去打开门拿就是了，东西她放在房子的楼上那间小屋里，我这里有钥匙。"开始，梁飞也想过直接进入别人的家里去拿东西，觉得有些不妥。但一看到刘宗辉拿出了钥匙，梁飞便觉得没有什么不妥的。刘宗辉买了房子把东西放在家里，现在女人占着不给他，自己只是拿着钥匙去开门帮老板取东西，这应该是很正常的事情，自己是公司的员工，也是老板的贴身保安，服从老板的安排理所当然；别的事情梁飞没有多想，他只想把工作能做好让老板满意就行了。然而，梁飞做梦也没有想到，他终于经过多方打听找到了刘宗辉跟他说的那套房子，正要去开门时，邹枫却突然出现在他的面前，吓得梁飞差点尿了裤子。

第二天一早，邹枫就赶到了医院上班。对于昨天梁飞开错门的事，邹枫也没有放在心上。今天邹枫有一个比较重要的手术要做，所以他比平时提前半个小时来到了医院。在这个医院里邹枫是技术权威，很多病人都是冲着他来的。邹枫不但医术高明，对病人也像对待自己的亲人一样关心和爱护。一些病人家属曾经给邹枫送过红包，但邹枫都婉言谢绝了，这样的好医生又有哪个病人不喜欢呢？今天的病人对于邹枫来说有着非常重要的意义，因为她是来自地震灾区的羌族妇女尔玛依娜。地震时，邹枫作为救援队医生去灾区抢救过很多的伤员，为了争取一分一秒的时间挽救伤员的生命，邹枫和别的救援队医生一起不分白天黑夜地工作，有几次都差点昏倒在帐篷医院里。尔玛依娜就是地震灾区一位伤员的妻子，当时她的丈夫成了重伤员，为了挽救她丈夫的生命，邹枫放弃了休息时间去给尔玛依娜的丈夫做手术，邹枫刚做完了手术就累倒在手术台上。尔玛依娜当时就感动得哭了起来，她决定等丈夫伤好以后一定要好好地去感谢邹医生。可后来尔玛依娜却怎么也找不到邹医生了，时间已经过去了一年多，尔玛依娜一直没有停止过寻找丈夫的救命恩人，但一直都没有找到。就在前些日子尔玛依娜才无意中听板房区的一位地震中受伤的大哥说，在省城的医院看到了邹医生。尔玛依娜是又惊又喜，那时她的身体也不好，已经去了县城的医院看过病，医生检查出她肚子里长了一个良性肿瘤需要做手术。这种手术一般的县城医院都能做，可尔玛依娜没有打算在县城的医院做，她来到了省城，一定要让邹医生给她做手术。其实做那样的手术应该是别的医生，但尔玛依娜就认定了邹医生。在她的想象中，只要是医生就什么手术都能做的，再说了像邹枫这样医术高明的医生就更没有问题了。院长已经给尔玛依娜讲了很多道理，可她听不进去。如果要安排别的医生给自己做手术，自己还用得着来省城吗？尔玛依娜想的就是邹医生给她做手术，感受的就是邹医生对病人的那种关爱气氛，让邹医生给自己做手术是一种享受！

尔玛依娜的执着深深打动了院长的心，他觉得自己没有理由再拒绝这位灾区来的少数民族大嫂了，好在这样的一般手术邹枫以前就做过，大学毕业时邹枫还在边远山区的县城医院呆过，那里各方面的条件差，医院里的医生也不是很多，一般的医生都是全能型人才。只要不是特别危险的手术，医生都可以做的。邹枫就是在那里做过很多的手术，也让他学到了不少的临床经验。

院长找到了邹枫，邹枫当场就答应下来了，不为别的，就是冲着灾区人民对自己的那种信任邹枫也觉得自己没有理由拒绝。尔玛依娜千里迢迢来省城找到了自己，已经让邹枫感动万分；自己就在灾区做了一个医生应该做的工作，可灾区的人民已经牢牢的把自己记住了，这让邹枫感到无比的骄傲和自豪！

邹枫没有想到自己高高兴兴地来到了医院，一切已经准备好马上就给尔玛依娜做手术时，院长却悄悄走到了邹枫身边让他放下手术刀先去办公室休息。那时的尔玛依娜已经注射了麻醉药，脸上盖了白布。院长把邹枫拉开以后，医院里另一个医生马上来接替了邹枫的工作，很快为尔玛依娜做了手术。

当时邹枫没有多想，以为是院长不放心自己做这方面的手术，毕竟自己不是这方面的专家，但做这样的小手术他是一点问题都没有的，他一直担心手术台上的尔玛依娜。院长马上告诉邹枫已经有医生在给尔玛依娜做手术了，邹枫心里才松了一口气。但邹枫心里还是有些不甘心，他着急地问医生："我这样做不是欺骗尔玛依娜大嫂吗？你也答应了让我为她做手术，可为什么要临时把我撤下来呢？"看着邹枫激动的样子，院长苦笑了一下，然后安慰邹枫："我理解你的心情，知道你是一个敬业的好医生，可我也没有办法，我也是刚刚接到上级的通知，先让你在医院里好好休息一段时间，手术上的事情先不要参与了。"邹枫大吃一惊，他说："院长，你告诉我这是为什么？这么多年来我在手术中从来没有出现过什么差错？为什么要剥夺我做手术的权利啊？你知道一个医生最大的痛苦是什么吗？那就是不让他给病人治病了。"院长无言以答，说心里话，他也不知道上级领导为什么要邹枫休息。领导没有给他说出真正的原因，他又能给邹枫解释什么呢？

其实那个原因说出来也很简单的，那就是昨天邹枫下班回家无意中发现了梁飞在拿钥匙开他家的门，梁飞吓住了，可邹枫却没有吓到。当时梁飞还没有打开门，一看到邹枫，梁飞赶快撒谎说是去一个朋友家帮着拿东西，可能是记错了门。这样的事情以前小区里也发生过，所以邹枫并没有过多介意，他还把梁飞让进了家里坐了一会儿，但梁飞说话却牛头不对马嘴，最后匆匆和邹枫告辞。因为已经有人跟踪了梁飞，又看到了邹枫还让梁飞进了自己的家门，所以邹枫第二天一早到了医院就受到了那种待遇。邹枫蒙在鼓里，院长也不知道内情那也是很正常的事情。

在这个医院里，邹枫是院长最喜爱的员工，技术精湛不说，做什么事情都是任劳任怨，自己安排给他做的事情他总是做得很好，从来不让人操半点心，也不像别的员工那样难管，做点什么工作都要讲条件。说心里话，院长心里早已经有了打算，还想向上级领导提建议把邹枫提到领导岗位上来呢。可没有想到今天早晨上级领导突然打来了电话：让邹枫先停下手中的工作，给他换一个别的岗位。说白了就是剥夺了邹枫拿手术刀的资格。院长还想问其原因，上级领导只说是工作轮换，别的什么原因让他先不要问。院长心里也很难受，他知道让邹枫放下手术刀是一件很残忍的事情，但他没有办法，这是上级领导的决定，他这个医院的院长没有什么条件可讲，最好的办法就是服从。

邹枫是憋着一肚子气回家的，其实在跟院长发过火之后他就有些后悔了，他知道院长一直对自己很爱护，既然是上级要自己休息的，自己跟院长发火又有什么用呢？参加工作这些年来邹枫一直战斗在第一线，现在他也确实感到有些累了，决定放下手中的工作好好休息一下。可让他这样莫名其妙地休息他又受不了，天天去了医院他根本没有什么事情可做。既然又不让自己做手术，邹枫就决定跟院长请一个月的假，准备再去寻找自己的亲生母亲，呆在医院里他觉得心情会更糟的。

尔玛依娜的身体恢复得很好，出院那天，她一直拉着邹枫的手向他表示感谢，还是说让他给自己做手术就是一种享受，以后家乡的人病了，她还介绍他们来省城找邹医生给他们看病，希望邹医生不要拒绝。听了尔玛依娜情真意切的话，邹枫热泪盈眶，他不知道该如何对善良热情而淳朴的尔玛依娜大嫂说自己现在的一切情况，自己没有给她做成手术，辜负了她的一片诚心！为了不让尔玛依娜失望，邹枫还是硬着头皮答应了她的要求。对于自己以后还能不能拿手术刀？邹枫心里一点底都没有。

邹枫要请假，院长很快同意了他的请求，他也知道邹枫天天呆在医院里没事可做是很难受的，只想让他出去散散心。邹枫回到了家，他准备把家里的事情安排好以后，就抽出时间去寻找自己的亲生父母。这时的邹枫已经心力交瘁，没有人能够理解他，他多么想在自己亲生母亲面前好好地哭一场，可他还不知道自己的亲生母亲在何方？

邹枫以为自己离开了医院一切事情就可以平静下来了，但他没有想到的是更大的麻烦又来了，自己的家门口经常有一些陌生人出现，他们一见到邹枫就赶快躲开。邹枫每次出去总感觉自己身后有人在跟踪，他怀疑自己被别人监视了。其实不是邹枫怀疑，而是他早已经被人监视了，监视他的人还不止一个呢，只是邹枫自己不知道真相罢了。

第5集 ● 步步逼近

李楠已经两个月没有回家了，这一次他刚回到家就主动向妻子提出了离婚。王梅以前就一直闹着要离婚，李楠满以为妻子会爽快地同意他的决定，没想到王梅对他的态度大变，一直不同意离婚，还对他尽显一个妻子的温柔，弄得李楠不知如何是好？对于妻子态度的突然转变，李楠百思不得其解，他赶忙问妻子："以前你不是一直要跟我离婚吗？我在外面真的是做了对不起你的事，现在我们好说好散吧！所有的财产都是你的，我净身出户，以后你有什么需要我帮忙的说一声就是了，我一定会帮助你的。毕竟我们夫妻一场，没有爱情也有友情啊！"李楠的突然变化让王梅不知所措，开始王梅还以为是丈夫在跟自己说气话，当发现一切都是真的时，

231

第九章

王梅赶忙拉住了丈夫的手，说："为什么突然想到说这些？是不是还在为以前的事生我的气？我问你，上次薛丹和邹枫打架，你带人把薛丹带进了刑警大队，人家邹枫打电话要你放了薛丹，你为什么不放啊？本来他们两个的关系就不好，那天正好董惠也跟邹枫在一起，你这样一弄不是把他们的矛盾更激化了吗？难道你不知道薛丹那个人是不讲道理的，你这样做了她会把一切的恨都记在董惠和邹枫的头上，如果她去报复他们怎么办？董惠和邹枫已经够可怜的了，你不能这样害他们啊？"李楠看了看妻子，然后很不高兴地说："看来你远离省城，但你的消息还很灵通啊！省城发生的什么事情你都知道。你告诉我，这些事是不是邹枫跟你说的？"王梅说："谁对我说的都不重要，重要的是事实就行了？你和邹枫是铁哥们，还没有指望你帮他什么忙？你就别去给他添乱了好不好？说真的，现在我也觉得你变了，变得不务正业还爱打官腔。"一听妻子这样说，李楠马上大怒："以后我的事情你少管点好不好？你是老师，教好你的学生、保养好你的身体就是正事。我对我自己做的事情负责，不需要你来批评我你懂不懂。"王梅忍无可忍，她大声地喊了起来："是的，你现在升官了，谁的话也听不进去了，我也配不上你了，但我不会乞求你和我生活在一起的。既然你已经提出了离婚我就成全你！"李楠赶忙点了点头，然后对妻子说："好，我现在要的就是你这句话，从此以后我们就不是夫妻了，我的事你不能再管半点。你要记住，谁来找你说什么都没有用了，因为你不是我的妻子了。"李楠很是坚决地说道。

王梅没有想到自己打了那么久的离婚持久战，现在丈夫短短的几句话就解决了。李楠说完义无反顾地走了，王梅呆在那里很久还没有回过来神。

董惠是在李楠走后的第二天来到王梅家的，那是梁超给她打的电话，在电话里梁超就不停地哭。梁超去王梅家里看老师才发现老师已经病倒了，梁超本来是要打电话告诉李叔叔的，可老师马上制止了他，说是李叔叔在省城离得太远了，回来也起不了作用。梁超没办法，他无意中看到了老师的手机放在桌子上，趁着老师去洗手间的机会，他拿着手机翻了起来，突然看到了董惠的电话号码，他就背着老师给董惠打了电话。其实王梅没有生病，她是被丈夫的绝情给气晕的。梁超并不知道这一切，所以他吓哭了。

知道了李楠已经正式和王梅提出了离婚，董惠是后悔莫及，她觉得当初从省城回来就不该把自己遇到的事情跟王梅说。其实董惠一直觉得李楠这个人很不错的，但他和邹枫之间最近出现的一些反常现象却让人很不能理解。董惠回来也是随便和王梅聊了聊，没想到王梅却当了真，为这事还和李楠闹到这样的地步，董惠心里说不出是什么滋味。事情是因自己而起，董惠觉得有时间还是去省城找到李楠跟他解释一下。以前他还很信任自己，让自己来做王梅的思想工作，没想到现在却因为自己和邹枫的事情，让李楠和王梅闹到要离婚的地步，如果他们真正分开了，董惠无法原谅自己的行为。董惠还没有想到什么时间再去省城找李楠解释时，她却突然接到了邹枫的电话。邹枫告诉董惠，他的女儿失踪了，父亲气得进了医院，自己的女儿又没有一点消息，他快急疯了，希望董惠来帮助自己，自己现在不知道该顾哪一头了。

刘宗辉觉得自己很聪明，但他没有想到自己还是被梁飞骗了。梁飞自从去开门遇到了邹枫以后，他就觉得事情有些不对劲了。因为刘宗辉跟他说的地址是没有错的，但他没有想到那竟是邹枫的家。梁飞进了邹枫的家里到处看了一下，哪像是一个单身女人住的地方啊？那分明就是一个大家庭，匆匆离开了邹枫家，梁飞不知道自己回去怎样向刘宗辉交代了，他也隐隐约约感到了刘宗辉有什么阴谋，联想到邹枫是个医生，难道刘宗辉要偷邹枫的什么秘密？邹枫曾经是自己的救命恩人，自己不可能去伤害他。可梁飞又不想失去自己的好工作，想了很久他就编了一个瞎话，告诉刘宗辉自己去了那套房子找东西，可什么也没有找到。

听了梁飞的话，刘宗辉马上想到薛丹已经把东西转移了，他气急败坏，于是想到了一个最毒的办法那就是绑架邹雪。然后再找人打电话告诉薛丹，用她的女儿交换自己的东西。

邹枫是在下班时间发现女儿失踪的，他赶快打了电话给学校的老师和同学，得到的答案都是一样的：邹雪放学以后就回家了。邹枫在焦急等待一夜之后仍然不见女儿回来，他才发现女儿真的是出事了。因为女儿以前很乖，放学以后就回家，从来不在外面玩。邹利成看着孙女一夜未归，他当场晕倒在地上。邹枫打妻子的电话又打不通，于是他赶快报了警，然后又把电话打给了董惠，现在家里已经乱作一团，他没有别的什么可信的人，只得求助董惠来帮忙。

邹雪是在公交车站等车的时候被人带走的，她刚要上车，有一个男人突然喊他的名字，邹雪赶忙又退回了车站，正在到处找喊她的人时，没想到另一个男人悄悄把他拉上了一辆车子，说是邹枫出了车祸，现在就是接她去看父亲的。邹雪便糊里糊涂地跟着上了车，上了车以后她才发现那些人有些不对劲，可一切都晚了。

这一次，刘宗辉没有让梁飞打电话，他也没有让梁飞知道这事，而是他直接给薛丹打了电话，可没有想到的是薛丹的手机已经关机了，刘宗辉突然傻眼了。

薛丹是在银行取钱时被警察带走的，她没有想到来抓她的人又是李楠。因为薛丹和银行的工作人员吵了起来，保安马上报了案。李楠他们就在附近所以马上冲进来就抓住了薛丹。起因是薛丹拿了刘宗辉300万的定期存折，还有刘宗辉的身份证要求把刘宗辉的钱转到自己的名下，银行工作人员当场识破了薛丹的阴谋。因为刘宗辉那张300万的定期存折早已经办理了挂失，而且钱也转走了，银行工作人员还发现了薛丹手中拿的刘宗辉的身份证是伪造的。

薛丹没有想到自己还是没有算计过刘宗辉，她一直想到的就是刘宗辉尽快把身份证补办好以后，马上把300万的定期存款转到自己的名下。可没有想到刘宗辉却派别人来取她手上的东西，当然了，如果刘宗辉要是换了别的人来取，薛丹肯定会交给他的。可刘宗辉偏偏让梁飞来取，薛丹觉得那不是要了自己的命吗？本来薛丹是想打电话跟刘宗辉说清楚，让他注意梁飞，说不定梁飞就是邹枫和李楠派来的人。可刘宗辉的电话却一直打不通，自己的另一个电话也只有刘宗辉才知道，但刘宗辉也告诉了梁飞，还是让梁飞给自己打电话要东西。薛丹完全没辙儿了，她想跟刘宗辉说话都说不到，看来梁飞已经成了刘宗辉的心腹，他躲着不跟自己见面也不跟自己联系，他要的是东西而不是她这个人。薛丹这才觉得自己真的是被刘宗辉骗了，自己跟了他这么久什么都付出了，现在却什么也没有。于是她马上想到了自己手中刘宗辉300万的定期存款，这就是薛丹最后的一根救命稻草，她赶快找人做了一个刘宗辉的假身份证，想把他的钱转到自己的名下再说。可没有想到羊肉没有吃到还染上了一身腥。狡猾的刘宗辉早已经把存折挂失了，现在存款也取走了，薛丹这才知道那是刘宗辉早就设计好的圈套让自己去钻，也许他的身份证从来就没有遗失过，那张存折只是拿给自己玩玩而已。

知道自己被刘宗辉骗了个精光，薛丹的精神已经快崩溃了，现在李楠他们又把她带进了刑警大队，薛丹气急败坏地骂李楠："你他妈的成天正事不做，天天像幽灵一样跟着我干什么啊？我到底哪点把你得罪了？"小汪看不下去了，他冲过去推了薛丹一下："你厉害什么啊？有本事你别进来啊？来了你就要好好交代你的问题。我问你，你跟刘宗辉是什么关系？这些日子你都跟他一起做了些什么？为什么你手上有他的 300 万存款？他已经取走了你为什么又要去做假身份证去取？"薛丹脱口而出："什么关系？情人关系你该满意了吧？"薛丹觉得还不解恨，马上又冲着李楠大喊了起来："李楠，你也别在我面前装什么正人君子，别人不知道你的底细难道我还不知道？你和邹枫都是他妈的道貌岸然的伪君子，现在你能把我吃了还不成？"一听薛丹这样骂自己的领导，小汪脸都气青了，他又走过去想给薛丹一点颜色看看，李楠马上制住了他，然后自己走到薛丹面前很严肃地对薛丹说："请你放尊重一点，这里是刑警大队不是你骂街的地方，你对我有什么意见可以写成文字向上级机关举报我，但现在请你好好回答我们跟你提的问题。刘宗辉 300 万的定期存折怎么会在你的手里？你每次给他送的是什么贵重东西？是从哪里弄回来的？现在他在哪里？"薛丹又大骂起来："刘宗辉在哪里我怎么知道？我看你们的脑子有病啊？"李楠马上在桌子上狠狠地拍了一下："现在不是你撒野的时候，你赶快告诉我们刘宗辉在哪里？你女儿邹雪已经失踪一天一夜了，邹枫都快急疯了，你还有心思在这里骂人。"薛丹一直对李楠的成见就很深，一听他用自己女儿失踪的事来吓唬自己，薛丹更是气不打一处来，她马上很恶毒的骂李楠："我女儿失踪？我看你是在放屁！李楠，你以为我会上你的当吗？只有像你这种做多了罪恶事的人老天爷才会报应你的，让你这辈子断子绝孙。"一听到薛丹骂自己断子绝孙，李楠的脸色突然变得难看起来，他想说什么但没有说出来，最后离开了办公室。

第6集 ● 报复他人，殃及无辜

别人不知道可小汪知道李楠内心的痛苦，薛丹骂出这样恶毒的语言等于又在李楠的伤口上撒了一把盐。对于儿子的死妻子的残疾，那是李楠心中永远的痛，但为了工作他还是把一切痛苦埋藏在心里，天天拼命工作来忘记这一切，现在薛丹却这样来伤害李楠，那是他致命的伤痛。看着李楠痛苦地离开，小汪忍无可忍地冲到了薛丹面前打了她一巴掌："你这个泼妇，连一条母狗都不如，自己女儿丢了你一点不着急还要这样咬别人，你还有一点人性没有啊？"薛丹还没有回过来神时，小汪也马上离开了。

因为薛丹这些天一直忙着自己的事情，所以也不知道家里的情况。现在小汪也这么说，薛丹的心里突然有了一种不祥的预感。想给家里打电话证实一下女儿的事情，才发现自己一进来手机就被搜走了。

邹雪发现上当以后，开始她还大哭大闹，可看到那些人凶神恶煞的样子，她被吓住了。以前她也在电视上看过很多绑架小孩子的事情，她知道自己再这样闹下去也是没有办法的，这些绑匪是杀人不眨眼的，自己把他们惹怒了是没有好处的，所以邹雪马上学乖了，从此以后不再哭闹，还和看他的两个绑匪周旋。

刘宗辉就是刘宗辉，虽然没有联系到薛丹他现在却一点不着急，有邹雪在手上他什么都不怕。他不相信薛丹不会主动来和他联系，自己和她的那些事情都是见不得天的，薛丹不可能去告诉别人。可刘宗辉哪里想到，薛丹的手机马上就打过来了，刘宗辉去接电话时才发现对方是个男的，精明的刘宗辉马上意识到自己是上当了，更让他想不到是他还发现了梁飞竟和李楠也认识，而且关系还不错。

梁飞出现在王梅面前，王梅很是意外。学校已经放了假，时不时的还有一些学生来找王梅给他们补课。本来王梅是想回省城去看看母亲的，自从李楠走了以后，王梅的心已经死了，可面对自己的学生她还得强作欢笑。王梅觉得没有一个人能理解她心中的痛苦，她最近也给董惠打过电话，可董惠也只是在电话里安慰了她几句，总说自己很忙没有时间来陪她。孤独无助的王梅想到了母亲，只想倒在母亲的怀里好好哭一场，自己过得太苦了。王梅已经决定了给学生补一个月的课就回省城去。梁飞来的时候，王梅已经准备第二天回省城去了。

梁飞是受老板刘宗辉的委托来请王梅的，自从上次刘宗辉无意中发现了梁飞跟李楠打招呼之后，他就赶紧向梁飞打听李楠家里的一切情况，从梁飞口中刘宗辉知道了李楠的妻子是一位好老师，刘宗辉就说了一大堆儿子不听话，想让王梅老师来给儿子补课的事。梁飞没有对刘宗辉的话有半点怀疑，他赶快代表刘宗辉去请王梅老师。

听到梁飞说是去给他老板的孩子补课，王梅很是高兴。梁飞想把这事告诉李楠时，王梅马上阻拦了他。因为李楠的所作所为已经让王梅伤透了心，现在他已经不去想李楠了，只想自己活出个人样来。王梅是一个自尊心很强的女人，她觉得自己现在做什么事没有必要让李楠知道，离了男人自己照样能活下去。梁飞只得听从了王梅的话，很快带着她来到了省城，刘宗辉马上找人给王梅安排了一切。

梅雅早晨去散步突然发现街边躺着一个满身是伤的小女孩，这个小女孩就是邹雪。她躺在地上不停地呻吟，一见到梅雅，邹雪马上求救："奶奶，您救救我，请您赶快给我爸爸打个电话，我告诉你他的电话号码。"梅雅什么也没有说，她赶快打了120急救电话，救护车来了以后，梅雅跟着邹雪一起去了医院。

邹枫接到了梅雅的电话，知道女儿送进了医院，他是又惊又喜马上赶到了医院。当邹枫出现在梅雅面前的时候，梅雅一下子就惊呆了。她没有想到邹雪的爸爸就是邹医生，也是上次给自己打电话的人，说是要找亲生母亲。梅雅无法去面对，因为这个邹枫医生丈夫也是认识的，他会是自己的亲生儿子吗？梅雅觉得这是不可能的事，她一直怀疑是丈夫发现了自己的隐私，故意请邹医生来套自己。好在邹枫并不知道这一切，只知道梅雅曾经是他的病人，现在又是救他女儿的恩人，他对梅雅感激不尽。梅雅准备马上离开，刚刚苏醒过来的邹雪突然拉住了梅雅的手哭着求她："奶奶，您在医院陪陪我吧！我真的好害怕啊！奶奶，您知道我已经没有奶奶了，妈妈也不要我了，我被人家绑架以后，听着那些人在说给妈妈打电话，要她来接我，可她的电话就是打不通。刚才爸爸已经说了，现在爷爷

237

第九章

又气病倒了，爸爸好累好累，他还要去照顾爷爷。"

梅雅赶忙抱住了邹雪，眼泪不由自主地流了下来："邹雪，你不要怕了，让爸爸去照顾爷爷吧！奶奶在医院里陪着你。"邹雪激动得不停地点头。

梅雅还没有陪邹雪多久，她的电话突然响了起来，一看到是丈夫的电话号码，梅雅赶快接了起来，没想到得到的却是一个噩耗：郑栋遇难了。

邹雪还没有明白过来是怎么一回事时，梅雅赶忙和她匆匆告辞然后离开了。

第 7 集 ● 痛失 "爱子"

林教授是从一个学生那里打听到郑栋的情况的。自从达娃央珠带着林博走了以后，林教授就下了决心一定要找到郑栋，但他一直联系不到，更不知道郑栋所在部队的电话，平时他一直忙于自己的教学工作，外面的事情他很少去过问。达娃央珠上次又给林教授打来了电话，告诉他林博的情况已经比以前好些了。那个开车载他们走的杨亚洲董事长很关心她和林博，她因为在城里学会了电脑，杨亚洲便把她招到了工程处当了一名资料员，还让林博也去那里上班了。开始林博就是不愿意去，是大家逼着他去的。其实林博去了也没有什么太多的活，就是负责给那些修路的工人算算工钱。他们的目的是让林博有事情做，把他的注意力分散，免得没事就想到毒品。勉强干了一个月以后，林博领到了工资，他马上跟达娃央珠一起去县城买了很多东西回来请大家吃。林博现在变了很多，尽管毒瘾时不时的还要发作，但发作的次数比以前已经少些了。在工地上、在直坡村没有人歧视林博，大家对他的只是关心和爱护，林博也有彻底戒掉毒瘾的决心了。

林教授知道了这一切，心里感慨万分，他马上就想到了达娃央珠这个可爱的藏族姑娘对儿子的所有付出。她爱郑栋，为了找郑栋她吃尽了苦头，现在为了自己的儿子却放弃了找郑栋，心里有多痛林教授已经能感受得到，这样的好姑娘不能再让她这样伤心了，林教授决定不管付出多大的代价，自己一定要帮助她找到郑栋，他已经在心里做好了最坏的打算。如果郑栋一直躲着不见达娃央珠、想抛弃她，自己一定要拿出当老师的威严来批评郑栋，让他不要辜负达娃央珠的一片真情。如果郑栋要一意孤行，林教授决定从此以后不认他这个学生了，一个把感情当儿戏的人不是自己所喜欢的。

那一次，一个很久没有来拜访林教授的学生突然来到了家里，林教授不由得又提起失踪很久的郑栋，那位学生马上告诉林教授以前自己去过郑栋的部队。林教授又惊又喜，他赶快和学生一起来到了郑栋的部队，部队首长的一席话却林教授差点昏倒，郑栋早已经遇难了。

郑栋离开直坡村以后，便搭上了一辆往灾区运送救灾物资的返车城车，没想到在路上突然下起了大雨，马上又遇上泥石流，公路被中断，车辆排成了一长串，面对突如其来的紧急情况，大家焦急不安但又想不出别的办法。天色已经慢慢暗了下来，雨也越下越大，公路不通，大家的情绪越来越急躁，那么多辆车堵在那里既不能前进也不能后退。很多人赶快下了车，不停地往外面打电话，希望和外界取得联系，尽快派来挖掘机把堵在公路上的泥土推开，让公路畅通无阻。但在那些地方很多人的手机都没有信号，跟外界联系起来很困难。郑栋也和司机一起下了车，然后各自拿着手机打电话，很快郑栋的手机和外界联系上了，知道这边发生了危险，那边很重视马上答应派出救援挖掘机来。郑栋赶快把这一好消息告诉大家，希望大家耐心等待，挖掘机很快就会到的，只要公路畅通，大家都可以安全地离开这里了。就在这时，一个惊天炸雷响过之后，山上的石头泥土又往下滚，只听得有人突然喊了一声"快躲开，山上滚大石头了"，郑栋抬眼望去，一个巨大的石头正随着泥土往下滚，已经离站在自己对面的司机越来越近了。说时迟，那时快，郑栋一个健步冲过去推开了司机，山上滚下来的千斤大石头当场把郑栋砸成了一团肉饼，在场所有的人都惊呆了。刚才还不停地安慰他们的年轻军人突然间就和他们阴阳两隔了，任凭他们千般呼喊万般呼救，郑栋什么也听不见了，只有他的音容笑貌还活在大家的心中。

一直在苦苦寻找郑栋的林教授见到的也只是郑栋的遗像了。

梅雅回到家里，听着丈夫讲郑栋遇难的经过，她马上哭得死去活来，是林教授劝了好久梅雅才慢慢地平静下来，她不得不接受那个可怕的现实。哭过之后，梅雅才想起了还在病房里苦苦盼望自己去陪她的邹雪，那是一个可怜又可爱的小姑娘，被歹徒绑架折磨成那样又被扔在了大街上，她的心理和身体上都受了很大的创伤，自己既然已经答应了去陪她就不能失约。梅雅只得忍受着巨大的悲痛，天天去医院陪着邹雪。邹雪的伤恢复得很快，出院了她征得父亲的同意还跟着梅雅来到了家里。其实就是女儿不说，邹枫也打算先不把女儿带回家，女儿这次被绑架的经历，邹枫想起来就觉得不寒而栗。他不知道自己的家里还有什么更大的事情要发生。女儿呆在家里他现在也不放心，总觉得到处都有一双眼睛在跟踪着自己，他想让女儿先换一个环境生活一段时间。既然女儿喜欢她的救命恩人梅雅，邹枫就觉得先让女儿去林教授家里住些日子是最好不过的事了，至少林教授夫妇还可以给女儿做一些心理上的输导。

　　林教授夫妇一直没有从失去郑栋的痛苦中解脱出来，一回到家里，夫妇俩就拿着郑栋的照片默默无语。邹雪一看到郑栋的照片马上就惊住了，她说："爷爷奶奶，这不是我爸爸的照片吗？怎么会在你们家里啊？"林教授拉住了邹雪的手，痛心地说："他不是你爸爸，而是我的学生郑栋，在灾区他为了救别人已经遇难了。他是长得跟你爸爸很像，可你爸爸是学医的，而他学的是勘测设计，他更没有你爸爸那么好的福气，你爸爸有你这么可爱的女儿，可他还没有结婚呢？"一听说跟自己父亲长得一样的郑栋叔叔遇难了，邹雪一下子就哭了起来，她边哭边对林教授说："爷爷，郑栋叔叔牺牲了，他爸爸妈妈一定会很伤心的，这次我被人绑架了，爸爸都差点急疯了。爷爷，郑叔叔的爸爸妈妈在哪里？我们一起去看看他们好吗？"其实就是邹雪不说，林教授夫妇也想到了去看郑栋的父母，前些日子他们就想去的，但梅雅一直要在医院里陪邹雪，所以一直没有去。现在邹雪已经伤好出院了，林教授夫妇决定马上去。开始还没有想到带邹雪去，现在孩子已经说到这个份上了，林教授夫妇就觉得没有不带她去的理由了。但两人商量了很久，还是决定先不把这个不幸的消息告诉达娃央珠，等时间再长一些找个适当的机会委婉地告诉她；她找郑栋找得很苦，爱他爱得很深，如果得知了郑栋遇难的消息，林教授夫妇不敢想象后果。可就在这时，达娃央珠却从直坡村打来了电话，说是林博离家这么长时间了，很想爸爸妈妈。正好杨亚洲也要开车来省城办事，达娃央珠决定和林博一起搭杨亚洲的车来省城看看林教授夫妇，然后再搭杨亚洲的车回直坡村。

　　一听到这个消息，梅雅马上就激动得哭了起来。儿子走了这么久，她无时不在想着他，林教授何尝不是一样呢？儿子是最让他头痛的事情，现在已经往好的方面发展，想回来看看自己，这是林教授感到最高兴的事情，他也一直盼望着儿子能有这一天。可面对郑栋的不幸消息，他只得硬下心肠来拒绝了达娃央珠和儿子的要求，告诉他们自己在外地旅游没有在家，等回来以后直接去直坡村看他们。林教授在电话里已经听出了儿子和达娃央珠很惋惜的声音。梅雅看到丈夫拒绝了儿子回家，忍不住哭了起来，她一边哭一边说："还是让他们回来一下吧？我真的受不了，不知道我儿子现在过得怎么样啊？"林教授痛苦地摇了摇头，说："你以为我不想啊？可达娃央珠一来我真的忍不住要把真相告诉她，到时出了事怎么办？等再过一些日子我们的心情都平静下来了再说吧！现在我们的任务是去看看郑栋的父母，以前郑栋就跟我说过他们家就他一个儿子，现在郑栋走了，他的父母会是什么样子我们也不知道，你觉得哪头重要啊？"一听丈夫这样说，梅雅心里虽然很痛苦，但她也不得不按丈夫说的意思办。都是当父母的人，她能理解一个失去爱子父母的心情。况且郑栋又是那么好的一个小伙子，旁人都为他的离去而伤心欲绝，他的亲生父母心里的伤痛就可想而知了。

　　林教授夫妇带着邹雪找到郑栋父母的时候，他们出奇的冷静让林教授夫妇不知道该说些什么了。郑栋的遗像挂在客厅的正中间，看着郑栋的遗像，看着饱经沧桑的郑栋父母，梅雅忍不住泪流满面。郑栋的母亲一直坐在客厅里，手里不停地摆弄着一个小玩艺，好像客人来跟她没有什么关系似的。邹雪拿着自己买的糖走到了郑栋母亲面前，然后把糖往她嘴里喂，说："奶奶，郑栋叔叔是为救别人牺牲的，他是真正的英雄，我们都会记住他的，以后我还要让我们班的同学都来看你，奶奶，你吃糖吧！"郑栋的母亲仔细看了看邹雪，突然扔掉了自己手里的东西，马上抱住了邹雪大喊起来："乖乖，你就是我们郑栋的女儿，真的，你看你长得跟郑栋小时候一模一样。乖乖，我在到处找你啊！现在你终于回来了，以后不准再走了。"邹雪被郑栋的母亲的突然举动吓住了，她不停地解释："奶奶，我的爸爸叫邹枫，我叫邹雪，我不是你的孙女，也不认识郑栋叔叔，今天也是听林爷爷和梅奶奶说的，您一定是认错人了。"郑栋的母亲的情绪马上激动起来，她死死地拉住邹雪不放，说："不，你就是我们郑栋的女儿，今天无论如何我也不让你走了。"一见到这种情况，郑栋父亲赶快走过去用了很大的力才把邹雪从妻子身边夺了过来。林教授夫妇赶快抱住了受了惊吓的邹雪。郑栋的父亲赶快把妻子连拉带哄地弄进了另外一间屋子，然后把妻子关在了里面，自己一个人走了出来，房间里很快传来了郑栋母亲的哭闹声。郑栋的父亲站在客厅里不停地给邹雪和林教授夫妇道歉，从他的表情里，林教授夫妇看出了很多的无奈和伤痛。面对这样的场面，林教授夫妇觉得此时说什么安慰的话都显得那么的苍白无力，尴尬地坐了没有多久，林教授夫妇只得拉着邹雪起身告辞。

　　林教授夫妇和邹雪要走，郑栋的父亲并没有过多地挽留他们，他把林教授夫妇和邹雪送出了小区，快到分手的时候，郑栋的父亲眼里流出了几滴泪水，他紧紧地握住了林教授的手激动地说："郑栋在世时一直对我说你们夫妇把他当亲儿子般的爱护，可他还没有来得及报答你们的恩情就这样走了！我们也没有来得及拜访你们，你们却先来看望我们了，如果郑栋在天有灵知道了他是会怪我们的。"林教授感慨万分地对郑栋的父亲说："大哥，您不要说了，郑栋是个好孩子，他的离去对你们和我们都是一个损失，但在那个情况下他又不得不那样做，因为他是军人。以后您和大嫂一定要多多保重，郑栋虽然走了，但我们的关系不能断，因为他是我们大家都喜欢的孩子，也欢迎您和大嫂到省城来玩，我们两家还像亲戚一样走动，那样才更亲。"郑栋的父亲不停地点头，然后说："我知道！我知道你们都是好人，只是我对不住你们，郑栋的妈妈刚才的态度还请你们原谅，我也拿她没有办法，现在她刚刚好一点，什么事情我也要依着她。"梅雅赶紧问："大哥，大嫂怎么啦？"郑栋的父亲低下了头，说："当部队把烈士证书送到我们家时，她当场就晕倒了，后来她的精神就有些失常，天天大哭大闹喊着要去找儿子。我把她送到精神病院去治了一段时间，现在刚回家不久，天天就是拿着郑栋玩过的东西折腾。以前郑栋那么大了还不找对象，她就是想孩子早点成个家，做梦她都想当奶奶，可现在孩子走了，什么也没有留下，她是想儿子都快想疯了，今天看到了这个小姑娘她就异想天开地说是郑栋的女儿。"郑栋的父亲说着又抱住了邹雪，说："今天把你吓坏了吧？都是我没有把奶奶看好，真的是对不起你了！"邹雪很懂事地亲了郑栋的父亲一下，说："爷爷，我没事了，您也不要再生气了，以后等奶奶的病情好些了我再来看你们，我还要带全班的同学来。"郑栋的父亲激动得什么话也说不出来，只是不停地点头。林教授夫妇也就是在那一刻终于理解了郑栋的父亲心里所承受的压力，丧子之痛还没有过去，妻子的病痛又折磨着他，一个人就是有再大的能力也经不起这样的折腾。离去的郑栋已经不能复生了，这个家庭要怎样才能走出痛苦的阴影呢？林教授和妻子都不约而同地想到了一个人，那就是达娃央珠，她是郑栋真诚爱着的姑娘，郑栋走了，只有让她走进这个家庭来安慰两位老人了。

第8集 ● 悲喜交加

然后，林教授夫妇还来不及去找达娃央珠时，黄大爷却给梅雅打来了电话，让她马上去疙瘩村一下：因为他已经帮助梅雅打听到了她失散儿子的下落了。梅雅不得不赶快和丈夫还有邹雪一起先回了省城。邹雪回自己的家里去了，梅雅马上找了一个借口把丈夫搪塞过去，自己悄悄去了疙瘩村。

自从上次梅雅带着达娃央珠去过黄大爷家以后，黄大爷就把寻找梅雅的亲生儿子和达娃央珠寻找男朋友郑栋的事放在了心上，他求了很多人费了很多的精力。但只打听到了梅雅的儿子唐军的下落，郑栋却没有一点消息。可让黄大爷没有想到的是，唐军却在前不久的一次意外中遇难了，这个消息黄大爷是听唐根的一个远方亲戚说的，因为黄大爷已经去找过他几次了，也说了梅雅现在的心情，就是想看看自己的儿子，其他并没有别的要求。黄大爷知道以前唐根病重就是这个远房亲戚把唐军拿去送人的，后来说孩子死了也是他传出来的。再后来，黄大爷却听村里人说在街上看到过唐根的远方亲戚带着一个男孩子，那个男孩子长得很像唐根，他应该就是唐根的儿子，说孩子死了应该是一个谎言。

唐根的远方亲戚再也经不住黄大爷的多次纠缠，终于告诉了黄大爷一个事实：唐军已经出了意外，如果不信可以马上带他去养父母家看看，以前他们不敢面对，那是唐军生前一直把养父母当成了亲生父母，直到死他也不知道自己的身世之谜。现在人都走了养父母也怕儿子在天堂怪罪他们，所以他们终于敢面对儿子的亲生父母了。一听到自己失散那么多年的儿子还没有见上自己一面就走了，梅雅放声地痛哭起来："不，这不是真的！一定是他们弄错了，我的儿子不会死，不会死的！"看到梅雅悲伤的样子，黄大爷赶忙拉住了梅雅的手劝她："这些都是真的，你要不信我带你去唐军的养父母家问清楚。其实唐军的养父母对他很不错的，把他就当成了命根子，他们一定会对你说实话的。"梅雅痛苦地摇了摇头，她没有勇气去儿子的养父母家兴师问罪。当年要不是自己狠心地丢下了儿子，儿子会落到别人手里吗？她觉得自己是一个很卑鄙的母亲，为了自己的所谓幸福却把儿子和前夫都抛弃了。让前夫在悲愤中死去，让幼小的儿子失去了母亲又失去了父亲，要不是养父母把他抚养成人，也许他早就不在这个世界了，自己还有什么理由去责怪别人呢？现在人家养了几十年的儿子离去了，自己又去问别人孩子的身世，不是往人家伤口上抹盐吗？梅雅知道儿子死了虽然痛苦不堪，但她还是决定不去儿子的养父母家了，想等过一些日子他们的心情都平静下来了，自己再去看看他们。现在梅雅最担心的是郑栋的父母，她得尽快去找达娃央珠，让她这个准儿媳妇去看看郑栋的父母，可她还得考虑怎么给达娃央珠说出这样残忍的事情来，梅雅觉得这才是最残忍的事情。但现在没有别的办法，事情已经到了这个地步，再残忍的事情她也得去做。

第9集 ● 雪上加霜

薛丹又被放了出来，她才知道女儿是真的失踪了，只可惜她的手机已经被警察搜去过，她查看了上面有一个刘宗辉给她打的电话，可她再打过去时，刘宗辉已经关机了。薛丹也怀疑女儿被绑架可能跟刘宗辉有关，可她却联系不到他，更不敢告诉丈夫。去银行没有取到刘宗辉的钱还被警察抓了，薛丹的心情已经气愤到了极点，她决定守在刘宗辉家门外，一直等他出来然后再找他算账。但薛丹没有想到的是自己永远都没有走在刘宗辉前面过，她去刘宗辉家时，才知道房子已经换了主人，也就是说刘宗辉早已经把房子卖了，薛丹差点晕倒在那里。

这个时候，薛丹却接到了丈夫的电话，说女儿找到了。可薛丹马上赶到医院去的时候，女儿却拒绝和她相认。看着满身伤痕的女儿，薛丹心里痛苦万分，她不知道女儿在刘宗辉那里受了怎样的磨难？刘宗辉以前那样对自己，薛丹已经忍无可忍了，现在又把自己的女儿弄成了这样，薛丹觉得自己不出这口恶气，一定会逼疯的，反正现在自己什么也没有了，和刘宗辉的事李楠也知道，他一定会去跟自己的丈夫说，在丈夫家薛丹也知道一切都完了，这一切都是被刘宗辉害的，自己只要有一口气就要找刘宗辉拼命。可薛丹没有想到，她还没有找到刘宗辉，刘宗辉已经在找她了。这一天，薛丹去讨好女儿又被拒绝以后，她心烦意乱地从家里走了出来，走着走着，她不由得又去了以前经常和刘宗辉约会的咖啡厅打发日子，却无意中见到刘宗辉已经在那里了。

看到刘宗辉的第一眼，薛丹就恨不得把他杀了才解气，可薛丹还没有对刘宗辉发火时，刘宗辉身边的两个人已经把薛丹架走了。薛丹被人弄到了一个很隐蔽的地方，两个架她的人很快离去。刘宗辉突然出现在薛丹的面前，出乎薛丹意料的是刘宗辉没有像以前那样去哄她，而是狠狠地打了她两耳光，打得薛丹疼得钻心。薛丹还没有还嘴，刘宗辉又骂开了："老子把你当宝贝养起，你却背着我来阴的一套。第一次我派了梁飞来取东西你不给，你知道那一次你耽误了我多少生意吗？生意场上的人讲究的是诚信，那一次就是上千万的生意啊，就被你给我白白地耽误了。第二次我又让梁飞来取东西，可你还是不交出来，还要我亲自来拿，还敢威胁我如果不来后果自负，你知道我又丢掉了多少生意吗？薛丹，我所有的一切都被你毁了，今天你要是不把我的东西交出来我就杀了你。"看到刘宗辉那愤怒的样子，薛丹的火气更大，她也生气地骂了起来："你还好意思说，我问你，你为什么要用梁飞？难到你不知道他是跟李楠一伙的吗？我的老公也是他的救命恩人啊！你让我把东西交给他不是中了李楠他们的计吗？我是为你好没有交东西给他，只想给你打电话提醒。可你的电话一直打不通，你又不跟我主动联系，还让梁飞跟我联系，我为了能和你通话，只能那样对你说啊！可你……"薛丹还没有说完就再也说不下去了，她伤心地大哭起来。一看到薛丹哭成那样，刘宗辉的心又有些软了。毕竟他和这个女人已经有了几年的感情，近来做的所有大生意都是这个女人在帮他，也从来没有出过什么差错。可这个梁飞来了以后，就接二连三地出现了这么多的事情，刘宗辉马上警觉起来了。梁飞跟李楠认识而且关系还不错，他也是前不久才知道的，但他更不知道梁飞和邹枫的关系还很好。突然听薛丹说起，刘宗辉心里不由得倒抽了一口冷气。薛丹见刘宗辉不说话，马上又说："你知道吗？那天我和你没有联系上，准备回去又碰上了我老公跟他的情人在一起，我气得去找我老公算账，可没有想到李楠带了人来把我给抓了，你说李楠是不是在跟踪我啊？他怎么知道哪天我要给你送东西啊？不是那个梁飞告的密还有谁啊？刘宗辉，我真的是为了你好，可你却处处来害我，躲着不接我的电话，也不跟我见面还绑架了我的女儿，我做事跟我女儿有什么关系？"一听薛丹说起李楠把她抓了，刘宗辉才恍然大悟，突然明白了什么似的，他赶忙给薛丹解释："我没有想害你的女儿，拿不到我的东西我也着急。给你打电话你又关机，后来把你的电话打通了又是一个男人接的，我怎么跟你联系啊？"一听刘宗辉这样说，薛丹又想起自己电话里确实有刘宗辉的打来电话，她才相信了，也知道了接刘宗辉电话的人不是李楠就该是小汪。薛丹赶快给刘宗辉解释："我有什么办法啊！李楠他们把我抓进去以后，就马上把我的手机也给搜走了。"

刘宗辉一听薛丹说手机曾经被警察拿走过，马上吓出了一身的冷汗，他赶忙拉住了薛丹的手问："你都说了些什么？我让你保管好的那些东西警察知道吗？现在那些东西都在吗？"薛丹不停地点头，然后说："我什么也没有对他们说，所有的东西我都给你保存得好好的。可你却从来没有把我当人看，给我承诺的你兑现了吗？为了你的事我成天担惊受怕、吃尽了苦头，你又是怎样对待我的啊？我觉得这做人还是不能太过分了，兔子急了还要咬人呢？"一听说自己所有的东西都还在，刘宗辉是又惊又喜，他不停地给薛丹说着赔礼道歉的话，还赶快拉着薛丹去了银行，从自己的卡上取出了50万块钱存到了薛丹的名字下，并答应做完了生意以后，带着薛丹飞到国外去过快乐的日子。薛丹开始还很生刘宗辉的气，但一想到刘宗辉也不知道梁飞的底细，才造成了很多的误会，她也不那么恨刘宗辉了，更希望和刘宗辉好下去，等他把生意做完了，然后带着自己去国外。因为现在她已经没有什么退路了，以前女儿还和她说说话，可现在女儿也不理她了，邹枫更是不和她说话。人人都知道了她和刘宗辉的关系，只有离开这个是非之地，她才觉得有出头的日子。

王梅被安排住进了一间套房里，本来她以为来了就可以马上给刘宗辉的儿子补习功课，没想到来了以后才听说刘宗辉的妻子带着儿子去旅游了还没有回来，王梅也只好在那里等着。可她没有想到这一等就等出了事，按理说刘宗辉对王梅还是不错的，每天都派了一个人在那里伺候着她，想吃什么就有人送来，可王梅还没有等到刘宗辉的儿子回来就病倒了。说是病，王梅也不知道自己得的什么病，发作起来让王梅痛苦得要命，每当这时，伺候王梅的胖子就会去给王梅拿药吃，吃了以后病就马上好了。王梅发病的次数越来越多，如果胖子不去给她拿药，王梅就会难受得去碰墙。王梅也曾经问过胖子自己得的是什么病？可胖子说他也不知道，给王梅吃的药都是进口的，包治百病的。

李楠自从离开家以后，他还是有些不放心妻子，打了妻子的几次电话，但得到的都是妻子关机的信息。李楠觉得妻子有可能还在生他的气，所以他也就没有多在乎，他就想着自己忙完这一段时间的工作以后再回去给妻子解释一下。他也知道对于自己提离婚的事，不要说王梅那样身体和精神都受过巨大伤害的女人不能接受，就是换了一个各方面健全的女人也很难接受的。

一直都联系不上妻子，李楠有点着急了。本来李楠也是不愿意打电话给岳母的，但现在他没有办法，只得硬着头皮给岳母打电话，因为他真的不放心妻子。可岳母的话却让李楠大吃一惊，王梅放了假没有回省城来，她也联系不上女儿。这个时候，李楠突然让到了梁飞，他的儿子是王梅最爱的学生，老师的一些情况他多多少少应该知道。于是李楠赶快给梁飞打了电话，让他想办法打听一下王梅的下落。开始梁飞还一直在搪塞李楠，但经不住李楠的再三询问，梁飞终于说出了一个让李楠不能接受的事实：王梅被刘宗辉请去了。听到那个消息时，李楠手中的电话马上掉在了地上。因为梁飞已经告诉了李楠，自己现在就在刘宗辉的公司打工，刘宗辉对自己很好，王梅也是自己去把她请进城里的。

邹利成的病是因为邹雪失踪而引起的，看到孙女伤好回到了家，邹利成的病也慢慢地好了起来。为了便于照顾方便，邹枫便把父亲接回了家里。既然邹枫已经把父亲接回了家，董惠也觉得自己的任务完成了，当初为了帮助邹枫，她是向单位请了假来到省城的，现在她准备回去上班了。一看到邹枫那难受的样子，董惠心里就不好受，她只得安慰邹枫现在什么也不要想了，只要女儿回到自己身边就是大事了。至于自己身世的事先不要急着去找，以后有的是时间。邹枫不停地点头，他有些伤感地告诉董惠，自己现在的生活中就只剩下她一个人是真正的朋友了，以前跟李楠是铁哥们，可现在李楠当了官自己跟他已经行同路人了。一说到李楠，董惠心里也有太多的不理解，她赶快安慰邹枫不要生气，自己有时间一定要找李楠好好聊聊，无论如何她都不相信李楠会变成那样的人，处处为难朋友不说，还要闹着跟自己残疾的妻子离婚。邹枫有些事情不好去问李楠，但董惠觉得自己没有什么好顾忌的。可董惠没想到，自己还没有去找李楠时，李楠已经打电话来找她了。董惠接电话时邹枫也在旁边，李楠在电话里不停地问董惠身边有没有别人？董惠赶紧给李楠撒了个谎。一听说董惠身边没有别人，李楠很热情地邀请她去喝茶。董惠赶紧跟邹枫商量自己去还是不去？邹枫想了很久，还是同意董惠去见李楠。可邹枫万万没有想到，在他眼里一直是纯洁善良正直的董惠，自从这一次去见了李楠以后就完全变了一个人，她竟成了一个遭人唾弃的第三者。人家说朋友妻不可欺，虽然董惠不是邹枫的妻子，但她一直是邹枫从心底里爱着的女人，也是邹枫心目中的偶像，这一点邹枫早就跟李楠说过，可李楠却把董惠据为了己有，这让邹枫怎么也接受不了。

第 10 集 ● 残酷的会晤

薛丹又天天跟刘宗辉住在了一起，刘宗辉对薛丹尽显自己的温柔和关爱，薛丹感到很是满足。对于家庭丈夫女儿她已经把他们抛到九霄云外去了，她觉得在自己的生命中只有刘宗辉才是依靠，也只有他才能给自己带来快乐和幸福。刘宗辉已经答应了在国内最多再呆三个月，把所有的事情都处理完以后，就带着薛丹和所有的钱财飞到美国去。

邹枫和女儿父亲正在家里看电视，已经半个月没有回家的薛丹突然又回到了家里。邹雪看了母亲一眼赶快进了自己的房间。邹枫走过去拉住了妻子，然后有些着急地问她："你成天到底在忙些什么？既然你也不想离婚就要像一个妻子的样子啊！你这样成天的不回家像什么样子？女儿出了事你不心疼吗？我真的希望你有时间在家好好地陪陪孩子，她也需要母爱。"薛丹马上冷笑起来："这个家还用得着我吗？你不是早就和老情人勾搭在一起了吗？邹枫，老子算是看透了你！"邹利成一见薛丹那嚣张的样子，马上把一个茶杯狠狠地摔在了地上，然后大骂了起来："薛丹，你要是还有脸面的话就早点滚出这个家，老子急了什么人都不认的。"一看到公公发火了，薛丹马上就心虚了，她是知道公公的脾气，把他惹火了他做起事来是不计后果的。薛丹知道好汉不吃眼前亏的道理，她没有和公公再争吵，只得匆匆拿上自己的东西然后走出了屋子。

薛丹出了家门，又接到了刘宗辉的电话，让她把自己要的东西带到江河宾馆 133 房间，那里有人在等着，只要把东西交给他就行了。薛丹赶快把东西送到了那里，正准备去敲门时，却发现李楠正在那里。薛丹想躲已经来不及了，李楠赶忙走过去和她打招呼："真巧啊！你也是来这里找人吗？"薛丹虽然把李楠恨得要命，可这时她还是不好对他发火，自己现在的任务就是把东西尽快交给别人。李楠见薛丹不说话，马上很热情地邀请她："你如果不忙的话我们一起去楼下的茶庄坐一会儿，我知道以前我们之间有很多的误会，现在有时间我只想给你解释一下。"薛丹没有办法，只得尴尬地应付着李楠说："行啊，今天我请客！"

李楠和薛丹在茶庄里喝着茶，随便聊了一些无关紧要的事情，薛丹显得心不在焉的样子，她马上站了起来说是要去一趟洗手间。李楠让她赶快去，还说中午请她吃饭，算是对她过去有不礼貌的地方赔礼。薛丹同意了，她去洗手间还不忘了把自己的东西拿上，然后在洗手间里赶快给来接东西的人打电话，说自己遇到了麻烦。

李楠正在茶庄里等着薛丹，可薛丹去了洗手间却一直没有出来，这个时候李楠看到了他最不愿意看到的一幕：王梅被胖子推到了李楠面前，她

249

第九章

的脸色憔悴，身体不停地抽搐着，看得出来王梅很痛苦的样子。就在这时薛丹已经提着东西从洗手间走了出来，一见到王梅那个样子她也惊讶万分："这不是王梅老师吗？她现在怎么样啦？李警官，快把王老师送医院看看啊？你看她病得好重！"李楠脸上痛苦地抽搐了一下，然后狠了狠心说："对不起，我和王梅已经离婚了，这些事情也不是该我管的。"李楠的话还没有说完，打扮得十分时髦的董惠微笑着走到了李楠的面前，拉起了他的手，说："你不是说放假要陪我一起去度蜜月吗？什么时间去啊？我好去订机票。"李楠马上站了起来拉住了董惠的手，很亲热地对她说："下个星期吧！我把手头的事情忙完就去。你先回去准备，我晚上早点回来带你买衣服。"董惠和李楠的举动不但让王梅感到惊讶、就连薛丹也感到很突然，她以前一直认为丈夫和董惠有不清不白的关系，今天要不是亲眼所见她根本不相信李楠已经和董惠搅到了一起。

王梅也被丈夫和董惠的所作所为震动了，她没有想到丈夫一直要跟自己离婚原来是为了跟董惠好。如果跟丈夫好的女人不是董惠的话，她可能没有那么难受，但跟丈夫好的女人是董惠，王梅怎么也接受不了这个事实。因为以前她是什么心里话都对董惠说，也从来没有防过她，自己还一直认为她和邹枫是很好的一对呢。可没有想到她却背后给了自己狠狠的一刀。王梅气得脸色铁青，她真的想骂和李楠和董惠，可现在她却一句话也骂不出来了，因为她的病又发了，病魔已经折磨得她生不如死了。

胖子马上看出了王梅的表情，他很是同情地走到了李楠面前，说："李警官，人家说一日夫妻百日恩啊，你的儿子在地震中死了，你的妻子现在又成了这个样子，难道你一点都不心疼吗？她的病现在是越来越严重了，你不能丢下她不管啊？"李楠大怒："你要我怎么管啊？当初离婚也是她提出来的，我们已经不是夫妻了，该管她的人不是我，我应该我有个人的生活。"薛丹以前只恨过李楠，但她从来没有恨过王梅，一直觉得王梅是一个可怜的女人。今天一看到李楠和董惠那种嚣张气焰，薛丹已经忘记了自己来这里的目的，她冲去过打了董惠一下，狠狠地骂道："你这个不要脸的狐狸精，天下的男人都被你勾走了。上次你勾引了我的老公不说，今天又来勾引李楠，你还有脸没脸啊？有本事你去找别的男人啊！你跟一个身体残疾的女人争老公算什么本事？董惠，你要遭报应的。"一看到薛丹打董惠，李楠赶快冲过去抓住了薛丹的手，说："这事跟她没有关系，是我去追她的。时间已经不早了，吃饭也没有心情了，你也该回家了。正好我也要去找邹枫办点事，也一路把你送回去。"李楠说完，他也不管薛丹同意不同意，马上拉住她就走了。看着李楠和薛丹走了，董惠也马上跟了出去。

王梅突然大哭起来，她一边哭一边大吼："李楠，我这一辈子也不想再看到你一眼。"

梁飞把王梅送到了刘宗辉那里他就一直没有见到过她，那天李楠打电话问到了，梁飞才又想起了王梅，他赶快去问刘宗辉王梅现在的情况。刘宗辉才告诉梁飞因为自己的妻子和儿子一直在外地旅游没有回家，所以王梅他就交给胖子在照顾。在梁飞的再三请求下，刘宗辉终于说出了王梅居住的地方。梁飞决定马上去看看王梅，不看不知道，看了才真正吓了梁飞一跳。王梅已经不是梁飞眼中的那个王梅了，她瘦成了皮包骨，梁飞去看她的时候，她的病情又发作了，急得在屋子里不停地要去碰墙。胖子赶快拿出一些药让她服下以后，王梅的精神好了很多，一见到梁飞，王梅不由得放声痛哭起来。梁飞也才知道了李楠已经真正抛弃了病妻和别人混在了一起，更知道了李楠现在的女人就是邹枫心仪的女人董惠。血气方刚的梁飞看到儿子的救命恩人王梅气成那样，他急得快要疯了。梁飞恨李楠的无情，更恨董惠的不知羞耻，当时他就下了决心要帮助王梅，一定要把李楠从董惠的手里抢过来，可王梅赶忙制止了他。丈夫已经移情别恋，自己就是找回了他的人也找不回他的心了，王梅不愿意这样做。梁飞是又气又恨，可他没有想到造成这一切的罪魁祸首就是他本人，只是他自己还不知道罢了。

第 十 章

第 1 集 ● 预言成咒语

　　陈婆婆病倒了，而且病得不轻，从省城回来以后她就成天做噩梦，都是做着别人要抢孩子的梦。自从上次见了邹枫，陈婆婆就觉得事情并不是她想象的那样简单，在这个世界上她觉得没有什么人可以相信了，自己的一切都在别人的掌控之中。陈婆婆觉得董惠太厉害了，虽然被自己赶出了家门，可她好像没有离开过这个家一样，家里到处都有她的气息存在。自己做什么事，似乎都有一双眼睛在监视着，这个让她带孩子的李洁到底是谁？陈婆婆一直没有弄清楚，她甚至怀疑救灾物资里写的纸条也是董惠用的计。如果把孩子弄去做了 DNA 鉴定，孩子不是自己儿子的，那个邹枫也会帮助作假说孩子是自己儿子的。董惠要报复自己，陈婆婆心里早就应该想到。这个孩子真的很可爱，现在陈婆婆也舍不得他了，但她就是想知道真相，孩子跟自己的儿子有没有血缘关系都可以，但陈婆婆不能让别人骗自己。

　　陈婆婆已经病了几天了，但她不愿意告诉别人，只得一个人带着孩子来到了省城看病。本来她可以在县城看病的，可她怕孩子的母亲知道自己病了来把孩子接走。来到了省城，陈婆婆的心情一下子好了许多，自己天天就住在板房区带孩子哪里也没有去过，她早就听说过城里的动物园很好玩的，孩子已经开始学会走路、学会说话了。陈婆婆也决定把孩子带去到那里看看动物，让孩子开心开心。

邹利成虽然病好了，可他的精神一直不太好。懂事的邹雪看到爷爷那样，一直缠着爷爷带自己去动物园玩，表面上看是让爷爷带着自己出去玩，其实是邹雪心疼爷爷，她想让爷爷开心，所以就觉得上动物园最开心了。邹雪拉着爷爷到处看了看，觉得有些累了才找了一张凳子坐了下来。邹雪已经看出来了，爷爷的心情比在家里好多了，她赶快拿出了自己带的零食去喂爷爷。就在这时，邹雪无意中看到了对面有一个小弟弟，小弟弟的手里拿了一个小玩具不停地舞动着，看得出来他也很兴奋的样子。邹雪一眼就认出了小弟弟手上那个已经有些旧的小玩具是自己拿出来捐的，因为那上面当时自己不小心还摔掉了一大块漆，邹雪记忆犹新。小弟弟手里玩着东西，不小心一下子摔在了地上，邹雪赶快跑过抱起了小弟弟，然后不停地给他喂东西吃。小弟弟看到一个小姐姐过来抱住自己，又喂自己吃东西，他一点也不认生，马上和小姐姐玩了起来。

陈婆婆一直困扰在心里很久的问题，她也没有想到就在她带着孩子认识了邹雪和他的爷爷之后一切都得到了解决。小孩子和小孩子之间能玩起来，老年人和老年之间也有了更多的话题。邹雪高兴地带陈韬玩，邹利成便和陈婆婆亲切地交谈。也就在这时，邹利成知道了陈婆婆和孩子都来自灾区，他马上给予了陈婆婆更多的关怀，带着陈婆婆和孩子去街上吃了饭，又给孩子买了衣服。陈婆婆感慨万千，她便对邹利成说起了自己心里的隐私：想和孩子做一个 DNA 鉴定。邹利成很是理解陈婆婆的一切，这事对于别的老年人来说可能有些摸不着头脑，但对于邹利成来说那简直就是轻车熟路了，因为他们当年就逼着儿子去和孙女做过 DNA 鉴定。

林教授夫妇终于来到了直坡村，他们还没有把自己来的真正目的说出来时，达娃央珠已经哭成了泪人。林博坐在她身边不停地安慰她，可达娃央珠谁的话都听不进去。看到达娃央珠伤心成那样，林教授夫妇心如刀绞，他们不敢再告诉达娃央珠那件残忍的事情。

为女儿操碎了心的扎西已经从林教授夫妇的表情中看出了问题，他赶忙把林教授夫妇拉到了一边，说："林教授，我知道如果没有特别大的事情你们是不会亲自来的，小女子在省城也给你们添了很多的麻烦，我已经听她说了郑栋是你的得意门生，但他不跟我女儿好，你当老师的也是没有办法的，有什么事情你就直接给我说吧！以后我会说服女儿的。"梅雅再也听不下去了，她一下子拉住了扎西的手，声音颤抖地说："村长，我们是代表郑栋来向你道谢的，以前他在这里工作你们给了他很多的帮助。可他这一生再也不能来报答你们了，请你们能原谅他吧！"梅雅的话马上把扎西给镇住了，他很快就醒悟过来，激动地问："郑栋怎么啦？郑栋怎么啦？"林教授赶忙取下了自己的眼镜擦了擦，然后沉痛地对扎西说："他在离开直坡村回省城时，为了救别人而他自己却遇难了！"

在林教授夫妇还没有说出郑栋的事情时，扎西在心里就做过很多的猜测，但他从来没有想到会是这样一种结果，郑栋遇难了。对于郑栋这个小伙子，扎西也一直很喜欢，倒不是因为他跟女儿谈恋爱，而是因为他是金珠玛米。地震时，全村人面临生死关头就是金珠玛米救了他们。那个因为救伤员而牺牲的金珠玛米的形象一直活在直坡村人的心目中，直坡村的同胞们为了纪念他，在村里为他立了一座墓碑，在他的周年纪念日，全村老少都去拜祭了他。所以直坡村的同胞们就对金珠玛米有了一种特别的感情。郑栋长得一表人才，对人说话做事都是彬彬有礼，经常还把自己从城里带来的东西给大家吃。他是大学生，脑子里懂得很多的东西，谁家有不懂的事情只要找到了他都能帮忙解决，这样的小伙子又有谁不喜欢呢？突然得到郑栋已经遇难的消息，扎西一下子就蒙了，他真的接受不了这个现实。如果说以前因为女儿的事，他在心里还有那么一点点对郑栋的不满的话。可就在这时他突然觉得什么都不重要了，只要郑栋还活着，哪怕他就是不爱自己的女儿了，自己也会一样的喜欢他。可现在一切都不可能了，郑栋早已经去了另外一个世界，人们怎么想他，他都不可能知道了。从不流泪的硬汉子扎西突然之间泪流满面了，他在心里一遍又一遍地呼喊着"郑栋"，可没有人能答应他了。

扎西还在想着怎么把郑栋遇难的事情告诉女儿时，女儿却已经找上了他，因为林博把什么都告诉了达娃央珠。达娃央珠一直伤心地哭个不停，林博怎么劝也劝不住，当他看到扎西把自己的父母拉走以后，林博就想着去找母亲来劝劝达娃央珠，没想到却偷听到了父母和扎西的对话。

在头天晚上达娃央珠就做了一个奇怪的梦，她梦见了郑栋全身血肉模糊，可他还拉着达娃央珠的手不停说："我真的很爱你，说过一定要娶你的，可现在阎王爷要拉我走了，我真的没有办法，这一生我不能再爱你了，你要好好地活着，找个好男人嫁了！明天我的恩师要来看你和林博弟弟，恩师和师娘一生最担心的就是林博弟弟，现在你让他走上了正道，知道你吃了很多的苦，我在另一个世界也代恩师和师娘感谢你。"以前达娃央珠是不相信梦的，可做了那个奇怪的梦以后，达娃央珠的心里就痛苦不堪，她还没有从痛苦中解脱出来，林教授夫妇却突然来到了直坡村。达娃央珠一看到他们的神情，心里就什么都明白了，她觉得所有的梦都成了现实。

扎西看着女儿那样，赶忙去哄她："林博肯定是听错了，林教授不是这样说的，要不然我们再去问问他们。他们就是来看看林博的，因为他们一直不放心他嘛！郑栋不会有事的！"达娃央珠一下子抱住了父亲，说："爸，你不要说了，我什么都知道了，现在我已经长大了，什么事情我都能承受。我知道郑栋是为了救别人而遇难的。爸，郑栋是个好人，他真的没有辜负我，也没有辜负大家。爸，你明天去给全村的人解释，郑栋不是负心汉，以前你们都怪过他的。"听了女儿的话，扎西无地自容，他现在才觉得女儿是真正长大了，自己真的是小看了她，她赶忙拉着女儿的手，说："都是我不好，明天我就召开全村人大会，一定把这个消息告诉我们直坡村的人，还要为郑栋在我们村立一个碑，让他和那位牺牲了的金珠玛米在一起，每年清明节我们全村人都要为他们上香，也让大家永远地记住郑栋，他是一位好金珠玛米，也是我们直坡村的好女婿。"听到父亲说出这样的话，达娃央珠不停地点头，然后又对父亲说："爸，我后天要去郑栋家看看他的爸爸妈妈，以前郑栋说过忙完这一段时间就要带我见他爸爸妈妈，可现在他走了，我已经是他的人了，应该去看看他的爸爸妈妈。林博也答应了陪我一起去，你答应我吧？"扎西点了点头，然后说："爸同意你去，不但你要去，我还要叫上你妈跟着一起去看看我们没有见过面的亲家。到时候叫上杨叔叔，他以前就说过只要找到了郑栋就一定要开车拉我们去的，这次我们大家就一起去吧。"听完父亲的话，达娃央珠抱住父亲激动得放声大哭起来。

第2集 ● 隐形黑手

于菲菲自从上次去了王梅的学校，被王梅痛骂之后她的心情一直没有平静下来，她不知道是自己脑子里有病还是王梅脑子里有病呢？应该说像于菲菲这样留过洋的女人，年轻漂亮又有钱，结过两次婚又离过两次婚，对于爱情应该不会走进死胡同的。可她偏偏就把自己卡在了李楠身上；李楠让她着迷，她自己也弄不清楚到底爱李楠哪点？因为李楠自从知道了于菲菲在爱他以后，他就对于菲菲没有过好脸色，但于菲菲并不计较这些，她是一个从小就好强的姑娘，越是得不到的东西她就是越想得到，更重要的是她不甘心就这样输给了王梅。自己什么都有，可王梅现在有什么啊？自己如果争不到李楠，就是明摆着输给了王梅，她觉得这是对自己极大的羞辱，就是为了争一口气她也要把李楠争到手，她不可能输给别人的。于菲菲决定有机会还要去找王梅，想出一个什么样的好办法来打垮她，然后自己得到李楠，可于菲菲做梦也没有想到，王梅却落到了她的手上。

王梅的病突然又发作了，她难受得要命，不停地叫胖子给她拿药吃，可胖子坐在那里看电视理也不理她，王梅苦苦哀求了好一会儿，胖子才拿了一点药给她吃。吃下了药，王梅的病情马上就好了起来。就在这时，胖子突然接了一个电话之后，马上把坐在轮椅上的王梅推进电梯下了楼，然后又推着王梅上了街。自从住进了这套房子，王梅成天也没事做，天天就坐在那里看电视，觉得自己安的假腿很不舒服，王梅就干脆取下来放在了一边。上了街，王梅才发现天色已经渐渐黑了下来，她不停地问胖子要把自己推到哪里去？因为她的假腿没有安上，她想安上以后自己在街上到处看看，可胖子一直黑着脸不说话一句话。王梅心里很不舒服，她决定拿出手机给梁飞打个电话，告诉他自己想回去了，突然才发现自己的手机没有话费打不通了。王梅不停地求胖子给自己充点话费，可胖子还是不理她，只是推着她急匆匆地往前走。

于菲菲是从酒吧出来遇上王梅的。李楠拒绝了她，她痛苦难受，成天不是去酒吧混日子就是去歌厅消遣。对于她来说得不到李楠生活也就失去了意义，她从酒吧出来天色已经很晚了。于菲菲已经醉得不行了，以前她还知道打车走，现在她连怎么打车也忘记了，自己找不到回家的路，她就在街上乱窜。走着走着，她觉得路是越来越小，到处也越来越黑，正在于菲菲不知道该往何处走的时候，她无意中听到了一个女人的呼救声音。于菲菲的酒顿时醒了一大半，她随着女人的呼救声音走过去，才发现了一个女人倒在地上不停地求救，于菲菲想扶她站起来。可女人怎么也站不起来，于菲菲这才发现女人只有一条腿。

　　王梅被胖子暴打一顿之后，就被扔在了一个比较偏僻的地方，尽管王梅呼救了很久也没有人发现她，当时于菲菲也没有发现倒在地上求救的女人就是王梅，等她叫了救护车来把王梅送到了医院时，于菲菲才发现被自己救的女人竟是王梅。如果说于菲菲以前还对王梅有一些痛恨的话，现在突然看到王梅的惨景她也惊呆了，内心深处受到了很大的震动，她突然忘记了王梅是自己的情敌，不顾一切地求医生赶快给王梅治病。因为王梅的情绪很不稳定，不停地大喊大叫。医生赶快给王梅做了全面检查，然后给她打了一针镇静剂，王梅才慢慢平静下来，然后入睡了。

　　于菲菲正准备去询问医生王梅得的是什么病时，医生却很痛心地告诉于菲菲，王梅是毒瘾发作了。开始于菲菲还以为是自己听错了，一个光荣的人民教师，在地震中舍己救人的英雄，还是警察的妻子，现在连腿都少了一条，她怎么可能去吸毒呢？但医生再一次的回答还是让于菲菲震惊不已，王梅真的是毒瘾发作了。

　　又气又恨的于菲菲赶快拿起手机打李楠的电话，可李楠一见到是于菲菲的电话马上就挂了。于菲菲气得把手机摔在了地上。这时，王梅已经慢慢苏醒过来，一看到于菲菲在摔电话，她心里已经明白了很多，赶快拉住了于菲菲的手，说："谢谢你救了我，以前真的是我错怪了你，在这里我向你说声对不起，我知道你是在给李楠打电话，现在你不用打了，我的生死都与他没有关系了。"于菲菲突然拉住了王梅的手，痛苦疾首地问："王老师，你告诉我，你为什么要去吸毒啊？李警官他知道吗？你的身体已经这样了，为什么还要拿着自己的身体当儿戏啊？"于菲菲不说王梅还不知道，听于菲菲这么一说王梅是冷汗都吓出来了，她着急地问："于小姐，你在说什么？我在吸毒？我怎么会去吸毒啊？"于菲菲痛苦地摇了摇头，然后说："王老师，事情已经到了这个地步，我还能拿这些开玩笑吗？你真的是在吸毒啊！医生说了你中毒还很深呢。王老师，在你身上到底发生了什么样的事情啊？你怎么会被人扔在那里？"王梅还是不停地摇头，说："我真的没有吸毒啊！是梁飞的老板让我来城里给他的孩子补课的，可我来了省城却一直没有见到老板也没有见到他的孩子，后来我就得病了。"一提到梁飞，于菲菲马上想起了自己以前去追李楠时拉他的那个男人，她马上对王梅说："你可能已经被骗了，梁飞的电话是多少？你马上告诉我，我找他算账。"

可就在于菲菲还没有找到梁飞时，梁飞已经在到处找王梅了。上次看到了王梅那个样子以后，梁飞就一直不明白她到底得了什么病？他赶快去找了老板刘宗辉，刘宗辉却说他也不知道，只是让胖子在照顾王梅，想等自己的儿子回来了就让王梅给他补课。梁飞的心里就有了一种不祥的预兆，他早已经听说了李楠向王梅提出离婚的事，难道是王梅想不开在自己毁灭自己吗？虽然王梅已经嘱咐过梁飞不要把自己的事情告诉李楠，可梁飞去看了王梅以后还是忍不住打电话告诉了李楠。没想到李楠却说自己已经和王梅离婚了，王梅的什么事情都跟自己没有关系了，还让梁飞以后不要给自己打电话了。听了李楠的话，梁飞是又气又恨，他还想给李楠解释什么，可李楠已经挂了电话。

如果是按照梁飞以前的脾气，他一定要去找李楠讨说法的，现在他却顾不了那么多，尽快地找到王梅，然后把她送到医院去检查病情才是最重要的。可梁飞再去王梅住的地方时，却见房门是锁着的，打王梅的手机也是无法接通。梁飞赶快去找刘宗辉询问王梅的下落，刘宗辉却说他什么都不知道。一看梁飞不相信自己，刘宗辉还当着梁飞的面给胖子打电话，可电话一直是关机。梁飞慌了神，他不停地在街上到处寻找王梅，但一直没有找到人，就在这个时候，梁飞接到了于菲菲的电话。

梁飞到了医院，看到病床上的王梅他马上傻了眼，看到站在一边的于菲菲，梁飞突然抓住她就要打，在他的心目中没有人对王梅有仇，也没有人会去害王梅，只有以前一直想插足李楠和王梅婚姻的于菲菲才可能这么做，她也有理由恨王梅。这时，王梅却把梁飞拉住了，然后生气地大喊："梁飞，你为什么要这样对我？为什么啊？"梁飞弄得莫名其妙，他赶忙问王梅："王老师，我不明白你在说什么啊？你到底怎么啦？"王梅一下子哭了起来："我怎么啦？就是你让我来省城，说是帮助你老板的孩子补习功课，可我没有见到你的老板也没有见到他的孩子，后来一直就病得很厉害，今天要不是医生检查出来我还不知道，他们说我在吸毒，我怎么会去吸毒啊？难道他们天天给我吃的药就是毒品吗？"

一听王梅说自己是在吸毒，梁飞惊讶得差点晕倒，其实在上次看到王梅发病的时候，梁飞就有一种预感，因为以前他在监狱里也见过那些吸毒人员，他们发起病来就跟王梅那种情况差不多。但梁飞不敢往那方面去想，因为那样的事情太可怕了，他也觉得王梅这样的老师说什么也不可能去吸毒的，可他哪里想到就是他的轻信让王梅来到了城里，随后掉进了别人的陷阱。王梅自己也不知道是怎么回事时就被人注射了毒品。

于菲菲一见梁飞不说话，马上更生气了，说："梁飞，我看你是恶人先告状恶狗先咬人，你到底对王老师做了些什么？你把王老师请到城里到底有什么好处？不错，以前我是恨过王老师，觉得她拖住李楠这样的好男人不放很不道德。可我从来没有想过用这样恶毒的办法来对待她，你知道王老师这样的身体吸毒最终的结果是什么吗？那是要她的命啊！梁飞，你还有没有一点良心啊？当初你都说过王老师为了救你的儿子失去了她的儿子，还失去了自己的一条腿；说一生欠王老师的情都还不完，你就是这样还的情吗？"于菲菲的情绪越来越激动。

看着痛苦不堪的王梅还有愤怒不已的于菲菲，梁飞突然跪在了王梅的面前磕了几个头，然后站起来拉住了于菲菲的手痛苦地说："你好好照顾好王老师，我去找他们算账！"王梅和于菲菲还没有明白过来是怎么一回事时，梁飞已经跑得无影无踪了。

第3集 ● 偶像倒塌，击毙真情男人

邹枫知道王梅住院的事情是在一个上午。因为梁飞给他打了电话，说了王梅现在病得很重，看能不能把王梅转到他所在的医院去治病，梁飞很相信邹枫，觉得把王梅交给他自己也放心。一听说王梅病了，邹枫赶忙向

梁飞打听王梅得的是什么病？现在在哪里？为什么不打电话给李楠？痛苦不堪的梁飞忍不住把王梅的遭遇都说了出来。开始邹枫还以为是自己听错了，当梁飞把事情的经过又重复了一遍以后，邹枫当时就气倒了。上次刚和董惠分手时，他就听到了李楠约董惠见面的事情，虽然近一段时间李楠一直对他爱理不理的，但他也没有把李楠约董惠的事往坏处想。毕竟他对李楠还是很了解的，两人从高中就是好哥们一直到现在，以前两人有什么心里话，不愿意对妻子和父母说的两人都能掏心窝子地说。但邹枫就是没有想到自己不愿意想的事情还是发生了。董惠走后，邹枫对她还是比较关心的，一直打听她回去的情况。可她一直都告诉邹枫自己已经回去上班了，一切都很好的。

邹枫因为现在不去单位上班，成天呆在家里也没事可做，找亲生父母他又失去了信心，一直心里很乱的邹枫就想带着女儿再去灾区看看，一是让自己散散心，更多的是让女儿去灾区结交一些小朋友，那些小朋友都是经历过大灾大难的，他们的心理承受能力很强。女儿因为那次被绑架，心里一直还有阴影，晚上时不时的还在做噩梦。邹枫觉得带女儿去灾区看看应该是有好处的，当然他也是想去看看董惠。在这个世界上，邹枫觉得除了女儿和王梅之外，董惠就是自己唯一可以信赖的人了，能和她说说话心里也是一种幸福和快乐。可邹枫没有想到董惠一听说他要带着女儿去灾区，还要去找她就马上拒绝了，说是自己现在很忙没有时间陪他们父子俩，等过些日子再说。

董惠既然这样说了，邹枫也没有多想，对于董惠所说的话，邹枫从来就没有怀疑过，因为她在邹枫的心里一直是个真诚善良的人，邹枫相信她就跟相信自己一样。可邹枫万万没有想到，他刚走出家门准备去买菜就接到了梁飞的电话，还没有回过来神时，却在大街上看到了他最不愿意看到的一幕：打扮得时尚的董惠正挽着李楠的手在逛街，看得出来两人都很高兴，两人边走边聊。开始邹枫还不敢相信是真的，他赶忙取下了眼镜揉了揉自己的眼睛，还是觉得自己没有看错人。于是他灵机一动，喊了一声董惠，没想到李楠和董惠都同时回了头，他们一看到是邹枫很惊讶，脸上的表情也很尴尬。但他们的手还是紧紧地拉在一起，邹枫受不了的就是两个人的这个态度，那是目中无人了。李楠马上跟邹枫打起了官腔："是邹医生啊？你去哪里？我们一起走吧？"邹枫一听到李楠这样称自己，心里更是气不打一处来，在他的心里一直觉得李楠和王梅是很好的一对，没有想到现在妻子成了残疾，他却公开和董惠搅在了一起。此时的邹枫不知道是为王梅打抱不平还是为董惠欺骗了自己而生气，他大声地吼了起来："谁跟你们走啊？让我当电灯泡是不是？李楠，你不要忘了你是人民警察，家里还有一个为你付出一切的妻子。"李楠赶忙回答："邹医生，这个不用你操心，我已经和王梅离婚了，人民警察怎么啦？他们也有自己追求爱的权利啊！我不像你，一直觉得跟妻子没有感情也不敢离婚，你是一个懦夫、伪君子。"

　　家里的事情已经让邹枫苦不堪言，现在听到李楠突然这样侮辱自己，邹枫忍无可忍，他上前狠狠地推了李楠一下，说："李楠，我看不起你！以后我也不想再见到你，你走啊！"一看到邹枫推李楠，董惠马上去拉邹枫，说："你不要生气，听我给你解释。"一看到董惠又是护着李楠，邹枫也狠狠地推了董惠一下，然后对她说："董惠，算是我邹枫瞎了眼认错了人，以前你还口口声声的对我说王梅多可怜，没想到你就是一个狐狸精美女蛇，伤她的人就是你。从此以后，董惠这个人在我的心里永远的死去了。"董惠和李楠还想说什么，邹枫气得头也不回地走了。

　　邹枫早晨出门的时候是答应了给女儿买鱼回去吃的，因为女儿一直爱吃鱼。邹枫准备去买菜，他先问父亲想吃什么，父亲说征求孙女的意见，孙女喜欢吃什么他就喜欢吃什么。邹雪马上就让父亲买条鱼回来做糖醋鱼，她说爷爷的牙不好，所以吃鱼方便。邹枫马上就答应，女儿永远都是他心目中的小天使，就是吃东西也想着老人，这一点让邹枫很是感动，现在的孩子能有多少能想到这一点呢？但女儿做到了。可没有想到在街上一见到了李楠和董惠，邹枫只顾着生气却什么也没有买就回了家。邹枫空着手回到了家里，直接进了自己的卧室然后狠狠地关上了房门。

　　邹雪正在家里看动画片，以前他也经常看到爸爸和妈妈吵架，但她却从来没有看到爸爸这样生气，她赶快关掉了电视走到了爸爸的卧室门外，突然听到了卧室里爸爸的抽泣声。邹雪吓坏了，她知道爸爸一定是遇到了很难过很伤心的事情，她在外面喊了很久爸爸才打开了门，但无论邹雪怎么问爸爸，爸爸就是不说话。懂事的邹雪就那样静静地陪着爸爸坐着，然后拿出手巾为爸爸擦眼泪。邹枫突然拉住女儿的手问："你是喜欢王梅阿姨还是喜欢李叔叔啊？"邹雪不解地问："爸爸，你怎么想起问这个问题啊？"邹枫很不高兴地说："我问你呢？你老实回答我。"邹雪有些为难了，在她的心目中，王梅和李楠都是她最喜欢的人，而现在爸爸却要她在两人之间做一个选择，她已经隐隐约约感到了大人之间有什么事，但为了不让爸爸生气，邹雪突然对爸爸说："我是你的女儿，你喜欢谁我也就喜欢谁！"果然，邹雪这一说让邹枫很满意，他马上对女儿说："好，你不愧为是我的好女儿，下午我带你去看王梅阿姨。"邹雪好奇地问："李叔叔呢？"邹枫气不打一处来，他大声地说："以后你别在我面前提你李叔叔，他已经死了。"一听说李楠死了，邹雪一下子就哭了起来，以前李楠经常来家里，每次来都要给邹雪买很多东西，还特别喜欢给邹雪讲他们抓坏人的惊险事情。这让邹雪对他很是崇拜，她已经想好了长大也要当一名女警察，跟李叔叔一起抓坏人。可现在突然听说自己最崇拜的人死了，邹雪又怎么不伤心呢？

邹枫本来是心里有气，女儿这样一问，他也就随口回答女儿，没想到女儿伤心成那样，邹枫有些后悔了，他赶忙给女儿赔不是，说是自己说错了话，李叔叔只是去了外地出差，女儿才慢慢停止了哭泣。

在去灾区的路上，邹雪没有再说一句话，邹枫也看出来了女儿的情绪一直很低落，在邹枫的再三追问下，邹雪终于说出了一件让邹枫意想不到的事情：有一个跟爸爸长得一样的军人郑栋叔叔死了。刚才邹枫说当警察的李楠死了，邹雪就突然想起了那位跟爸爸长得一样的军人郑栋叔叔，在邹雪的印象中警察和军人都是抓坏人的，也是邹雪心中最崇拜的人，况且那位死去的郑栋叔叔真的就像爸爸，他的妈妈还把自己当成了他们的孙女，这一直困扰着小小的邹雪，本来她回到家里就想问爸爸的，但看到爸爸一直精神不好，她就不好问了。

邹枫一下子抓住了女儿的手，声音颤抖着问："你告诉我，这个郑栋的家在哪里？我要去找他的父母，我要去找他的父母。"邹雪好像突然明白了什么似的，说："爸，以前我姨奶奶跟爷爷说过，你好像不是爷爷奶奶亲生的，对了，那个郑栋叔叔跟你长得那么像，你该不会是郑栋叔叔的爸爸妈妈生的吧？不过他们家的地址我也不知道了，都是和林爷爷他们一起打车去的。郑栋叔叔还是林爷爷的学生，要去郑栋叔叔的老家找林爷爷问情况啊!"一听女儿的话，邹枫马上拿出了手机给梅雅打电话，可没有想到梅雅一听是邹枫的电话，说是要去找郑栋的父亲求证一个事实，她马上就告诉邹枫现在没有空，以后有时间会主动联系他的。邹枫没有了办法，他只得带着女儿先去了灾区。

第4集 ● 亲子鉴定出意料

陈婆婆在焦急不安的等待中终于等到了她要想要的结果，她带的那个孩子就是儿子陈剑的，知道结果那一刻，陈婆婆放声地大哭起来。她知道那是上天在可怜她，儿子走了还给她留下了一个孙子。

邹利成是亲自去了板房区陈婆婆家告诉她这个消息的，看到陈婆婆哭，邹利成赶忙安慰她，问她孩子的母亲在哪里？叫什么名字？由于激动，陈婆婆马上说出了孩子的母亲叫董惠。其实陈婆婆早就发现了让自己带孩子的女人就是自己的儿媳妇董惠，虽然她说自己叫李洁，当时陈婆婆精神一直不太好也没有多注意，后来有了孩子她的精神慢慢好了起来她就发现了很多端倪。可那时她已经离不开孩子了，孩子给她的生活带来了欢乐也带来了希望。虽然陈婆婆从心里恨董惠，确切地说她也不是恨董惠，是一直恨董惠的母亲夺走了她的一切，所以她把一切的恨就加在了董惠的身上。但看着孩子越长越乖，跟小时候的陈剑就是一个翻版，陈婆婆的恨已经消了很多，不用去做鉴定她也知道这个孩子就是自己儿子和董惠生的，因为儿子生前和董惠关系好得要命，董惠也不是那种水性杨花的女人。但陈婆婆在心里还是战胜不了自己，觉得不带孩子去证实一下心里总是觉得堵得慌，带孩子去做 DAN 鉴定这是陈婆婆应该想到的结果。可结果一出来了，陈婆婆却又为难了，她不知道怎样面对以后的事情。

陈婆婆更没有想到不好面对以后事情的人还不止她一个人呢。邹利成一听陈婆婆说到董惠这个名字，他也一下子就愣住了，这个时候他才真正相信了这个世界不知道是太巧还是太小了，他焦急地问陈婆婆："孩子的母亲真的叫董惠吗？"陈婆婆不停地点头，然后心情复杂地对邹利成说：

"大哥，你也认识她？"一听到陈婆婆很肯定的回答，邹利成再也忍不住了，他匆匆离去。对于董惠他又怎能不认识呢？说心里话，他和妻子一直就觉得董惠这个女孩子长得漂亮文静，董惠的母亲在外面作风不检点是村里人众所周知的，大家都歧视董惠，他们也觉得真的有些太过分了，娘要改嫁当儿女的能有什么办法啊？邹枫在上小学时，他们夫妇就进城做生意了，孩子一直就由爷爷管着。儿子听话懂事学习优异让邹利成夫妇心里很高兴，可儿子上了中学以后，邹利成夫妇回去几次都发现了儿子对董惠特别地好，时常把家里的东西拿去送给董惠，还把董惠叫到家里来吃饭。董惠真的是一个需要人爱护帮助的姑娘，这一点邹利成夫妇感到很高兴，儿子毕竟是一个有爱心的人。可更让他们感到不安的是如果长大以后，儿子真的娶了董惠，那他们保守了那么多年的秘密就会一下子被揭穿了，到时候他们会输得一无所有，自己身败名裂不说还要牵扯到自己的表姐程医生。因为儿子是表姐悄悄抱走了人家一个产妇的孩子，说白了就是偷人家的孩子。

　　邹利成夫妇结婚多年都没有生育，当表姐的把他们夫妇俩都弄到了医院去检查，结果证实了是邹利成没有生育能力，他们做梦都想着有个自己的孩子，但现实打破了他们所有的梦想。看到邹利成两口子痛苦的样子，程医生心里更是难受，她发誓一定要为表弟两口子弄到一个孩子，就在这时，机会终于来了，一个孕妇难产送到了卫生院，程医生正准备给她做手术时，才发现产妇怀的是一对双胞胎，程医生马上把这一好消息告诉了表弟两口子，她是那天晚上给产妇做的手术，那时还有一个才分到医院的护士跟她一起值班，从产妇的肚子里抱出了两个孩子以后，程医生赶快让一直在医院等候的表弟两口子抱走了一个孩子。粗心的护士也没有多问，忙完就去休息了。那个刚刚从母亲肚子里出生，还没有见到父母一眼的婴儿就这样成了别人的孩子。

　　邹利成夫妇抱着婴儿在城里呆了很久才回去，他们一直对外人说是自己生的孩子，但随着邹枫一天天的长大，因为长得一点也不像邹利成夫妇，村里就开始对邹枫的身世议论起来。邹利成夫妇多多少少也听到了一些，所以他们在城里做了生意以后，想方设法借了钱买了房子把儿子一起接到了城里上学，以后一直拒绝儿子回老家，不想他和老家的人有联系，怕闹出更多的麻烦事情来。如果董惠不是从小和邹枫一个村子里出生的，也许邹利成夫妇早就同意了他们的事，但没有办法，为了不让儿子知道自己的身世，邹利成夫妇只能那样间接地阻拦了他和董惠的事。上一次，自己病了，邹枫让董惠来照顾自己，邹利成就已经很惊讶了，他没有想到儿子和董惠分开了那么多年，现在却又联系上了。董惠能不能从她父母嘴里听到一些什么呢？邹利成很是担心，他曾经试探过董惠的口气，但董惠好像什么也不知道，邹利成的心才放了下来。但表姐却告诉了邹利成，她无意中在家乡的小县城看到过邹枫的亲生母，她还带着一个藏族姑娘，拿着邹枫的照片在向她打听邹枫家人的情况。邹利成就慌了神，他觉得有可能是儿子的亲生母亲知道了当年的事情。如果真的要查出来一切都完了，表姐吓得赶紧搬离了县城，邹利成也是提心吊胆地过日子，今天听到陈婆婆说董惠是她的儿媳，邹利成才真正的后悔莫及。因为前几天陈婆婆在说着自己不幸的过去时，邹利成也犯了一个致命的错误，他不该告诉陈婆婆自己所担心的事情。陈婆婆是担心自己带的孙子被人弄走，而邹利成担心的是人家把儿子给弄走，毕竟儿子不是自己的，人家的亲生母亲已经在找了。当时，邹利成从来都没想到过自己说了这些以后对自己有什么害处，可现在知道了陈婆婆的儿媳妇就是董惠时，他才觉得一切都暴露了。

邹枫在家里一直给董惠打了很久的电话也没有打通，他心里更是生气。虽然邹枫也不知道这个郑栋是不是跟自己有什么关系，但他一听到郑栋死了心里还是痛苦万分，他想把这个不幸的消息赶快告诉董惠，因为董惠以前就说过郑栋是她们母子俩的救命恩人，她一直在找他。现在自己得到了郑栋的消息他就想告诉她，对于董惠跟自己说过的话，邹枫是一直都放在了心上。他还想找到董惠，然后告诉她王梅现在的处境，希望她放弃和李楠那不道德的感情，让李楠回到王梅身边。可没有想到董惠的电话一直是占线，邹枫一直打不进去。

就在邹枫打开门准备去李楠的单位找李楠时，他的手机突然响了起来。电话是董惠打过来的，邹枫赶忙告诉了她郑栋遇难的消息。董惠没说话，但邹枫突然听到了对方手机里传来了东西掉在地上的声音。邹枫对着电话大吼起来："我在跟你说话啊，你听到没有？郑栋已经死了，以前你不是天天都想找他吗？现在为什么不说话？是不是天天忙着和李楠亲热，把自己的救命恩人也忘了啊?"说出了这些话,邹枫一直等着电话那边董惠的态度,但他没有等到董惠给他回话,却见父亲开门走了进来。邹枫惊讶不已,邹利成赶忙拉住了邹枫的手问:"你刚才在给谁说话?我听你说谁死了啊?"邹枫赶忙掩饰自己,说:"爸,我没有说谁死了啊?是在给别人开玩笑的。"邹利成看了看邹枫,然后对他说:"那就好!对了,我正想给你商量一个事情呢?这里居住环境实在太差了,我已经看好了一个新开发的楼盘,买了新房子以后我们就把这套房子卖了。"邹枫被父亲突然的决定给镇住了,他着急地问:"为什么?我觉得这里住着各方面都很好的啊!"邹利成很不耐烦地说:"我说不好就不好?买了房子就马上搬走。"邹枫还想给父亲解释什么,父亲已经丢下了他进了自己的房间,然后关上了房门。

第 5 集 ● 识破天机

王梅时常发病,一看到她那痛苦的样子,守在她身边的于菲菲比她还要难受。如果说以前于菲菲爱李楠入了迷,可看到眼前的王梅她已经完全清醒,很快从对李楠的单相思中解脱出来了,她很庆幸自己还没有和李楠这样的男人谈上恋爱,这样的男人真的是太可怕了,她在心里想着王梅吸毒可能就是李楠一手策划的,为了打击妻子,达到和自己离婚的地步,竟把妻子害成这样。于菲菲这时才突然明白以前自己迷恋李楠,不仅仅是因为他长得帅气,更重要的是他对残疾妻子那种不离不弃、关心体贴的精神所感动。现在他已经做了那么卑鄙的事情,自己还能爱他什么呢?心里除了对他表示鄙视之外就是恨了。以前于菲菲是想过怎样对付王梅,让她早点和李楠离婚,自己好早日得到他。现在于菲菲想到的是怎样找到李楠还有那个董惠,她要帮助王梅讨回一个公道:大路不平就得旁人铲。但于菲菲一直走不开,梁飞要让她陪着王梅,他说自己有很重要的事情要做。于菲菲没有办法,只好把王梅接到自己住的地方去。王梅一直是要回学校去,因为省城带给她太多的灾难也是她最伤心的地方,她想马上离开这里、忘掉这里的一切。但看到她那个样子谁都不放心,于菲菲还是执意把她留了下来。

邹枫去看过王梅，他也希望王梅住到自己家里，那样自己可以从各方面帮助她戒掉毒瘾，但王梅马上拒绝了。邹枫家里的情况王梅很清楚，他的父亲和妻子关系不好经常吵，自己去了不是更给别人添乱吗？邹枫一生已经受了太多的磨难，她不想再去给他增加麻烦。王梅不愿意住自己家里邹枫很理解她，但他并没有放弃对王梅的关怀，经常去于菲菲那里看望王梅，时时注意王梅的最新情况，从各方面指导服药，给她讲解一些病理知识。他是医生，对于病人他经验比别人丰富得多。

梁飞几天都没有见到老板刘宗辉了，他的情绪很是急躁。王梅的现在的样子时时刺痛着他的心，当初自己从乡下的学校把王梅接来的时候，王梅还是个很健康的人，可现在王梅已经成了吸毒者，这是让梁飞无法接受的。很显然是有人在陷害她，梁飞必须找到这个人，他已经找了很久，但一直找不到当初照顾王梅的胖子。梁飞又恨又气，他只得等着刘宗辉回来，找他问个清楚。王梅是他让自己请来的，照顾王梅的人也是他安排的，他不可能不知道其中的内情。可梁飞一直找不到刘宗辉，打他的手机也一直是关机，就在梁飞快要绝望的时候，刘宗辉突然出现在了梁飞的面前。没想到刘宗辉说出的话更让梁飞绝望，因为他对王梅吸毒的一事一无所知，而照顾王梅的胖子现在也跑了，他找了很久都没有找到，以前胖子找工作是登记了身份证的，现在去查他的身份证号码都是假的。

梁飞差点没昏倒，他觉得生活真的是跟自己开了一个残酷的玩笑，以前王梅为了救自己的儿子身体上受的伤都还在隐隐作痛，可现在又因为自己，王梅被毒品折磨得痛不欲生。刘宗辉见梁飞一直不说话，赶紧拍了拍他的肩膀说："这事都怪我，要不是我太相信胖子王老师也不会弄成这样的，这些人渣把王老师害成这样，我们一定要想办法找到他。现在王老师在哪里？你带我去看看她，也表示一下我的歉意。"一听说刘宗辉要去看望王梅，梁飞痛苦地摇了摇头，然后说："我都没有脸再去见王老师了。刘总，你也不用去了，看到她那个样子你会更难受的。王老师已经是从死神那里逃回来的人，可胖子为什么要这样对她啊？王老师这个人对人很真诚，也从来不得罪什么人，他们这样做的目的是为什么？"看着激动不已的梁飞，刘宗辉平静地说："这个我也不清楚，你不是说王梅的老公是警

267

第十章

察吗?,是不是他在外面得罪了什么人啊?现在有些警察就是比流氓还要流氓,如果把人家整伤心了,说不定人家就是要报复他。这人啊做什么事情都要适可而止,如果太过分会给自己和家人都带来麻烦的,不是有句俗话说:这兔子逼急了还咬人呢?"梁飞马上吼起来:"我不管那么多,这胖子太可恶了,我一定要找他报仇,不能让他这样白白地把王老师害了。"

一听梁飞说要找胖子报仇,刘宗辉的脸上马上露出了欣喜的微笑,他拍了拍梁飞的肩膀说:"好样的,是个男人,王老师是你儿子的救命恩人,现在胖子把她害成那样你是应该去找他报仇的。王老师是我让你请来的,这事我也会帮助你找胖子的,不能就这么便宜了胖子。"刘宗辉说着又拿出了一些钱递给梁飞,说:"王老师虽然还没有给我的儿子补课,但我对她那种精神也是很敬佩的,出了这样的事我真的感到震惊和难过,这点钱你先带给王老师让她好好治病,有什么需要我帮忙的说一声就是了。"梁飞开始还对刘宗辉有些不相信,但一看到他拿出了钱要为王梅治病,又答应了要帮助自己找到胖子,梁飞慢慢打消了疑问,他收下了刘宗辉的钱,马上给王梅送去了。可梁飞还没有把钱送到王梅手里时,刘宗辉却给梁飞打来了电话,说他看到了胖子出现的地点,梁飞一听到这个消息,根本顾不上去看王梅,马上就去了刘宗辉说的胖子出现的地方。但在那里,梁飞没有看到胖子,却遇到了另一个人,那个人就是薛丹。

第 6 集 ● 晴天霹雳

董惠在接到了邹枫的电话,说是那个自己一直苦苦寻找的恩人郑栋遇难了,董惠当时就晕倒在地上。那时李楠也在她的身边,是李楠给她做了人工呼吸她才苏醒过来的。董惠苏醒过来的第一件事就是要离开李楠,可李楠却把她死死地拉住,一直不让她走。在李楠心目中一直是温柔善良的董惠第二次对他发了火。第一次发火,是董惠在茶庄里看到了王梅,她真的不知道才和王梅分别了不长一段时间,王梅跟以前已经判若两人了。董惠已经明白了王梅是在吸毒,自己在和李楠亲热的时候,王梅看自己的那种眼神,董惠现在想起来都觉得是不寒而栗。王梅虽然没有骂自己,但那眼神却像一把锐利的钢刀扎在了董惠的心上。离开了茶庄，董惠就不停地求李楠放了自己，看到王梅的样子自己真的受不了，再弄下去自己都快要逼疯了。可李楠却马上制止了董惠，说她这样下去不但帮不了王梅，反而还会害了王梅。董惠听不进去，她对着李楠发了火，但无论她怎么发火，李楠还是没有放她走，还走到哪里都要把她带着，这让董惠心里很是难受，但她没有办法。就这时，李楠又接到了一个电话，听完电话以后，李楠的脸色马上变了，他对董惠说："郑栋走了我也很难过，可现在你真的不能走，既然你先前答应了我的事就一定要帮我完成，过两天我陪你一起去郑栋的家看看好不好？"董惠大哭起来："等？还要等到什么时候啊？我不能等了，现在就要去。"一见到董惠任性的样子，李楠也马上发火了："董惠，你已经是成年人了，应该对自己的言行负责，我跟你说既然答应了的事就要认真做好，你懂不懂？"李楠说完，也不管董惠同意不同意，马上为她擦干了眼泪，然后拉着她走了。

薛丹和刘宗辉在缠绵的时候，刘宗辉的电话突然响了起来，他一看电话号码马上去了洗手间接电话，很快他又回到了薛丹身边。薛丹很不高兴，她有些醋意地问刘宗辉："干什么啊？接个电话还要背着我，是不是又和哪个小妖精勾搭上了？"刘宗辉赶快在薛丹的脸上亲了一下，说："看你说的什么啊？我们好了这么久你还不相信我啊？我是那样的人吗？"薛丹还是不服气，她说："那你接电话为什么要背着我？有什么见不得人的事啊？"刘宗辉说："还不是生意上的事，我在和人家谈生意啊！你坐在床边说话让对方听着不好的。有人要买我的公司，你马上回去把我让你放的东西全部拿出来，人家要看所有原件，我准备把公司还有别的东西都全部处理了，然后我们一起去国外。记住不要让人发现，这些事都要做得人不知鬼不觉的。我妻子不在我还做了一些假的委托书，把这些东西处理了我们就有很多钱，到了国外就可以过富裕的日子。你也知道我妻子就是这个市的人，她虽然不在家，说不定她派有内线在跟踪我们，你一定要小心。东西你拿到滨江招待所，到时我会派人来取的。"一听说卖了公司就可以马上出国，薛丹马上惊呆了，以前她也想过跟着刘宗辉一起出国，可没有想到这一切来得那么突然，突然得她都有些不敢相信了。刘宗辉见薛丹不说话，马上又拿出了两张护照递给了她，说："一切手续我已经办好了，这东西还是你先保存好，放在我身上也不放心的，把这事情办好拿到钱我们马上就走。"

如果说开始薛丹对刘宗辉还有一丝丝怀疑的话，但现在一看到两张护照，薛丹已经完全被突然如其来的幸福陶醉了，她抱着刘宗辉亲了又亲，说："这一天终于到来了，我马上回去把一切东西都拿出来，为了我们俩以后的幸福，一定要把这事情办得天衣无缝，让你的妻子什么都得不到，一切钱财都是我们俩的，以后到了国外我再给你生个儿子，一家人开开心心地过幸福的日子。"刘宗辉不停地点头，薛丹赶快离开了刘宗辉，可她哪里想到这一去，刘宗辉已经又把她往绝路上推了一步。

邹利成已经定好了新房子，对于他来说越早搬家越好，很多人都知道了自己的这个家，说不定儿子的亲生父母很快就要找来了，儿子是他和妻子一手养大的，他是决不会让别人带走的。儿子是他一生的幸福和希望，如果儿子没有了他觉得自己这一生活着也没有了任何意义，所以他决定尽快地搬家，到了一个新的地方，那就没有人能找到他了。要搬家的前夕，邹利成还是决定把屋里的东西统统清理一下，该要的就要，不要的就全部扔掉。可楼上的一间空房子以前只是堆放了一些没用的东西，但不知什么时候起已经上了锁，邹利成问儿子和孙女都说不知道里面放的什么。邹利成一下子就明白了，那一定是薛丹占着的。一直就恨薛丹的邹利成马上把锁撬开了，看到里面就是放了两个很精美的塑料盒子，上面还打了封条，盒子上写着"薛丹个人化妆品，请勿乱动"。邹利成一看就来气，自己买的房子你还要霸占一间来放化妆品，他想也没有多想，把盒子全部扔到了外面的垃圾筒里。扔了以后，邹利成突然觉得心里一下子舒服多了，他还在心里愤愤地骂了起来："你这个贱人敢给老子斗，老子就要你尝尝我的厉害。还让别人不准动你的东西，老子现在就给你扔了又怎么样？"气是出够了，可邹利成没有想到他扔的这些东西却是薛丹的命根子。

薛丹回家拿刘宗辉要的东西，当她一眼看到自己锁着的门被撬开了，再看看里面所有的东西都不见了，她一下子瘫软在了地上。薛丹知道丈夫和女儿是不会去拿她的东西的，一定是公公拿了她的东西。如果是在平时她一定会去找公公拼命的，可现在她连吵架的力气都没有了，她觉得说什么都是多余的，心里想到的是怎么样跟刘宗辉交代。

梁飞在那里等了很久也没有见到胖子，他正想给刘宗辉打电话时，没想到刘宗辉却先给他打了电话，告诉他胖子已经跑了，他自己正开着车子去追，让他赶快回公司上班。就在这时，梁飞却看到了薛丹在那里走来走去的，梁飞赶快上前去和薛丹打招呼："姐，你也在这里等人啊？"薛丹一看到梁飞不由得大吃一惊，她说话都有些语无伦次了："你、你、你怎么也在这里啊？"一听到薛丹这样一问，梁飞马上把一肚子的委屈都说了出来："我在等一个人啊！可一直等不到，真的是急死我了。"薛丹很是吃惊的样子，赶忙问："你等谁啊？"梁飞说："等一个叫胖子的男人，你知道吗？我的老板让我把王老师请来给他的儿子补课，王老师来的时候老板的儿子去旅游还没有回来，老板成天都很忙，就让胖子照顾王老师，可没有想到胖子把王老师害了。"一听到梁飞提到胖子，薛丹赶忙问道："胖子？他把王老师怎么啦？"梁飞说："他不是人，在王老师不知道的情况下，他悄悄给她注射了毒品，现在弄得王老师是痛不欲生的样子。姐，你说这胖子还是人吗？王老师与他无冤无仇的，他为什么要这样害王老师啊？"

　　梁飞还在不停地说着什么，薛丹已经听不进去了。对于胖子，薛丹是再清楚不过的了，他一直是刘宗辉的贴身保镖，他做什么事情刘宗辉能不知道吗？联想到那天在宾馆里，刘宗辉让自己去送东西，怎么突然就看到了李楠，自己被李楠纠缠得脱不开身时，只是给刘宗辉打了一个电话。可刘宗辉没有来，等来的却是胖子把王梅推到了那里。当时薛丹还没有多想，一看到王梅那难受的样子，薛丹还以为是她看到了李楠和董惠在一起亲热给气的；现在想起来薛丹才知道是王梅的毒瘾又发作了，她被折磨成那样的。难道这一切都是巧合吗？刘宗辉到底跟王梅的事有没有关系呢？就在薛丹还没有想明白过来是怎么一回事时，她的手机突然响了起来，薛丹刚"喂"了一声，对方就对她很不耐烦地质问："你搞的什么名堂啊？刘老板让你把东西送到滨江招待所的 115 房间，你为什么一直没有送去啊？刘老板一直等着要呢。"一听对方提到了刘宗辉，薛丹又看了看站在自己面前的梁飞，她马上走到了一边，悄悄在电话里说："你让刘老板马上打电话给我，有些事情我想和他亲自谈谈。因为我去过那个房间，可惜我没有带到东西来。"对方一听薛丹没有带东西，马上生气了："你什么意思？刘老板叫你带的东西你敢不带来？有什么话你直接告诉我就是了，一切都由我全权负责。"薛丹赶忙在电话里说:"那好,我就给你说实话吧?他让我拿的东西全部不见了。"对方一听说东西不见了马上就挂了电话。薛丹以后再也打不通对方的电话,她赶快匆匆地和梁飞告辞然后走了。就在梁飞还没有回过来神时,他却无意中看到了穿着便衣的李楠和董惠说说笑地走了过来,梁飞赶快走过去一把拉住了李楠,然后有些不客气地问:"李警官,王老师现在已经病成了那样,你难道一点都不心痛吗?成天和这个美女玩得是不是忘了一切啊?"李楠瞟了一眼梁飞,然后很不客气地说:"谁是王老师啊?她跟我有什么关系?我看你是认错了人!"李楠说完,赶快拉着董惠走了。梁飞恨得咬牙切齿,他狠狠地蹬了蹬脚,然后朝着李楠和董惠远去的方向大骂起来:"这人不要脸就连鬼都害怕了。"梁飞骂完以后也马上跑了。

第7集 ● 血洒街头

从直坡村回来以后,林教授因为要忙着一部学术著作的修改,他只得让妻子和达娃央珠他们一起去郑栋的父母家。本来省城就有直达郑栋老家的班车,但热心的杨亚洲却一直要开车送他们去,林博也跟着去了。杨亚洲已经说好了,看了郑栋父母之后,马上还要把达娃央珠和林博也一起带走。林博现在的变化让人欣喜,杨亚洲还决定了以后把他留在自己的公司好好地学门技术,能挽救一个失足青年就是他最大的快乐,他也看出来了林教授夫妇都是做学问的老实人,孩子误入歧途让他们伤透了心。杨亚洲也是当父亲的人,他能理解当父母的心情。去了郑栋的父母家,达娃央珠和郑栋父母抱在一起哭成了泪人。林博被那个场面深深地感染了,说心里话,以前郑栋经常来家里,父母就对他很好。父母还经常在林博面前教育他要多向郑栋学习,可林博一点也听不进去,一直觉得郑栋来自己家里是讨好父母,弄得他经常挨批评,在心里林博一直嫉恨郑栋。可现在郑栋就这样走了,看到大家都伤心成那样,林博也流泪了。他知道那个把自己当亲弟弟一样对待的郑栋再也不可能活过来了,达娃央珠是越哭越伤心。扎西和杨亚洲都去劝过了,可还是劝不住她。林博也赶快去拉达娃央珠,可她什么都听不进去了。梅雅看到那样的场面她也忍不住泪如涌泉，赶快悄悄走出了屋子。

林博看到母亲走了，他马上跟了出去拉住母亲的手说："妈，以前郑栋哥在的时候我真的对不起他，现在他走了，大爷大妈什么都没有了，我给他们当干儿子好不好？以后我和达娃央珠还会经常来看他们了，让他们的晚年过得幸福快乐！"

在来的路上，梅雅就想过了来看望郑栋父母会出现的几种情况，但她就是没有想到儿子居然会提出这个要求。这个要求不但让她感到意外，更让她震惊和感动，看来儿子跟着达娃央珠去了直坡村以后真的是脱胎换骨了。儿子现在才真正长大懂事了，不是以前那个让她伤透了心、成天提心吊胆过日子的儿子了。梅雅马上同意了儿子提出的要求。看到母亲同意了自己的要求，林博很是激动，他靠近了母亲身边，悄悄地问母亲："妈，我是不是还有一个同母异父的哥哥啊？"一听到儿子这样问，梅雅大吃一惊，她赶忙问儿子："你听谁说的？"林博看了看母亲，又说："妈，你别管是谁说的？到底有没有这回事啊？我是你的儿子，有什么事你不能给我说吗？妈，你要是把我当成你的儿子，就把这事的真相告诉我啊？我一定会帮助你的，你不要什么事情都憋在心里啊！"看着一脸着急的儿子，梅雅才突然明白达娃央珠可能把什么事情都告诉了自己的儿子。

达娃央珠确实把事情的真相告诉了林博，但她没有恶意。因为有一次林博的毒瘾又发作了，他要跑，达娃央珠拉住了他，林博就和达娃央珠打了起来，达娃央珠又气又恨，她哭着告诉了林博当年师娘在乡下的故事，还说出了师娘已经经受不住打击了，希望林博好好做人，不要让父母再为他操心了。

林博见母亲不说话，他马上抱住了母亲，说："妈，这事我一定会替你保密的，达娃央珠已经和我商量好了，我们一定要尽快找到哥哥，我是在蜜罐中长大的，可他是在苦水中泡大的。如果爸爸不接受哥哥，我和达娃央珠去做他的工作。"听了儿子的话，梅雅泪流满面，她说："你能有这个心妈妈已经感到满足了，我代你哥哥谢谢你了，只可惜他的命苦，我都还没有见到他，他却他已经走了。"

邹枫正在帮助父亲收拾东西时，梅雅却给他打来了电话，告诉了他郑栋养父母家的确切地址。邹枫激动万分，他正准备放下家里的事亲自去郑栋的养父母家看看时，一辆警察已经开进了小区，几个警察马上把邹枫他们家包围了。邹枫刚打开门，几个警察就冲进了他们家，并马上出示了搜查证。邹枫呆住了，邹利成一看警察进了家，心里很是生气，不停地询问警察自己家到底出了什么事？拿来了搜查证是什么意思？警察没有理会邹利成，只是让他们把每一间屋子都打开让他们检查一下，他们是例行公事，希望给予配合。警察在家里折腾了一阵之后什么也没有搜到，随后把邹枫也带走了。邹雪一看到警察把父亲带走了，她吓得马上大哭起来，然后拉住了邹利成的手不停地问："爷爷，你告诉我，我爸爸到底犯了什么事？警察叔叔为什么要把我爸爸抓走？"邹利成已经知道事情的严重性，他马上安慰孙女："别哭，我给你李叔叔打电话，让他去查清楚，警察怎么会随便到我们家乱抓人呢？你爸爸这样的好人都会去犯罪，那天底下就没有几个好人了！"

邹利成赶忙打李楠的电话，才发现他的手机已经关机。邹利成急坏了，他还在不停地打李楠的手机，一边又在不停地骂李楠，一遇到事情就联系不上了，到底在搞什么鬼啊？可邹利成哪里会想到今天的这一切都是他惹下的祸事，因为他发脾气把薛丹的东西拿出去扔进了垃圾筒，清理垃圾的环卫工人看到那么漂亮的盒子马上打看了，发现里面有很多合同之类的东西，他们马上打电话报了警，没想到警察却在那些漂亮的塑料盒子里发现了大问题。漂亮塑料盒子表面看起来并没有什么特别的地方，但警察却意外的发现了塑料盒子还有两层，最下面却是包装得很好的毒品。他们顺藤摸瓜找到薛丹的家搜查，可什么也没有搜到，也没有见到薛丹，只好先把薛丹的丈夫带到公安局接受调查。

其实薛丹已经被另一路的警察跟踪了，当然跟踪她的还有别人，只是她自己不知道罢了。但梁飞没有半点跟踪薛丹的意思，可他却遇到了别人要对薛丹下毒手。薛丹自己也没有想到，刘宗辉派来拿东西的人就是胖子，一听说自己要的东西全部没有了，刘宗辉就差点昏倒，那些东西值好多钱只有刘宗辉自己清楚，人家买方要他的全部东西，那是他赚钱的好机会啊！可薛丹马上就跟他说没有了。刘宗辉一直让胖子在暗中监视薛丹的一举一动，胖子突然发现了梁飞和薛丹在这个时候很亲切的交谈，他就明白是薛丹在耍他了。梁飞是坐过牢的人，应该说社会关系很复杂的，刘宗辉觉得薛丹和梁飞早就发现了他的秘密，已经把他的东西私吞了，那是他花了大本钱买回来的，让别人给占有了那还得了。这样的事情别说刘宗辉不干，就是换了别人也会不干的。

　　薛丹一路走一路在想着梁飞说王梅的事情，一听说王梅在吸毒薛丹就吓出了一身冷汗。就在这时，胖子突然出现在了薛丹的面前，他用一把刀子对准了她的脖子，然后阴森森地对她说："怎么样？你胃口大啊！敢把刘老板的东西私吞。马上告诉我那些东西在哪里？你不交出来我要了你的命。"薛丹赶忙向胖子求饶："我真的没有想私吞他的东西，一直给他好好地放着，是我家公公对我有气把东西给我藏了起来，要不然你们上我家找我公公要去吧？"看到胖子那凶狠的样子，想起梁飞说的他给王梅注射毒品的事情，薛丹已经意识到了自己的危险，现在她想到的是怎样逃命。至于公公把那些东西给她毁掉没有她是一点把握都没有，她之所以那样说就是想让胖子去找自己的公公，然后自己好逃命。没想到胖子并不吃薛丹那一套，刘宗辉早已经给他嘱咐过，如果薛丹不把东西交出来，就把她处理了，免得以后留下后患。胖子马上在薛丹的脖子刺了一刀，说："我再问你最后一句，东西到底在哪里，你是交还是不交？如果再不交出来，明年的今天就是你周年忌日了。"这时，鲜血已经从薛丹的脖子上流了下来，她只得忍住痛马上大喊起来。穿着便衣的李楠马上丢下董惠冲了过去，凭着自己的好枪法朝胖子拿刀的手开了一枪，胖子痛得直叫，手上的刀也掉在了地上。李楠迅速抓住了胖子，薛丹倒在了地上，梁飞赶忙冲过去抱住了薛丹。董惠赶忙打120急救电话，就在这时，小汪也从不远处开着警车过来，正准备把胖子往警车上弄的时候，从后面突然闪出了两个男人，他们举起刀子就要向李楠和小汪砍去，梁飞赶忙丢下了薛丹，然后冲过去推了李楠和小汪一下。其中一个歹徒的刀砍在了梁飞身上，但他还是拼着命去抢歹徒手中的刀子。李楠和小汪马上把两个歹徒制服了，梁飞却倒在了血泊之中。

第8集 ● 大爱回归

　　王梅是刚刚吃过药之后接到梁飞的电话的，虽然毒瘾发作以后她有一种痛不欲生的感觉，但她还是坚强地忍了过来。想着尽快好起来回到学校去上课，那里有热爱自己的学生和同事。虽然丈夫已经移情别恋了，但自己也要活出尊严来，别人看不起自己，自己不能看不起自己。梁飞给王梅打电话来，是告诉王梅自己病了，就想见见她。于菲菲已经意识到了什么，她一直不让王梅去，说是自己去看看就行了。可王梅一定要去，于菲菲没有办法，只好把王梅带去了。

　　于菲菲带着王梅去的时候，苏霞已经哭成了泪人，董惠在那里不停地劝她。李楠和小汪正在那里说着什么，王梅顾不得那些了，她直接来到了梁飞的病床前。一看到王梅来了，梁飞的脸上马上露出了一丝惊喜。王梅赶忙拉住了梁飞的手，着急地问："小梁，你告诉我到底出了什么事？是不是又和别人打架了？你的头上为什么到处都是伤啊？"梁飞的呼吸已经很困难了，他拉住了王梅的手说："王老师，我真的对不起你，把你弄到这一步，我知道就是说再多的对不起都无法弥补对你的伤害了。不过现在害你的那个胖子已经抓到了，欠你的情我只有来生再还你了。"一看到梁飞那样，李楠赶忙拉住了他的手说："梁飞，这一次你又为我们立了大功，我们正说为你请功呢，你现在有什么要求就对我们说吧，我们一定帮助你完成。"梁飞把李楠和王梅的手拉在了一起，说："你李警官一直是我心中崇拜的英雄，王老师是天底下最好的老师！李警官，我梁飞最后求你一件事好不好？你不要被美色迷住了眼睛，回到王老师身边吧！她才是你最爱的人，你不要辜负了她。我走后，儿子就送给你们了，他跟你们的感情比跟我们还要亲，因为你们对他付出了很多，这是我最后一次求你们了，希望你们满足我的要求吧？"李楠赶忙点头，说："梁飞，你放心，我是永远不会和王梅分开的，你知道吗？那是为了工作我才不得不那样做，要不然王梅的性命都难保。梁超如果愿意跟我们，我们一定把他养大成人，你的奶奶我们也会替你照顾的。"董惠也赶忙走到了梁飞面前说："我和李警官之间是清白的，现在事情办完了，我也该把李警官还给王老师了。"一听到这样的话，梁飞的眼里流出了热泪，然后断断续续地说："李、李警官，董、董惠姐，我、我错怪你……"话还没有说完，梁飞闭上了眼睛，病房里的哭声一下子响了起来。

于菲菲在送王梅来看梁飞的时候，她就想过王梅见到梁飞的很多种情况，但她从来没有想过是这一种情况，更没有想到在这里还能见到李楠和董惠。面对伤心哭泣的众人，于菲菲却哭不出来，心里很是难受，她才觉得在这里自己才是多余的人。王梅哭得死去活来，李楠在不停地安慰着她，然后拿着纸巾轻轻为她擦眼泪。于菲菲没有再说什么，她轻轻地走出了病房，然后在外面才放声地大哭起来。哭着哭着，于菲菲突然感觉有人拍了拍她的肩膀，她赶忙抬起了头，才发现李楠拿着纸巾站在了她的面前。于菲菲慢慢停止了哭泣，然后问李楠："你还恨我吗?"李楠赶忙摇了摇头，然后说："我从来没有恨过你，你真的是一个很有爱心和责任心的人，为灾区的孩子做了那么多的好事。这些日子以来你一直在照顾我妻子，我在此向你表示感谢! 你是一个好女人，会有很优秀的男人来爱你的。以后我和妻子欢迎你到我们家来做客!"于菲菲又看了看李楠，说："你答应我最后一个条件可以吗?"李楠想了一下，然后说："可以!"于菲菲说："我想亲吻你一下，你的所作所为让我无地自容，亲吻一下表示我心中对你们的最高敬意。中国军人、中国警察、中国的男人是最优秀的，现在我才知道我的心我的根永远在中国。"听了于菲菲的肺腑之言，李楠激动得热泪盈眶，他抱着于菲菲亲了起来。

第十一章

秘密浮出水面

达娃央珠从郑栋他们家回到了省城,本来杨亚洲和扎西是要一起把她和林博带走的。但达娃央珠还是决定先在省城呆两天,一是梅雅已经气成那样,她决定和林博在城里陪她两天。还有一个原因就是达娃央珠想去找一找那个曾经被自己当作郑栋纠缠的邹枫医生,现在郑栋的事情有了下落,达娃央珠想去向他表示一下歉意。

达娃央珠去了邹枫所在的医院,才知道邹枫已经好久没有上班了,好不容易找到了邹枫的家,却得到了一个让达娃央珠不愿意相信的事实:邹枫被警察带走了。开始达娃央珠还不敢相信是真的,但见到邹枫的女儿和父亲那悲伤的表情,她才渐渐相信了那一切事实,谁会拿进公安局的事来开玩笑呢?在达娃央珠的眼中,邹枫就是一个文质的彬彬的好男人,他怎么会去做犯法的事呢?

找不到邹枫,林博只好劝着达娃央珠跟自己回了家。林教授夫妇还没有问话,林博就忍不住告诉了父母自己陪着达娃央珠去找邹枫的遭遇。对于邹枫,林教授夫妇并不陌生,他们不相信那样一个人人称道的好医生会做什么犯法的事,看到伤心不已的达娃央珠,林教授夫妇决定陪着达娃央珠去公安局打听一下邹枫的具体情况。

其实邹枫已经在达娃央珠走后不久就回到了家里。邹枫并没有犯法,所有的事情都是薛丹一个人所为，跟邹枫没有任何关系，一切情况调查清楚以后，邹枫就回家了。董惠又给邹枫打过电话，她想让邹枫陪自己去郑栋的老家看看，可邹枫马上拒绝了她。

邹枫刚刚回家，于菲菲已经抢先一步跟王梅来到了他的家里。对于邹枫，于菲菲已经很熟悉了，第一次见到邹枫于菲菲还是差点把他当成了郑栋，但于菲菲最终还是发现了他不是郑栋。自从知道了事情的真相，王梅就一直想来看看邹枫，她知道不但自己误会了董惠和李楠，邹枫也误会了。更知道了薛丹一直跟着刘宗辉在贩毒，邹枫是不是还蒙在鼓里？他知道了那一切真相会接受得了吗？王梅非常担心，所以她一定要来看看邹枫。

邹枫听了王梅的解释之后，他是无地自容。他正想着给董惠和李楠打电话时，没想到李楠和董惠还有林教授他们一行人已经在敲门了。

达娃央珠一见到邹枫，她什么话都没有说出来却先拉住邹枫哭了起来。在场的人没有谁去劝达娃央珠，他们都知道这个藏族姑娘压抑了太多的情感，让她好好地哭一场也许是最好的安慰方式，因为看到了邹枫她又想到了郑栋。

梅雅坐在一边发呆，这个时候，她的手机突然响了起来。梅雅赶快接了电话，可她刚听了电话里的人说了两句话，便突然晕倒在地上。

原来，电话是黄大爷打来的，他告诉了梅雅一件更揪心的事情：梅雅以前生的儿子唐军后来已经改名叫郑栋了。一直以为郑栋早死了的于菲菲，也才在这个时候知道了郑栋的真正死因，还知道了他就是师娘的亲生儿子，更明白了达娃央珠就是郑栋后来的女朋友，于菲菲和她抱头痛哭。

梅雅马上被送到了邹枫所在的医院，邹雪马上跟着去了，她不停地哭着对邹枫说："爸爸，你一定要把奶奶救活，以前她也救过我的命，我真的很喜欢奶奶。"邹枫不停地点头，然后对女儿说："我一定会为奶奶治好病的，你不好哭了，奶奶会没事的。"

梅雅醒来已经是下午了，邹枫一直守在梅雅的身边，梅雅拉住邹枫又哭了起来，她边哭边说："我的儿子没有死，你告诉我，你不叫邹枫，你就是郑栋。"看着情绪激动的梅雅，邹枫只得不停地点头。

就在这时，邹雪悄悄把邹枫拉到了一边告诉他说："爸，我看过那个郑栋叔叔的照片，你真的和他长得一模一样，既然你也不是爷爷奶奶亲生的，而郑栋叔叔又是梅奶奶的亲生儿子。爸，我看过电视了，说医院能查到血缘关系，你和梅奶奶去查一下血啊！我觉得梅奶奶应该是我的亲奶奶。"就是女儿这么短短的两句话让邹枫突然醒悟，他瞒着所有人，悄悄捡了几根梅雅的头发和自己的头发拿去做了化验，结果很快出来了，他和梅雅真的是母子关系。

邹枫拿着鉴定结果去找梅雅的时候，梅雅却马上愣住了，很快她就发现这是邹枫在好心地骗她。看到自己思儿心切，邹枫故意用这样的方式来安慰她。因为梅雅很清醒，自己以前在乡下只生了一个孩子，郑栋是自己的亲儿子，邹枫怎么可能是呢？黄大爷也帮自己查清楚了，自己的儿子唐军已经改名叫郑栋了，从来没有人说邹枫是自己的儿子。

面对梅雅的怀疑，面对不争的事实，痛苦不堪的邹枫赶快把父亲请到了医院来。邹利成来到了医院，一看到儿子那激动的样子，他就觉得一切都无法再隐瞒下去了，终于说出了一个惊天秘密：原来梅雅当年生的是一对双胞胎儿子。为梅雅接生的程医生把梅雅的第一个儿子悄悄送给了表弟邹利成，只是梅雅和唐根都蒙在了鼓里，程医生为梅雅送了一点东西去，梅雅还把她当成了恩人。应该说邹枫是哥哥，郑栋应该是弟弟。

知道了真相的梅雅突然伤心地哭了，邹枫赶忙抱住了梅雅，他轻声地喊了一声"妈妈"之后也泪流满面。林教授赶快走到了妻子的面前，为她擦了擦脸上的泪水，动情地对她说："你这一生真的太不容易了，为什么不早告诉我啊？你应该想我是你的丈夫，有什么事情我都会为你分担的，以前都是我不好，让你一个人吃了那么多苦！以后我们又多了一个儿子，还有最乖的孙女，你应该高兴才是啊！"

邹枫激动万分，他走过去拉住了达娃央珠的手，说："以前都是哥不好，我不该那样对你发火，你还生我的气吗？"达娃央珠不停地摇头，说："我不生气，哥，我们永远是一家人。"林博赶忙抱住了邹枫，说："哥，达娃央珠说得对，我们永远是一家人，以后我一定要好好做人，再也不惹爸爸妈妈生气了！"

梅雅说："要是郑栋活着该有多好啊！他有了哥哥和弟弟，还有可爱的小侄女邹雪。"

林教授赶快安慰妻子："郑栋在天有灵知道了这一切他也会高兴的！就因为他我们才找回了很多失去的东西，我们会永远地记住他的。"

这时，董惠轻轻地走到了邹枫面前，说："找来找去，我真的不知道我的救命恩人就是你的亲弟弟，现在你可以陪我和李警官一起去看看你弟弟的父母吗？"邹枫还没有回答董惠的问题，林教授却马上回答了董惠的问题："我带你们去，郑栋也是我的儿子。"林教授这么一说，大家都要跟着去了。就在这时，董惠突然接到了一个电话，她听了电话之后马上痛哭起来。李楠立即抓住了董惠的手，说："是不是孩子出了什么事？"董惠边哭边说："不是。是我外婆病重了，她一直念着想见我，小时候外婆最疼我了。"邹枫点了点头，说："你外婆的家在哪里？我马上开车送你回去！""五凤镇红星村六组，离我们老家五十多公里。"李楠惊讶万分，他激动地抓住董惠问："你知不知道那里有一个叫红梅的人？"董惠点了点头，说："知道啊？你找她有什么事吧？"李楠犹豫了很长时间，终于走过去拉住了王梅的手，告诉他父亲临死之前要他找亲妹妹的事，希望妻子能理解他，他想跟董惠一起去找那个红梅。王梅还没有回过来神儿，董惠却大吼起来："为什么？这是为什么啊？原来我就是一个私生女，所以从小到大都没有人看得起我？"大家终于明白了，小名叫红梅的女人就是董惠的母亲，她和李楠是亲兄妹。

王梅和李楠激动万分，他们紧紧地抱住了董惠，说："你别哭，有了我们在，以后没有谁再敢欺负你了，马上带我们去见那个可爱的侄儿，她是你的儿子，以后也是我们的儿子！"

王梅的病好了以后，她就马上要求回学校去上课。李楠和董惠决定送她回去。可林教授一家人都要去那里看看。但董惠没想到所有的人都要先去看她的婆婆和儿子。这事是李楠夫妇和邹枫早就想好的，他们去的时候还带了郑栋的遗像。

陈婆婆正带着孩子在板房区玩，董惠的突然出现让陈婆婆始料不及。陈韬一见到母亲马上笑着走了过来，看到多日不见的儿子，董惠再也忍不住自己的感情，她跑过去抱住了陈韬，然后拿出了郑栋的遗像说："儿子，快亲亲叔叔，是他救了我们母子的生命，可他却为了去救别人已经走了，你长大了一定要记住他。"可爱的陈韬在听了母亲的话以后，用手拿住郑栋的遗像不停地亲了起来。

陈婆婆还没有回过来神儿，林教授夫妇立即走到了她的面前，说："老姐姐，今天我们是来代我儿子向你道谢的，你真的是误会了董惠，她没有做任何对不起你的事！"

见此情景，邹枫也走到了陈婆婆面前，说："董惠是我的同学，这个遗像上的人是我弟弟，是他救了董惠母子，为了不让你误会，董惠做了双面女人；大妈，你放过董惠吧，不要在她的伤口上抹盐好不好？"

陈婆婆注视了大家一会儿，眼角里突然流出了眼泪。李楠夫妇拉住了陈婆婆的手，说："大妈，现在我也告诉你一个事实，董惠是我同父异母的妹妹，你不要把上辈人的恩怨强加到晚辈人身上好不好？他们真的是很无辜，我希望妹妹和侄儿以后过得快乐幸福！也希望你以后的日子快乐幸福！"陈婆婆犹豫了很久，她终于走到了董惠面前，轻轻地说："董惠，妈对不起你，我们回家吧！好好把陈韬抚养成人，那样才对得起陈剑！"董惠不停地点头，然后抱住陈婆婆哭了起来："妈……"

梁超早就知道了王梅老师要回学校来，他在学校一直没有见到王梅老师，赶忙打了王梅老师的电话，才知道王梅老师还在陈婆婆家。梁超赶快让舅妈带着他来到了陈婆婆家。对于舅舅的离去，梁超并不像曾祖母和舅妈那样悲伤，因为他知道舅舅是为抓坏人而牺牲的，这一点他觉得很自豪。

一见到李楠，梁超马上拿出了梁飞的遗像天真地问："李叔叔，我舅舅在天堂能当警察吗？"李楠莫名其妙，他赶忙问："你怎么突然想起这个事啊？天堂里是没有警察的。"一听说天堂里没有警察，梁超马上就哭了起来，而且边哭边说："不可能的，我曾经问过舅舅为什么不像你一样当警察抓坏人？舅舅告诉我老天爷这辈子在惩罚他，所以不让他当警察。他如果要当警察只有下辈子了。现在他死了，下辈子就开始了，怎么会当不成警察呢？天堂里应该有警察啊！"

在场的人泪流满面，见大人们都不说话，梁超立即放声大哭起来，众人一起抱住了梁超，告诉他舅舅能在天堂里当警察。梁超挂满泪珠的脸上终于露出了天真的微笑。